Aux éditions Bragelonne, au format poche :

1. *Assassin's Creed® : Renaissance*
2. *Assassin's Creed® : Brotherhood*
3. *Assassin's Creed® : La Croisade secrète*
4. *Assassin's Creed® : Revelations*
5. *Assassin's Creed® : Forsaken*
6. *Assassin's Creed® : Black Flag*
7. *Assassin's Creed® : Unity*
8. *Assassin's Creed® : Underworld*

Assassin's Creed® : Le Roman du film
Assassin's Creed® Origins : Le Serment du désert

Du même auteur, aux éditions Bragelonne,
en grand format :

Assassin's Creed® : Les Chroniques d'Ezio Auditore
Assassin's Creed® : Heresy
Assassin's Creed® : Au cœur de l'Animus

Oliver Bowden

ASSASSIN'S CREED®

LA CROISADE SECRÈTE

Traduit de l'anglais (Grande-Bretagne) par Cédric Degottex

Bragelonne

Collection dirigée par Stéphane Marsan et Alain Névant

Titre original : *Assassin's Creed : The Secret Crusade*
Originellement publié en Grande-Bretagne
par Penguin Books Ltd. en 2011

ISBN : 979-10-281-0569-3

Bragelonne
60-62, rue d'Hauteville – 75010 Paris

E-mail : info@bragelonne.fr
Site Internet : www.bragelonne.fr

Prologue

Tout l'immense navire grinçait et gémissait. Ses voiles gonflées ondulaient sous le vent. Voguant à plusieurs jours de distance de la côte la plus proche, la nef fendait les flots en direction de la grande cité qui l'attendait à l'Ouest, emportant avec elle une précieuse cargaison : un homme ; cet homme dont l'équipage ne connaissait que le titre dont on usait pour le nommer. Le Maître.

Il était parmi eux désormais, seul sur le gaillard d'avant. Là, il avait baissé le capuchon de sa robe et laissé les embruns fouetter son visage, sirotant les gouttes qui humectaient ses lèvres. Une fois par jour, il se prêtait à ce rituel : chaque fois, il quittait sa cabine pour se rendre sur le pont, choisissait l'endroit d'où il contemplerait ensuite la mer, puis s'en retournait. Parfois, il se tenait sur le gaillard d'avant, parfois sur le gaillard d'arrière. Il observait la mer aux vagues frangées d'écume.

Chaque jour, tandis qu'ils s'affairaient et s'interpellaient, qui sur le pont, qui dans les hauteurs du gréement, les marins ne manquaient pas d'épier la silhouette pensive et solitaire. Et chacun se demandait qui était cet homme qui demeurait ainsi parmi eux.

Ils l'observaient furtivement lorsqu'il s'éloignait du bastingage, se recouvrait la tête de son capuchon et restait là, immobile quelques instants, la tête baissée et les bras ballants.

Certains pâlissaient lorsqu'il arpentait le pont jusqu'à sa cabine. Et lorsque la porte se refermait derrière lui, tous se rendaient compte qu'ils avaient retenu leur souffle.

À l'intérieur, l'Assassin reprit sa place derrière son bureau, se versa un gobelet de vin, puis tendit la main vers un livre.

Il l'ouvrit et se mit à lire.

Première partie

Chapitre premier

19 Juin 1257

Maffeo et moi-même demeurons à Masyaf et comptons y résider encore quelque temps. Nous ne partirons qu'après avoir levé une ou deux… comment nommer cela ? Une ou deux incertitudes, je dirais. Durant notre séjour ici, nous restons sous les ordres du Maître, Altaïr Ibn-La'Ahad. S'il est frustrant d'abandonner à un autre mon libre arbitre – qui plus est lorsque cet autre s'avère être le dirigeant de notre Ordre et qu'aujourd'hui, rattrapé par le temps, il manie l'ambiguïté avec autant de virtuosité qu'il maniait autrefois la lame et l'épée –, je jouis au moins du privilège d'être devenu son confident. Maffeo, quant à lui, ne bénéficie pas de cette faveur ; il en vient à espérer que nous quitterons bientôt les lieux. Il s'ennuie ici, à Masyaf. Nos laborieuses et incessantes allées et venues le long des pentes escarpées qui séparent la citadelle des Assassins du village en contrebas sont devenues pour lui un authentique calvaire, et le paysage montagneux de la région n'exerce pas à ses yeux le moindre attrait. Il est un Polo, comme il se plaît à me le répéter : après six mois passés ici, l'envie de voyager chante à ses oreilles telle une voluptueuse sirène ; persuasive, tentatrice, de celles qu'il est impossible de ne pas écouter. Il est pressé de voir le vent gonfler nos voiles de nouveau, de partir à la découverte de terres inconnues, de tourner le dos à Masyaf.

En toute franchise, je dois admettre que son impatience est un poids dont je me délesterais volontiers : Altaïr s'apprête à me confier quelque chose d'important. Je le sens.

Pour calmer l'ardeur de mon frère, je l'ai abordé ainsi :

— Laisse-moi te raconter une histoire, Maffeo.

Quelle ne fut pas sa réaction alors ! Le rustre ! À se demander si nous étions bel et bien parents : plutôt que d'accueillir ma proposition avec l'enthousiasme qu'elle méritait indubitablement, il eut l'outrecuidance de laisser échapper un bâillement (à moins, bien sûr – accordons-lui le bénéfice du doute – qu'il n'ait été vraiment abattu par la chaleur assommante de Masyaf), avant de me répondre sur un ton exaspéré :

— Avant que tu commences, Niccolò, pourrais-je te demander de quoi traite ton récit ?

Malgré mon exaspération, je répliquai :

— Voilà une excellente question, mon frère…

Une question dont la réponse, d'ailleurs, m'échappait alors. Je me surpris à y réfléchir tandis que nous gravissions la redoutable pente qui menait à la citadelle. La sombre silhouette de la forteresse se découpait au sommet de l'éperon rocheux, de telle sorte que l'édifice semblait avoir été taillé à même la roche. J'avais estimé que la valeur de mon récit appelait un cadre d'exception et qu'aucun site des environs ne répondait mieux à cette exigence que la place forte de Masyaf : perché haut dans la vallée de l'Oronte, le castel imposant, cerné de nombreuses tourelles et entouré par de miroitants cours d'eau, surplombait le village en constante effervescence. Masyaf était une oasis de paix. Un paradis.

— Je dirais qu'il traite de savoir, décidai-je enfin. Comme tu le sais probablement, en Arabe, *assasseen* signifie « gardien » : les Assassins gardent des secrets ; des savoirs secrets. Donc oui, je peux le dire… (J'avais sans nul doute l'air très satisfait de mon explication.)… Ce récit traite de savoir.

— Dans ce cas, je crains d'avoir d'autres chats à fouetter.

— Oh !

— Je cherche à échapper à mes études, Niccolò, pas à les approfondir.

Je souris.

— Tu refuserais donc d'entendre ce que j'ai appris de la bouche même du Maître ?

— Cela dépend. Ce que tu m'en as dit ne m'a pas semblé des plus attrayants. Tu sais ce que tu me répètes si souvent : que j'ai un appétit vampirique sitôt que tu me sers l'une de tes histoires ?

— Oui ?

Maffeo sourit à demi.

— Eh bien, tu as raison. « Vampirique », c'est le mot : les récits sans profusion d'écarlate ont tendance à m'ennuyer.

— Si ce n'est que cela, tu n'as pas à t'inquiéter. Après tout, c'est l'histoire du grand Altaïr Ibn-La'Ahad que je m'apprête à te conter. L'histoire de sa vie, mon frère. De plus, crois-moi, il n'y aura pas la moindre omission et, comme tu le constateras toi-même, rares seront les événements où le sang ne coulera pas à flots…

Nous avions enfin achevé notre ascension de la barbacane jusqu'à l'enceinte extérieure de la forteresse. Nous passâmes sous l'arche, traversâmes le poste de garde, puis montâmes encore pour nous diriger vers l'intérieur du fort. Devant nous s'élevait la tour dans laquelle se trouvaient les appartements d'Altaïr. Cela faisait des semaines que je lui rendais visite en ces lieux, que je passais d'innombrables heures auprès de lui, captivé, tandis qu'assis sur sa chaise imposante, les mains jointes, les coudes sur les accoudoirs, ses yeux de vieil homme à peine visibles sous son capuchon, il me contait ses histoires. Jour après jour, ma conviction s'était faite plus inébranlable : il se confiait à moi dans un but précis ; pour une raison que j'ignorais encore aujourd'hui, j'avais été choisi pour partager ses secrets.

Lorsqu'il ne me contait pas son histoire, Altaïr lisait et relisait ses livres, ruminait ses souvenirs, scrutait parfois de longues heures au-dehors, par la fenêtre de sa tour. C'est probablement là qu'il se tenait tandis que nous approchions, et je réajustai ma capuche pour mieux me couvrir les yeux quand je les levai vers le haut de la tour sans apercevoir rien d'autre que la pierre blanchie par le soleil.

— Avons-nous rendez-vous avec lui ?

La voix de Maffeo me tira de mes rêveries.

— Non, pas aujourd'hui. (Je désignai du doigt une tour sur notre droite.) C'est ici que nous allons…

Maffeo se renfrogna. La tour défensive était l'une des plus élevées de la citadelle, et on ne pouvait y accéder qu'en empruntant une succession d'échelles interminables et, pour la plupart, dans un état déplorable. Je sus cependant me montrer insistant et, après avoir fixé ma tunique dans ma ceinture, guidai Maffeo jusqu'au premier étage, au deuxième et, bientôt, au sommet. De notre promontoire, nous observâmes les environs : des kilomètres d'un paysage découpé parsemé de mesnils et veiné de cours d'eau. Nos regards se posèrent ensuite sur Masyaf ; on voyait les pentes qui descendaient de la forteresse vers les bâtiments et, plus bas, les marchés du village et la palissade qui se dressait tout autour.

— À quelle hauteur sommes-nous ? me demanda Maffeo dont le teint avait légèrement verdi, sans doute conscient des assauts du vent dans son dos et de la distance vertigineuse à laquelle se trouvait désormais le sol.

— À peu près à soixante-quinze mètres, lui répondis-je. Assez haut pour que les Assassins soient à l'abri des tirs adverses tout en ayant l'occasion de faire pleuvoir sur l'ennemi leurs propres flèches... ou pis encore !

Je lui montrai les meurtrières partout autour de nous.

— Depuis le mâchicoulis, les défenseurs pouvaient projeter des pierres ou déverser de l'huile bouillante sur leurs assaillants...

Des plates-formes de bois faisaient saillie à l'extérieur et nous avançâmes vers l'une d'elles. Là, cramponnés à des appuis verticaux disposés de part et d'autre, nous nous penchâmes pour regarder en bas : juste en dessous, la tour s'achevait en bordure de falaise. Plus bas encore, le fleuve miroitait.

Blême, Maffeo recula pour se mettre à l'abri sur le sol rassurant de la tour. Je ris et l'imitai. Je dois avouer que j'en fus, d'ailleurs, bien soulagé, me sentant moi-même légèrement mal à l'aise et nauséeux.

— Je peux savoir pourquoi tu nous as conduits jusqu'ici ? me demanda Maffeo.

— Parce que c'est là que commence mon récit, lui dis-je. Et de bien des manières ; car c'est de cette tour que la vigie repéra les envahisseurs.

— Quels envahisseurs ?

— L'armée de Salah Al'din venue ici pour assiéger Masyaf et défaire les Assassins. C'était il y a quatre-vingts ans, par un jour d'août aussi lumineux qu'aujourd'hui.

Chapitre 2

Ce furent les oiseaux que la vigie vit en premier. Une armée en marche attire les charognards – ailés, pour la plupart – qui se ruent sur le moindre reste : nourriture, déchets, carcasses de chevaux ou d'humains. Ensuite, la vigie vit la poussière. Puis, une vague gigantesque assombrit l'horizon, déferla peu à peu sur les terres, dévorant tout sur son passage. Une armée colonise, disloque, détruit le paysage qu'elle occupe ; c'est une bête monstrueuse, gigantesque et insatiable qui se repaît de tout ce qu'elle foule et, bien souvent – ce dont Salah Al'din était pleinement conscient – sa seule vue suffit à inciter l'ennemi à se rendre.

Mais ce ne fut pas le cas, cette fois-ci : les Assassins ne craignaient rien, ni personne.

Pour sa campagne, le chef sarrasin s'était contenté de lever une modeste armée de dix mille fantassins, cavaliers et autres combattants à la tête desquels il comptait écraser les Assassins qui, à deux reprises déjà, avaient attenté à sa vie et n'échoueraient pas une troisième fois. Décidé à leur livrer bataille sur leur propre terrain, il avait guidé ses hommes dans le Jabal Ansariya, jusqu'aux neuf citadelles des Assassins.

Des messages avaient averti les habitants de Masyaf que, si les hommes de Salah Al'din avaient partout pillé la région, aucune des places fortes n'était tombée ; que Salah Al'din se dirigeait vers Masyaf, résolu à s'en emparer et à trancher la gorge du chef des Assassins, Al Mualim.

Le Sarrasin, pourtant connu comme un dirigeant aussi pondéré qu'avisé, exécrait les Assassins à en perdre toute modération. D'aucuns prétendent que son oncle, Shihab Al'din, lui avait conseillé de proposer à ses adversaires un traité de paix afin que les Assassins, plutôt que de demeurer de redoutables adversaires, deviennent leurs précieux alliés. Mais, vindicatif, le Sultan n'entendit rien à la raison de son oncle. C'est ainsi que, un beau jour d'août de l'an 1176, Salah Al'din ordonna à son armée de marcher sur Masyaf, et que la vigie du village repéra les oiseaux, le nuage de poussière, puis la sombre déferlante à l'horizon, avant de porter un cor à ses lèvres et de sonner l'alarme.

Amassant des réserves, les villageois se réfugièrent à l'abri de la citadelle, les traits crispés par la peur. Beaucoup de courageux installèrent cependant leurs étals pour continuer à commercer. Les Assassins, quant à eux, entreprirent de renforcer la forteresse, prêts à accueillir l'ennemi qui occupait à présent tout le paysage verdoyant, la bête dévorant la terre, colonisant l'horizon.

Tous entendirent les cors, les tambours et les cymbales et, bientôt, se matérialisant dans la brume de chaleur, les soldats apparurent. Des milliers. Ils virent l'infanterie : lanciers, manieurs de javeline et archers, Arméniens, Nubiens et Arabes. Ils virent la cavalerie : Arabes encore, Turcs et mamelouks armés de sabres, de lances ou d'épées longues, certains revêtus de cottes de mailles, d'autres d'armures de cuir. Ils virent les litières des nobles et des hommes de foi suivies chaotiquement par des familles entières, parents, enfants et esclaves. Ils regardèrent les envahisseurs atteindre et incendier la palissade, les écuries aussi. Ils entendirent les cors qui beuglaient encore, les cymbales tonitruantes. À l'intérieur de la citadelle, les femmes commençaient à pleurer, conscientes que leurs foyers seraient les prochains à s'embraser…

Mais les habitations furent épargnées. Au lieu de laisser libre cours à sa rage, l'armée s'arrêta au cœur du village, semblant n'éprouver pour la citadelle qu'un intérêt détaché.

Elle n'envoya pas le moindre émissaire, ne délivra pas le moindre message. Non. Elle s'établit là. Simplement. La plupart des tentes sarrasines étaient noires, mais au milieu du camp s'élevait un groupement de pavillons : les quartiers du grand Salah Al'din et de ses plus fidèles généraux. Des étendards brodés claquaient au vent. L'extrémité des piquets de tente, faits de grenadier délicatement doré, ponctuait fastueusement les pavillons tissés de soies colorées.

Dans la place forte, les Assassins s'interrogeaient sur la meilleure stratégie à adopter face à l'armée sarrasine : Salah Al'din prendrait-il la citadelle d'assaut ou tenterait-il de les affamer ? À la tombée de la nuit, ils eurent leur réponse : en contrebas, l'ennemi commençait à assembler ses armes de siège. Partout, leurs feux mouchetaient la nuit. Les bruits des marteaux et des scies montaient jusqu'aux oreilles des soldats assignés aux remparts et jusqu'à la tour du Maître. Là, Al Mualim avait convoqué ses Maîtres assassins.

— Salah Al'din s'est jeté de lui-même à nos pieds, intervint Faheem al-Sayf, l'un des Maîtres assassins. C'est une occasion à ne pas manquer.

Pensif, Al Mualim regarda par la fenêtre de la tour, observant le pavillon bigarré dans lequel Salah Al'din planifiait sa chute et celle de ses hommes. Il repensa à la mise à sac de la région par l'armée sarrasine, et au fait que le Sultan lèverait sans mal une armée bien plus puissante encore si sa présente campagne était un échec.

La puissance de Salah Al'din était sans égale, mais les Assassins avaient pour eux la ruse. La subtilité.

— La mort de Salah Al'din sonnerait le glas des armées sarrasines, suggéra Faheem.

Al Mualim secoua la tête.

— J'en doute. Shiab prendrait sa place.

— Il n'a pas le quart du charisme et de la compétence de son neveu.

— C'est la raison pour laquelle il serait incapable de repousser les chrétiens avec autant d'efficacité que son prédécesseur, répliqua Al Mualim d'un ton sévère. (Le tempérament belliqueux de Faheem avait parfois tendance à l'agacer.) Serait-ce dans notre intérêt de les avoir à nos portes ? De devenir malgré nous leurs alliés face au Sultan ? Les Assassins ne sont ni les alliés, ni les laquais de personne, Faheem. Nous suivons notre propre voie.

Le silence envahit soudain la pièce embaumée.

— Salah Al'din se méfie autant de nous que nous nous méfions de lui, intervint Al Mualim après quelques secondes de réflexion. Faisons en sorte de le rendre plus méfiant encore.

Le matin suivant, les Sarrasins poussèrent un bélier et un beffroi le long de la pente principale puis, tandis que les archers montés turcs chargeaient par vagues, faisant pleuvoir leurs flèches sur la citadelle, ils déchaînèrent la furie de leurs engins de siège sur les remparts extérieurs, harcelés eux-mêmes par les flèches des Assassins, et par les pierres et l'huile bouillante qui jaillissaient inlassablement des tours de défense. Des villageois se joignirent à la bataille, bombardant l'ennemi de cailloux depuis les remparts et étouffant les incendies naissants, tandis qu'à la porte principale des Assassins multipliaient les sorties par les guichets latéraux, repoussant les fantassins qui tentaient de les incendier. Le soir venu, après de nombreuses pertes, les Sarrasins se retirèrent au bas de la colline, préparèrent des feux pour la nuit et réparèrent leurs engins de siège quand ils n'en construisaient pas de nouveaux.

La nuit qui suivit, une agitation inattendue régna dans le campement et, au matin, le pavillon chamarré du grand Salah Al'din fut démonté. Le Sultan quitta ensuite les lieux, accompagné d'une escorte réduite.

Peu après, son oncle, Shihab Al'din gravit la pente qui menait à la citadelle pour s'entretenir avec le Maître des Assassins.

Chapitre 3

— Sa Majesté Salah Al'din a bien reçu votre message, et vous transmet ses plus humbles remerciements, annonça l'émissaire. Sa présence étant attendue en d'autres lieux, il a ordonné à Son Excellence Shihab Al'din d'engager les pourparlers avec vous.

Posté aux côtés de l'étalon de Shihab, l'émissaire, la main en porte-voix, s'adressait directement au Maître et à ses généraux réunis dans la tour de défense.

Une seule troupe – deux cents hommes tout au plus – avait gravi la colline. Elle escortait une litière déposée là par les Nubiens. Shihab, toujours à cheval, n'était accompagné que d'un garde du corps. D'une sérénité insolente, le noble sarrasin ne semblait pas plus intéressé que cela par l'issue des négociations. L'homme portait un sarouel blanc, une veste et une ceinture de tissu rouge torsadée. Un joyau resplendissant ornait son immense turban immaculé. Cette pierre portait probablement un nom prétentieux, pensait Al Mualim, qui le scrutait du regard depuis le haut de la tour : l'Étoile ou la Rose de ceci ou cela. Les Sarrasins se plaisaient à nommer pompeusement leurs colifichets.

— J'écoute ! lança Al Mualim, ostensiblement amusé par l'excuse du Sultan.

« *Sa présence étant attendue en d'autres lieux* ». Il repensa à ce qui s'était passé quelques heures auparavant, lorsqu'un Assassin s'était présenté dans ses appartements, l'avait arraché au repos, puis l'avait convoqué dans la salle du trône.

— Bienvenue, Umar, avait dit Al Mualim, s'enveloppant dans sa robe, transi par la fraîcheur du petit matin.

— Maître, avait répondu Umar à voix basse, la tête baissée.

— Es-tu ici pour me parler de ta mission ? avait demandé Al Mualim en allumant une lampe à huile avant de chercher sa chaise et de s'y installer.

Des ombres dansaient sur le sol.

Umar avait acquiescé. Le Maître avait distingué sur sa manche des traces de sang.

— Les informations que nous avait fournies notre espion étaient-elles correctes ?

— Oui, Maître. J'ai infiltré leur campement et j'ai effectivement constaté que le pavillon outrancier était un leurre. La tente de Salah Al'din, bien plus discrète et modeste, se trouvait à proximité.

— Excellent, excellent, avait répondu Al Mualim en souriant. Et comment es-tu parvenu à l'identifier ?

— Comme notre espion nous l'avait signalé, elle était protégée par un système d'alarme : les alentours étaient recouverts de craie et de cendres pour amplifier les bruits de pas d'éventuels intrus.

— T'aurait-on entendu ?

— Non, Maître. Je me suis introduit dans la tente du sultan et y ai laissé la plume, comme vous me l'aviez ordonné.

— Et la lettre ?

— Reliée à une dague fichée dans sa couche.

— Et ensuite ?

— Je me suis glissé hors de sa tente…

— Puis ?

Umar avait marqué une pause.

— Le Sultan s'est éveillé et a sonné l'alarme. Si j'ai pu fuir, j'ai manqué de peu d'y laisser la vie.

Al Mualim désigna la manche tachée de sang d'Umar.

— Qu'est-ce que ceci ?

— Le prix de ma fuite, maître… Une gorge tranchée.

— Un garde ? l'avait interrogé Al Mualim soucieux.

Umar avait secoué tristement la tête.

— Son turban et sa veste étaient ceux d'un noble.

Las et désolé, Al Mualim avait fermé les yeux.

— Aurait-il pu en être autrement ?

— Je me suis montré trop négligent, Maître. Trop impulsif.

— Mais sans cela, ta mission est un succès ?

— Oui, Maître.

— Alors, patientons. Nous verrons bien ce que l'avenir nous réserve.

Ce que l'avenir avait réservé aux Assassins avait été le départ de Salah Al'din et la visite de Shihab. Posté fièrement au sommet de sa tour, Al Mualim s'était autorisé à croire en la victoire des siens et pensait que son plan avait fonctionné. Le message avait convaincu le Sultan d'abandonner sa campagne contre les Assassins, faute de quoi la prochaine dague ne serait pas fichée dans sa couche, mais entre ses cuisses. Le simple fait d'avoir déposé l'arme dans la tente avait prouvé au monarque à quel point il était vulnérable ; combien son armée n'avait pas le moindre poids puisqu'un seul Assassin avait pu déjouer si aisément la sécurité du campement et se glisser dans sa tente pendant son sommeil.

Peut-être, aussi, Salah Al'din tenait-il plus à son entrejambe qu'au financement d'une interminable guerre d'usure face à un ennemi dont les intérêts ne faisaient, à la vérité, que rarement obstacle aux siens. Son départ le prouvait.

— Sa Majesté Salah Al'din accepte votre offre de paix, déclara l'émissaire.

En haut de sa tour, Al Mualim partagea un sourire amusé avec Umar qui se tenait à ses côtés. Faheem se tenait un peu plus loin, le visage crispé.

— Nous confirme-t-il que notre secte pourra continuer à œuvrer sans avoir à souffrir ses assauts et son ingérence dans nos affaires ? demanda Al Mualim.

— Tant que nos intérêts n'entrent pas en conflit, il en sera ainsi.

— Alors, j'accepte l'offre de Sa Majesté, cria Al Mualim satisfait. Votre armée est libre de quitter Masyaf. Quant à vos soldats, ils sont libres de réparer notre palissade avant leur départ.

À ces mots, Shihab lança vers le sommet de la tour un regard si furieux que, même depuis les hauteurs, Al Mualim le perçut clairement. Le Sarrasin se pencha vers l'émissaire qui l'écouta attentivement avant d'acquiescer, de replacer sa main en porte-voix, puis d'interpeller une fois encore les hommes réunis en haut de la tour.

— Lors de la transmission de votre message, l'un des fidèles généraux de Salah Al'din a été tué. Sa Majesté exige en réparation la tête du coupable.

Le sourire d'Al Mualim disparut subitement de son visage. Umar se raidit.

Il y eut un silence pesant, troublé seulement par les renâclements des chevaux et quelques chants d'oiseaux. L'assistance tout entière attendait la réponse d'Al Mualim.

— Vous pouvez informer le Sultan que je refuse de me plier à cette demande.

Shihab haussa les épaules. Il se pencha pour s'adresser à l'émissaire, et le messager se tourna de nouveau vers Al Mualim.

— Son Excellence souhaite vous informer qu'à moins que vous n'accédiez à la demande de Sa Majesté, une force armée demeurera à Masyaf. Il tient également à souligner que sa patience survivra sans aucun doute à vos réserves de nourriture. Seriez-vous prêt à annuler notre accord de paix et à affamer vos villageois et vos hommes pour épargner la vie d'un seul de vos Assassins ? Son Excellence espère sincèrement que non.

— Laissez-moi me rendre, souffla Umar à Al Mualim. C'est ma faute. Il n'est que justice que j'en paie le prix.

Al Mualim ne prêta pas attention à l'intervention d'Umar.

— Jamais je ne sacrifierai ainsi la vie de l'un de mes hommes ! cria Al Mualim à l'émissaire.

— C'est une décision que Son Excellence regrettera amèrement. Cela étant, il attire désormais votre attention sur une situation tout aussi délicate et qui ne saurait être ignorée plus longtemps. Nous avons découvert dans notre campement l'existence d'un espion et n'avons pas d'autre choix que de l'exécuter.

Al Mualim retint son souffle lorsque les Sarrasins traînèrent son agent hors de la litière où il était retenu captif, et que deux Nubiens déposèrent un billot devant l'étalon de Shihab.

L'espion s'appelait Ahmad. Il avait manifestement été battu. Sa tête meurtrie, contusionnée, sanguinolente, tombait sur sa poitrine tandis que des soldats le menaient au billot, avant de le jeter à genoux et de placer sa nuque sur le bois, la gorge vers le ciel. Le bourreau s'avança : un Turc armé d'un cimeterre scintillant qu'il ficha dans le sol entre ses jambes avant de poser ses deux mains sur la poignée ornée de pierres précieuses. Les deux Nubiens maintenaient les bras d'Ahmad dont le grognement épuisé s'éleva vers le sommet de la tour jusqu'aux oreilles des Assassins interdits.

— Laissez votre homme prendre sa place ! Votre espion sera épargné et notre accord de paix honoré, cria l'émissaire. Refusez, et il périra, le siège commencera et tous, à Masyaf, mourront de faim.

Soudain, Shihab leva la tête pour hurler :

— Veux-tu avoir tout ce sang sur la conscience, Umar Ibn-La'Ahad ?

Tous les Assassins présents retinrent leur souffle. Ahmad avait parlé. Sous la torture, bien entendu, mais il avait parlé.

Al Mualim sentit l'inquiétude des siens peser sur ses épaules.

Umar se tenait derrière lui.

— Laissez-moi y aller, pressa-t-il Al Mualim. Maître, je vous en prie…

En dessous, le bourreau écarta les jambes, saisit son arme à deux mains, puis la leva au-dessus de sa tête. Ahmad tenta de se dégager fébrilement des mains qui le plaquaient sur le billot, sa gorge tendue offerte à la lame du Turc. Seuls ses gémissements troublaient le silence qui baignait le promontoire.

— C'est ta dernière chance, Assassin ! lança Shihab.

La lame brilla.

— Maître, supplia Umar, laissez-moi prendre sa place…

Al Mualim acquiesça.

— Stop ! hurla Umar. (Il avança sur l'une des plates-formes de la tour et interpella Shihab.) Mon nom est Umar Ibn-La'Ahad ! C'est ma tête que réclame le Sultan.

Les rangs des Sarrasins vibrèrent d'excitation à cette annonce. Shihab sourit et acquiesça. Il fit un signe au bourreau qui baissa son arme et la planta de nouveau devant lui.

— Très bien, dit-il à Umar. Viens donc prendre la place qui t'incombe sur le billot.

Umar se retourna vers Al Mualim qui releva la tête pour le regarder une dernière fois, les yeux embués de larmes.

— Maître, lui dit Umar, j'ai une dernière faveur à vous demander : j'aimerais que vous preniez soin d'Altaïr. Que vous l'acceptiez comme apprenti.

Al Mualim accepta.

— Bien sûr, Umar, lui dit-il. Bien sûr.

La citadelle demeura silencieuse lorsque Umar emprunta les échelles de la tour, descendit la pente jusqu'à la barbacane, passa sous l'arche et atteignit enfin la porte principale. Quand il arriva au guichet, une sentinelle s'avança pour l'ouvrir et Umar se baissa pour passer.

Un cri retentit derrière lui :

— Père !

Puis des pas de course.

Il s'arrêta.

— Père !

Lorsqu'il entendit la détresse dans la voix de son fils, il plissa les paupières pour retenir ses larmes, puis avança suffisamment pour que le garde puisse fermer le passage derrière lui.

Tandis que les Sarrasins éloignaient Ahmad du billot, Umar tenta en vain de lui adresser un regard rassurant. L'espion, brisé, traîné jusqu'au guichet et jeté sur le sol, le remarqua à peine. Le passage s'ouvrit de nouveau et Ahmad fut rapatrié à l'intérieur de la citadelle. Des bras se saisirent d'Umar, l'entraînèrent jusqu'au billot, puis le contraignirent comme ils l'avaient fait pour l'espion avant lui. Il offrit noblement sa gorge et vit la silhouette du bourreau s'élever devant lui. Au-dessus du Turc, le ciel.

« Père ! » entendit-il hurler depuis la citadelle au moment où s'abattit la lame scintillante.

Deux jours plus tard, à l'abri des ombres, Ahmad disparut de la forteresse. Le matin suivant, lorsque son absence fut remarquée, il y eut ceux qui se demandèrent comment il avait pu supporter de laisser seul son fils – dont la mère était morte d'une forte fièvre deux ans auparavant –, et ceux qui avancèrent qu'il se sentait trop honteux pour oser rester à Masyaf.

Cependant, la vérité était bien différente.

Chapitre 4

20 Juin 1257

Ce matin-là, je fus réveillé par Maffeo : le bougre me secouait l'épaule de façon pour le moins désagréable. Mais je compris que son insistance était due au vif intérêt qu'il portait à mon récit. De cela, au moins, je m'estimai heureux.

— Alors ? me dit-il, raconte !

— Alors quoi ?

Ma réponse manquait pour le moins de finesse, certes, mais j'étais épuisé.

— Qu'est-il arrivé à Ahmad ?

— Cela, mon frère, je ne l'ai découvert que plus tard.

— Eh bien, raconte-moi !

Je m'assis sur mon lit et réfléchis à la demande de mon frère.

— Peut-être vaudrait-il mieux que je te conte ces événements dans l'ordre dans lesquels ils m'ont été confiés, lui annonçai-je. Altaïr, malgré son âge avancé, est un conteur de grand talent. Je crois qu'il serait bien dommage de bousculer l'ordre de la chronologie. Vois-tu, le récit que je t'ai fait hier – ces événements survenus alors qu'il venait d'avoir onze ans – a occupé la majeure partie de ma première entrevue avec lui.

— Quel enfant n'aurait pas été traumatisé par de si terribles événements ? pensa tout haut Maffeo. Et sa mère alors ?

— Morte en couches.

— Altaïr était orphelin à onze ans ?

— Effectivement.

— Et ton récit ? Dis-moi… Qu'est-il arrivé ensuite ?

— Oh, rien de très étonnant, tu sais : Altaïr m'a congédié, s'est enfermé dans sa tour et…

— Non, je ne parle pas de cela. Qu'est-il arrivé ensuite au jeune Altaïr ?

— Pour apprendre cela, mon frère, tu vas aussi devoir patienter, car lors de notre entrevue suivante, sa narration avait fait un bond de quinze ans en avant. Ce jour, il me narra les événements terribles qui survinrent alors qu'il arpentait discrètement les catacombes humides qui courent sous Jérusalem…

Nous sommes en 1191 ; plus de trois ans après que Salah Al'din et les Sarrasins ont pris Jérusalem. En réponse, les chrétiens irrités, emportés, ont imposé lourdement leur peuple afin de financer la Troisième Croisade. Une fois de plus, des hommes revêtus de cottes de mailles marchent sur la Terre sainte et assiègent ses cités.

Le roi Richard d'Angleterre, dont la cruauté et le courage lui ont valu le surnom de Cœur de Lion, venait de reprendre Acre, mais son désir le plus ardent demeurait de reconquérir la sainte cité de Jérusalem et ses lieux les plus sacrés : le mont du Temple et les ruines du Temple de Salomon, ruines en direction desquelles Altaïr, Malik et Kadar se dirigeaient furtivement.

Bien qu'ils soient plaqués aux parois des tunnels et que leur avancée se fasse en toute discrétion, ils progressaient à vive allure, leurs bottes souples foulant à peine le sable. Altaïr ouvrait la marche, suivi de près par Malik et Kadar. Tous trois maintenaient leurs sens en alerte et sentaient leur pouls s'accélérer tandis qu'ils approchaient du Mont. Les catacombes accusaient pleinement leurs milliers d'années : du sable et de la poussière coulaient des poutres et, sous leurs pieds, le sol était meuble, mouillé par l'eau d'un courant proche qui gouttait en permanence jusque sur le sable. L'air était saturé de la forte odeur de soufre qui émanait des lanternes à bitume disposées en ligne le long des parois.

Altaïr fut le premier à entendre le prêtre. Comme aurait-il pu en être autrement ? Il était leur chef : un Maître assassin. Il était plus apte qu'eux en tous domaines ; ses sens étaient plus aiguisés. Il s'arrêta, toucha son oreille, puis leva la main : tous trois s'immobilisèrent tels des spectres embusqués. Lorsqu'il se retourna, il les trouva attentifs, attendant ses instructions. Les yeux de Kadar brillaient d'impatience. Ceux de Malik, impassibles, demeuraient indéfectiblement vigilants.

Ils retinrent leur souffle. Tout autour, l'eau continuait à goutter. Altaïr se concentra sur les marmonnements du prêtre : les hypocrites prières chrétiennes des Templiers.

Altaïr porta les mains dans son dos et, d'un mouvement vif du poignet, se saisit de son arme, souriant lorsqu'il sentit s'animer le mécanisme relié à son auriculaire. Il fit jaillir sa lame si habilement que son geste ne produisit pas le moindre bruit, synchronisant le mouvement de son bras avec les clapotis réguliers des gouttes d'eau. Mieux valait redoubler de prudence.

« Plic… Plic… Clic. »

Il ramena ses armes devant lui et, dans sa main gauche, la lame appelant le sang scintilla à la lumière dansante des torches.

Altaïr se plaqua contre la paroi du tunnel, avança furtivement, se pencha légèrement jusqu'à ce qu'il aperçoive, un peu plus loin, le prêtre agenouillé. Il portait bel et bien la tenue des Templiers. Sans nul doute possible, il n'était pas seul. D'autres croisés arpentaient certainement déjà les ruines du Temple à la recherche du trésor mythique qu'elles recélaient.

Son pouls s'accéléra encore. La présence du prêtre confirmait ses craintes. Le fait que Salah Al'din se soit emparé de la ville ne suffisait pas à éroder la détermination des hommes à la croix rouge. Eux aussi avaient à faire au mont du Temple. Quelles étaient leurs motivations exactes? Altaïr comptait bien le découvrir. Mais avant cela…

Il devait se charger du prêtre.

Recroquevillé à en frôler presque le sol, il vint se placer derrière l'homme à genoux qui continuait à prier, inconscient de l'imminence de son trépas. Transférant son poids sur son pied d'appui, fléchissant peu à peu le genou, Altaïr releva sa lame, inclinant son poignet vers l'arrière, prêt à frapper.

—Attends! souffla Malik toujours en retrait. Il y a d'autres moyens… Nous n'avons pas besoin de le tuer.

Altaïr ne prêta pas attention à son compagnon et, dans un mouvement fluide et rapide, saisit de la main droite l'épaule du prêtre, tandis que, de la gauche, il enfonça la pointe de sa lame dans sa nuque, entre le crâne et la première vertèbre, mutilant sa colonne vertébrale.

Le prêtre n'eut pas même le temps de crier: la mort le faucha presque instantanément. Presque. Son corps tressaillit puis se crispa, mais Altaïr le maintint fermement. Un doigt posé sur sa carotide, il sentait la vie de l'homme le quitter rapidement. Lentement, le corps s'apaisa et Altaïr le laissa choir sans un bruit sur le sol. Le prêtre gisait là, secrète fontaine de sang couvée par le sable.

Le meurtre avait été rapide, inaudible, mais, lorsque Altaïr rétracta sa lame, il vit le regard accusateur que lui lançait Malik. Il lui sourit dédaigneusement comme pour lui reprocher sa faiblesse. Le frère de Malik, Kadar, contemplait en revanche le cadavre du prêtre les yeux pleins d'admiration et d'étonnement.

— Un assassinat admirable, lâcha-t-il le souffle coupé. Le destin sourit à ta lame.

— Pas le destin, se vanta Altaïr, le savoir-faire. Observe encore un peu, et peut-être apprendras-tu quelque chose.

Tout en prononçant ces mots, Altaïr avait fixé son regard sur Malik et vu les yeux de l'Assassin s'embraser rageusement, jaloux qu'il était du respect que son frère éprouvait pour Altaïr.

Sans surprise, Malik se retourna vers Kadar.

— Ce qui est certain, c'est que tu apprendras à cracher sur tout ce que le Maître nous a enseigné.

Altaïr sourit de nouveau avec dédain.

— Et comment t'y serais-tu pris, dis-moi ?

— J'aurais tout fait pour ne pas attirer l'attention sur nous. Et, plus que tout, je n'aurais pas pris la vie d'un innocent.

Altaïr soupira.

— Peu importe la façon dont nous accomplissons notre tâche, Malik. Seul importe notre succès.

— Ce n'est pas la voie que nous a enseign…

Altaïr le provoqua du regard.

— Ma voie est bien plus efficace.

Les deux Assassins se défièrent du regard quelques instants. L'humidité et le froid du tunnel ne suffirent pas à dissimuler à Altaïr l'insolence et le ressentiment qui couvaient dans les yeux de Malik. Il devrait en tenir compte à l'avenir : le jeune Malik était son futur ennemi.

Quoi qu'il en soit, si Malik avait en tête de doubler un jour Altaïr, il sembla estimer que le moment n'était pas venu de tenter sa chance.

— Je pars en éclaireur, lâcha-t-il. Fais en sorte de ne pas nous déshonorer davantage.

Tandis que Malik quittait ses compagnons, s'engouffrant plus avant dans le tunnel qui menait au Temple, Altaïr décida que, quelle que soit la sanction qu'il aurait à endurer pour son insubordination, cela devrait attendre.

Kadar regarda son frère s'éloigner puis se tourna vers Altaïr.

— Quelle est notre mission, au juste ? Mon frère n'a rien voulu m'en dire, excepté que c'était un honneur pour moi d'y participer.

Altaïr regarda le chiot enthousiaste.

— Le Maître pense que les Templiers ont découvert quelque chose de précieux sous le mont du Temple.

— Une sorte de trésor ? lança Kadar les yeux pétillants.

— Je l'ignore. Tout ce qui importe, c'est que le Maître estime que cette chose est importante. Sans cela, il ne m'aurait pas demandé de la récupérer.

Kadar acquiesça et, sur un geste d'Altaïr, fila rejoindre son frère, laissant le Maître assassin seul dans le tunnel. Altaïr baissa les yeux vers le cadavre du prêtre dont la tête était auréolée de sang écarlate. Malik avait probablement raison. Il aurait pu trouver d'autres moyens de neutraliser le prêtre. Le Templier n'avait pas à mourir. Altaïr l'avait tué parce que…

Parce qu'il l'avait pu.

Parce qu'il était Altaïr Ibn-La'Ahad, né d'un père Assassin. Parce qu'il était le plus habile de tous les combattants de l'Ordre. Parce qu'il était un Maître assassin.

Il quitta les lieux.

Quelques instants plus tard, il arriva devant plusieurs à-pics aux profondeurs nimbées de brume. Il bondit lestement, atterrissant sur la première corniche de pierre tel un félin, la respiration parfaitement synchronisée avec chacun de ses efforts, grisé de se sentir si puissant et athlétique.

Il sauta sur une autre traverse, puis encore une autre, pour arriver enfin là où l'attendaient Malik et Kadar. Plutôt que de leur faire signe, il les dépassa sans un mot. Chacun de ses pas, presque inaudible, troublait à peine le sable. Devant lui s'élevait une haute échelle qu'il emprunta très rapidement, filant, aussi vif qu'appliqué, ne ralentissant qu'une fois arrivé au sommet. Là, il s'arrêta, aux aguets, et huma l'air ambiant.

Puis, très lentement, il leva la tête et, un peu plus haut, aperçut une salle où, comme il s'y attendait, se tenait, de dos, un garde vêtu de la tenue traditionnelle des Templiers : gambison renforcé, jambières, cotte de mailles, épée rangée à la taille. Silencieux, immobile, Altaïr l'étudia un moment, jaugeant sa posture, l'inclinaison de ses épaules… Parfait : l'homme était à la fois las et distrait. En finir avec lui serait un jeu d'enfant.

Lentement, Altaïr se hissa sur le sol où il s'accroupit, puis avança de quelques pas, retenant son souffle, le regard rivé sur le Templier. Il vint se placer derrière lui, tendit et leva les mains : la gauche armée de sa griffe de métal rétractile, la droite prête à saisir et bâillonner le garde.

Puis, il frappa.

Libérée par un vif mouvement de poignet, la lame jaillit de sa cache à l'instant même où elle se ficha dans la colonne du garde. Son cri de douleur mourut dans la paume de l'Assassin.

Ils se tinrent une seconde dans cette posture macabre, Altaïr sentant le cri d'agonie étouffé du Templier chatouiller sa paume. Le corps du garde s'effondra et Altaïr le déposa délicatement sur le sol, s'accroupissant pour fermer ses paupières. Le Templier avait payé cher son manque de vigilance, pensa l'Assassin. Il se redressa, s'éloigna du cadavre et partit rejoindre Malik et Kadar qui progressaient discrètement sous l'arche dont le garde avait négligé la surveillance.

Une fois l'arche dépassée, ils se retrouvèrent sur les hauteurs d'une vaste salle. Pendant quelques secondes, Altaïr resta immobile, se contentant de la contempler, envahi par un respect et une admiration soudaine. Ils se trouvaient tous trois dans les ruines du légendaire Temple de Salomon, construit par le roi éponyme en 960 av. J.-C. Si Altaïr ne se trompait pas, ils surplombaient la chambre la plus illustre du Temple, son lieu saint. Si les textes antiques disaient de ses murs qu'ils étaient ornés de cèdre et gravés de chérubins, de feuilles de palmiers et de fleurs écloses rehaussées d'or, le Temple n'était plus aujourd'hui que l'ombre de la merveille d'antan. Bois noble, chérubins et dorures avaient disparu, et Altaïr pensa que les Templiers n'étaient probablement pas étrangers à cette disparition. Cependant, même privé de ses ornements, le lieu inspirait une profonde révérence et, malgré lui, Altaïr s'était laissé saisir par l'émerveillement.

Derrière lui, ses deux compagnons se tenaient immobiles, littéralement stupéfaits.

— Là… Ce doit être l'Arche, dit Malik le doigt tendu vers l'autre bout de la chambre.

— L'Arche d'Alliance, lâcha Kadar abasourdi, les yeux rivés sur la relique.

Altaïr, qui avait recouvré ses esprits, jeta un regard prétentieux aux deux hommes qui se tenaient là comme deux marchands subjugués par une poignée de babioles étincelantes. *L'Arche d'Alliance ?*

— Ne soyez pas stupides, intervint-il sèchement. Ce n'est qu'une légende. Elle n'existe pas.

Regardant lui aussi dans la même direction, il se mit cependant à en douter : la boîte qu'ils observaient correspondait en tout point à la description que les prophètes en avaient toujours faite : entièrement dorée, son propitiatoire d'or orné de chérubins, et des anneaux prêts à accueillir les barres qui serviraient à la soulever. Altaïr remarqua en outre quelque chose de troublant : une étrange aura émanait de la relique…

Il s'efforça de détourner le regard. Il avait plus important à faire, et, notamment, s'occuper des hommes qui venaient d'entrer dans la chambre au niveau inférieur, leurs bottes crissant contre ce qui avait été un plancher, mais n'était plus désormais que de la pierre nue. Des Templiers. Leur chef aboyait déjà ses ordres.

— Je veux qu'on la sorte du Temple avant le lever du jour ! hurla-t-il à ses hommes, faisant sans aucun doute référence à l'Arche. Plus vite elle sera entre nos mains, plus vite nous pourrons nous occuper des chacals de Masyaf.

L'homme parlait avec un fort accent français et, lorsqu'il s'avança suffisamment pour que la lumière éclaire sa silhouette, ils distinguèrent sa cape : celle d'un Grand maître Templier.

— Robert de Sablé, souffla Altaïr. Je ferai tout pour qu'il ne sorte pas vivant d'ici !

Malik se rua vers lui, visiblement hors de lui.

— Non ! Le Maître nous a ordonné de récupérer le trésor et de ne nous occuper de Robert qu'en cas d'absolue nécessité.

Las de l'insubordination continuelle de Malik, Altaïr se tourna vers lui.

— Il se tient entre nous et la relique, répliqua-t-il avec rage. Sa mort ne pourrait être plus nécessaire.

— La discrétion avant tout, Altaïr !

— La discrétion ou la lâcheté ? Cet homme est notre pire ennemi, et nous avons là une chance de nous en débarrasser.

— Tu as déjà transgressé deux des trois lois du Credo, et voilà que tu voudrais cracher sur la dernière ! poursuivit Malik. Ne jamais compromettre la Fraternité.

— Mon titre et ma compétence font de moi ton supérieur, conclut Altaïr. Dans ton intérêt, il vaudrait mieux que tu cesses de remettre en question mes décisions.

Puis il se retourna et descendit rapidement la première échelle jusqu'à la terrasse la plus basse, gagna le sol et, galvanisé par une confiance aveugle, il avança à grands pas vers le groupe de chevaliers.

À sa vue, les Templiers lui firent face, la main sur la poignée de leur épée et les mâchoires crispées. Altaïr savait qu'ils ne pourraient détacher leur regard de lui ; lui, l'Assassin qui glissait à présent vers eux, le visage dissimulé sous son capuchon, sa robe et sa ceinture de tissu rouge flottant autour de lui, l'épée battant son flanc et les poignées de ses couteaux pointant au-dessus de son épaule gauche. Il savait à quel point ils étaient terrifiés.

Il les observa aussi, étudiant chacun d'eux pour déterminer qui était gaucher ou droitier, qui misait sur sa vitesse et qui sur sa puissance, s'attardant plus particulièrement sur leur chef.

Robert de Sablé était le plus grand de tous. Le plus puissant aussi. Son crâne rasé surmontait un visage marqué par des années d'expérience martiale, chacune d'entre elles ayant contribué à bâtir sa légende : celle d'un chevalier dont la maîtrise de l'épée n'avait d'égale que son impitoyable cruauté. Altaïr était conscient d'une chose : de tous les hommes présents, Sablé était de loin le plus dangereux et devrait être éliminé en premier.

Il entendit Malik et Kadar descendre des échelles et constata en regardant par-dessus son épaule qu'ils se lançaient avec lui dans la bataille. Kadar déglutit, nerveux, tandis que son frère lançait à Altaïr un regard lourd de désapprobation. À la vue des deux nouveaux Assassins, les Templiers se crispèrent davantage. Quatre d'entre eux encadrèrent Sablé, et tous se mirent en garde. L'air était lourd de crainte et d'appréhension.

— Un instant, Templiers ! les interpella Altaïr lorsqu'il fut assez proche des cinq hommes.

Il défia du regard Sablé qui souriait légèrement, les bras le long du corps. Contrairement à ses compagnons qui s'étaient préparés au combat, il semblait serein. Comme si les trois Assassins ne l'impressionnaient pas le moins du monde. Altaïr lui ferait payer son arrogance.

— Vous n'êtes pas les seuls à convoiter ce que recèle le Temple.

Les deux hommes se jaugèrent. Altaïr fit un geste de la main droite comme s'il s'apprêtait à empoigner son épée, voulant attirer là l'attention du Templier alors que la mort frapperait par la gauche. *Parfait*, pensa-t-il : feinter de la main droite, frapper de la gauche. S'il éliminait Sablé, ses hommes fuiraient, laissant les Assassins s'emparer du trésor. Il entendait déjà ses pairs s'extasier de sa victoire sur le Grand maître Templier. Malik, ce pleutre, perdrait toute crédibilité auprès des siens, son frère redoublerait d'admiration pour lui et, à leur retour à Masyaf, tous les membres de l'Ordre le vénéreraient ; Al Mualim en personne lui ferait l'honneur de ses compliments publics, et son ascension future à la tête des Assassins serait assurée. Il deviendrait leur Maître.

Altaïr regarda son adversaire dans les yeux. Il testa imperceptiblement le mécanisme de sa lame. Tout fonctionnait.

— Que viens-tu donc chercher ici ? lui demanda Sablé avec ce même sourire détaché.

— Ta mort, lâcha abruptement Altaïr.

Il frappa.

Mû par une vélocité surhumaine, il bondit sur Sablé tout en dégainant sa lame, feinta de la main droite, puis frappant de la gauche, aussi vif et létal qu'un cobra.

Mais le Grand maître Templier s'avéra plus rapide et plus rusé qu'il ne l'avait anticipé : à peine l'Assassin avait-il attaqué qu'il le saisit en vol, arrêtant Altaïr en plein élan avec une aisance déconcertante. Celui-ci, stupéfait et incapable de bouger, se retrouva pris au piège ; sans défense.

Aussitôt, Altaïr comprit qu'il venait de commettre une terrible erreur. Une erreur fatale. À cet instant, il comprit que ce n'était pas Sablé qui péchait par orgueil, mais lui-même. Tout à coup, il ne se sentait plus l'Altaïr flamboyant, le Maître assassin. Non, il se sentait aussi faible et vulnérable qu'un enfant. Pis encore : aussi vulnérable qu'un enfant prétentieux qu'on venait de remettre à sa place.

Il se débattit, mais se rendit compte qu'il pouvait à peine bouger. Sablé, lui, ne semblait faire aucun effort pour le maintenir ainsi. La honte le poignarda en plein cœur lorsqu'il se rendit compte que Malik et Kadar étaient témoins de sa défaite. Sablé lui broyait la trachée d'une seule main, et il suffoqua lorsque le Templier le rapprocha de son visage. Une veine enfla sur son front, prête à éclater.

— Tu n'as pas la moindre idée de ce dont tu te mêles, Assassin. Si je t'épargne, c'est pour que tu t'en retournes délivrer un message à ton Maître : lui et les siens ont perdu la Terre sainte. Il devrait fuir tant qu'il en a encore la possibilité. S'il reste, vous mourrez jusqu'au dernier.

Altaïr toussa et cracha ; sa vision périphérique commençait à se troubler. Menaçant de tomber à tout instant dans l'inconscience, il luttait, tandis que Sablé le manipulait avec autant d'aisance qu'avec un nouveau-né. Soudain, le Templier le projeta contre la paroi de la chambre. Altaïr passa au travers de la roche millénaire et atterrit de l'autre côté, dans le vestibule, où il resta étourdi quelques secondes, incapable de bouger. Il entendit les charpentes s'effondrer et les colonnes massives de la chambre s'abattre sur le sol. Il leva la tête pour s'apercevoir que le Temple lui était désormais inaccessible.

De l'autre côté, se mêlant aux cris des combattants, il entendit Sablé hurler :

— Aux armes, Templiers ! Tuez les Assassins !

Il se releva maladroitement et se rua vers les décombres qu'il tenta de repousser pour se frayer un passage vers la salle condamnée. Consumé par la honte, impuissant, il entendit les hurlements de Malik et Kadar. Des cris d'agonie… La tête basse, il se retourna, se dirigea vers la sortie du Temple. De là, il amorcerait son voyage de retour vers Masyaf où il informerait le Maître des tragiques événements survenus à Jérusalem.

Il l'informerait de son échec. Il lui avouerait que lui, l'illustre Altaïr, ne s'était pas seulement couvert d'opprobre, mais qu'il avait aussi déshonoré l'Ordre tout entier.

Lorsqu'il émergea enfin des profondeurs du mont du Temple, ce fut sous un soleil étincelant, au cœur d'une Jérusalem fourmillante de vie.

Lui-même ne s'était pourtant jamais senti si seul.

Chapitre 5

Altaïr arriva à Masyaf après cinq jours d'une chevauchée éreintante. Plus de temps qu'il n'en fallait pour ruminer son échec. Le cœur lourd, il se présenta aux portes du village, passa devant le garde qui l'avait autorisé à entrer, puis se dirigea vers les écuries.

Il mit pied à terre et, sentant ses muscles endoloris se détendre enfin, tendit les rênes de sa monture au palefrenier, puis s'arrêta devant le puits pour boire un peu. Il sirota d'abord l'eau fraîche avant de l'avaler à grandes gorgées, puis de s'en asperger pour nettoyer la poussière qui recouvrait son visage. Cela ne suffit pas à laver totalement son corps sali par le voyage : sa robe était lourde de crasse et il espérait pouvoir rapidement se baigner dans les eaux étincelantes de Masyaf qui coulaient à l'abri d'une anfractuosité creusée dans la falaise. Il n'aspirait désormais qu'à une seule chose : la solitude.

Tandis qu'il franchissait la ceinture extérieure du village, il leva les yeux au-delà de l'écurie et du marché en pleine effervescence, vers les sentiers venteux qui menaient aux remparts de la forteresse des Assassins. C'était là que s'entraînaient et vivaient les membres de l'Ordre, sous l'égide d'Al Mualim dont les appartements se trouvaient au centre des tours byzantines de la citadelle. Souvent, on l'apercevait qui scrutait les alentours depuis sa fenêtre, perdu dans ses pensées… et c'est ainsi qu'Altaïr se l'imaginait en cet instant : le regard posé sur le village. Ce même village baigné de soleil qui fourmillait de vie et d'activité. Ce village d'où, dix jours auparavant, Altaïr était parti pour Jérusalem accompagné de Malik et Kadar. Ce village qu'il pensait regagner en héros triomphant.

Jamais, même assailli par ses doutes les plus noirs, il n'avait imaginé faillir un jour. Et pourtant…

Tandis qu'il traversait le marché moucheté de lumière, un Assassin le héla. Il se redressa, relevant dignement la tête, tentant de faire revivre en lui l'illustre Assassin qui avait quitté Masyaf, plutôt que l'inconscient qui revenait les mains vides.

Rauf l'avait interpellé. Altaïr sentit son cœur se serrer davantage ; si cela était seulement encore possible, ce dont il doutait. De tous ceux qui auraient pu se trouver là pour l'accueillir, il avait fallu que ce soit Rauf. Lui qui vénérait Altaïr tel un dieu. De toute évidence, le jeune homme l'avait attendu, trompant l'ennui près d'une fontaine murale. Il s'était relevé d'un bond, les yeux grands écarquillés, et illuminés par l'enthousiasme, inconscient de l'aura de défaite dont Altaïr se sentait prisonnier.

— Altaïr, tu es de retour !

Rauf exultait comme un chiot qui venait de retrouver son maître.

Altaïr acquiesça lentement. Il regarda un vieux marchand qui se rafraîchissait à la fontaine derrière Rauf avant de saluer une femme plus jeune qui arrivait, les bras chargés d'un vase orné de gazelles qu'elle posa sur le muret qui ceignait le bassin. Ils entamèrent une conversation. La femme gesticulait joyeusement. Altaïr se prit à l'envier. À les envier tous les deux.

— Content de te retrouver sain et sauf, poursuivit Rauf. Je suppose que ta mission a été un franc succès ?

Altaïr ne répondit pas, captivé par l'heureux couple de la fontaine. Il était trop difficile de croiser le regard du jeune homme.

— Le Maître se trouve-t-il dans sa tour ? demanda-t-il enfin.

— Oui, oui, bien sûr. (Rauf plissait les yeux, comme pour tenter de deviner ce qui n'allait pas chez Altaïr.) Le nez dans ses livres, comme toujours. Nul doute qu'il t'attend avec impatience.

— Merci, mon frère.

Sur ces mots, Altaïr quitta Rauf et les villageois qui discutaient près de la fontaine pour se diriger au-delà des étals couverts, des bancs et des charrettes remplies de foin, foulant les pavés jusqu'à ce que le sol aride et poudreux se change en pente abrupte parsemée de touffes d'une herbe assoiffée que le soleil, implacable, rendait trop fragile. Au sommet trônait la citadelle.

Jamais il n'avait senti l'ombre du fort peser ainsi sur lui. Il se rendit compte que, malgré lui, il serrait les poings tandis qu'il traversait le plateau où les gardes de la place forte l'avaient salué, la main posée sur la poignée de leur épée, toujours en alerte.

Il atteignit enfin la voûte imposante qui menait à la barbacane, et son cœur se serra de nouveau lorsqu'une autre silhouette familière se dessina devant lui : Abbas.

L'homme se tenait sous une torche qui chassait le peu d'obscurité de la voûte. La tête nue, les bras croisés, l'épée au fourreau, il attendait là, adossé à la sombre paroi de pierre. Altaïr s'arrêta et pendant quelques secondes, les deux Assassins s'observèrent. Autour d'eux, quelques villageois s'affairaient, insouciants de l'inimitié renaissante qui émanait de leur confrontation silencieuse.

Ils avaient été frères autrefois. Mais ce lointain passé était désormais révolu.

Un sourire moqueur se dessina lentement sur les lèvres d'Abbas.

— Ah ! Il est enfin de retour ! (Il regarda ostensiblement par-dessus l'épaule d'Altaïr.) Où sont les deux autres ? Les aurais-tu semés pour être le premier à jouir de l'accueil des héros ? Je sais que la gloire est une chose que tu répugnes tout particulièrement à partager.

Altaïr ne réagit pas à sa pique.

— Le silence n'est qu'une autre forme d'assentiment, ajouta Abbas, qui essayait encore de désarçonner Altaïr avec la naïveté et la pugnacité d'un adolescent rebelle.

— N'as-tu rien de mieux à faire que de te prêter à ces gamineries ? soupira Altaïr.

— Le Maître m'a demandé de te prévenir qu'il t'attendait dans la bibliothèque. (Lorsque Altaïr arriva à son niveau, il se pencha vers lui.) Allez, hâte-toi donc. Je sais que tu meurs d'impatience de le flatter.

— Un mot de plus, rétorqua Altaïr, et je passe ta gorge au fil de ma lame.

— Chaque chose en son temps, mon frère. Chaque chose en son temps…

Altaïr le bouscula de l'épaule et poursuivit son chemin jusque dans la cour, puis sur le terrain d'entraînement, avant d'arriver devant la porte qui menait à la tour d'Al Mualim. Les gardes baissèrent la tête à son approche, l'honorant du respect dû aux Maîtres assassins. Il savoura leur déférence, conscient que bientôt – le temps que la rumeur se répande – leur déférence ne serait plus qu'un souvenir.

Mais avant l'opprobre, il allait devoir annoncer la terrible nouvelle à Al Mualim. Il gravit les marches qui menaient aux appartements du Maître et entra. La pièce était chaude, l'air lourd et chargé des senteurs sucrées coutumières. De la poussière dansait au hasard des rais de lumière qui dardaient depuis la grande fenêtre ouverte au fond de la pièce. C'est là que se tenait Al Mualim, les mains dans le dos. Il était son maître, son mentor. L'homme qu'il vénérait plus que tout autre.

Celui qu'il avait déshonoré.

Dans un coin de la pièce, les pigeons voyageurs du Maître roucoulaient doucettement dans leur cage. Le vieillard trônait au milieu de livres et de manuscrits couvrant des millénaires de savoir et de littérature de l'Ordre, ici rangés sur des étagères, là amassés en piles poussiéreuses et chancelantes. Sa robe somptueuse flottait autour de lui. Ses longs cheveux tombaient sur ses épaules. Comme à son habitude, il se tenait là, contemplatif.

— Maître, commença Altaïr, brisant l'étouffant silence.

Il baissa la tête.

Sans un mot, Al Mualim se retourna et se dirigea vers son bureau sur lequel se déroulait un tapis de parchemins. Il regarda Altaïr de son œil unique et implacable auquel rien n'échappait jamais. Sa bouche, cachée dans sa barbe grise, ne trahit pas la moindre émotion jusqu'à ce que, enfin, il s'adresse à son élève.

— Approche. Parle-moi de ta mission. Je gage que le trésor des Templiers est en ta possession…

Altaïr sentit une goutte de transpiration couler depuis son crâne jusqu'à son visage.

— Il y a eu des complications, Maître. Robert de Sablé n'était pas seul.

Al Mualim balaya la remarque d'un revers de main.

— Rares sont les missions qui ne connaissent pas d'imprévus. C'est notre aptitude à nous adapter à chaque situation qui fait de nous ce que nous sommes.

— Cette fois, cela n'a pas suffi.

Al Mualim prit quelques secondes pour s'imprégner des paroles d'Altaïr. Il passa devant son bureau, et reprit sur un ton acerbe :

— Que veux-tu dire ?

Altaïr dut forcer les mots à franchir sa gorge nouée.

— J'ai échoué, Maître.

— Le trésor ?

— Il nous a échappé.

L'atmosphère soudain chargée d'une tension palpable semblait sur le point de voler en éclats à tout instant. Al Mualim marqua une pause avant de reprendre :

— Et Robert ?

— Il est en vie. Et libre.

Les mots d'Altaïr tombèrent avec fracas dans la pièce qui semblait s'être assombrie.

Al Mualim s'approcha d'Altaïr, l'œil étincelant de rage, la voix sourde. Son ire baignait la pièce entière.

— Je t'ai confié à toi, mon meilleur Assassin, la mission la plus importante de notre histoire, et tu reviens vers moi les mains chargées d'excuses et de prétextes.

— J'ai…

— Tais-toi ! (Sa voix fendit l'air tel un fouet rageur.) Ne prononce pas un mot de plus. Tout cela est des plus inattendus… Nous allons devoir monter une autre expédition…

— Je vous jure que je le retrouverai. J'irai et…, commença Altaïr dont l'envie de se retrouver face à Sablé le dévorait déjà.

Cette fois, il le savait, l'issue du combat serait tout autre.

Al Mualim l'observa alors comme s'il se rappelait soudain que, lorsqu'il avait quitté Masyaf, deux Assassins l'accompagnaient.

— Où sont Malik et Kadar ? demanda-t-il froidement.

Une nouvelle goutte de sueur perla sur la tempe d'Altaïr.

— Ils sont morts.

— Non, commenta alors une voix derrière eux. C'est faux.

Altaïr se retourna et se retrouva face à un homme revenu d'entre les morts.

Chapitre 6

Malik se tenait à l'entrée de la chambre du Maître, chancelant, blessé, le corps en sang. Une tache écarlate maculait sa robe autrefois blanche au niveau de son bras gauche qui semblait grièvement blessé : recouvert d'une croûte durcie d'un sang sombre et desséché, il pendait sans vie le long de son flanc.

Il entra en claudiquant, et son épaule meurtrie s'affaissa encore un peu. Si son corps semblait dévasté, son esprit, lui, était encore des plus vivaces : ses yeux brûlaient de colère et de haine ; une haine si intense qu'Altaïr manqua d'en tomber à la renverse.

— Moi, je suis encore en vie, grogna Malik.

Fichés dans ceux d'Altaïr, ses yeux injectés de sang débordant de reproche et de fureur.

— Et ton frère ? demanda Al Mualim.

Malik secoua la tête.

— Mort.

Son regard tomba un bref instant sur le sol de pierre. Puis, mû par un soudain élan de fureur, il releva la tête, plissa les yeux et leva un doigt tremblant vers Altaïr.

— Par ta faute, siffla-t-il.

— Robert m'a éjecté hors de la pièce, répondit pitoyablement Altaïr. (Même à ses propres oreilles, son excuse paraissait ridicule… Particulièrement à ses propres oreilles.) Je n'avais aucun moyen de revenir. Je n'ai rien pu faire…

— Je t'avais mis en garde, mais tu n'as rien voulu entendre ! hurla Malik, la voix éraillée. Tout cela aurait pu être évité, et mon frère… mon frère serait encore en vie. Ton arrogance aurait pu compromettre notre mission…

— Aurait pu ? demanda Al Mualim plein de retenue.

Malik reprit son calme et acquiesça avec un sourire spectral. Un sourire adressé à Altaïr, tandis qu'il faisait signe à un autre Assassin de les rejoindre. Ce dernier entra. Il portait une boîte posée sur un plateau doré.

— J'ai avec moi ce que votre protégé a été incapable de vous rapporter, dit Malik.

Sa voix était lasse et son corps fourbu, mais rien ne pouvait lui gâcher la saveur particulière de cet instant de victoire face à Altaïr.

Altaïr sentit le monde s'écrouler autour de lui tandis qu'il regardait l'Assassin déposer le plateau sur le bureau d'Al Mualim. Des runes antiques recouvraient l'objet dont émanait une étrange aura. La boîte devait sans nul doute contenir le trésor recherché par Al Mualim – tout portait à le croire en tout cas –, ce trésor qu'il n'avait pas su récupérer.

Écarquillé, l'œil valide d'Al Mualim scintillait. Ses lèvres ouvertes laissaient entrevoir la pointe de sa langue. La simple vue de la boîte, la simple pensée de ce qu'elle contenait semblait l'émerveiller.

Soudain, des cris s'élevèrent dehors. Des cris et des bruits de pas. Et le fracas reconnaissable entre tous du fer contre le fer.

— J'ai peur d'avoir ramené plus que le trésor au village, lâcha Malik.

Un messager déboula à bout de souffle dans la pièce et, négligeant le protocole, s'exclama :

— Maître ! Nous sommes attaqués ! Robert de Sablé assiège Masyaf en ce moment même !

Al Mualim, tiré de ses rêveries, se trouvait tout disposé à faire face à Sablé.

— Ainsi, il cherche le combat ? Très bien. Je relève son défi. Va. Pars en informer les autres. La forteresse doit être prête à les accueillir.

Il se tourna alors vers Altaïr, le regard brûlant de colère.

— Quant à toi, Altaïr, nous reprendrons plus tard cette discussion. Rends-toi au village sur-le-champ et débarrasse-nous de ces envahisseurs. Boute-les hors de notre foyer.

— Ce sera fait, répondit Altaïr qui ne put s'empêcher de ressentir du soulagement malgré l'urgence de la situation.

D'une certaine façon, l'attaque du village était préférable pour lui à la douloureuse humiliation qu'il venait de subir. À Jérusalem, il s'était déshonoré. À Masyaf, il avait une chance de se racheter.

Il sauta à terre depuis la plate-forme située derrière les appartements du Maître, puis se rua au combat, satisfait. Tandis qu'il traversait en courant le terrain d'entraînement, puis empruntait les portes principales, il se demandait si périr ici satisferait son ardent désir de fuite. Serait-ce une mort digne ? Une mort héroïque et honorable ?

Serait-ce suffisant pour racheter sa faute ?

Il sortit sa lame de son fourreau. Les rumeurs de combat se rapprochaient. Il aperçut Templiers et Assassins qui s'affrontaient sur les hauteurs, au pied de la forteresse, tandis que, plus bas, les villageois fuyaient en tous sens devant les assaillants. Déjà, un tapis de cadavres jonchait la pente qui menait au bas de la colline.

Puis, lorsqu'un Templier se rua vers lui en grognant, il entra dans la bataille : il laissa libre cours à son instinct de combattant, brandit son épée en direction du chrétien qui fonçait sur lui avec férocité. Le glaive du Templier s'abattit sur la lame d'Altaïr dans un tonnerre d'acier. Mais Altaïr l'attendait : très stable, les jambes écartées dans une posture parfaite, il fut à peine ébranlé par l'attaque. Tirant parti du poids de l'arme de son adversaire, il dévia sa lame. L'espace d'une seconde, le bras du Templier vola en arrière : une seconde qu'Altaïr ne manqua pas d'exploiter pour s'élancer vers le malheureux et enfoncer son épée dans son ventre.

Le chrétien s'était rué sur lui, convaincu de pouvoir le terrasser aussi facilement qu'il avait massacré les villageois. Il s'était fourvoyé. L'acier fiché dans ses entrailles, il cracha une gerbe de sang. Il écarquilla les yeux de surprise et de douleur lorsque Altaïr leva sa lame pour l'éventrer. Puis il s'écroula, et ses intestins se déversèrent sur le sol poussiéreux.

L'Assassin luttait désormais frénétiquement, insufflant sa frustration dévorante dans chacun de ses coups comme si le sang de ses adversaires allait lui permettre d'obtenir sa rédemption. Le Templier suivant échangea avec lui quelques passes : il tenta de raffermir sa position lorsque Altaïr le repoussa, se mit en posture défensive tentant désespérément de parer les frappes redoublées de l'Assassin. Il sentit la mort arriver, et la peur lui arracha des larmes.

Altaïr feinta, tournoya, et sa lame tailla la gorge du chrétien : une fontaine de sang jaillit de l'ouverture béante et souilla la tenue du Templier d'un carmin semblable à celui de la croix qui barrait sa poitrine. L'homme tomba à genoux puis s'effondra face contre terre, tandis qu'un autre combattant se ruait sur Altaïr, le soleil illuminant la lame de son glaive au-dessus de sa tête. Altaïr se décala instinctivement et plongea l'acier de son arme dans le dos de son assaillant : tout entier, le corps du soldat se raidit, empalé sur la lame qui dépassait de son plastron. Le Templier voulut hurler, mais aucun cri ne put s'échapper de ses lèvres. Altaïr le laissa tomber sur le sol, accompagnant sa chute, puis retira sa lame de la dépouille mortelle.

Deux soldats l'attaquèrent de concert, pensant que la force du nombre leur permettrait de venir à bout d'Altaïr. Mais c'était sans compter sur la colère de l'Assassin qui avait abandonné son habituel flegme glacial au profit d'une rage enflammée. La rage de ces guerriers qui n'ont que faire de leur propre vie. Les guerriers les plus dangereux de tous.

Autour de lui, Altaïr vit les cadavres toujours plus nombreux des villageois que les Templiers avaient passés au fil de leur lame. Sa haine et la puissance de ses coups grandirent encore. Les deux soldats victimes de son arme se tordaient déjà à ses pieds. Mais les chevaliers arrivaient toujours plus nombreux. Villageois et Assassins couraient vers le sommet de la colline d'où, Altaïr l'apercevait, Abbas leur ordonnait de rejoindre la citadelle.

— À l'assaut de la forteresse païenne ! hurla un chevalier comme pour lui répondre. (Le chrétien, qui courait en direction d'Altaïr, faucha la vie d'une villageoise en fuite.) Si c'est la guerre que veulent les Assassins, ils vont l'avoir !

Altaïr projeta violemment son épée dans la gorge du chrétien dont le dernier mot se perdit dans un gargouillis visqueux.

Derrière les villageois et les Assassins qui se repliaient surgissaient des vagues grandissantes de Templiers. Altaïr se tint immobile quelques secondes : le moment était-il venu pour lui de livrer sa dernière bataille ? De périr en protégeant son peuple, et de fuir ainsi la honte qui lui servait de geôle ?

Non. Il savait pertinemment qu'il n'y avait aucun honneur à mourir en vain. Il se retourna et courut derrière les siens qui battaient en retraite vers la place forte, et franchit les portes massives sur le point de se refermer. Il se retourna pour faire face au carnage et contempler la beauté de Masyaf souillée par les cadavres ensanglantés des villageois, des soldats et de ses pairs.

Il examina sa robe : elle était maculée de sang templier, mais lui-même était indemne.

— Altaïr ! (Le cri le ramena violemment à la réalité. C'était Rauf, une fois encore.) Par ici !

Une fatigue soudaine pesa sur ses épaules.

— Où allons-nous ?

— Une surprise attend nos invités. Suis-moi. Tu comprendras bientôt de quoi il retourne…

Rauf désigna, loin au-dessus d'eux, les remparts de la forteresse. Altaïr rengaina son épée et suivit Rauf qui empruntait une succession d'échelles menant au sommet de la citadelle, à l'endroit où les dirigeants de l'Ordre – dont Al Mualim – s'étaient réunis. Là, il passa devant le Maître qui ne lui prêta pas la moindre attention, le visage impassible. Rauf désigna l'une des trois plates-formes qui saillaient vers l'extérieur, et lui demanda d'y prendre place. Il s'exécuta, puis expira longuement avant d'avancer jusqu'au bord.

Il surplombait à présent Masyaf et contemplait la vallée tout entière. L'air tourbillonnait autour de lui. Sa robe flottait au vent ; des nuées d'oiseaux planaient selon les caprices de courants d'air chaud. Si l'altitude le mettait mal à l'aise, la beauté du spectacle l'hypnotisait : les collines qui ondulaient çà et là tapissées de verdure, les eaux scintillantes de l'Oronte ; les cadavres désormais minuscules qui jonchaient les pentes menant à la citadelle.

Et les Templiers.

Les envahisseurs s'étaient regroupés sur les hauteurs, au pied d'une tour de guet située à proximité des portes de la citadelle. À leur tête, Robert de Sablé, qui s'avançait maintenant, les yeux levés vers les remparts où se tenaient les Assassins, interpella Al Mualim.

— Hérétique ! rugit-il. Rends-moi ce que tu m'as dérobé !

Le trésor. Altaïr repensa soudain à la boîte posée sur le bureau d'Al Mualim. Ce coffret dont semblait émaner une mystérieuse aura…

— Cette relique ne t'appartient pas, Robert ! répondit Al Mualim dont la voix résonna dans la vallée. Retirez-vous, toi et tes troupes, avant que je ne décime davantage tes rangs.

— Tu joues un jeu dangereux, répliqua Sablé.

— Sois sûr que tout cela n'a rien d'un jeu.

— Ainsi soit-il, alors, entendit le Maître pour toute réponse.

Quelque chose dans le ton du Templier inquiéta Altaïr. D'une voix posée et confiante, Sablé s'adressa à l'un de ses hommes.

— Qu'on amène l'otage.

Des rangs des Templiers fut traîné un Assassin bâillonné, pieds et poings liés. Il se tordait de douleur tandis qu'on le traînait sans ménagement jusqu'à l'assemblée. Ses cris étouffés parvenaient jusqu'aux oreilles d'Altaïr toujours debout sur la plate-forme.

Puis, sans autre forme de cérémonie, Sablé fit un signe de tête à l'un de ses hommes qui se tenait près du captif. Le Templier tira les cheveux de l'Assassin, exposant sa gorge, puis la passa au fil de sa lame avant de laisser s'effondrer sur l'herbe le corps du prisonnier.

Témoins de la scène, les Assassins présents retinrent leur souffle.

Sablé se déplaça jusqu'au corps de l'Assassin à l'agonie et posa un pied sur son dos, les bras croisés, tel un gladiateur victorieux. Un murmure de dégoût parcourut le groupe d'Assassins lorsque le Templier interpella de nouveau Al Mualim.

— Ton village est en ruine et tes réserves ne sont pas éternelles. Combien de temps donnes-tu à ta citadelle avant qu'elle ne s'effondre de l'intérieur ? Tes hommes sont-ils si disciplinés, si dévoués qu'ils se garderont de s'entre-tuer lorsque l'eau et la nourriture viendront à manquer ?

Il parvenait à peine à retenir le frémissement qui trahissait son amusement.

Al Mualim, lui, demeura impassible.

— Mes hommes ne craignent pas la mort, Robert. Ils l'accueillent à bras ouverts ; elle et les récompenses qu'elle a à leur offrir.

— Très bien, cria Sablé. Alors, qu'ils soient récompensés !

Il avait raison, bien entendu. Les Templiers pouvaient assiéger Masyaf, interdisant aisément aux Assassins tout acheminement de vivres. Combien de temps leur restait-il avant qu'ils ne soient suffisamment faibles pour permettre à Sablé de les massacrer sans le moindre effort ? Deux semaines ? Un mois, peut-être ? Tout ce que pouvait espérer Altaïr, c'était que le stratagème imaginé par Al Mualim serait suffisant pour les sortir de cette impasse.

Comme s'il avait pu lire dans ses pensées, Rauf, posté sur une plate-forme située sur sa gauche, s'adressa à lui dans un murmure.

— Suis-moi. Sans hésiter.

Un troisième Assassin se tenait sur la dernière plate-forme. Tous trois étaient invisibles à Sablé et à ses hommes.

Altaïr regarda plus bas et aperçut des tas de foin disposés stratégiquement à cet endroit et suffisamment épais pour amortir leur chute. Il commençait à comprendre ce que Rauf avait en tête : ils allaient devoir sauter sans que les Templiers puissent les repérer. Mais dans quel but ?

Sa robe claqua sur ses genoux. Le bruit lui sembla aussi rassurant que celui de la pluie ou des vagues. Il regarda le sol et retint son souffle. Il se concentra ; fit du mieux qu'il put abstraction du monde autour de lui.

Il entendit Al Mualim et Sablé échanger des propos auxquels il s'efforça de ne pas prêter attention, se concentrant uniquement sur son saut ; s'y préparant corps et âme. Il ferma les yeux. Une sérénité et un calme nouveaux l'envahirent.

— Maintenant, lâcha Rauf qui plongea, suivi par l'autre Assassin.

Vint le tour d'Altaïr.

Il sauta.

Le temps suspendit son vol. Il chutait, les bras ouverts de toute leur envergure, le corps détendu et gracieusement arqué : il savait son saut parfait, et la plénitude qu'il ressentit lui donna l'impression d'avoir quitté son propre corps. Il atterrit dans le foin avec l'excellence dont ne pouvait faire preuve qu'un Assassin de grand talent. Rauf aussi. Ce ne fut pas le cas du troisième homme dont la jambe se brisa dans un claquement sec. Celui-ci hurla, et Rauf se rua sur lui pour le faire taire. Les Templiers ne devaient pas les entendre : ils devaient être convaincus – si tant est qu'ils les aient remarqués – qu'ils avaient péri dans leur chute.

Rauf se retourna vers Altaïr.

— Je vais rester ici et m'occuper de lui. Tu vas devoir poursuivre seul. Ces cordes te guideront jusqu'au piège. Amorce-le et fais pleuvoir l'enfer sur nos ennemis.

Bien sûr ! Altaïr comprit enfin ce qui se tramait. L'espace d'un instant, il se demanda comment les Assassins avaient pu installer un piège sans qu'il en soit averti. Combien d'autres visages de la Fraternité demeuraient pour lui secrets ? Il progressa lestement le long des cordes qui filaient au-dessus du vide, traversant le défilé en sens inverse jusqu'à la falaise située à l'arrière de la tour de guet. Il grimpa à l'instinct, rapide et agile. Les muscles de ses bras le lançaient tandis qu'il gravissait l'à-pic, toujours plus haut, jusqu'au sommet de la tour. Là, sous les planches de l'étage le plus élevé, il découvrit le piège prêt à être amorcé : de lourds rondins de bois graissés avaient été empilés soigneusement sur une plate-forme inclinée.

Il se déplaça silencieusement jusqu'au bord de la tour et se pencha pour observer les rangs des Templiers. Des dizaines d'entre eux lui tournaient le dos. Il s'approcha des cordes qui retenaient les rondins, dégaina son épée, et pour la première fois depuis des jours, un sourire illumina son visage.

Chapitre 7

Quelques heures plus tard, les Assassins se trouvaient rassemblés dans la cour, savourant leur victoire.

Les rondins avaient déferlé sur les chevaliers qui, pour la plupart, avaient été décimés dès la première vague ; les autres avaient succombé en masse à la seconde charge, placée derrière la première. Quelques instants plus tôt, ils étaient convaincus de leur victoire. Puis leurs corps avaient été martelés, leurs membres brisés. Leurs rangs abandonnés à la panique, Robert de Sablé avait ordonné à ses hommes de battre en retraite, tandis que les archers assassins avaient exploité pleinement leur avantage en faisant pleuvoir sur l'envahisseur un déluge de flèches meurtrières.

Al Mualim fit taire l'assemblée d'Assassins, puis fit signe à Altaïr de le rejoindre sur l'estrade située à l'entrée de sa tour. Il riva sur l'Assassin qui vint à ses côtés un regard sévère, puis ordonna à deux gardes de venir de chaque côté de son élève.

Dans la cour, le silence fit place aux congratulations. Le dos tourné aux autres Assassins, Altaïr sentit peser sur lui tous les regards. Ils allaient tous apprendre ce qui s'était passé à Jérusalem ; Abbas et Malik s'en assureraient. Les efforts d'Altaïr au combat, le fait qu'il ait déclenché le piège qui les avait tous sauvés, tout cela serait bientôt oublié. La seule chose qu'il pouvait encore espérer était qu'Al Mualim se montre magnanime.

— Tu as brillé en boutant Robert et ses troupes hors de Masyaf, annonça le Maître non sans quelque fierté.

Altaïr espéra un instant avoir été pardonné, que ses actes depuis les mésaventures survenues à Jérusalem l'auraient racheté aux yeux d'Al Mualim.

— Tu l'as brisé, poursuivit le Maître. Ce n'est pas de sitôt qu'il reviendra nous importuner. Dis-moi, sais-tu seulement pourquoi ta mission a été un succès ?

Altaïr ne répondit pas. Son cœur battait à tout rompre dans sa poitrine.

— Parce que tu as su écouter, insista Al Mualim. Si tu avais su écouter à l'intérieur du Temple de Salomon, Altaïr, tout cela ne serait jamais arrivé.

Il décrivit de la main un cercle qui englobait la cour et tout ce qui s'étendait au-delà ; ce paysage que l'on s'affairait à débarrasser des cadavres d'Assassins, de Templiers et de villageois.

— Je n'ai rien fait de plus qu'obéir, répondit Altaïr qui avait tenté de choisir ses mots avec prudence.

En vain.

— Non ! l'invectiva le Maître, les yeux enflammés. Tu n'en as fait qu'à ta tête ! Malik m'a conté l'arrogance dont tu as fait preuve. Tu as craché sur nos principes.

Les deux gardes situés de part et d'autre d'Altaïr s'approchèrent de lui et le saisirent par les bras. Il banda ses muscles, moins pour lutter que pour s'imposer à eux.

— Que faites-vous ? demanda-t-il, méfiant.

Les joues d'Al Mualim s'empourprèrent.

— Nous avons des règles. Nous ne sommes rien si nous ne respectons pas le Credo des Assassins. Il ne compte que trois lois, très simples, mais tu sembles pourtant les avoir oubliées. Laisse-moi te les rappeler. En premier lieu, jamais l'épée ne doit verser…

Al Mualim s'apprêtait-il simplement à lui faire la morale ? Altaïr se détendit, mais ne parvint pas à dissimuler la note de résignation qui perçait dans sa voix tandis qu'il terminait la phrase de son maître.

— ... le sang d'un innocent. Je le sais bien.

Le claquement de la paume d'Al Mualim sur le visage d'Altaïr résonna dans la cour de pierre tout entière. L'Assassin sentit sa joue s'embraser.

— Et tiens ta langue tant que je ne t'ai pas autorisé à t'en servir ! rugit Al Mualim. Si cette règle t'est si familière, pourquoi as-tu ôté la vie de ce vieil homme à Jérusalem ? C'était un innocent. Rien ne justifiait qu'on l'assassine.

Altaïr se tut. Qu'aurait-il pu dire, d'ailleurs ? « J'ai agi sans réfléchir » ? « J'ai tué ce vieillard dans un accès d'orgueil » ?

— Ton insolence ne connaît aucune limite ! hurla Al Mualim. Instille un peu d'humilité dans ton cœur, ou je jure de l'arracher avec mes propres mains. (Il marqua une pause, maîtrisant quelque peu sa colère.) La deuxième règle du Credo est celle dont nous tenons notre force, poursuivit-il. L'Assassin doit être discret dans tous ses faits et gestes. Que la foule soit notre meilleur déguisement. T'en souviens-tu ? Car, si j'en crois ce que l'on m'a rapporté, tu as choisi de t'exposer au grand jour, en attirant l'attention sur toi avant de frapper.

Altaïr resta silencieux. Il sentait la honte dévorer ses entrailles.

— Quant à notre troisième et dernière règle, ajouta Al Mualim, celle qui marque la plus humiliante de tes trahisons : les actions ne doivent jamais compromettre la Fraternité. Cela me semble limpide : jamais les actes de l'un d'entre nous ne doivent mettre à mal notre Ordre, directement ou indirectement. Pourtant, ton égoïsme dans les tréfonds de Jérusalem nous a mis en grand danger. Pis encore, tu as mené l'ennemi jusqu'à notre foyer. Tous ceux qui ont péri aujourd'hui ont péri par ta faute.

Altaïr ne pouvait se résoudre à croiser le regard du Maître. Sa tête était toujours penchée, et sa joue brûlante de la gifle dont il l'avait puni. Mais lorsqu'il entendit Al Mualim sortir sa dague de son fourreau, il ne put s'empêcher de lever les yeux vers son mentor.

— Cela m'attriste plus que tu ne peux l'imaginer, crois-moi, dit Al Mualim. Mais je ne peux me permettre de laisser vivre un traître.

Non. Tout sauf mourir en traître…

Il écarquilla les yeux lorsqu'il les posa sur la lame que le Maître tenait dans sa main ; cette main qui l'avait guidé depuis son enfance.

— Je ne suis pas un traître…, parvint-il à articuler.

— Tes actes nous ont prouvé le contraire. Tu ne me laisses pas le choix. (Al Mualim prépara sa dague…) Va en paix, Altaïr.

… puis il la plongea dans le ventre du jeune homme.

Chapitre 8

La paix avait gagné son esprit. L'espace de quelques instants, dans la mort, Altaïr avait retrouvé une sérénité perdue.

Et puis… tout à coup, la réalité avait repris ses droits, tourbillonnant autour de lui. Peu à peu, il avait recouvré ses esprits et reconnu les lieux où il se trouvait.

Il se tenait debout. Comment une telle chose pouvait-elle être possible ? Était-ce à cela que ressemblait l'Au-delà ? Était-il au Paradis ? Si tel était le cas, alors ce dernier ressemblait à s'y méprendre aux quartiers d'Al Mualim… Sans compter que le Maître lui-même était présent : il se tenait devant lui, le toisant d'un regard énigmatique.

— Je suis en vie ?

Altaïr fit courir ses doigts là où la dague s'était fichée. Là où il s'attendait à trouver une plaie béante et un pan de tissu trempé de son propre sang, il ne distingua rien. Aucune blessure. Pas la moindre tache. Pourtant, il avait vu le Maître le frapper. Il avait senti la dague plonger en lui. Et cette douleur…

À moins que…

— Je vous ai vu me poignarder, bafouilla-t-il. Et j'ai senti la mort me prendre…

Le regard d'Al Mualim restait impénétrable.

— Tu n'as vu que ce que je voulais te montrer, puis tu as sombré dans ce sommeil que seuls connaissent les trépassés. Car ce n'était qu'au plus profond des entrailles des ténèbres que tu allais pouvoir renaître ; t'éveiller de nouveau.

Altaïr chassa la confusion qui embrumait son esprit.

— Pourquoi, au juste ?

— Te souviens-tu, Altaïr, de la raison pour laquelle les Assassins combattent ?

Altaïr luttait encore pour se remettre du simulacre orchestré par le Maître.

— Pour la paix. En tous lieux et en toutes choses.

— Oui. En tous lieux et en toutes choses. Mettre fin à la violence qu'un homme fait subir à un autre n'est pas suffisant : il faut aussi faire cesser la violence qui sévit en nous-mêmes. Nul ne peut espérer vaincre l'une sans avoir vaincu l'autre.

— C'est ce que vous m'avez enseigné, oui.

Al Mualim secoua la tête. Il éleva la voix et ses joues s'empourprèrent.

— C'est ce que je t'ai enseigné, oui ! Mais toi, mon fils, cette paix intérieure, tu n'as pas su la trouver. Ton âme est souillée par l'orgueil et la prétention. Tu n'as jamais su faire preuve d'aucune mesure. D'aucune sagesse.

— Que me réserve l'avenir, dans ce cas ?

— Les souffrances que tu nous as fait endurer justifieraient à elles seules que je te tue ici même. Malik pense, d'ailleurs, que ce ne serait que justice : ta vie pour celle de son frère.

Al Mualim marqua une pause pour permettre à Altaïr de prendre la pleine mesure de la situation.

— Mais quel gâchis, de mon temps comme de tes talents, si je t'ôte la vie !

À ces mots, Altaïr se détendit quelque peu : il serait épargné. Il aurait une chance de se racheter.

— Tu as été dépossédé de tout ce qui t'appartenait. Ton rang y compris. Te voilà redevenu un Initié, un enfant, comme à tes premiers jours au sein de l'Ordre. Je t'offre une chance de te racheter. Encore une fois, tu vas devoir gagner le droit de rejoindre la Fraternité.

Tout s'expliquait.

— Je suppose que vous avez déjà tout prévu.

— Effectivement. Tu vas d'abord devoir me prouver que tu n'as pas oublié ce qu'est un Assassin. Un véritable Assassin.

— Me demandez-vous de prendre une vie ? demanda Altaïr, conscient qu'il lui faudrait bien plus qu'un vulgaire assassinat pour retrouver son rang.

— Non. Pas encore, tout du moins. Pour l'heure, j'exige que tu te remettes à étudier et à apprendre.

— Je n'ai plus rien à apprendre : je suis un Maître assassin.

— Tu étais un Maître assassin. D'autres traquaient pour toi tes cibles. Plus maintenant. À partir d'aujourd'hui, tu les traqueras seul.

— Si telle est votre volonté.

— Telle est ma volonté.

— Et quelle tâche souhaitez-vous que j'accomplisse ?

— J'ai ici une liste sur laquelle sont inscrits neuf noms. Les noms de neuf hommes qui doivent mourir. Des fléaux, des va-t-en-guerre. Leur pouvoir et leur influence souillent nos terres et assurent la pérennité des Croisades. Tu dois les trouver. Les éliminer. Ainsi, tu sèmeras les graines de la paix pour la région comme pour toi-même. Voilà comment tu pourras te racheter.

Altaïr prit une longue et profonde inspiration. Cette mission, il était tout à fait capable de l'accomplir. Il désirait ardemment – il devait – l'accomplir.

— Neuf vies en échange de la mienne, dit-il avec prudence.

Al Mualim sourit.

— N'est-ce pas une offre généreuse ? As-tu des questions ?

— Où dois-je me rendre en premier lieu ?

— Pars pour Damas. Là-bas, trouve Tamir, le maître du marché noir. Qu'il soit le premier à périr.

Al Mualim s'approcha de la cage où roucoulaient ses pigeons voyageurs, puis en prit un dans le creux de sa paume.

— Avant l'assassinat, rends-toi au Bureau des Assassins de la ville. J'envoie immédiatement un pigeon au rafiq en place pour l'informer de ton arrivée. Parle-lui. Il a beaucoup à t'apprendre...

Il ouvrit la main et l'oiseau s'envola par la fenêtre, comme aspiré soudain par la lumière du jour.

— Si tel est votre désir.

— Bien. Qui plus est, tu ne peux commencer ta mission sans son accord préalable.

Altaïr se redressa soudain.

— Est-ce une plaisanterie ? Je n'ai nul besoin de sa permission. C'est une perte de temps.

— Non. C'est le prix à payer pour réparer les erreurs que tu as commises, le réprimanda Al Mualim. Ce n'est plus à moi seul, mais à la Fraternité tout entière que tu dois te soumettre maintenant.

— Qu'il en soit ainsi alors, concéda Altaïr après un délai assez long pour exprimer son mécontentement.

— Va maintenant, lâcha Al Mualim. Pars prouver que tu as encore quelque chose à offrir à notre Ordre.

Il marqua une pause puis se saisit d'un objet posé derrière son bureau avant de le tendre à Altaïr.

— Prends-la, dit-il.

Soulagé, Altaïr s'empara de sa lame, attachant la dragonne à son poignet, puis enfila la détente à son petit doigt. Il testa le mécanisme et sentit s'éveiller l'Assassin qui sommeillait en lui.

Chapitre 9

Altaïr traversa les bosquets de palmiers, puis longea les écuries et les étals des marchands disposés à l'extérieur des remparts de la ville, jusqu'à ce qu'il arrive devant les portes massives et imposantes de Damas. Il connaissait bien la ville : plus grande cité sainte de Syrie, elle avait abrité deux de ses cibles l'année précédente. Il leva les yeux vers le mur d'enceinte. Il pouvait entendre la vie s'agiter de l'autre côté, comme si elle faisait fredonner la pierre.

Première étape : pénétrer dans la cité. Le succès de sa mission dépendait de ses capacités à se déplacer incognito dans le dédale des rues. Il valait donc mieux éviter toute altercation avec les gardes. Il descendit de cheval et attacha sa monture tout en observant les portes où les soldats sarrasins montaient la garde. Impossible d'entrer par là. Malheureusement, il était plus simple de le constater que de trouver une solution au problème : Damas était connue pour être parmi les villes les mieux défendues d'Orient, et ses remparts – il leva encore une fois les yeux et se sentit minuscule – trop hauts et lisses pour être escaladés depuis l'extérieur.

Il aperçut alors un groupe d'érudits... et sourit. Salah Al'din avait encouragé les savants à se rendre à Damas pour étudier – de nombreuses *madrasa* parsemaient la cité – et, de ce fait, ceux-ci bénéficiaient de nombreux privilèges, dont celui de pouvoir arpenter librement la ville. Il se déplaça jusqu'aux groupes et se mêla à eux, adoptant sa posture la plus pieuse et, avec eux, passa sans encombre devant les gardes de l'entrée, laissant derrière lui l'immensité du désert.

Une fois à l'intérieur de l'illustre cité, il garda la tête baissée, se déplaçant rapidement mais précautionneusement le long des rues jusqu'à ce qu'il atteigne un minaret. Il jeta un rapide coup d'œil à la ronde, bondit sur un rebord saillant, puis se hissa grâce à une première prise, escaladant toujours plus haut la chaude façade de pierre. Même s'il ne se déplaçait pas avec autant d'aisance et d'agilité qu'auparavant, il sentit en lui renaître – s'éveiller plutôt – des talents dont il reprenait peu à peu possession. Et avec eux, cette griserie qu'il connaissait si bien.

En quelques instants, il atteignit le sommet du minaret où il s'accroupit. On aurait dit un oiseau de proie posant son regard sur les alentours, sur les dômes des mosquées et les flèches des minarets qui dentelaient la mer des toits situés en contrebas. Il vit les marchés, les cours, les temples et la tour qui marquait l'emplacement du Bureau des Assassins.

Une fois encore, une vague d'euphorie parcourut son corps. Il avait oublié combien les cités étaient superbes depuis de telles hauteurs. Il avait oublié ce qu'il ressentait auparavant lorsqu'il les toisait depuis ces aires vertigineuses. Dans ces moments-là, toujours, l'apaisement l'emportait sur tout le reste.

Al Mualim avait raison : depuis des années, on localisait pour lui ses cibles ; on lui disait où aller, quand y aller, et lui, il frappait. Il tuait. Rien de plus, rien de moins. Il ne l'avait pas encore remarqué, mais ressentir ce sentiment unique, celui d'être Assassin, lui avait manqué. Il ne s'agissait là ni de bain de sang, ni de meurtre, non, mais de plénitude.

Il se pencha et observa les ruelles étroites. Depuis les minarets résonnait l'appel à la prière ; la foule se dispersait. Il scruta les toits aux alentours, à la recherche d'une zone d'atterrissage idéale… Une charrette de foin. Il riva son regard sur celle-ci, inspira profondément, puis se releva. La brise caressa son visage. Des cloches tintaient au loin. Il fit un pas en avant et se laissa tomber gracieusement jusqu'à sa cible. Sa chute sur l'herbe sèche ne fut pas amortie comme il le pensait, mais elle avait de toute façon été préférable à un atterrissage mal assuré sur une tenture fragile qui se serait probablement déchirée sous son poids, l'envoyant percuter violemment l'étal au-dessous. Il tendit l'oreille, attendant que la rue soit plus calme, s'extirpa de la charrette, puis se dirigea vers le Bureau.

Il entra dans le bâtiment par le toit, sautant jusque dans un vestibule dont l'obscurité n'était troublée que par le scintillement des eaux d'une fontaine. Des plantes étouffaient les bruits extérieurs. Il eut l'impression d'être entré dans un autre monde. Il inspira profondément et entra dans le Bureau.

Le responsable, qui se tenait derrière le comptoir, se leva en apercevant l'Assassin.

—Altaïr. C'est un plaisir de te revoir. Sain et sauf, qui plus est…

—Un plaisir partagé, mon frère.

Altaïr observa l'homme sans trop apprécier ce qu'il voyait, à commencer par l'air insolent et ironique de l'Assassin. Il ne faisait aucun doute qu'il avait été informé des récentes… difficultés qu'avait connues Altaïr et il était évident qu'il avait l'intention de profiter au mieux de l'ascendant que lui offrait la situation.

Sans grande surprise, lorsqu'il reprit la parole, ce fut avec un sourire en coin à peine dissimulé.

— J'ai été navré d'apprendre tes récentes mésaventures.

— Rien qui ne mérite de s'y attarder, répondit Altaïr.

Avec une compassion feinte, l'homme reprit.

— Quelques-uns de nos frères sont passés un peu plus tôt…

Voilà donc comment il avait été informé, pensa Altaïr.

— Si tu avais entendu ce qu'ils m'ont dit, poursuivit l'homme d'une petite voix, nul doute que tu les aurais passés aussitôt au fil de ta lame.

— Oublions cela, dit Altaïr.

Le dirigeant sourit.

— Altaïr, l'illustre Assassin qui ne s'encombrait pas du Credo…

— Si tu as terminé, je suppose que je peux disposer ?

Altaïr ne pensait plus qu'à une chose : chasser d'une gifle le sourire de l'insolent. Ou peut-être l'élargir un peu plus d'un coup de lame…

— Mes excuses, dit le dirigeant dont les pommettes s'étaient légèrement empourprées, il m'arrive d'oublier quelque peu les bonnes manières. Qu'est-ce qui t'amène à Damas ?

L'homme se redressa, se rappelant enfin sa place.

— Un dénommé Tamir, répondit Altaïr. Les affaires qu'ils mènent ne semblent pas du goût d'Al Mualim. Le Maître m'a envoyé y mettre un terme. Où puis-je le trouver ?

— À toi de le traquer…

Altaïr se rebiffa.

— Ce n'est pas à un Maître assassin de tr…

Altaïr s'interrompit, les ordres d'Al Mualim lui revinrent en mémoire. Il devait redevenir un Initié, un simple apprenti. Il allait devoir mener sa propre enquête, localiser sa cible, puis l'assassiner.

Résigné, il avala la consigne d'un hochement de tête. Le dirigeant reprit :

— Fouille la cité. Tâche de découvrir ce que trame Tamir et où il œuvre. Une préparation rigoureuse est le seul gage de ton succès.

— Très bien. Es-tu autorisé à me dire quoi que ce soit sur lui ? demanda Altaïr.

— Il gagne sa vie comme marchand clandestin. Mon conseil serait d'arpenter en premier lieu le quartier du souk.

— Je suppose que je devrai revenir te faire part de ce que j'ai appris.

— En effet ; et je te donnerai la marque d'Al Mualim. Après quoi, tu élimineras Tamir.

— Si tels sont les ordres.

Soulagé de quitter l'antre de l'agaçant dirigeant, Altaïr partit en direction des toits. Là, il respira l'air de la cité, marquant une pause pour scruter une étroite ruelle en contrebas. Les tentures ondoyaient sous une brise légère. De nombreuses femmes se tenaient derrière des étals, vendant des lampes à huile polies, bavardant avec ardeur. Non loin, deux hommes se disputaient. À propos de quoi ? Altaïr ne parvenait pas à l'entendre.

Il leva les yeux vers le bâtiment opposé, puis par-delà les toits. D'où il se tenait, il apercevait la mosquée Sinan-Pacha et les jardins du Sud, mais ce qu'il devait trouver, c'était…

Là. Il le voyait : le gigantesque souk al-Silaah où, selon le dirigeant, il pourrait glaner les premières informations sur Tamir. L'homme en savait plus qu'il n'avait bien voulu en dire, bien entendu, mais il avait probablement reçu l'ordre de le taire à Altaïr. Ce dernier comprit et accepta cet état de fait : il n'était qu'un simple Initié, et l'Ordre ne formait pas des assistés.

Il recula de deux pas, secoua les bras pour en évacuer toute tension, prit une longue inspiration, puis sauta.

Une fois arrivé de l'autre côté, il s'accroupit un instant, écoutant les conversations qui se tenaient en contrebas. Il observa un groupe de gardes suivis par un âne qui peinait à tirer une charrette où avaient été empilés de trop nombreux tonneaux.

— Écartez-vous ! aboyaient les gardes en repoussant les citoyens qui leur barraient la route. Écartez-vous ! Nous transportons des victuailles attendues au Palais du Vizir. Son Excellence Abu'l Nuqoud organisera bientôt une autre de ses grandes réceptions !

Les citoyens écartés dissimulaient des grimaces de dégoût.

Altaïr suivit les gardes du regard tandis qu'ils passaient en dessous de lui. Il avait déjà entendu parler d'Abu'l Nuqoud : le Prince des marchands de Damas. Les barils. Peut-être se trompait-il, mais Altaïr pensa qu'ils contenaient du vin.

Mais peu importe ; là n'était pas sa priorité. Il se redressa et partit au pas de course, ne prenant même pas la peine de ralentir avant de bondir jusqu'au toit suivant, puis jusqu'à l'autre, sentant une puissance et une force nouvelles affluer à chaque nouveau saut. L'action ! Il était fait pour l'action !

Vu de haut, le souk ressemblait à une blessure aux contours déchirés, ouverte dans la surface régulière que formaient les toits de la cité : impossible de le manquer. C'était le lieu commerçant le plus important de Damas. Situé au cœur du quartier pauvre, au nord-est, il était bordé de toutes parts par des bâtisses d'adobe et de bois ; lorsqu'il pleuvait, l'endroit se transformait en un véritable cloaque. Le souk grouillait de chariots et d'étals d'où émanaient d'innombrables senteurs de parfums, d'huiles, d'épices ou de pâtisseries. Partout, clients et marchands chahutaient ou s'affairaient au milieu de la foule. Résumer l'activité du lieu était simple : qui ne parlait pas se hâtait d'un endroit à l'autre du marché. Altaïr observa la scène quelque temps puis descendit le long d'une façade jusque dans le souk où il se mêla à la foule et tendit l'oreille.

Il focalisa son attention entière sur un mot unique…

« Tamir ».

Trois marchands s'étaient regroupés dans l'ombre où ils parlaient à voix basse, mais à grand renfort de gestes nerveux. C'étaient eux qui avaient prononcé le mot. Altaïr se faufila jusqu'à ces derniers puis leur tourna le dos tout en se remémorant les enseignements d'Al Mualim : « *Ne croise jamais le regard de ta cible. Aie toujours l'air occupé et calme.* »

— Il nous convoque encore une fois, prononça l'un des hommes sans qu'Altaïr puisse savoir lequel des trois avait parlé.

Qui était ce « il » ? Tamir, probablement. Altaïr se fit plus attentif, à l'affût d'un indice sur le lieu de rendez-vous.

— Et pour quelle raison, cette fois ? Un nouvel avertissement ? Une autre exécution ?

— Non. Il a du travail pour nous.

— Et nous ne verrons pas un sou, une fois de plus.

— Il n'en fait qu'à sa tête et se moque des conventions de la Guilde des marchands…

Ils commencèrent alors à parler d'une affaire d'importance – historique même, aux dires de l'un des hommes – puis se turent soudain. Tout proche, un orateur à la courte barbe noire venait de prendre place sur une estrade et, les yeux mi-clos, posait sur eux un regard sinistre. Menaçant.

De sous son capuchon, Altaïr lança un bref regard en direction des trois marchands. Ils étaient devenus blêmes.

L'un balaya du pied la poussière de la ruelle, tandis que les deux autres s'éloignaient comme s'ils se souvenaient soudain d'une obligation. Leur conciliabule était arrivé à son terme.

L'orateur… Un homme de Tamir, peut-être. De toute évidence, le marchand régnait sur le souk avec une main de fer. Altaïr se dirigea nonchalamment en direction du tribun tandis qu'il commençait à parler, interpellant la foule.

— Nul ne connaît mieux Tamir que moi, annonça-t-il puissamment. Approchez ! Entendez donc ce que j'ai à vous conter. L'histoire d'un prince marchand à nul autre pareil…

Exactement l'histoire qu'Altaïr voulait entendre ! Il se rapprocha discrètement. Se mêlant aux remous du marché, il n'avait pas de mal à ressembler à un passant intéressé.

— L'histoire se déroule aux portes d'Hittin, poursuivit l'orateur. Les Sarrasins, en cruel manque de nourriture, désespéraient d'être ravitaillés. Pourtant, nul salut ne poignait à l'horizon. À cette époque, Tamir conduisait une caravane entre Damas et Jérusalem, mais son commerce n'était pas alors des plus heureux : personne à Jérusalem ne semblait s'intéresser aux fruits et légumes qu'ils rapportaient des fermes voisines. Inquiet de ce qu'allaient devenir ses marchandises, il décida de partir vers le nord. Quelques jours encore, et tout allait pourrir. Voilà qui aurait clos le livre de sa vie de misère… si le Destin n'en avait pas décidé autrement.

» Lors de son voyage vers le nord, il croisa le chemin du chef sarrasin et de ses hommes affamés. Une aubaine pour les deux parties ! Chacun, de fait, possédait quelque chose que l'autre désirait ardemment. Tamir offrit donc à l'homme la nourriture qui lui faisait défaut et, une fois la bataille terminée, le chef sarrasin s'assura que l'on paie au marchand mille fois le prix de ses denrées.

» D'aucuns disent que, sans l'aide de Tamir, les hommes de Salah Al'din se seraient sans nul doute retournés contre lui ; que, peut-être, c'était grâce à cet homme providentiel que la bataille avait été remportée !

Une fois son discours terminé, l'orateur laissa les spectateurs s'éloigner. Il descendit de l'estrade, puis se mêla à la foule du marché, un mince sourire aux lèvres. Il se rendait probablement à une autre estrade, plus loin, où il allait conter le même récit à la gloire de Tamir. Altaïr le fila à distance, entendant une fois de plus les enseignements de son maître résonner dans sa tête : « *Laisse des obstacles entre toi et ta cible. Elle ne doit jamais pouvoir te repérer en regardant par-dessus son épaule.* »

Altaïr jubilait chaque fois qu'il sentait resurgir en lui ces aptitudes grisantes dont il se savait maître. Il aimait se savoir capable de faire abstraction de l'agitation ambiante pour ne plus se concentrer que sur sa cible.

Soudain, il s'arrêta. Devant lui, l'orateur venait de percuter une femme, et le vase qu'elle transportait se brisa. L'infortunée le rabroua, la paume tendue exigeant réparation. L'homme montra cruellement les dents et leva la main pour la gifler. Altaïr se crispa, mais la femme se recroquevilla terrifiée, et l'orateur dédaigneux baissa la main puis poursuivit sa route en frappant du pied les éclats de vase éparpillés devant lui. Altaïr reprit sa traque et passa devant la femme éplorée qui fouillait le sable en jurant, réunissant tant bien que mal les tessons de sa poterie.

L'orateur bifurqua et Altaïr le suivit jusque dans une ruelle étroite et déserte. Les sombres façades d'adobe pesaient sur eux de chaque côté. L'homme, à coup sûr, empruntait un raccourci qui le mènerait au lieu de sa prochaine tirade. Altaïr jeta un coup d'œil derrière lui, fit quelques pas rapides en direction de l'orateur qu'il saisit par l'épaule, retourna vers lui, puis frappa, la main tendue comme une lame, sous la cage thoracique.

Sous la douleur, l'homme s'affaissa et se mit à suffoquer, la bouche crispée, les lèvres s'agitant comme celles de la gueule d'un poisson jeté à terre. Regardant par-dessus son épaule, Altaïr s'assura qu'il n'y avait eu aucun témoin à la scène, avança d'un pas, pivota et faucha du pied la gorge de l'orateur.

L'homme tomba gauchement à la renverse, les jambes prisonnières de son *dishdasha*. Il plaça ses mains où l'Assassin venait de le frapper et se mit à rouler dans la poussière. Altaïr sourit et s'avança vers lui. *Facile*, se dit-il. Presque trop…

L'orateur se mut alors aussi vivement qu'un cobra : il se releva d'un bond et frappa aussitôt. Son pied s'écrasa sur la poitrine d'Altaïr. Surpris, l'Assassin chancela tandis que son adversaire, lui, se ruait sur lui, la bouche rageuse, le poing prêt à frapper. Une lueur d'orgueil éclaira son regard, lorsque, convaincu de sa victoire, il le projeta en direction d'Altaïr qui l'évita sans mal… s'apercevant trop tard que l'homme venait de le tromper. La mâchoire de l'Assassin craqua sous le violent coup de poing de l'orateur.

Altaïr manqua de tomber à la renverse. Le goût du sang envahit sa bouche. Il se maudit d'avoir été si présomptueux. Une fois encore, il avait sous-estimé son adversaire. Une erreur d'Initié. L'orateur regarda frénétiquement autour de lui, semblant chercher la meilleure issue. Altaïr secoua la tête pour chasser la douleur qui l'assaillait, puis il fondit sur l'homme, le poing levé, le frappant violemment à la tempe avant qu'il n'ait eu le temps de s'enfuir.

Les deux hommes s'affrontèrent ainsi quelques secondes. L'orateur, plus petit et plus vif, frappa l'Assassin en plein sur l'arête du nez. Altaïr chancela, puis cligna des yeux pour chasser les larmes qui troublaient sa vision. Sentant la victoire proche, l'orateur se montra plus agressif, assenant une série de violents coups de poing. Altaïr esquiva d'un pas chassé, s'accroupit, puis faucha l'orateur qui s'effondra. Les poumons de l'homme se vidèrent brutalement lorsque son dos percûta le sol. Altaïr pivota de nouveau, puis martela du genou l'entrejambe de son adversaire. Un grognement d'agonie salua sa victoire.

Altaïr se releva. Sa respiration saccadée agitait ses épaules. Il se ressaisit, tandis que l'orateur se tortillait dans la poussière, les mains entre les cuisses et la bouche bée, incapable de hurler. Il parvint finalement à prendre une profonde inspiration, et Altaïr s'accroupit à côté de lui, puis approcha son visage du sien.

— Tu sembles connaître Tamir mieux que personne, lui siffla-t-il à l'oreille. Qu'est-ce qu'il manigance ? Parle.

— Je ne sais rien de plus que ce que je conte à la foule, grogna le tribun.

Altaïr ramassa une poignée de poussière qu'il laissa filer entre ses doigts.

— Voilà qui est bien triste. Si tu n'as rien à offrir, je n'ai aucune raison de te laisser vivre.

— Attends, attends… (l'orateur tendit vers Altaïr une main fébrile) je sais… je sais une chose…

— Je t'écoute.

— Il est nerveux depuis quelque temps… Depuis qu'il chapeaute la production d'un très grand nombre d'armes…

— Et ? Nul doute qu'elles sont destinées à Salah Al'din. Cela n'a pas le moindre intérêt pour moi et ne suffira donc pas à te sauver la vie…

Altaïr porta la main à son…

— Non ! Arrête. Écoute-moi…

Les yeux de l'orateur roulèrent dans ses orbites et des gouttes de sueur perlèrent de ses sourcils.

— Ces armes ne sont pas pour Salah Al'din. Elles sont pour... quelqu'un d'autre. Je ne connais pas les armoiries qui les ornent. Je ne les ai jamais vues auparavant. De toute évidence, Tamir est au service d'un autre homme. Un homme dont je ne sais rien...

Altaïr acquiesça.

— Rien d'autre ? demanda-t-il.

— Non, non. Rien d'autre. Je t'ai dit tout ce que je savais...

— Dans ce cas, repose en paix, mon ami.

— Non..., commença l'orateur.

Un bruit métallique aussi sonore que le bris du vase plus tôt dans l'allée du marché retentit dans la ruelle lorsque Altaïr fit jaillir sa lame, puis l'enfonça dans le sternum de l'orateur, soutenant ainsi le mourant cloué à l'acier. D'ultimes spasmes agitaient le corps de l'homme aux yeux vitreux. Du sang écumait à la commissure de ses lèvres. La mise à mort avait été rapide. Propre.

Altaïr le déposa délicatement sur le sable, ferma ses paupières d'une main, puis se leva. Sa lame se rétracta. Il dissimula le corps derrière une pile de tonneaux malodorants, se retourna, puis quitta la ruelle.

Chapitre 10

— Altaïr ! Bienvenue, bienvenue !

Le visage du dirigeant s'était paré d'un petit sourire narquois lorsque Altaïr était entré, sourire auquel l'Assassin avait répondu par un regard glacial qui avait donné au responsable l'impression de rapetisser, de disparaître presque. Altaïr portait-il l'odeur de la mort ? Peut-être le dirigeant l'avait-il senti.

— J'ai fait ce que tu m'as ordonné. Donne-moi le marqueur.

— Chaque chose en son temps. Qu'as-tu appris ?

Venant tout juste de faucher une vie, Altaïr jugea la demande quelque peu arrogante. Il parvint à étouffer l'envie qui le démangeait de remettre son interlocuteur à sa place : il devait accepter ce rôle de subalterne, quelle que soit l'absurdité de la situation.

— Tamir dirige le souk al-Silaah, dit Altaïr en se souvenant des visages apeurés des marchands qui avaient pesté en silence à l'approche de l'orateur. Il fait fortune en vendant des armes et des armures, et nombreux sont ceux qui l'assistent dans ce commerce : forgerons, marchands, mécènes. Il a droit de vie ou de mort sur quiconque foule son domaine.

L'autre acquiesça, n'apprenant rien qu'il ne savait déjà.

— Et as-tu une idée de la façon dont tu nous débarrasseras de ce fléau ? demanda-t-il à Altaïr avec dédain.

— Il organisera bientôt un rassemblement au souk al-Silaah pour discuter avec ses hommes d'une transaction d'envergure. Il s'agirait de la vente la plus importante jamais réalisée par Tamir. Il sera trop concentré dans son commerce pour s'apercevoir de ma présence.

— Ton plan semble bon. Je t'autorise à poursuivre ta mission.

Il récupéra, derrière le bureau qui les séparait, le marqueur d'Al Mualim, une plume de l'un de ses précieux oiseaux, puis la posa devant lui.

— Que la volonté d'Al Mualim soit faite, dit-il lorsque Altaïr s'en saisit, puis la rangea précautionneusement dans un pli de sa robe.

Peu après le lever du soleil, il quitta le Bureau et repartit pour le souk al-Silaah. Une fois arrivé au marché, il découvrit que tous les regards étaient tournés vers une petite cour réputée située en contrebas, en plein centre du souk.

Il comprit rapidement pourquoi : Tamir, le prince marchand, était là. Derrière lui se tenaient deux gardes du corps à l'air lugubre et menaçant. Il avait attiré sur lui l'attention du souk entier : tremblant, un homme vêtu d'un turban à damiers, d'une tunique élégante et de bandes molletières lui faisait face. On devinait ses dents sous son épaisse moustache noire.

Altaïr contourna la foule, gardant un œil sur la scène. Les marchands avaient quitté leurs échoppes pour se joindre à l'assistance. Damas, habituellement partagé entre les allées et venues énergiques et les conversations animées, marquait une pause.

— Il vous suffirait d'y regarder de plus près et…, commença l'homme d'une voix servile.

— Je me fiche de tes calculs, l'interrompit Tamir d'un ton sec. Les nombres n'y changeront rien. Tes hommes n'ont pas honoré ma commande, ce qui fait que je n'ai pu honorer celle de mon client.

Client, se dit Altaïr. De qui pouvait-il parler ?

Le marchand déglutit et il regarda la foule à la recherche d'un salut providentiel. En vain : les gardes du marché se tenaient là, l'air de rien, tandis que les spectateurs attendaient en émoi la sentence de Tamir. Ils étaient écœurants. Les vautours comme les gardes sans honneur. Et Tamir plus que tout autre.

— Nous avons besoin de plus de temps, supplia le marchand qui comprenait sans doute que son seul espoir était de convaincre Tamir de se montrer magnanime.

— L'excuse des fainéants et des incompétents, répliqua le prince du marché noir. Auxquels appartiens-tu ?

— Ni aux uns, ni aux autres, répondit le marchand en levant des mains tremblantes.

— Tu m'as pourtant prouvé le contraire, lâcha Tamir qui posa le pied sur un muret bas et se pencha vers le marchand. Alors, que comptes-tu faire pour régler notre petit problème ? J'ai besoin de ces armes maintenant.

— J'ignore ce que je peux faire de plus, balbutia le marchand. Mes hommes travaillent nuit et jour… Votre client… est si exigeant. Et cela sans compter la route dangereuse qu'emprunte la caravane pour lui livrer c…

— Si seulement tu pouvais produire des armes avec la même aisance que tu produis des excuses ! se moqua Tamir qui s'adressait à la foule autant qu'au malheureux.

Un petit rire nerveux plus apeuré qu'amusé parcourut l'assistance.

— J'ai fait mon possible, insista le vieillard à la barbe frémissante, dont le turban suintait de sueur.

— Eh bien, cela n'a pas suffi.

— Alors peut-être m'en avez-vous trop demandé, risqua le marchand.

La tactique était téméraire. Le sourire qui avait séduit la foule disparut du visage de Tamir qui posa des yeux furieux sur le vieil homme.

— Trop ? répéta-t-il férocement. Je t'ai tout donné. Sans moi, tu mendierais encore ta maigre pitance en charmant des serpents. Tout ce que je t'ai demandé en échange de mes bienfaits était que tu honores mes commandes. Et tu oses me dire que j'en demande trop ?

Tamir dégaina sa dague. Un bref scintillement courut le long de l'acier. Les spectateurs commencèrent à s'agiter. Altaïr observa les gardes, impassibles, les bras croisés, les sabres toujours à la ceinture. Dans le souk entier, personne n'osait plus faire le moindre geste ; c'était comme si tous, ici, avaient été envoûtés.

Le vieillard laissa échapper un râle terrifiant, puis tomba à genoux, les mains levées en signe de supplication. Sur son visage se lisait l'appel de pitié désespéré qu'il s'adressait à Tamir, les yeux luisants de larmes.

Tamir toisa la misérable créature à genoux à ses pieds et cracha. Le vieil homme tenta de chasser les glaires du prince du marché noir d'un clignement de paupières.

— Oserais-tu m'injurier ? rugit Tamir.

— Pitié, Tamir, pitié, murmura le marchand. Jamais je n'ai voulu t'insulter.

— Dans ce cas, tu aurais mieux fait de te taire ! gronda Tamir hargneux.

Altaïr lut la soif de sang dans les yeux du maître des lieux. Ce qui allait arriver à présent, il le savait. Comme pour lui donner raison, Tamir lacéra le buste de l'homme, ouvrant dans sa tunique une plaie béante qui se teinta aussitôt d'écarlate. Le marchand bascula en arrière en lâchant un petit cri strident qui glaça le souk entier.

— Pitié, non… Assez…, gémit le vieil homme.

— Assez ? railla Tamir. Cela ne fait que commencer.

Il avança et enfonça sa lame dans l'estomac du vieillard qu'il plaqua au sol. Le malheureux geignit comme un animal blessé. Tamir le poignarda encore.

— Tu oses pénétrer dans mon souk ! hurla Tamir. (Il frappa une troisième fois.) Te présenter devant mes hommes ! (Une quatrième ; la lame rendant chaque fois le bruit spongieux d'une viande qu'on attendrit. L'homme hurlait encore.) Et en sus, tu oses m'insulter ? (Un nouveau coup de dague ; Tamir ponctuait chacun de ses mots par un nouveau coup.) Je vais t'apprendre à rester à ta place !

Mais le marchand avait cessé de hurler. Il n'était plus qu'une carcasse sanguinolente étendue dans la cour. L'un des gardes du corps de Tamir s'avança pour déplacer le cadavre.

— Non, lâcha Tamir à bout de souffle (Il s'essuya la barbe d'un revers de main.) Laisse-le. (Il se tourna vers la foule.) Que cela vous serve à tous de leçon. Réfléchissez-y à deux fois avant de me dire que vous n'avez pu accomplir ma volonté. Et maintenant, au travail !

Se détournant du corps du vieil homme – qu'un chien alléché commençait déjà à renifler –, les spectateurs reprirent progressivement leurs activités respectives, si bien que, quelques minutes plus tard, on eût dit que rien ne s'était passé et que le vieillard n'était même plus un souvenir.

Mais pas pour Altaïr. Il desserra les poings et laissa échapper une lente et longue expiration, refrénant un accès de rage. Il pencha légèrement la tête, les yeux dissimulés derrière son capuchon, et fendit la foule à la suite de Tamir qui arpentait le marché, ses gardes du corps sur les talons.

Tandis qu'il s'approchait de lui, Altaïr l'entendit s'adresser à certains des marchands qui, tous, l'observaient les yeux écarquillés, terrifiés, acceptant sans condition tout ce qu'il exigeait d'eux.

— C'est invendable, cracha Tamir. Fonds-le et recommence. Et si par malheur le résultat est toujours aussi pitoyable, c'est toi que je prendrai plaisir à jeter dans la forge.

Regard terrifié. Acquiescements, encore et encore.

— À quoi passes-tu donc tes journées ? Ton étal croule sous la marchandise. Ta bourse devrait être prête à se déchirer sous le poids des pièces. Pourquoi n'arrives-tu pas à vendre tout ça ? Est-ce si compliqué ? Peut-être ne fais-tu pas de ton mieux… Aurais-tu besoin que je te motive un peu ?

Le marchand acquiesça frénétiquement avant de se rendre compte de ce qui venait de lui être demandé, puis se reprit avec nervosité et secoua la tête de façon tout aussi exagérée. Tamir poursuivit sa route, noyé par la foule. Ses gardes du corps… Peut-être le moment d'agir était-il venu… Le souk entier était tétanisé, terrifié par Tamir, et ses hommes avaient relâché leur vigilance. Ils étaient restés en retrait, exigeant d'un marchand qu'il leur cède quelques marchandises à offrir à leurs femmes. Tamir, lui, était trop occupé à terroriser de nouvelles victimes pour se soucier de sa sécurité.

Altaïr se faufila entre lui et ses deux gardes du corps. Il replia son petit doigt et sentit la résistance du mécanisme de sa lame. Tamir lui tournait le dos, occupé à insulter un nouveau commerçant.

— Tu m'as supplié de t'accorder cette place au souk en me jurant que personne ne pourrait faire aussi bien que toi. Je devrais…

Altaïr fit un pas en avant et – « chling » – sa lame jaillit tandis qu'il saisissait Tamir par un bras et enfonçait l'acier profondément dans son dos.

Tamir lâcha un gémissement étranglé, mais ne hurla pas. Il se tordit de douleur quelques secondes et se mit à clopiner. Par-dessus son épaule, Altaïr croisa le regard effrayé du marchand qui semblait ne savoir que faire : allait-il alerter les gardes ou… Il se retourna et s'éloigna.

Altaïr déposa le corps de Tamir sur le sol entre deux étals, hors de vue des gardes du corps toujours inattentifs.

Tamir battait des paupières.

— Va en paix, lui adressa doucement Altaïr.

— Tu le paieras, Assassin, gémit Tamir (Un mince filet de sang coulait de son nez.) Toi et tous les tiens.

— Pour l'heure, mon ami, c'est à toi de payer, semble-t-il. Tu en as fini de jouir de la souffrance d'autrui.

Tamir partit d'un rire aussi rauque qu'éteint.

— Me prends-tu pour l'un de ces bourreaux de bas étage qui tètent pathétiquement les mamelles de la guerre ? N'as-tu pas trouvé que ta cible était peu commune ? Pourquoi moi quand tant d'autres font de même ?

— Te crois-tu différent de ces autres crapules ? demanda Altaïr.

— Oh, mais je le suis… Comme mes frères, je sers une cause bien plus noble que le profit…

— Tes frères ?

Tamir gloussa fébrilement encore une fois.

— Ah… il croit que j'agis seul. Je ne suis qu'une pièce d'échecs, un pion au rôle bien défini. Je crois que tu croiseras les autres bien assez tôt. Et je ne doute pas qu'ils verront ton affront d'un mauvais œil.

— Parfait. J'ai l'intention d'en finir également avec eux.

— Quelle présomption ! L'orgueil est un poison, mon enfant, dit Tamir.

Puis, il rendit son dernier souffle.

— Le changement en ce monde se fait toujours au prix de quelques vies, récita Altaïr en fermant les paupières du marchand.

Il saisit dans sa robe la plume d'Al Mualim, la trempa dans le sang de Tamir, lança un dernier regard en direction des gardes, puis quitta les lieux, disparaissant dans la foule. Lorsque la clameur éclata derrière lui, il n'était déjà plus qu'un fantôme.

Chapitre 11

Tamir, la première des neuf cibles d'Altaïr : Al Mualim avait reçu avec une satisfaction retenue la nouvelle de sa mort, il avait levé les yeux de la plume tachée de sang jusque sur Altaïr dont il avait loué les compétences avant de lui confier sa nouvelle mission.

Altaïr avait acquiescé la tête basse, puis avait pris congé du Maître. Le lendemain, il avait préparé son paquetage et avait quitté Masyaf de nouveau ; en direction d'Acre, cette fois, une cité aussi férocement défendue par les croisés que Damas par les troupes de Salah Al'din. Une cité meurtrie par la guerre.

La bataille pour Acre avait été rude. Les chrétiens l'avaient reprise après un siège sanglant et long de presque deux ans. Altaïr lui-même avait participé au conflit, empêchant les Templiers d'empoisonner les réserves d'eau de la ville.

En revanche, il n'avait rien pu faire contre l'empoisonnement déjà en cours : les cadavres immergés avaient transmis la maladie aux musulmans comme aux chrétiens, à l'intérieur et à l'extérieur de la cité. Les réserves de nourriture s'étaient amenuisées, et des milliers de personnes étaient mortes de faim. Après quoi, d'autres croisés étaient arrivés et avaient construit d'autres machines dont les assauts avaient ouvert de gigantesques brèches dans les remparts. Les Sarrasins avaient résisté assez longtemps pour réparer les dégâts, jusqu'à l'arrivée de Richard Cœur de Lion qui mena le siège jusqu'à la reddition des musulmans. Les croisés s'étaient alors emparés de la ville et avaient pris en otage sa garnison.

Les négociations entre Salah Al'din et Richard pour la libération des captifs avaient commencé, négociations entachées par un désaccord entre Richard et le Français Conrad de Montferrat qui avait refusé de rendre les prisonniers capturés par les forces de France.

Conrad s'en était alors retourné à Tyr, et Richard était parti pour Jaffa où ses hommes allaient affronter ceux de Salah Al'din. Acre avait alors été confiée au frère de Conrad, Guillaume.

Guillaume de Montferrat avait ordonné l'exécution des otages musulmans, et près de trois mille hommes avaient été décapités.

Aujourd'hui, Altaïr se retrouvait donc à mener sa traque dans une cité balafrée par l'Histoire, meurtrie par les sièges, les épidémies, la famine, la barbarie et les carnages. Une ville dont les habitants savaient trop bien ce qu'était la souffrance ; des hommes et des femmes aux yeux pleins de tristesse et aux épaules voûtées par le poids du chagrin. C'est dans le quartier pauvre qu'il fut témoin de la misère la plus terrible : des corps roulés dans de l'étoffe de mousseline jonchaient le sol des ruelles, tandis que l'alcool et la violence régnaient dans le port. Le seul quartier de la ville à ne pas avoir succombé au désespoir et à la mort était le quartier riche, celui où s'étaient établis les croisés, là où se trouvaient la citadelle de Richard et les quartiers de Guillaume. C'est depuis ce nouveau siège que les croisés avaient décrété qu'Acre était la capitale du Royaume de Jérusalem, et qu'ils l'avaient utilisée pour stocker leur arsenal et leurs réserves avant que Richard n'aille marcher sur Jaffa, laissant à Guillaume les rênes de la cité.

Depuis, le règne de Guillaume n'avait guère fait qu'exacerber les problèmes déjà présents à Acre, ce qui compliquait la tâche d'Altaïr. Satisfait d'avoir à éliminer cette crapule, Altaïr se dirigea vers le Bureau des Assassins. Là, le responsable, Jabal, attendait assis, roucoulant devant un pigeon qu'il tenait entre ses mains. Lorsque Altaïr entra, il leva les yeux.

— Ah, Altaïr, dit-il d'un ton accueillant. Un petit oiseau m'avait averti de ta visite imminente…

Il sourit à sa propre boutade, puis laissa le pigeon s'échapper. Au lieu de reprendre sa liberté, l'oiseau se posa sur le comptoir, devant eux, et ébouriffa les plumes de sa poitrine tout en se lançant dans une série d'allers et retours qui donnaient l'impression qu'il montait une étrange garde aviaire. Jabal l'observa d'un air amusé, puis s'installa confortablement sur son fauteuil pour étudier le visiteur.

— Alors, Altaïr, qui donc est l'infortuné à qui Al Mualim offre de goûter ta lame ? demanda-t-il.

— Le Maître souhaite la mort de Garnier de Naplouse.

Jabal sursauta.

— Le Grand maître des Hospitaliers ?

Altaïr acquiesça lentement.

— Tout juste. Et je sais déjà où et quand je frapperai.

— Je t'écoute, alors.

Jabal semblait justement impressionné.

— Naplouse vit et œuvre dans l'hôpital de l'Ordre au nord-ouest d'ici. Si j'en crois la rumeur, il y commet toutes sortes d'atrocités.

Après qu'Altaïr lui eut révélé ce qu'il savait, Jabal acquiesça d'un air pensif, méditant ce qui venait d'être dit.

— Quel est ton plan ? finit-il par demander.

— Il est rare que Garnier quitte ses quartiers de l'hôpital, mais il lui arrive d'aller rendre visite à ses patients. Je frapperai durant l'une de ses rondes.

— De toute évidence, tu as bien préparé ton intervention. Je t'autorise à mener cette mission à son terme. (Il tendait déjà à Altaïr le marqueur d'Al Mualim.) Purge Acre de cette souillure, Altaïr. Peut-être cela te purgera-t-il de la tienne.

Altaïr saisit la plume, posa sur Jabal un regard noir – tous les Assassins étaient-ils au fait des fautes qui lui avaient coûté son rang ? – puis quitta le Bureau, arpentant les toits de la ville jusqu'à ce que l'hôpital soit en vue. Il s'arrêta pour l'observer, reprit son souffle et réfléchit.

Altaïr n'avait donné à Jabal qu'une version tronquée de ce qu'il avait découvert, dissimulant au responsable le profond dégoût qu'il éprouvait pour Naplouse. Il avait appris que ce dernier était devenu Grand maître de l'Ordre des Hospitaliers fondé à l'origine à Jérusalem. Les chevaliers n'en avaient pas moins établi une base dans l'un des quartiers les plus miséreux d'Acre.

Là, si Altaïr pouvait en croire ce qu'il avait appris, l'homme faisait tout sauf dispenser des soins aux nécessiteux.

Dans le quartier des Hospitaliers, il avait entendu deux membres de l'Ordre discuter de l'interdiction faite par le Grand maître aux citoyens : ils n'avaient pas le droit de pénétrer dans l'hôpital. Et le peuple commençait à gronder. L'un des deux hommes avait ajouté qu'il craignait que le scandale de Tyr ne se reproduise.

— Quel scandale ? avait demandé le deuxième homme.

Le premier s'était alors penché vers son compagnon pour lui expliquer ce qu'Altaïr avait fini par comprendre au prix de grands efforts.

— Apparemment, Garnier de Naplouse est originaire de Tyr, mais il en a été exilé. Il paraît qu'il menait des expériences sur les citoyens de la cité.

La révélation sembla provoquer un haut-le-cœur chez le deuxième homme.

— Quelle sorte d'expériences ?

— Je ne connais pas les détails, mais je suis inquiet… A-t-il recommencé ? Est-ce pour cela qu'il s'enferme dans l'hôpital qui lui tient lieu de forteresse ?

Peu après, Altaïr avait lu un parchemin dérobé à l'un des hommes de Naplouse. Il y était inscrit que l'hospitalier n'avait pas la moindre intention de soigner quiconque à Acre. Il se prêtait en réalité à diverses expériences – mais pour le compte de qui ? – sur des sujets arrivés tout droit de Jérusalem. Son objectif était d'induire chez eux différents comportements. Quant à Tamir, le marchand de Damas récemment décédé, il avait été chargé de fournir en armes le même maître d'œuvre.

Une phrase en particulier avait attiré l'attention d'Altaïr : « Nous devons tout mettre en œuvre pour récupérer ce qui nous a été volé ». Quelle était la signification de cette affirmation ? Tout en y réfléchissant, il avait poursuivi son enquête. Il avait entendu que le Grand maître laissait les fous pénétrer dans l'hôpital, et découvert l'heure à laquelle les archers qui gardaient les passerelles surplombant le bâtiment quittaient leur poste. Il avait également appris que Naplouse aimait effectuer ses rondes sans gardes du corps, et que seuls les moines étaient en droit d'entrer dans l'édifice.

Ce n'avait été qu'après avoir découvert toutes ces informations qu'il s'était rendu auprès de Jabal pour récupérer la plume d'Al Mualim.

Chapitre 12

Il contourna l'enceinte d'un bâtiment qui jouxtait la forteresse des Hospitaliers. Comme il s'y attendait, un soldat y montait la garde. C'était un archer. Altaïr observa les allées et venues du soldat qui, s'il scrutait de temps à autre la cour en contrebas, se concentrait surtout sur les toits alentour. Altaïr leva les yeux vers le soleil. S'il ne se trompait pas, l'archer quitterait bientôt son poste. Il esquissa un sourire lorsque l'homme se dirigea vers une échelle et quitta le chemin de ronde.

Altaïr se baissa. Il bondit du toit au rempart qu'il parcourut discrètement jusqu'à ce qu'il puisse observer, par-dessus le rebord, la cour en contrebas. En dehors du puits de pierre grise et terne qui se tenait en son centre, plongeant à pic à une profondeur inconnue, la cour était nue… un décor d'une modestie inhabituelle dans cette cité. Là se trouvaient un groupe de moines et des gardes vêtus des tenues habituelles des Hospitaliers, noires et barrées sur la poitrine d'une croix blanche. Parmi eux, des hommes, des patients peut-être, erraient pieds et torse nus. Les miséreux déambulaient sans but, l'air absent, les yeux vitreux.

Altaïr grimaça. Même en l'absence de garde sur le chemin de ronde, il était impossible de sauter dans la cour sans être vu. Il avança jusqu'au mur où se trouvait l'entrée de l'hôpital et scruta la rue en contrebas. Sur le pavé blanchi par la lumière du soleil, des citoyens malades suppliaient les gardes de les laisser entrer, les plus dérangés levant les bras au ciel, proférant des chapelets d'insultes à peine compréhensibles.

Là – Altaïr sourit –, un groupe d'érudits fendait la foule comme si elle n'existait pas, faisant fi de l'agitation provoquée par les miséreux. Visiblement, les érudits s'apprêtaient à entrer dans l'hôpital. Profitant du tumulte environnant, Altaïr descendit discrètement dans la rue, se mêla à eux, puis baissa la tête et regarda ses pieds. De temps à autre, il risquait un coup d'œil pour s'assurer de leur destination. Comme il l'avait pensé et espéré, ils se dirigeaient vers l'hôpital à l'entrée duquel les gardes s'écartèrent pour les laisser passer.

Altaïr grimaça : si les rues de la cité exhalaient d'agréables senteurs de pains cuits, de parfums et d'épices, tout ici puait la souffrance, la mort et les excréments humains. Sans qu'il sache exactement d'où ils provenaient, il entendit, étouffés par plusieurs portes closes, une série de hurlements de douleur suivis de faibles râles d'agonie. *Cela doit venir du bâtiment principal*, pensa-t-il. Comme pour lui donner raison, les portes closes s'ouvrirent violemment et un patient hystérique déboula dans la cour.

— Non ! Au secours ! Aidez-moi ! hurla-t-il, en proie à l'effroi et les yeux écarquillés. À l'aide ! Pitié, à l'aide !

L'homme était poursuivi par un garde au regard tellement indolent qu'on aurait pu croire qu'on lui avait sectionné les muscles d'une paupière. Il courut après l'aliéné qu'il rattrapa sans mal. Rejoint par un autre garde, il se mit à le battre jusqu'à ce que l'homme tombe à genoux devant eux.

Altaïr observa la scène. Il avait senti ses mâchoires et ses poings se serrer lorsque les gardes avaient maltraité l'illuminé, et que les autres patients s'étaient approchés pour assister au spectacle, observant cependant la scène sans réel intérêt, la tête légèrement penchée.

— Pitié ! s'égosilla l'illuminé sur lequel pleuvaient encore les coups. Arrêtez ! Je vous en supplie.

Puis il se tut et oublia sa douleur lorsque, soudain, les portes de l'hôpital s'ouvrirent sur un homme qui ne pouvait être que Garnier de Naplouse.

L'hospitalier était plus petit qu'Altaïr ne l'aurait cru. Glabre, les cheveux blancs et ras, les yeux vides et cruels, la bouche aux commissures tombantes, il avait l'air d'un cadavre. Il portait sur chaque bras la croix blanche des Hospitaliers, et un crucifix pendait à son cou ; malgré cela, Altaïr ne put s'empêcher de penser que, quel que soit le Dieu qu'il adorait, ce dernier l'avait privé de son humanité. Car il portait également un tablier. Un tablier maculé de sang.

Le nouvel arrivant posa un regard sinistre sur le fou prostré plus loin devant lui et maintenu fermement par Œil-cossard et l'autre garde. Œil-cossard levait le poing, prêt à frapper de nouveau le malheureux.

— Assez, mon enfant, ordonna Naplouse. Je t'ai demandé de me ramener ce patient, pas de le tuer.

Œil-cossard baissa le poing à regret à l'approche de son supérieur. Naplouse avançait en direction du misérable qui gémissait et se débattait comme un animal effrayé.

Un sourire incongru chassa la dureté glaciale du visage de Naplouse.

— Du calme, du calme, dit-il à l'homme terrifié, presque avec tendresse. Tout va bien se passer, je suis là. Donne-moi ta main.

L'illuminé secoua la tête.

— Non ! Non, ne me touchez pas ! Ne me touchez plus !

Naplouse fronça les sourcils comme si la réaction de l'homme l'avait affecté.

— Si tu n'abandonnes pas cette peur qui te ronge, je ne pourrai rien faire pour t'aider, dit-il sur un ton monocorde.

— M'aider ? Comme vous avez aidé les autres ? Vous avez… pris leur âme ! Mais vous n'aurez pas la mienne. Non… Vous n'aurez pas la mienne. Jamais, jamais, jamais… Jamais, jamais, jamais, jamais, jam…

Naplouse, que toute tendresse avait quitté, gifla l'illuminé.

— Ressaisis-toi, grogna-t-il. (Ses yeux s'embrasèrent, forçant l'infortuné à baisser la tête.) Crois-tu que cela me procure un quelconque plaisir ? Crois-tu que je souhaite te faire souffrir ? Malheureusement, tu ne me laisses pas le choix…

Soudain, le fou échappa aux deux gardes et tenta de fuir au cœur de la foule de spectateurs hagards.

— Bourreau ! Ta douceur n'est qu'un masque ! hurla-t-il alors qu'il passait près d'Altaïr, les gardes lancés à sa poursuite. Il ne prodigue que mensonges et tromperie ! Il ne sera satisfait que lorsque tous s'agenouilleront devant lui !

Œil-cossard le rattrapa et le traîna jusque devant Naplouse où il pleurnicha, brisé par le regard glacial du Grand maître.

— Tu n'aurais pas dû faire cela, dit lentement Naplouse avant de se tourner vers Œil-cossard. Raccompagne-le à ses quartiers. Je vous rejoindrai une fois que je me serai occupé des autres patients.

— Jamais je ne vous laisserai me séquestrer ici ! s'égosilla le fou. Je m'enfuirai encore !

Naplouse se figea.

— Non, tu ne t'échapperas plus, lâcha-t-il sur le même ton monocorde avant de s'adresser une fois encore à Œil-cossard. Brise-lui les deux jambes.

Le malheureux tenta de s'enfuir. Œil-cossard sourit, puis piétina une à une les jambes du fou. Les os se brisèrent en craquant comme deux vulgaires branches de bois sec. Il hurla. Altaïr se rendit compte qu'il avait fait quelques pas en avant, incapable de se contenir à la vue d'une cruauté aussi gratuite.

Et puis l'atmosphère se calma : l'homme, abattu par une douleur insoutenable, venait de sombrer dans l'inconscience, et les deux gardes le déplaçaient déjà. Naplouse posa son regard sur lui. Ce même regard compatissant et bienveillant qu'Altaïr avait lu plus tôt sur son visage.

— Si tu savais ma tristesse, mon enfant…, murmura-t-il comme à lui-même. (Il se tourna vers la foule.) N'avez-vous rien de mieux à faire ? aboya-t-il en jetant un regard noir aux moines et aux patients qui s'étaient massés là et commençaient à se disperser.

Tandis qu'Altaïr tournait le dos à la scène pour se mêler à la foule, il vit Naplouse la scruter, à la recherche de tout individu envoyé ici pour le tuer.

Parfait, pensa Altaïr en entendant les portes de l'hôpital se refermer après que le Grand maître eut quitté la cour. *Qu'il angoisse. Qu'il ressente ne serait-ce qu'une once de la terreur qu'il suscite chez ses victimes.* Cette pensée réchauffa Altaïr, tandis qu'il rejoignait les rangs des érudits qui passaient à présent une seconde porte, entrant dans une vaste salle de soins dont le tapis de paille ne pouvait atténuer la puanteur de la souffrance et des excrétions humaines. Altaïr manqua de vomir et remarqua que plusieurs moines avaient enfoui leur nez dans le tissu de leur manche.

C'est de cet endroit que s'élevaient les râles. Ici, des hommes gémissant et hurlant parfois de douleur étaient affalés dans des lits d'hôpital. Altaïr garda la tête baissée, mais observa la salle de sous son capuchon : Naplouse approchait d'un lit où gisait un homme squelettique, maintenu allongé par des lanières de cuir.

— Alors, comment te sens-tu, dis-moi ? lui demanda Naplouse.

— Que… m'avez-vous fait ? bégaya le patient rongé par la douleur.

— La douleur te torture, je le sais. Mais bientôt tout sera terminé, et tu me remercieras…

— Vous n'êtes… qu'un monstre…, balbutia l'homme qui avait vainement tenté de relever la tête.

Naplouse lui adressa un sourire indulgent.

— Ce n'est pas le pire des qualificatifs dont j'ai été affublé.

Le Grand maître laissa le pauvre homme pour s'approcher d'une cage qui renfermait un autre… *Non, pas un patient*, pensa Altaïr : tous ces miséreux n'étaient rien d'autre que des sujets d'expériences. Les sujets des expériences d'un tortionnaire. Il se retint une fois de plus de céder à la colère et observa alentour : la plupart des gardes s'étaient rassemblés de l'autre côté de la salle. Comme dans la cour, plusieurs patients arpentaient maladroitement les lieux, tandis que les moines qu'il avait vus plus tôt suivaient Naplouse dans sa ronde, buvant béatement la moindre de ses paroles quand ils n'échangeaient pas quelques remarques subreptices.

S'il comptait se charger de Naplouse – et il comptait le faire –, il allait devoir passer rapidement à l'action.

Mais voilà que Naplouse s'avançait à présent vers un autre lit, souriant à l'homme qui s'y trouvait allongé.

— On m'a dit que tu pouvais marcher désormais, lui dit-il gentiment. Je suis impressionné.

L'homme semblait pour le moins confus.

— Cela faisait… si longtemps… J'avais presque oublié… comment on faisait…

Naplouse semblait enchanté. Sincèrement enchanté.

— Voilà qui est fantastique, dit-il rayonnant.

— Je… je ne comprends pas. Pourquoi… m'avez-vous aidé ?

— Parce que personne d'autre ne l'aurait fait, répondit Naplouse en reprenant sa ronde.

— Je vous dois la vie, dit l'homme allongé dans le lit suivant. Je vous suis dévoué corps et âme. Merci ! Merci de m'avoir libéré de toutes ces souffrances…

— Merci à toi de m'y avoir autorisé.

Altaïr tressaillit. Se fourvoyait-il ? Naplouse n'était-il pas ce monstre qu'il semblait être ? Mais l'Assassin se ressaisit aussitôt, repensant aux hurlements de douleur du fou lorsque les gardes avaient brisé ses jambes ; aux patients décérébrés qui erraient partout dans l'hospice. Si certains malades guérissaient entre ces murs, il ne faisait aucun doute qu'ils étaient bien peu nombreux face aux innombrables miséreux victimes de la barbarie du Grand maître.

Naplouse se tenait désormais près du dernier lit de la salle. Bientôt, il quitterait les lieux et Altaïr n'aurait plus la moindre chance de l'éliminer. Déterminé, l'Assassin jeta un coup d'œil derrière lui : les gardes se trouvaient encore à l'autre bout de la grande pièce. Il fit un pas hors du groupe d'érudits, se posta derrière Naplouse tandis que ce dernier se penchait vers son ultime patient.

La lame d'Altaïr jaillit de sa cache, et il l'enfonça dans la chair du Grand maître, étouffant de l'autre main le cri de sa victime qui s'était cambrée de douleur. Presque délicatement, l'Assassin l'accompagna jusqu'au sol.

— Te voilà libéré du poids de ton fardeau, murmura-t-il.

Naplouse cligna des yeux, puis leva la tête pour faire face à celui qui venait de l'attaquer. Altaïr ne vit nulle peur dans le regard du mourant. Non, il semblait inquiet…

— Ah… mon heure est donc venue ? Le rêve éternel m'appelle… Mais avant que je ne ferme les yeux, je dois savoir… ce qu'il adviendra de mes enfants…

Ses enfants ?

— Parles-tu de ceux qui ont souffert tes cruelles expériences ? lâcha Altaïr, incapable de dissimuler son dégoût. Désormais, ils sont libres de s'en retourner chez eux.

Naplouse rit sèchement.

— Chez eux ? Où donc ? Dans les cloaques de la cité ? Les bordels ? Les prisons dont nous les avons arrachés ?

— Tu les as enfermés ici contre leur volonté.

— Certes. Contre ce peu de volonté qu'ils avaient encore, haleta Naplouse. Tu es bien naïf… T'en vas-tu caresser le front d'un enfant geignard simplement parce qu'il pleure ? « Mais père, j'aime tant jouer avec le feu »… Que lui répondras-tu ? « Alors, joue » ? Ah… Combien de brûlures encore te faudra-t-il soigner ?

— Ce n'est pas d'enfants dont nous parlons, répondit Altaïr qui tentait de comprendre les élucubrations du mourant, mais d'hommes et de femmes. D'adultes.

— Leurs corps sont mûrs, oui, mais leurs esprits… Et c'est justement ce que je tente de soigner. J'avoue que sans la relique, celle que tu nous as volée, Assassin, mes progrès ont été ralentis. Mais il existe encore des plantes, des mixtures, des extraits… Mes gardes sont les preuves vivantes de leur efficacité. Avant que je les trouve et les libère du carcan de leur esprit, ils étaient tous fous eux aussi. Et avec ma mort, fous ils redeviendront…

— Es-tu à ce point convaincu que tu agissais pour le bien ?

Naplouse sourit. La vie commençait à quitter ses yeux.

— Je n'en suis pas convaincu… Je le sais.

Il mourut. Altaïr posa délicatement sa tête sur le sol de pierre et de paille mêlées et saisit la plume d'Al Mualim qu'il trempa dans le sang du Grand maître.

— Que la mort te soit douce, murmura-t-il.

Au même instant, un cri s'éleva du groupe de moines tout proches. Altaïr se releva subitement pour voir les gardes se précipiter vers lui à travers la grande salle, dégainant leur lame. Il bondit et s'élança vers une porte qui, il l'espérait, ouvrait sur la cour.

Il l'ouvrit… et fut soulagé.

Il fut moins soulagé, en revanche, de voir Œil-cossard se ruer sur lui, le glaive prêt à frapper…

Altaïr dégaina son arme et projeta l'acier de son épée et de sa lame contre celle du garde. Les deux hommes se firent face quelques secondes ; suffisamment longtemps pour qu'Altaïr distingue la cicatrice qui coiffait l'œil du chevalier. Œil-cossard recula subitement, puis projeta sa lame en avant. L'Assassin para, mais fut presque surpris par le nouvel assaut fulgurant de son adversaire. Avec l'aisance et la grâce d'un danseur, il fit un pas chassé, désireux de mettre un peu d'espace entre lui et la brute qui s'avérait être un meilleur bretteur qu'il ne s'y était attendu. L'homme était un vrai buffle. Les muscles de son cou saillaient, rendus surpuissants par les années qu'il avait passées à manier son glaive de colosse. Altaïr entendit que d'autres gardes arrivaient derrière lui… mais ils s'arrêtèrent. Œil-cossard leur avait fait signe.

— Il est à moi, grogna le géant.

L'homme était arrogant. Trop sûr de lui. L'ironie de la situation fit naître un sourire sur les lèvres d'Altaïr qui bondit vers lui, décrivant avec sa lame un arc de cercle vertical, comme s'il voulait fendre son adversaire de l'entrejambe à la mâchoire. Œil-cossard dévia le coup en souriant, puis grogna tandis qu'Altaïr attaquait sur la gauche, du côté de son œil mort ; du côté de son point faible. Le sang gicla.

La gorge du chevalier s'ouvrit et une vague de sang s'écoula. Le géant tomba à genoux. Derrière Altaïr s'éleva un cri de surprise. Il se remit à courir, jouant des épaules au travers de la harde désordonnée de fous qui s'étaient massés là pour observer la scène, traversant à toute allure la cour, passant devant le puits, puis sous l'arche, jusque dans les rues d'Acre.

Il s'arrêta, observant la canopée des toits qui coiffaient la cité. Déjà, il fonçait derrière un étal, bousculant presque un marchand qui pesta tandis que l'Assassin escaladait le mur derrière lui, jusqu'aux toitures.

Altaïr courut, sauta jusqu'à ce que l'hospice soit loin derrière et qu'il puisse de nouveau se mêler à la foule, ruminant les dernières paroles de Naplouse. La relique ? Sans doute parlait-il de la boîte sur le bureau d'Al Mualim... Non. Quel lien les Hospitaliers auraient-ils pu avoir avec cet artefact ?

Mais si ce n'était pas cela... alors de quoi avait pu parler le Grand maître ?

CHAPITRE 13

— Garnier de Naplouse est mort, avait dit Altaïr à son maître quelques jours plus tard.

— Excellent, avait répondu Al Mualim. Tu n'aurais pu être porteur de nouvelles plus réjouissantes.

— Pourtant…, avait commencé Altaïr.

— Qu'y a-t-il ?

— Jusqu'au bout, l'Hospitalier n'a cessé de louer la noblesse de ses travaux, et maintenant que j'y pense, la plupart de ceux que nous considérions comme des captifs semblaient lui être des plus reconnaissants. Tous, non, mais assez pour que je m'interroge… Comment a-t-il pu se faire des amis de ses ennemis ?

Al Mualim avait gloussé.

— Les dirigeants trouvent toujours le moyen qu'on leur obéisse. C'est ce qui fait d'eux ce qu'ils sont. Lorsque les mots ne suffisent plus, ils font briller les pièces. Et quand l'argent ne parvient pas non plus à asseoir leur autorité, ils usent de stratagèmes plus bas encore : sans vergogne, ils soudoient, menacent et dupent. Vois-tu, Altaïr, il existe des plantes, des herbes exotiques, qui feraient perdre la raison au plus sensé d'entre nous. Leurs effets sont si grisants que certains hommes en deviennent même esclaves.

Altaïr avait acquiescé, revoyant les patients aux yeux vitreux. Les aliénés.

— Vous pensez que ces hommes et ces femmes étaient drogués ? Empoisonnés ?

— Bien sûr, avait répondu Al Mualim. Si j'en crois ce que tu m'as rapporté. Nos ennemis m'ont déjà accusé d'avoir recours à de tels subterfuges.

Il avait ensuite confié à Altaïr sa nouvelle mission. L'Assassin s'était demandé pourquoi le Maître avait souri lorsqu'il lui avait demandé de se présenter au rafiq du Bureau des Assassins de Jérusalem.

Tandis qu'il entrait dans le Bureau, il comprit : cela avait amusé Al Mualim de savoir que le chemin d'Altaïr allait de nouveau croiser celui de Malik.

L'ancien subalterne d'Altaïr se tenait debout derrière son bureau. Les deux hommes se firent face un instant, n'essayant, ni l'un ni l'autre, de cacher leur dédain. Puis, lentement, Malik se tourna pour montrer à Altaïr l'emplacement où aurait dû se trouver son bras gauche.

Altaïr blêmit. Bien sûr. Le membre avait été blessé durant le combat contre les hommes de Sablé, et les meilleurs chirurgiens de Masyaf, incapables de le sauver, avaient dû amputer.

Malik adressa à Altaïr le sourire doux-amer que faisait naître cette victoire qui lui avait tant coûté. Une humilité nouvelle gagna Altaïr qui comprit soudain qu'il ne pouvait traiter Malik autrement qu'en faisant preuve d'un respect sincère. Il baissa la tête pour faire part à Malik de sa compassion. Il avait tant perdu... Son frère. Son bras. Son rang.

— Paix et sûreté, Malik, finit par dire Altaïr.

— Ta présence ici me prive de l'une comme de l'autre, dit rageusement Malik qui, en revanche, ne se privait pas de laisser libre cours à son mépris et semblait même désireux d'en poignarder Altaïr. Que viens-tu faire ici ?

—Al Mualim m'a demandé d'...

—... d'accomplir une tâche qui t'offrira peut-être la rédemption ? railla Malik. Très bien. Alors, allons-y ! Qu'as-tu appris, dis-moi ?

—Voici ce que je sais, répondit Altaïr. Ma cible est Talal, un trafiquant de vies humaines qui enlève les citoyens de Jérusalem, puis les revend comme esclaves. Il a ses quartiers dans un entrepôt situé dans la barbacane au nord d'ici. À l'heure qu'il est, il apprête une caravane qui partira bientôt. Je frapperai lorsqu'il inspectera ses marchandises. Si je parviens à éviter ses hommes, je devrais pouvoir éliminer Talal facilement.

—Facilement ? lâcha Malik avec un rictus. Tu pues toujours l'arrogance.

Altaïr se maudit. Malik avait raison. Il repensa à l'orateur de Damas qu'il avait clairement sous-estimé et qui avait bien failli lui faire mordre la poussière.

—Puis-je disposer ? demanda-t-il sans rien laisser paraître à Malik. Ce que j'ai découvert te convient-il ?

—Non, dit Malik en lui tendant une plume, mais tu devras te débrouiller avec ça.

Altaïr acquiesça. Il posa les yeux sur la manche pendante de Malik. Il voulut dire quelque chose, mais se rendit compte qu'aucune parole ne pourrait réparer les erreurs qu'il avait commises dans le Temple de Salomon. Ces erreurs qui avaient tant coûté à Malik qu'il était illusoire d'attendre de lui un quelconque pardon.

Plutôt que de se confondre en excuses, il quitta le Bureau : une cible attendait de passer au fil de sa lame.

Chapitre 14

Peu de temps après son entrevue avec Malik, Altaïr se faufilait dans l'entrepôt où se trouvait la cargaison de la caravane de Talal, prête à être chargée. Et ce qu'il y découvrit lui déplut : il n'y avait pas le moindre garde. Pas le moindre homme de main.

Il avança de deux pas, puis s'arrêta. Non. Comment avait-il pu être aussi crédule ? Il s'apprêtait à se retourner pour fuir le bâtiment lorsque la porte claqua, suivie du bruit caractéristique d'un verrou qui se referme.

Il jura et dégaina son épée.

Il avança prudemment, ses sens s'habituant peu à peu à l'obscurité, à la froideur humide, à l'odeur des torches et...

À autre chose. Une odeur de bêtes... de bêtes humaines plus qu'animales.

Des torches aux flammes faiblardes brûlaient et ponctuaient les murs noirs et poisseux. Quelque part, un goutte-à-goutte renvoyait son écho aqueux.

Et puis, un gémissement.

Il plissa les yeux et avança de nouveau, passa devant des caisses, des barils et... Là. Une cage. Il approcha et, en découvrant ce qui se trouvait à l'intérieur, réprima un mouvement de recul. Un homme, tremblant, misérable, était assis derrière les barreaux serrant ses genoux de ses bras faméliques. Il leva des yeux pleins de larmes vers Altaïr et tendit une main tremblante.

— Aidez-moi...

Puis, derrière l'Assassin, s'élevèrent d'autres murmures. Altaïr se retourna et aperçut un autre homme. Celui-ci était attaché au mur, chevilles et poignets enchaînés. Sa tête retombait sur sa poitrine et des cheveux crasseux dissimulaient son visage. Seules apparaissaient ses lèvres qui psalmodiaient. Une prière sans doute.

Altaïr se dirigea vers lui. Puis, entendant une autre voix à ses pieds, il baissa la tête et se rendit compte qu'il marchait sur une large grille de fer scellée dans les dalles de l'entrepôt. Il fronça les sourcils et vit le visage effrayant d'un troisième esclave dont les doigts osseux cliquetaient à travers la grille pour implorer l'Assassin de le libérer. Derrière lui, dans la fosse, résonnaient d'autres gémissements, d'autres frottements de pieds. Durant plusieurs secondes, Altaïr eut l'impression que la pièce entière retentissait des supplications des esclaves.

— Aidez-moi... Aidez-moi...

La lamentation était si obsédante qu'il aurait couvert ses oreilles de ses mains s'il n'avait pas soudain entendu derrière lui une voix grave.

— Tu n'aurais pas dû venir ici, Assassin.

Talal, à n'en pas douter.

Altaïr se retourna pour faire face à son interlocuteur, et vit les ombres danser sur un balcon au-dessus. Des archers ? Il se crispa et fléchit les genoux, l'acier prêt à frapper, tâchant d'offrir aux assaillants la cible la moins évidente possible.

Cela étant, si Talal avait voulu sa mort, il n'aurait déjà plus été de ce monde. Il venait de se jeter tête baissée dans le piège de l'esclavagiste. Une erreur d'une naïveté confondante. Une faute d'Initié. Fort heureusement, le piège n'avait pas été encore pleinement amorcé...

— Mais tu n'es pas de ceux qui écoutent, se moqua Talal. Plutôt de ceux qui déshonorent leur ordre entier.

Presque accroupi, Altaïr avança, tentant toujours de localiser Talal. Il était au-dessus, c'était certain, mais où ?

— Pensais-tu pouvoir échapper à ma vigilance ? glousssa la voix désincarnée. J'ai été au fait de ta présence dès que tu as posé le pied dans cette cité. J'ai des yeux et des oreilles dans tout Jérusalem.

Sous ses pieds, s'élevaient des pleurs qui lui firent baisser la tête. D'autres barreaux, d'autres faces crasseuses striées de larmes le regardaient depuis les ombres.

— Aidez-moi... Sauvez-moi...

D'autres cages, d'autres esclaves, hommes et femmes désormais : mendiants, prostituées, ivrognes et fous.

— Aidez-moi... Aidez-moi...

— Je vois des esclaves, appela Altaïr, mais où sont les esclavagistes ?

Talal ne répondit pas.

— Contemple donc mon œuvre dans toute sa splendeur, annonça-t-il.

De nouvelles torches s'embrasèrent, révélant d'innombrables visages terrifiés et suppliants.

Une nouvelle porte s'ouvrit devant Altaïr, l'invitant à pénétrer dans une seconde pièce. Il passa une volée de marches et entra dans une grande salle surplombée et ceinte par un grand balcon où se tenaient plusieurs silhouettes. Il manipula la poignée de son épée pour ajuster sa prise.

— Et maintenant, marchand d'hommes ? hurla-t-il.

De toute évidence, Talal essayait de l'effrayer, et s'il y avait des choses qui effrayaient Altaïr, elles n'étaient pas à la portée de l'esclavagiste. De cela, il était certain.

— Garde tes sobriquets pour quelqu'un d'autre ! hurla Talal. J'essaie de les aider, rien de plus. De les sauver comme j'ai moi-même été sauvé.

Altaïr entendait encore les gémissements des esclaves séquestrés dans la pièce précédente. Il douta que les miséreux pussent voir en leur condition actuelle la marque de l'humanisme de Talal.

— Les sauver ? En les emprisonnant de la sorte ? hurla-t-il au hasard des ténèbres.

Talal demeura à l'abri des ombres.

— Les emprisonner ? Je les protège. Je les garde en sécurité jusqu'à leur prochain voyage.

— Quel voyage ? pouffa Altaïr. L'éternelle odyssée de la servitude ?

— Tu ignores tout de mes intentions. Jamais je n'aurais dû te mener ici. Moi qui croyais qu'en les voyant tu comprendrais…

— Oh, mais j'en ai compris bien assez : tu te terres dans l'ombre, car tu es trop lâche pour m'affronter. Mais assez parlé. Montre-toi !

— Ah… Tu veux donc voir celui qui t'a invité en ces lieux.

Il entendit du bruit sur le balcon.

— Tu ne m'as invité nulle part, hurla-t-il. Je suis venu de mon propre fait.

Un rire éclata au-dessus.

— Vraiment ? s'esclaffa Talal. Qui a déverrouillé la porte ? Qui t'a laissé entrer ? As-tu été forcé de dégainer ton arme une traître fois face au moindre de mes hommes ? Non. Tu es ici parce que je l'ai voulu.

Quelque chose bougea au-dessus du balcon, et un cercle lumineux se dessina sur le sol.

— Avance dans la lumière, cria Talal depuis son aire invisible, et je t'accorderai une dernière faveur.

Altaïr se dit une fois de plus que si Talal avait voulu sa mort ses archers l'auraient déjà criblé de flèches. Il avança dans le cercle de lumière, et des hommes masqués sortirent de l'ombre qui baignait le balcon, sautèrent à terre, puis l'encerclèrent en silence. Tous le toisaient d'un regard froid, l'épée pendante, la poitrine soulevée par une respiration qui trahissait leurs craintes.

Altaïr déglutit. Ils étaient six. Il ne s'en sortirait pas si facilement.

Des bruits de pas résonnèrent au niveau du balcon, et Altaïr leva les yeux. Talal, qui s'était avancé et apparaissait désormais dans une demi-obscurité, le regardait fixement. Il portait une tunique rayée, une ceinture épaisse et un arc reposaient sur son épaule.

— Me voici, dit-il en tendant les bras. (Il souriait comme s'il accueillait chez lui un invité.) Alors, que veux-tu ?

— Que tu viennes me retrouver ici, répondit Altaïr en pointant de son épée le sol en face de lui. Que nous puissions régler cela de façon honorable.

— La violence n'est pas la panacée, répondit Talal comme si l'attitude d'Altaïr le décevait profondément. Comment pourrais-je t'aider, Assassin, quand tu refuses de t'aider toi-même ? De plus, je ne peux me permettre de voir mon œuvre menacée. Tu ne me laisses pas le choix : tu dois mourir.

Talal fit signe à ses hommes.

Ils dégainèrent leur lame.

Puis passèrent à l'attaque.

Altaïr grogna, se fendit pour repousser deux de ses assaillants, puis virevolta pour faire face à un troisième homme. Les autres attendirent leur tour, et Altaïr comprit que leur stratégie était de l'attaquer deux par deux.

Rassurant. Il saisit l'un des hommes de main, prenant plaisir à le voir écarquiller les yeux sous son masque, puis le projeta sur un cinquième garde. Les deux hommes partirent à la renverse et percutèrent un échafaud qui vola en éclats sous la puissance du choc. Altaïr tira parti de son avantage et, frappant d'estoc, arracha un hurlement et un râle d'agonie à l'un des deux gardes étendus sur la pierre.

Ses assaillants se regroupèrent, puis l'encerclèrent tout en échangeant des regards inquiets. Il pivota lentement avec eux, le sourire aux lèvres : l'affrontement le grisait. Il pouvait lire dans les yeux de ces hommes, de ces cinq tueurs lâchés contre un seul Assassin, qu'ils l'avaient sous-estimé ; qu'ils avaient cru pouvoir l'éliminer sans mal. Jusqu'à la dernière passe d'armes.

Le doute les assaillait.

Il en choisit un ; une vieille astuce que lui avait enseignée Al Mualim en cas de combat face à plusieurs adversaires.

Il riva ostensiblement son regard dans celui du garde qui lui faisait face…

« *N'oublie pas les autres, mais focalise-toi sur un unique adversaire. Fais de lui ta cible. Et assure-toi qu'il le comprenne.* »

Il sourit. Le garde geignit.

« *Ensuite, achève-le.* »

Bougeant avec la vivacité d'un serpent, Altaïr attaqua le garde qui fut trop lent à réagir. L'homme baissa les yeux vers la lame qui venait de transpercer sa poitrine, puis tomba à genoux en gémissant. Altaïr retira sa lame, arrachant à l'homme à l'agonie un lambeau de chair, puis porta son attention sur un autre sbire de Talal.

« *Concentre-toi sur un unique adversaire…* »

Il lut la terreur sur le visage de sa cible : sa lame tremblante, il n'avait plus rien d'un tueur désormais. L'homme hurla quelque chose dans un dialecte qu'Altaïr ne reconnut pas, puis approcha gauchement, espérant profiter de son initiative. L'Assassin esquiva l'assaut d'un pas de côté, puis lacéra le ventre du malheureux dont les intestins se déversèrent au sol. Un autre succomba tandis que Talal invectivait les survivants, les incitant à attaquer. Les deux derniers gardes se ruèrent de conserve. Masqués ou non, ils n'avaient plus rien d'intimidant. Altaïr ne voyait plus en face de lui que deux hommes terrifiés aux portes de la mort.

L'Assassin se débarrassa de l'un des deux gardes, faisant jaillir de son cou une fontaine écarlate. Le dernier se retourna pour fuir, espérant atteindre le balcon assez rapidement pour avoir la vie sauve, mais Altaïr rengaina son épée, saisit une paire de couteaux de lancer qui fusèrent bientôt jusqu'au fuyard, se fichant dans son dos. L'homme chuta de l'échelle sur laquelle il se trouvait. Sa fuite avait échoué.

Altaïr entendit des pas de course résonner plus haut. Talal s'échappait. Il se pencha pour récupérer ses couteaux, emprunta lui-même l'échelle et atteignit le balcon juste à temps pour apercevoir Talal emprunter à toutes jambes une seconde volée de marches qui menaient vers le toit.

L'Assassin se lança à sa poursuite. Tandis qu'il s'apprêtait à franchir une trappe qui donnait sur le toit de l'entrepôt, il dut se baisser subitement pour esquiver une flèche qui vint se planter et vibrer dans le bois derrière lui. L'archer se tenait sur un toit éloigné et préparait déjà son prochain trait. Altaïr se hissa sur le toit, roula vers l'avant, puis projeta vers sa cible ses deux couteaux encore maculés du sang de leur dernière victime.

L'archer hurla puis s'effondra, une lame en travers de la gorge, l'autre fichée en pleine poitrine. Un peu plus loin, Altaïr vit Talal traverser à grandes enjambées une passerelle qui séparait deux habitations, sauter sur un échafaud, puis descendre tant bien que mal dans la rue. Là, il tendit le cou et, apercevant Altaïr lancé à sa poursuite, reprit sa fuite effrénée.

Mais Altaïr le rattrapait déjà. Il était rapide et, contrairement à Talal, ne passait pas son temps à regarder par-dessus son épaule pour surveiller un poursuivant. Pour la même raison, contrairement à Talal, il ne percutait pas tous les quelques mètres un nouveau passant : ici, une femme qui l'injuriait en hurlant, là, un homme qui jurait en lui rendant son coup d'épaule.

Tout cela ralentissait sa fuite le long des rues et des allées marchandes, si bien que, très vite, il perdit son avance : alors qu'il tournait de nouveau la tête, Altaïr put plonger les yeux dans les siens.

— Sauve-toi tant que tu le peux encore ! hurla Talal par-dessus son épaule. Mes gardes seront bientôt là !

Altaïr pouffa et poursuivit sa traque.

— Abandonne et je te laisserai la vie sauve ! gémit Talal.

Altaïr garda le silence sans ralentir sa course. Il zigzagua à travers la foule, mû par une agilité hors du commun, bondissant à l'occasion par-dessus les marchandises que Talal jetait derrière lui pour le ralentir. Altaïr le rattrapait. La chasse touchait à sa fin.

Talal tourna de nouveau la tête, et, voyant son avance fondre dangereusement, se mit à supplier Altaïr.

— Écoute-moi ! brailla-t-il. Abandonne ! Ton prix sera le mien !

Altaïr ne dit rien et regarda Talal se retourner une fois de plus. L'esclavagiste était à deux pas de bousculer une femme dont le visage était dissimulé derrière de trop nombreuses amphores. Ni l'un ni l'autre ne voyait où leurs pas les menaient.

— Je ne t'ai rien fait de mal ! hurla Talal qui oubliait que, quelques minutes plus tôt, il avait ordonné à six de ses hommes d'éliminer l'Assassin. Pourquoi persistes-tu à…

L'air lui manqua subitement lorsqu'il heurta la pauvre femme, et il s'écroula sur le sable, prisonnier d'un fouillis de bras, de jambes et d'éclats d'amphores.

Talal tenta de se relever maladroitement, mais Altaïr était déjà sur lui. « Chling ». À peine sa lame avait-elle jailli qu'il l'avait déjà enfoncée dans la chair de sa cible. Il se tint à ses côtés un instant, des flots de sang jaillissant du nez et de la bouche de Talal. À côté d'eux, la femme, outrée, se releva, ivre de rage, prête à gifler le malotru qui l'avait renversée. En voyant Altaïr et sa lame, sans compter le sang qui coulait à flots du corps de Talal, elle se ravisa et s'enfuit en hurlant. Autour, la foule méfiante s'efforçait de ne pas prêter attention à la scène : à Jérusalem, cité habituée plus que toute autre aux conflits, les habitants préféraient ne pas assister au spectacle de la violence de peur d'y être impliqués malgré eux.

Altaïr se pencha vers Talal.

— Tu n'as plus nulle part où fuir. Partage tes secrets avec moi.

— J'ai déjà joué mon rôle dans tout cela, Assassin. De plus, la Fraternité est trop puissante pour que ma mort mette son œuvre en péril.

Altaïr repensa à Tamir. Lui aussi avait avoué ne pas œuvrer seul avant de mourir. Lui aussi avait parlé de ses « frères ».

— Quelle fraternité ? demanda Altaïr fermement.

Talal parvint à esquisser un sourire.

— Al Mualim n'est pas le seul à mener son entreprise en Terre sainte… C'est tout ce que j'ai à te dire, Assassin.

— Dans ce cas, cette conversation s'achève là. Prie ton Dieu de se montrer magnanime.

— Il n'existe aucun Dieu, Assassin. Et si ce fut un jour le cas, voilà bien longtemps qu'il nous a abandonnés. Bien longtemps qu'il a abandonné les hommes et les femmes que j'ai pris sous mon aile.

— Que veux-tu dire ?

— Mendiants, putains, drogués, lépreux… Vois-tu en eux de bons esclaves ? Ils échoueraient même aux plus basses besognes. Non… Ce n'est pas pour les vendre que je les ai pris… mais pour les sauver. Et te voici, toi qui aspires à nous faucher tous pour l'unique raison qu'on te l'a demandé…

— Non, rétorqua Altaïr, troublé. La guerre remplit tes poches. Tu es un marchand de mort et de vies brisées.

— Comment pourrais-tu y voir autre chose, ignorant que tu es. Voile-toi la face, va… On dit que c'est ce que les vôtres font de mieux. Ne vois-tu pas l'ironie de tout cela ?

Altaïr le fixa du regard. Tout se passait comme avec Naplouse. Les derniers mots du mourant menaçaient de corrompre tout ce qu'Altaïr connaissait de sa cible… Tout ce qu'il croyait connaître, du moins.

— Non, pas encore, semble-t-il. (Talal s'autorisa un dernier sourire devant l'évidente confusion qui assaillait Altaïr.) Mais cela viendra. Cela viendra…

Il s'éteignit sur ses mots.

Altaïr lui ferma les paupières.

— Je suis désolé, murmura-t-il, avant de tremper la plume d'Al Mualim dans le sang de Talal, de se relever, puis de se fondre dans la foule, le cadavre de sa cible maculant d'écarlate le sable derrière lui.

Chapitre 15

Durant ses voyages, Altaïr avait pour habitude de monter le camp près de puits, de trous d'eau ou de fontaines. Partout où il pouvait se reposer, trouver de l'eau et l'ombre d'un palmier, et faire brouter sa monture libérée de ses rênes. Ces espaces de vie verdoyants se faisaient si rares qu'il était peu probable que la bête décide de s'enfuir.

Une nuit, il avait trouvé une fontaine voûtée, renforcée par une façade de pierre destinée à protéger le précieux point d'eau du désert dévorant. Il avait bu abondamment. Il s'était ensuite assis au bord de la fontaine où il avait écouté le murmure de l'eau qui résonnait sur la pierre équarrie et avait repensé à ce long instant durant lequel la vie avait quitté Talal. Puis ses pensées remontèrent le temps, éveillèrent en lui les souvenirs des cadavres qui jonchaient son passé. Une vie habitée tout entière par la mort.

Dans sa jeunesse, il l'avait rencontrée pour la première fois lors du siège de Masyaf : Sarrasins et Assassins avaient succombé et, bien sûr, son propre père, même si, fort heureusement, on l'avait empêché d'assister au spectacle. Il l'avait entendu, cependant. Il avait entendu l'épée fendre l'air, le son funeste, étouffé et sourd, qui s'en était suivi. Il avait alors couru jusqu'au guichet pour rejoindre son père, mais des mains l'avaient saisi.

Il s'était débattu. Il hurlait.

— Laissez-moi y aller ! Lâchez-moi !

— Non, petit, lui avait-on répondu d'un ton compatissant.

Altaïr avait alors reconnu la voix d'Ahmad, l'agent pour lequel son père avait sacrifié sa vie. Altaïr l'avait regardé les yeux flamboyants de haine, insouciant du fait qu'Ahmad avait été délivré battu et sanglant, à peine capable de marcher, son âme meurtrie par la honte d'avoir parlé lors de l'interrogatoire des Sarrasins. Tout ce dont il se souciait, c'était que la libération d'Ahmad avait coûté à la vie à son père et…

— C'est ta faute ! avait-il hurlé en bataillant pour se libérer de l'emprise d'Ahmad. (Ce dernier gardait la tête basse, recevant chacun des mots du garçon comme autant de coups de poignard.) C'est ta faute !

Altaïr s'était ensuite assis sur l'herbe, puis avait enfoui sa tête dans ses mains comme s'il avait voulu nier le monde autour de lui. Quelques pas plus loin, Ahmad, épuisé et meurtri, s'était lui aussi affalé sur le sol.

Hors de l'enceinte de la citadelle, les Sarrasins quittèrent Masyaf, laissant derrière eux le cadavre décapité du père d'Altaïr, un jeune garçon dont les blessures ne se refermeraient jamais.

Après la tragédie, Altaïr avait continué à vivre dans les quartiers qu'il avait partagés avec son père : leurs murs de pierre grise, les joncs sur le sol, un petit bureau flanqué de deux couches, une grande et une petite. Il avait changé de lit, dormant dans le plus grand pour sentir l'odeur de son père qu'il imaginait parfois dans la pièce en train de lire à son bureau, de gratter de sa plume un parchemin ou de le gronder lorsqu'il tardait à s'endormir, avant d'éteindre sa bougie et de se retirer. Altaïr, l'orphelin, n'avait guère plus que ces rêveries à présent. Ces rêveries et ses souvenirs. Al Mualim avait dit qu'il serait convoqué dès qu'on aurait précisément décidé ce qu'il adviendrait de lui. En attendant, le Maître lui avait dit dans un sourire qu'il pouvait venir le trouver à tout instant. Qu'il serait son mentor.

Ahmad, lui, souffrait alors d'une forte fièvre. Il n'était pas rare qu'on l'entende délirer dans toute la citadelle. Il hurlait parfois, comme dévoré par une douleur insoutenable, parfois comme un illuminé. Une nuit, il avait crié en boucle un même mot. Altaïr s'était alors levé et approché de sa fenêtre, pensant avoir entendu le nom de son père.

Il ne se s'était pas trompé. « Umar ! » Chaque cri lui avait fait l'effet d'une gifle.

« Umar ! » Le cri strident résonnait jusque dans la cour vide en contrebas. « Umar ! »

Non. Elle n'était pas vide. En plissant les yeux, Altaïr avait deviné la silhouette d'un enfant qui devait avoir son âge. Il se tenait telle une sentinelle dans la fine brume de l'aube qui ondoyait sur le sol du terrain d'entraînement. Abbas. Tout ce qu'Altaïr savait de lui était qu'il se nommait Abbas Sofian, et qu'il était le fils d'Ahmad Sofian. Le jeune garçon écoutait, impassible, les élucubrations de son père, priant peut-être pour lui. Altaïr l'avait observé quelques brèves secondes, juste le temps de trouver admirable cette garde indéfectible et silencieuse. Il avait ensuite lâché le rideau et s'en était retourné à sa couche où il s'était couvert les oreilles pour ne plus entendre Ahmad hurler le nom de son père. En tentant de sentir l'odeur de son père, il s'était rendu compte qu'elle s'estompait.

Le lendemain, une fois remis de sa fièvre, Ahmad s'en était retourné à ses quartiers. S'il était guéri, il n'en était pas moins un homme brisé. Altaïr avait entendu dire qu'il était resté alité deux jours durant, et qu'Abbas s'était occupé de lui.

La nuit suivante, Altaïr avait été éveillé par un bruit dans sa chambre. Il était resté allongé en clignant des yeux, entendant quelqu'un approcher, passer près du bureau. Une chandelle avait été posée là, illuminant les murs de pierre. Son père ! avait-il pensé à demi endormi. Il était revenu. Pour lui. Souriant, il s'était assis, prêt à l'accueillir et à écouter ses remontrances, lui qui avait veillé si tard. Enfin, il s'était éveillé de cet odieux cauchemar dans lequel son père était mort, ce rêve terrifiant où il s'était retrouvé seul au monde.

Mais l'homme dans sa chambre n'était pas son père. C'était Ahmad.

L'homme se tenait à présent dans l'encadrement de la porte, émacié dans sa robe blanche, le teint blafard. Son expression, distante, était presque paisible. Il avait souri faiblement lorsque Altaïr s'était assis, comme s'il craignait d'effrayer le jeune garçon. Ses yeux étaient comme deux puits insondables et obscurs au fond desquels la douleur aurait soufflé toute étincelle de vie.

Il tenait une dague.

— Je suis désolé, avait-il dit.

Et il n'avait prononcé que ces seules paroles ; ses derniers mots, car il avait aussitôt levé sa dague et l'avait plantée en travers de sa gorge, y ouvrant une seconde bouche, béante et rouge.

Le sang avait dégouliné le long de sa robe depuis la plaie écumante. La dague était tombée sur le sol – « cling » – et Ahmad à genoux, un sourire sur le visage et les yeux rivés sur Altaïr. Le jeune garçon, tétanisé, ne pouvait détacher son regard de l'homme qui se vidait de son sang face à lui. Ahmad, à l'agonie, était tombé à la renverse, libérant

Altaïr de son regard fantomatique tandis qu'il s'affaissait. La chute du corps sans vie avait été arrêtée par la porte, et Ahmad était resté là un instant, à genoux, tel un pénitent, avant de basculer en avant.

Altaïr n'aurait pu dire combien de temps il était resté là, prostré, à pleurnicher en écoutant le sang visqueux d'Ahmad se répandre sur la pierre. Il avait enfin trouvé la force de s'extraire de son lit, avait saisi la chandelle et contourné prudemment l'horreur sanguinolente qui gisait devant lui. Il avait ouvert la porte, gémissant lorsqu'elle avait heurté mollement le pied d'Ahmad. Il était enfin dehors. Il s'était mis à courir. La chandelle avait été soufflée, mais qu'importe, il avait couru jusqu'à ce qu'il arrive devant les quartiers d'Al Mualim.

— Tu ne dois jamais rien en dire à personne, lui avait dit Al Mualim le lendemain.

On avait donné à Altaïr une boisson chaude et épicée, et il avait passé la nuit dans les quartiers du Maître où son sommeil avait été des plus agités. Le Maître lui-même était absent ; il s'occupait personnellement du cadavre d'Ahmad. Le lendemain, donc, il était revenu vers lui et s'était assis à côté de son lit.

— Nous dirons aux membres de l'Ordre qu'Ahmad a quitté Masyaf cette nuit à la faveur des ténèbres. Ils en tireront leurs propres conclusions. Nous ne pouvons nous permettre de laisser la honte du suicide de son père corrompre Abbas. L'acte d'Ahmad est déshonorant. Un déshonneur trop lourd pour les épaules d'un jeune garçon.

— Et Abbas, Maître ? Lui dirons-nous la vérité ?

— Non, mon enfant.

— Mais il devrait au moins savoir que son père est…

— Non, mon enfant, avait répété Al Mualim en haussant le ton. Personne ne dira rien à Ahmad, toi y compris. Demain, j'annoncerai que vous deviendrez tous deux des Initiés au sein de l'Ordre. Des frères en tout à l'exception des liens du sang. Vous partagerez les mêmes quartiers. Vous vous entraînerez ensemble, dînerez ensemble. Comme le font les frères. Vous veillerez l'un sur l'autre. Vous vous préserverez l'un l'autre de tous les maux, physiques ou de l'esprit. Me suis-je bien fait comprendre ?

— Oui, Maître.

Plus tard, ce jour-là, Altaïr et Abbas avaient emménagé ensemble dans les mêmes quartiers : une pièce exiguë occupée par deux couches, un sol de paille et un petit bureau. Aucun des deux garçons n'appréciait cet endroit, mais Abbas avait confié à Altaïr qu'il partirait bientôt. Dès que son père serait de retour. Les nuits du jeune garçon étaient agitées. Il hurlait parfois dans son sommeil. Dans le lit d'à côté, Altaïr restait allongé sans fermer l'œil, de peur que les cauchemars ne l'assaillent et que ne revienne le tourmenter l'esprit d'Ahmad.

C'est pourtant ce qu'ils avaient fait chaque nuit depuis le suicide du père d'Abbas. Chaque fois, il arrivait tenant une dague qui miroitait à la lueur des chandelles. Lentement, il passait, en souriant, sa gorge au fil de la lame.

Altaïr s'éveilla en pleine nuit, enveloppé par l'air frais du désert qui s'étendait tout autour. Les feuilles des palmiers bruissaient délicatement sous la brise, et l'eau gouttait toujours derrière lui. Il se passa la main sur le front et se rendit compte qu'il transpirait. Il reposa la tête contre la pierre, espérant pouvoir se rendormir avant le lever du jour.

Deuxième partie

Chapitre 16

— Tu as fait du bon travail, dit Al Mualim le jour suivant. Trois de tes neuf cibles sont mortes, et de cela je te remercie. (Son sourire disparut soudain.) Mais ne compte pas pour autant te reposer sur tes lauriers. Ta tâche ne fait que commencer.

— Je suis à vos ordres, Maître, répondit Altaïr sur un ton solennel.

S'il était épuisé, le fait de sentir qu'il commençait à se racheter aux yeux d'Al Mualim le réconfortait. Déjà, les gardes n'avaient plus la même attitude à son égard. Alors qu'ils s'étaient montrés dédaigneux jusque-là, ils lui témoignaient désormais un certain respect. Forcé, mais tout de même perceptible. Nul doute que le récit de ses récents assassinats leur était parvenu. Al Mualim lui-même l'avait récompensé d'un mince sourire avant de lui ordonner de s'asseoir. Il s'assit.

— Le roi Richard, poursuivit-il, exalté par sa victoire à Acre, s'apprête à partir vers le sud, à Jérusalem. Nul doute que Salah Al'din le sait. C'est pourquoi il doit masser ses troupes devant la citadelle d'Arsouf.

À l'énoncé du nom de Salah Al'din, Altaïr se crispa. Il repensa à ce jour où les Sarrasins s'étaient postés devant les portes de la forteresse…

— Voulez-vous que je les tue tous les deux ? demanda-t-il avide de pouvoir passer le dirigeant sarrasin au fil de sa lame. Que je mette fin à la guerre qu'ils comptent se livrer avant même qu'elle ait commencé ?

— Non, lâcha sèchement Al Mualim en l'observant si attentivement qu'il eut l'impression que le Maître lisait dans ses pensées. Leur mort désorganiserait leur armée, et le royaume aurait à souffrir la soif de sang de milliers de combattants indomptés. Richard et Salah Al'din ne se rencontreront que dans quelques jours, et tant qu'ils voyagent, ils ne combattent pas. Tu dois te concentrer sur une tâche plus urgente : l'élimination des hommes qui prétendent régenter en leur absence.

Altaïr acquiesça. Il laissa de côté son désir de vengeance. Pour le moment.

— Nommez vos cibles, et je ferai couler le sang.

— De fait. Abu'l Nuqoud, l'homme le plus riche de Damas. Majd Addin, régent de Jérusalem. Guillaume de Montferrat, suzerain d'Acre.

Altaïr connaissait ces trois hommes, bien entendu. Chacune des villes citées portait les séquelles de leurs pernicieuses exactions.

— Pour quel crime seront-ils punis ? s'enquit Altaïr qui se demandait si, comme cela avait été le cas avec ses autres cibles, il devait s'attendre à de nouvelles surprises.

Al Mualim tendit les deux mains, comme pour marquer l'évidence.

— Avarice, arrogance, massacre d'innombrables innocents. Mêle-toi à la foule de leurs cités, écoute, et tu comprendras que ces hommes sont des obstacles à l'idéal de paix pour lequel nous nous battons.

— Alors ils mourront, répondit docilement Altaïr.

— Reviens vers moi après chaque assassinat, que nous puissions mieux comprendre leurs objectifs, ordonna Al Mualim. Et prends garde, Altaïr. Nul doute que tes récentes assignations ont attiré leur attention et celle de leurs gardes. Ils se montreront plus prudents qu'auparavant.

Le Maître ne s'était pas trompé : quelques jours plus tard, lorsque Altaïr entra à grandes enjambées dans le Bureau d'Acre, Jabal l'accueillit avec ces mots :

— Le récit de tes prouesses s'est répandu, Altaïr.

L'Assassin acquiesça.

— Ton désir de rédemption me semble sincère.

— Je ne pourrais être ni plus déterminé, ni plus volontaire.

— Et cela te réussit bien. C'est notre passion pour le travail bien fait qui nous rapproche, toi et moi.

— Certes. Je dois éliminer Guillaume de Montferrat.

— Alors pars pour le quartier riche. Mais fais-toi encore plus discret que de coutume. C'est là-bas que se trouvent les appartements du roi Richard en personne : les gardes y sont nombreux et vigilants.

— Que peux-tu m'apprendre sur ma cible ?

— Guillaume a été nommé régent le temps que Richard mène sa guerre contre Salah Al'din. Connaissant les rapports qu'entretiennent Richard et Conrad, le fils de Guillaume, le peuple s'interroge sur la pertinence de cette nomination. Cela étant, je me garderais bien de sous-estimer l'intelligence de Richard.

— C'est-à-dire ?

Jabal sourit.

— Rares sont les sujets sur lesquels Richard et Conrad ne sont pas en désaccord. S'ils savent se tenir en public, des rumeurs laissent entendre qu'ils n'aspirent qu'à se nuire. Et puis, il y a eu cet incident concernant les captifs sarrasins… (Jabal secoua la tête.) Conrad est repassé par

Tyr, et Richard a forcé Guillaume à rester là… en tant qu'invité.

— Tu veux dire en tant qu'otage ? demanda Altaïr qui comprenait ce qu'avait voulu dire Jabal.

Richard avait effectivement redoublé de ruse.

— Quel que soit l'aboutissement de tout cela, la présence de Guillaume devrait empêcher Conrad de n'en faire qu'à sa tête.

— Où penses-tu qu'il me faille commencer mes recherches ?

Jabal réfléchit un instant.

— À la forteresse de Richard, au sud-ouest… Dans le marché qu'elle surplombe, tout du moins.

— Très bien. Je ne te dérange pas plus longtemps.

— Tu ne me déranges pas, répondit Jabal qui s'en retournait déjà à ses pigeons en roucoulant.

Voilà un homme à la conscience bien tranquille, pensa Altaïr.

Et en cela, il l'enviait. C'était certain.

Chapitre 17

Jabal avait raison, se dit Altaïr tandis qu'il se frayait un chemin jusqu'au marché de la forteresse. L'air était brûlant et iodé ; les rues surpeuplées. Depuis sa dernière visite, le nombre de gardes – dont certains, en armure complète, arboraient les couleurs des croisés – avait doublé. Cependant, Altaïr savait une chose précieuse concernant les gardes : ils aimaient les commérages. Et plus ils étaient nombreux, plus il y avait de chances pour qu'ils se montrent indiscrets. Il s'installa sur un banc et fit mine de contempler l'imposante forteresse et ses fanions battus par le vent, quand il n'avait pas simplement l'air de profiter d'une journée au grand air. Non loin de lui, un saltimbanque tentait de haranguer la foule et, n'y parvenant pas, haussa les épaules et commença tout de même son numéro de jonglerie, projetant dans les airs quelques balles colorées. Altaïr fit semblant d'assister au spectacle tout en écoutant attentivement deux croisés qui, un peu plus loin, débattaient comme des lavandières à propos des qualités d'épéiste de Guillaume.

Altaïr les observa, et vit que l'œil d'un des deux gardes avait été attiré par un moine, un homme grand vêtu d'une robe brune, qui venait de lui adresser un signe discret. Le soldat fit un signe de tête presque imperceptible, salua son camarade, puis disparut au cœur du marché. Épiant de sous son capuchon, Altaïr se leva et suivit les deux hommes qui s'étaient maintenant retrouvés et s'éloignaient de la cohue. Il se rapprocha d'eux, tendant l'oreille pour entendre ce que disait le moine.

— Peut-être avons-nous eu tort de rallier la cause de Guillaume. Il est trop âgé et imbu de sa personne.

Le soldat fit une moue désapprobatrice.

— Son armée est imposante. Elle nous sera utile. Pour l'heure, je pars rejoindre les autres frères. Assure-tòi qu'ils aient tout ce dont ils ont besoin.

— Bien. Ils n'ont pas le droit à l'échec, confirma le moine.

— N'aie crainte. Le Maître sait ce qu'il fait. À l'heure qu'il est, il cherche un moyen de tirer parti de nos déconvenues si tout ne se déroulait pas comme prévu.

Le Maître ? s'interrogea Altaïr. *Les autres frères ?* Aux ordres de qui étaient ces hommes ? Qui donc tirait véritablement les ficelles dans cette cité ?

— Qu'envisage-t-il de faire ? demanda le moine.

— Mieux vaut que tu n'en saches pas plus. Contente-toi de suivre les ordres en remettant cette lettre au Maître.

Altaïr sourit lorsque le soldat passa le pli au moine. Il s'échauffait déjà les doigts. Le moine s'éloigna. Il le suivit. Quelques secondes plus tard, la lettre était entre ses mains et il s'assit pour la lire.

« Maître,

Le travail continue dans le quartier riche d'Acre, mais nous ne croyons plus en la capacité de Guillaume de mener cette entreprise à son terme. Il prend son statut un peu trop au sérieux. Un jour viendra où le peuple le destituera. Sans l'aide du trésor, nous aurons bien du mal à mater une révolte ;

à moins bien sûr, d'en appeler à Richard et de le faire revenir du front. Le cas échéant, vos mains seront liées. Nous ne pourrons retrouver ce que nous avons perdu que lorsque nos deux forces seront réunies. Peut-être devriez-vous préparer sa relève ; par précaution, au moins. Nous craignons que notre agent du port soit de moins en moins fiable. Il parle déjà de quitter nos rangs. Si Guillaume tombe, nous ne pourrons plus compter sur lui. Faites-nous connaître vos ordres, que nous puissions au plus vite les exécuter.

Notre éternelle fidélité à la cause. »

Altaïr plia le message et le rangea à l'abri de sa robe. La lettre intéresserait peut-être Al Mualim. Sauf s'il la gardait secrète... Jusqu'ici, Altaïr avait trouvé que le Maître ne s'était pas montré des plus loquaces concernant ses cibles. Peut-être cela faisait-il partie de son épreuve.

Peut-être.

Un groupe de serviteurs passa en hâte à ses côtés. Le jongleur exécutait ses tours devant un public plus nombreux désormais. Non loin de lui, un orateur avait pris place à l'ombre d'un arbre et crachait une diatribe contre le roi Richard.

L'attention d'Altaïr se porta alors sur un jeune homme à la courte barbe noire qui haranguait les citoyens, tout en gardant un œil vigilant sur deux gardes proches.

— Guillaume de Montferrat se moque du peuple d'Acre, disait-il.

Altaïr approcha discrètement tout en s'assurant de ne pas croiser son regard.

— Nous mourons de faim quand les hommes cloîtrés dans son fort se remplissent la panse. Ils s'engraissent des fruits de notre travail. Il a dit nous avoir menés ici pour reconstruire cette cité et aujourd'hui que nous sommes loin de notre foyer et des grâces de notre roi, nous découvrons ses véritables intentions. Il vole nos fils et les envoie au front contre les barbares sans espoir de retour. Nos filles nous sont ravies pour assouvir les besoins de ses soldats, ces porcs qui souillent leur vertu. Et que recevons-nous en retour ? Des mensonges et des fausses promesses d'un meilleur lendemain ! D'un monde béni de Dieu ! Mais qu'en est-il de ce jour ? Qu'en est-il d'aujourd'hui ? Combien de temps encore devrons-nous souffrir ses excès ? Tout cela est-il l'œuvre de Dieu… ou d'un égoïste qui n'a d'autre dessein que de conquérir ce monde tout entier ? Levez-vous, citoyens d'Acre ! Rejoignez notre révolte !

— Silence…, l'interpella une passante en pointant du doigt des gardes qui l'épiaient depuis l'autre côté de la voie, soupçonnant qu'un perturbateur était à l'œuvre.

— Inconscient ! s'exclama un homme dédaigneux qui s'éloigna en secouant la main comme pour balayer l'orateur.

De toute évidence, peu d'habitants, à Acre, semblaient vouloir prendre le risque d'attirer sur eux la colère de Guillaume.

— Tes paroles te mèneront tout droit à l'échafaud, lui murmura un autre homme qui s'empressa de s'éclipser.

Altaïr observa le révolutionnaire tandis qu'il jetait un regard méfiant aux alentours, puis se mêla à la foule où il rejoignit un autre homme.

— Combien de citoyens as-tu ralliés à notre cause ?

— La peur les ronge, répondit son compagnon. Je crains qu'aucun d'entre eux ne réponde à l'appel.

— Nous devons persévérer. Trouve un autre marché, une autre place. Nous ne devons pas nous laisser bâillonner !

Ils jetèrent un dernier regard en direction des soldats, puis déguerpirent. Altaïr les regarda s'éloigner, satisfait d'avoir découvert tout ce qu'il avait besoin de savoir à propos de Guillaume de Montferrat.

Il posa une dernière fois les yeux sur la forteresse qui surplombait le marché, le cœur noir de la cité. Là, quelque part, l'attendait sa cible, et une fois Guillaume mort, le peuple d'Acre souffrirait enfin moins d'oppression et de peur. Plus vite il disparaîtrait, mieux ce serait. Il était temps de retourner auprès de Jabal.

Comme à l'accoutumée, le chef du Bureau était d'humeur joviale. Ses yeux scintillèrent lorsque Altaïr entra dans la pièce.

— J'ai fait ce que tu m'avais ordonné, dit Altaïr. Je me suis renseigné. J'en sais désormais suffisamment pour atteindre Montferrat.

— Parle, dans ce cas, et j'en jugerai par moi-même.

— Les adeptes de Guillaume sont nombreux et beaucoup le servent aveuglément. Mais il compte également de nombreux ennemis. Le roi Richard et Guillaume sont souvent en désaccord.

Jabal haussa un sourcil.

— Certes. Ils n'ont jamais été bien proches.

— Et c'est tout à mon avantage. La visite récente de Richard l'a contrarié. Une fois le roi hors de la cité, Guillaume s'est retranché dans sa forteresse, furieux. Il baisse sa garde. Je saurai quand frapper.

— Es-tu sûr de cela ?

— Je ne pourrais l'être davantage. Et s'il survient un imprévu, je m'adapterai.

— Dans ce cas, tu es libre de partir. Fauche la vie de Guillaume de Montferrat, et que les citoyens d'Acre puissent enfin vivre libres !

Jabal lui tendit la plume.

— Je reviendrai une fois ma tâche accomplie, répondit Altaïr.

Chapitre 18

Altaïr repartit pour la forteresse, s'attendant à la trouver telle qu'il l'avait laissée. Mais quelque chose avait changé. Quelque chose qu'il remarqua alors qu'il arpentait les rues d'Acre et se rapprochait de la place forte. Quelque chose dans l'air. De l'excitation. De l'impatience. Des rumeurs circulaient à propos de l'arrivée de Richard. Il se trouvait dans la forteresse, disaient les citoyens, et s'entretenait avec Montferrat. Apparemment, il était furieux à propos du sort qu'avait réservé le régent aux trois mille soldats gardés en otages lors de la prise de la cité par les croisés.

Altaïr ne put réprimer un frisson. La réputation de Richard le précédait : sa bravoure, sa cruauté… Il fallait qu'il le voie…

Il traversa le marché. La foule était plus dense depuis que la rumeur de l'arrivée de Richard s'était répandue. Quelle que soit leur opinion à propos du roi, les citoyens d'Acre n'aspiraient qu'à le voir.

— Il arrive, murmura un homme à côté d'Altaïr.

Un mouvement de foule emporta l'Assassin et, pour la première fois depuis son arrivée à Acre, il put sans crainte lever la tête. La foule était le meilleur des masques et, quoi qu'il en soit, les gardes étaient trop occupés à sécuriser l'arrivée imminente du roi pour s'intéresser à lui.

La foule s'avança soudain massivement, entraînant Altaïr. Il s'abandonna au mouvement des corps qui l'emprisonnaient et le menaient vers les portes de pierre délicatement ornées sur lesquelles les étendards des croisés ondoyaient sous la brise. Eux aussi, semblait-il, étaient impatients d'assister à l'arrivée du roi. Près des portes, les soldats ordonnèrent à la foule de reculer, et les spectateurs des premiers rangs hurlèrent aux derniers d'arrêter de les pousser. Les citoyens arrivaient toujours plus nombreux, mais se massaient désormais en face de l'espace surélevé qui se trouvait juste devant les portes principales. De nouveaux gardes formèrent un rempart humain autour de l'entrée. Certains avaient la main posée sur la poignée de leur épée, d'autres brandissaient leur pique menaçante, grognant sur la foule impatiente qui grouillait devant eux : « Arrière ! »

Soudain, un grand bruit s'éleva des portes de la forteresse qui se levèrent en grinçant. Altaïr tendit le cou pour mieux observer la scène : il entendit d'abord le « cataclop » des chevaux dont les sabots battaient le pavé, puis vit les casques des gardes royaux. Quelques secondes plus tard, la foule était à genoux. Altaïr suivit le mouvement, mais garda les yeux rivés sur l'arrivée du roi.

Richard Cœur de Lion montait un étalon splendide au caparaçon orné de ses armoiries, le torse bombé et le menton altier. Son visage marqué avait été sculpté par chaque bataille qu'il avait livrée, chaque désert qu'il avait traversé. Ses yeux étaient las, mais vifs. Il était encerclé par ses gardes du corps, en selle eux aussi, et à ses côtés chevauchait un autre homme qu'Altaïr identifia, grâce aux murmures de la foule, comme Guillaume de Montferrat en personne. Il était plus âgé que le roi mais ne possédait ni sa carrure imposante, ni son évidente force. Malgré tout, Altaïr sentit en lui un combattant agile et n'aurait pas été étonné qu'il s'agisse d'un excellent bretteur. L'homme qui chevauchait aux côtés du roi, dans l'ombre du suzerain et insouciant de la foule qui s'était massée là, semblait contrarié. Perdu dans ses pensées.

— … trois mille âmes, Guillaume, dit le roi d'une voix suffisamment forte pour que tous puissent l'entendre. Je croyais qu'ils devaient être retenus captifs au cas où nous aurions un jour à négocier la libération de nos hommes.

— Les Sarrasins n'auraient jamais honoré leur part du marché, rétorqua Montferrat. Vous le savez aussi bien que moi. Je n'ai rien fait de plus que vous rendre service.

— Ah oui ! rugit le Lion. Et quel service ! Aujourd'hui, nos ennemis sont d'autant plus convaincus de notre noirceur, et ils n'en combattront que plus férocement.

Ils s'arrêtèrent.

— Je ne connais que trop bien notre ennemi, annonça Montferrat. Mon initiative ne les emplira pas d'exaltation mais d'effroi.

Richard posa sur lui un regard dédaigneux.

— Et comment peux-tu si bien connaître les Sarrasins, toi qui as délaissé les champs de bataille au profit de l'arène politique ?

Montferrat ravala sa salive.

— Je n'ai rien fait d'autre que rendre la justice et, en cela, j'ai accompli ce qui devait être accompli.

— N'as-tu donc pas prêté le serment de servir la volonté de Dieu ? Car je ne vois rien en toi d'un homme pieux. Je ne vois qu'un apostat arriviste.

Montferrat parut soudain mal à l'aise. Il désigna la foule massée là d'un geste ample comme pour rappeler au roi que leurs sujets ne manquaient pas un mot de leur conversation.

— Voilà des paroles bien blessantes, mon roi. Moi qui pensais avoir gagné votre confiance.

— Tu es le régent d'Acre, Guillaume. Celui que j'ai désigné pour régner à ma place en mon absence. Que te faut-il de plus ? Ma couronne, peut-être ?

— Vous vous égarez, dit Montferrat, inquiet de perdre la face devant la foule. Une fois de plus…

Richard lui jeta un regard noir.

— Tout comme, une fois de plus, je perds mon temps à palabrer avec toi. J'ai une guerre à mener. Nous poursuivrons cette discussion une autre fois.

— Dans ce cas, permettez-moi de ne pas vous retenir plus longtemps, dit Montferrat obséquieusement. Votre Grâce…

Richard lui adressa un dernier regard furieux – de ces regards qui rappellent aux rebelles qui porte la couronne – puis quitta les lieux avec ses hommes.

Les citoyens se relevèrent peu à peu et Montferrat se tourna pour parler à l'un de ses gardes. Altaïr tendit l'oreille.

— Je crains qu'il n'y ait pas de place pour des hommes comme Richard dans le Nouveau Monde. Préviens les troupes que j'ai à leur parler. Nous devons nous assurer que chacun accomplisse correctement sa tâche. Préviens-les que toute négligence sera sévèrement réprimandée. Je ne suis pas d'humeur à être contrarié. (Il se tourna vers le reste de ses hommes.) Suivez-moi !

Soudain, il y eut un important mouvement de foule vers la forteresse : s'ajoutant aux gardes de Montferrat, des marchands s'y ruaient dans l'espoir d'y trouver des clients. Altaïr se joignit à eux et, battu par les nombreux sacs en toile de jute, resta dans la mêlée jusqu'à ce que les gardes parviennent à maîtriser la cohue et à fermer les portes de la place forte. À l'intérieur, les badauds étaient guidés par des soldats irrités jusque vers une cour où, sans nul doute, ils allaient être autorisés à exposer leurs marchandises. Altaïr aperçut Montferrat qui faisait route vers la courtine intérieure. Il fit un pas de côté et se glissa dans un renfoncement entre l'enceinte et une bâtisse, retenant son souffle, s'attendant à entendre hurler un garde à la vigilance duquel il n'avait pu échapper. Silence. Il leva la tête, se réjouit de repérer plusieurs prises dans le mur du bâtiment et se mit à grimper.

Un archer.

Évidemment ! Il était tellement satisfait d'avoir échappé aux gardes postés en contrebas qu'il en avait oublié les soldats des niveaux supérieurs. Il jeta un nouveau coup d'œil dans l'espoir que le garde lui tourne le dos et se tienne bien au milieu : si son corps chutait dans la citadelle, l'alarme serait aussitôt donnée. Altaïr frappa dès que l'homme atteignit l'endroit idéal : le couteau scintilla sous le soleil, puis se ficha dans le dos de la sentinelle. L'homme s'effondra. Content que le cadavre n'ait pas basculé plus bas, Altaïr se hissa sur le toit où il s'accroupit précautionneusement, les yeux rivés sur un autre archer situé de l'autre côté de la bâtisse, prêt à plonger si l'homme se retournait. Il avança.

Plus bas, Montferrat traversait la forteresse, hurlant ordres et insultes à tous ceux qui se risquaient à croiser sa route.

Altaïr s'approcha de l'archer suivant : un lancer de couteau et l'homme gisait sur le toit, à l'agonie. Altaïr baissa les yeux sur sa victime alors qu'il passait accroupi près d'elle et vit que son corps ne tressautait plus.

Un troisième archer. Altaïr s'en débarrassa : il contrôlait désormais tout le toit. Une fois l'assassinat effectué, il disposerait d'une issue. Il n'avait plus qu'à accomplir sa tâche.

Montferrat passa sous une série d'arches avant de réprimander un garde pour une faute insignifiante. Il se dirigea ensuite vers la cour d'un donjon qui semblait lui servir de quartiers. Altaïr se tapit dans l'ombre : s'il s'efforçait de rester hors de vue, il se trouvait que, plus bas, personne ne se souciait de surveiller les toits : d'autres s'en chargeaient. C'était tout du moins ce qu'ils croyaient.

Montferrat s'installait à présent à une table située d'un côté de la cour.

— Soldats ! lança-t-il. Approchez et écoutez-moi attentivement.

Les hommes se massèrent autour de lui et Altaïr remarqua que, s'ils portaient le même uniforme que les gardes de la courtine extérieure, ils avaient l'air plus aguerris et rompus au combat. Ils devaient probablement former la garde personnelle de Montferrat. Cette fois-ci, il ne ferait pas l'erreur de sous-estimer ses adversaires.

Dans la cour, Montferrat poursuivait son discours.

— Je sors tout juste d'une discussion avec le roi, et les nouvelles sont mauvaises. Richard nous accuse de faillir dans la tâche qu'il nous a confiée. Il mésestime notre dévouement à la cause.

— L'ingrat, lâcha l'un des hommes.

— Il n'a pas la moindre idée de ce qui se passe, pesta un autre.

— Du calme, du calme. Tenez donc vos langues ! les admonesta Montferrat. Il se trompe, certes, mais ses reproches ne sont pas aussi infondés qu'il y paraît. Arpentez cette forteresse et vous verrez partout du laisser-aller. Le temps nous a rendus négligents et paresseux.

Plus haut, Altaïr s'autorisa un sourire. La façon dont il était parvenu à infiltrer la place forte était un exemple confondant de la négligence et de la paresse dont les hommes de Montferrat faisaient effectivement preuve. Sans parler de ses archers somnolents…

— Tu te montres bien dur avec nous ! s'étonna l'un des hommes.

La remarque de Montferrat les avait tous piqués au vif. Redoublant de précaution, Altaïr profita de l'agitation qui régnait au-dessous pour longer l'enceinte, avec l'idée de se poster au-dessus de sa cible. Là, il put voir ce à quoi la plupart des hommes ici présents tournaient le dos : d'autres gardes étaient arrivés par une porte située de l'autre côté de la cour ; ils traînaient derrière eux deux hommes revêtus de l'uniforme des croisés mais bel et bien prisonniers.

— Je vois bien le peu de conviction avec lequel vous vous entraînez ! hurla Montferrat. Vous n'avez pas la moindre détermination. Vous passez vos journées à bavarder, à parier. Vous ne prenez même pas la peine d'accomplir le peu de tâches que je vous confie, et lorsque vous le faites, vous bâclez votre travail. Je n'accepterai plus la moindre négligence de la part de mes hommes. Je refuse de continuer à souffrir les réprimandes et les railleries de Richard. Que vous en ayez ou non conscience, et ce devrait être le cas, tout cela est votre faute. Vous nous avez tous couverts de honte. C'est notre compétence et notre dévouement qui nous ont permis de gagner Acre, et nous en aurons besoin si nous voulons la garder. Je me suis montré trop indulgent, semble-t-il. Mais je ne commettrai plus cette erreur. Vous vous entraînerez plus dur et plus souvent. Si cela doit vous coûter des repas et des heures de sommeil, alors qu'il en soit ainsi. Et si vous échouez encore à mener à bien les tâches que je vous assigne, je vous enseignerai ce qu'est la discipline... Amenez les prisonniers!

Altaïr était parvenu à atteindre sa position sans se faire repérer. Il était désormais suffisamment proche pour apercevoir le crâne légèrement dégarni de Montferrat et les postillons qui jaillissaient de sa bouche à chaque nouvelle invective. Si quelqu'un, au-dessous, levait la tête, il risquait d'être découvert. Mais l'attention de tous était maintenant tournée vers la table de Montferrat devant laquelle on avait traîné les deux soldats, terrifiés et honteux.

— Si je dois faire des exemples de certains d'entre vous pour m'assurer l'obéissance des autres, annonça Montferrat, alors soit! (Il se tourna vers les prisonniers.) Vous êtes tous deux accusés d'avoir couru la gueuse et de vous être saoulés en service. Qu'avez-vous à dire pour votre défense?

Ils bafouillèrent des supplications et des excuses.

Montferrat leur jeta un regard noir puis ordonna leur exécution d'un signe.

D'autres gardes leur tranchèrent la gorge, et ils passèrent les dernières minutes de leur vie à regarder leur sang se déverser sur la pierre de la cour. Montferrat les observa fixement gargouiller et se tortiller sur le sol comme des poissons arrachés à la mer.

— La fainéantise face au devoir est contagieuse, dit-il d'un ton presque triste. Nous devons arracher le mal à la racine pour le détruire. C'est le seul moyen pour nous de contenir l'épidémie. Me suis-je bien fait comprendre?

— Oui, seigneur, murmurèrent en chœur les soldats présents.

— Voilà qui me rassure, répondit-il. Retournez à vos assignations dans ce cas avec ce nouvel état d'esprit. Soyez forts, concernés, et nous serons victorieux. Décevez-moi, et vous finirez comme ces musards. Soyez-en sûrs. Rompez !

Il les congédia tous d'un geste, ce qui enchanta Altaïr. Il voulait voir ces hommes s'éloigner le plus possible. Il regarda Montferrat s'asseoir et commencer à trier des papiers éparpillés sur la table en pestant de plus belle. De toute évidence, son ire n'était pas encore apaisée. Altaïr s'avança lentement, aussi près du bord du toit que la prudence le lui permettait, et aperçut plus bas les deux cadavres qui se vidaient encore de leur sang. Plus loin, la plupart des hommes s'étaient réunis près de l'entrée du donjon ou partaient en direction de la courtine extérieure, désireux, sans doute, de mettre autant de distance que possible entre eux et Montferrat.

Plus bas, le croisé râlait, excédé, farfouillant toujours sur la table, incapable de trouver ce qu'il cherchait. La chute d'un tas de feuilles lui arracha un grognement d'agacement. À deux doigts d'appeler un subalterne, il se ravisa puis se pencha pour le ramasser. Peut-être entendit-il le « chling » de la lame d'Altaïr dans la demi-seconde qui sépara le bond de l'Assassin de la piqûre fatale de l'acier dans sa nuque.

Altaïr resta juché sur le dos du régent d'Acre, la main devant sa bouche pour l'empêcher d'alerter les soldats présents dans la cour. Il n'avait que quelques secondes pour agir. Il le savait.

— Repose en paix. Tes machinations prennent fin aujourd'hui, murmura-t-il à sa victime.

— Que sais-tu de mes aspirations ? répondit péniblement Montferrat.

— Je sais que tu t'apprêtais à éliminer Richard et à t'emparer d'Acre avant de la confier à ton fils Conrad.

—Conrad ? Mon fils est un crétin à peine bon à commander ses larbins ! Pourquoi lui confierais-je un royaume ? Quant à Richard, il n'est pas plus éclairé, aveuglé par sa foi. Acre ne revient ni à l'un ni à l'autre.

—À qui donc, dans ce cas ?

—Cette cité appartient à son peuple.

Altaïr balaya de son esprit la sensation désormais familière de doute.

—Comment oses-tu te faire la voix des citoyens ? Tu voles leur nourriture et les condamnes sans merci. Sans compter ceux que tu forces à servir sous tes ordres.

—Je n'ai jamais rien fait d'autre que les préparer au Nouveau Monde, répondit Montferrat comme si cela aurait dû sembler évident à l'Assassin. Voler leur nourriture ? Non. Je l'ai réquisitionnée pour qu'elle puisse être distribuée équitablement en temps de disette. Regarde autour de toi : cette cité ne connaît pas le crime… à l'exception de ceux perpétrés par les voyous de ton espèce. Quant à l'enrôlement dont tu parles, tu fais erreur. Jamais je ne leur ai appris à combattre. Je n'ai fait que leur enseigner les vertus de l'ordre et de la discipline. Trouves-tu cela si malveillant ?

—Je me fiche de la noblesse que tu prêtes à tes intentions. Tu as fait preuve de trop de cruauté pour que ton règne dure, annonça Altaïr bien moins sûr de lui qu'il n'en avait l'air.

—Nous verrons s'ils sont plus doux… les fruits de votre règne, lâcha péniblement Montferrat. Vous voyez en vous des libérateurs, mais vous n'êtes que des fléaux pour les cités dans lesquelles vous frappez. Bientôt, vous ne pourrez plus vous en prendre qu'à vous. Vous qui parlez de nobles intentions, vous…

Il ne put terminer sa phrase.

— Nous sommes tous égaux dans la mort, dit Altaïr en trempant la plume dans le sang de sa victime.

Il escalada ensuite le mur derrière lui, se hissa sur les toits, traversa à grandes enjambées la courtine extérieure, puis disparut.

Comme s'il n'avait jamais été là.

Chapitre 19

Altaïr commençait à se lasser de sa mission. Il était épuisé, mais aussi contrarié. Chacune des longues chevauchées qui lui étaient imposées l'exténuait ; Al Mualim lui ordonnait pourtant de revenir le voir après chaque assassinat. En outre, le Maître se montrait particulièrement énigmatique, l'interrogeant sur d'infimes détails quand il semblait taire en grande partie ce qu'il savait.

Leur entrevue suivante ne manqua pas à la règle.

— J'ai eu vent de la réussite de ta mission, dit Al Mualim. Tu as mon entière gratitude, ainsi que celle du royaume entier. Libérer ces cités du joug de leur cruel dirigeant nous est indispensable si nous voulons faire régner la paix en Terre sainte.

— En êtes-vous si sûr ? l'interrogea Altaïr qui, de son côté, était chaque fois un peu plus assailli par le doute.

— Le peuple est le miroir du règne de son suzerain. En purgeant ces cités de la corruption qui les ronge, tu guéris les cœurs et les âmes de ceux qui y vivent.

— Nos ennemis ont un point de vue tout différent sur la question, répondit Altaïr qui repensait à chacun des hommes dont il avait fermé les paupières.

— Que veux-tu dire ?

— Chacun des hommes que j'ai éliminés m'a confié d'étranges révélations avant de succomber. Aucun n'a exprimé de regret pour ses exactions. Même à l'article de la mort, ils semblaient tous convaincus de la noblesse de leur cause et de son triomphe à venir. Même s'ils ne l'ont pas avoué explicitement, j'ai découvert que tous étaient liés d'une manière ou d'une autre. J'en suis certain.

Al Mualim posa sur lui un regard circonspect.

— Il existe une différence, Altaïr, entre les vérités qu'on nous énonce et celles que l'on constate. Rares sont ceux qui prennent la peine de faire cette distinction. La vie est bien plus facile à supporter ainsi. Mais en tant qu'Assassin, tu dois savoir faire preuve de discernement. Tu dois douter. T'interroger.

— Quel lien unit ces hommes, alors ? insista Altaïr, convaincu que le Maître refusait de partager avec lui la réponse à cette question.

Et à toutes les autres.

— Ah. En tant qu'Assassin, il est également de ton devoir de savoir mettre de côté ces questionnements et de faire confiance à ton Maître. Car la paix ne peut exister sans ordre, ni l'ordre sans autorité.

La voix d'Altaïr trahit malgré lui son exaspération.

— Vous imposez au serpent de se mordre la queue, Maître. Vous m'ordonnez d'être alerte, puis m'enjoignez de ne plus l'être. Que dois-je faire, alors ?

— Tu auras la réponse à ta question lorsque tu ne ressentiras plus le besoin de la poser, répondit mystérieusement Al Mualim.

Altaïr comprit qu'il n'obtiendrait rien de plus du vieil homme.

— Je gage que vous m'avez convoqué pour autre chose qu'une leçon de morale.

— Effectivement, répondit Al Mualim en l'envoyant une fois de plus à Damas.

Abu'l Nuqoud serait le prochain à mourir. Mais avant cela, Altaïr allait devoir supporter l'agaçant chef du Bureau de la cité…

— Altaïr, mon ami ! Bienvenue, bienvenue… Alors, qui viens-tu passer au fil de ta lame aujourd'hui ?

Altaïr fronça les sourcils devant l'indéfectible insolence du rafiq. L'homme ne lui avait cependant pas manqué suffisamment de respect pour qu'il déverse sur lui toute sa haine. La mesure avec laquelle celui-ci le provoquait était étonnante : s'il avait fait meilleur usage de ses talents, nul doute qu'il ne passerait pas ses journées derrière un bureau. Un jour, Altaïr serait en mesure de le lui faire remarquer. Mais pour l'heure, il avait à faire. Une nouvelle vie devait être fauchée.

— Son nom est Abu'l Nuqoud. Que peux-tu me dire de lui ?

— Oh, le Prince des marchands de Damas ! s'exclama le chef du Bureau impressionné. L'homme le plus riche de la cité. Comme c'est excitant ! Et dangereux également… Je t'envie, Altaïr, tu sais. Oh, je ne parle pas de la gifle d'Al Mualim et de ta disgrâce, bien entendu. Mais, oui, excepté l'opprobre et la haine de tes pairs, excepté ces écrasants revers, je t'envie beaucoup…

Altaïr imagina son cou fendu par sa lame.

— Je n'ai que faire de ce qu'on pense ou dit de moi. Je suis ici pour accomplir une tâche. Je te repose donc ma question : que peux-tu me dire du Prince des marchands ?

— Seulement qu'il doit être un bien mauvais homme pour qu'Al Mualim t'envoie lui adresser ses respects. L'homme se mêle rarement à la plèbe. Curieusement, il préfère aux bas-fonds le raffinement des beaux quartiers. C'est un homme occupé. En permanence. Je suis sûr que si tu passes un peu de temps en compagnie de ses pairs, tu sauras bientôt tout ce qu'il y a à savoir sur lui.

Et c'est exactement ce que fit Altaïr en se rendant à la Grande Mosquée des Omeyyades et au souk Sarouja, ainsi que dans la Citadelle de Salal Al'din. Il apprit qu'Abu'l Nuqoud était haï par la population locale, corrompu jusqu'à l'os et qu'il avait détourné de colossales sommes d'argent public qu'il avait ensuite envoyées à Jérusalem à Guillaume de Montferrat. Cette dernière information amusa Altaïr.

En passant devant la *madrasa* al-Kallasah, il croisa un groupe d'érudits qui discutaient et espéra les entendre parler d'Abu'l Nuqoud. Ils n'en firent rien, mais ce qu'ils disaient attira tout de même l'attention de l'Assassin qui continua à les écouter.

— Citoyens ! Apportez ici tous les écrits en votre possession, disait un premier, et jetez-les sur cette pile devant moi. Conserver l'écrit est un péché. Faites vôtre la vérité de mes paroles. Libérez-vous des mensonges et de la corruption du passé !

Bien qu'il s'apprêtât à partir, Altaïr s'attarda là encore un peu. La dernière phrase de l'érudit avait attiré son attention. « *Libérez-vous des mensonges et de la corruption du passé.* » Cela avait-il un rapport avec ce nouvel ordre, ce Nouveau Monde, dont il avait plusieurs fois entendu parler ?

Un autre sage avait pris la parole.

— Si seule la paix compte à vos yeux, si vous voulez vous aussi voir cette guerre s'achever, alors abandonnez vos livres, vos parchemins et vos manuscrits, car ils ne font qu'attiser les flammes de l'ignorance et de la haine !

Altaïr en avait trop entendu. Plus qu'il ne pouvait en supporter, en tout cas. « *Abandonnez vos livres.* » Pourquoi ?

Il s'efforça de ne plus y penser et se remit à la recherche d'informations sur le Prince des marchands. Il avait appris qu'Abu'l Nuqoud ne quittait que rarement ses appartements, mais qu'il le ferait justement ce soir lors d'une réception dont il serait l'hôte ; une réception, avait-il entendu, qu'il n'organisait que pour étaler sa fortune personnelle au nez du peuple. À l'encontre de sa propre foi, il avait même commandé du vin, juste pour l'occasion. Si la réception devait se dérouler comme à l'accoutumée, alors Altaïr choisirait ce moment pour frapper. Il avait entendu dire qu'un échafaud avait été installé près du balcon des quartiers du Prince des marchands.

La fête allait être des plus divertissantes.

Chapitre 20

Les festivités battaient déjà leur plein lorsque Altaïr contourna la cour du palais, inquiet à l'idée que sa robe puisse attirer sur lui tous les regards. Usée et sale, elle tranchait avec les tenues qu'arboraient les hôtes de Nuqoud. La plupart des invités portaient des robes raffinées, délicatement brodées de tissus luxueux. Contrairement à la majorité des citoyens de Damas, ils avaient l'air en pleine santé et bien nourris. Ils parlaient fort pour couvrir la musique et riaient plus fort encore. De façon certaine, ils ne manqueraient pas de rafraîchissements : de nombreux serviteurs zigzaguaient entre eux leur proposant sur de grands plateaux d'or des pains, des olives et autres gourmandises.

Altaïr regarda alentour. Les danseuses étaient les seules femmes présentes. Il en compta six, sept peut-être, qui tournoyaient lentement au rythme des ouds et des rebecs que les musiciens faisaient chanter sous le balcon principal. L'Assassin leva la tête et aperçut un garde, les bras croisés, qui jetait un regard détaché sur les convives qui festoyaient. Altaïr en déduisit que ce balcon devait être le perchoir de Nuqoud. Ses soupçons furent confirmés lorsque le tempo s'accéléra, les ouds de plus en plus couverts par des percussions cadencées qui excitèrent les hôtes et stimulèrent leur impatience. Les danseuses, transpirant sous leurs vêtements d'une finesse provocante, étaient entraînées par la musique à exécuter des mouvements toujours plus rapides et sensuels. Autour d'elles, les invités levaient les bras, invitant les tambours à aller *crescendo* jusqu'à ce que l'air tout entier semblât se mettre à vibrer avec eux. Et tout à coup, il apparut au-dessus d'eux : Abu'l Nuqoud.

Les descriptions qu'avait entendues Altaïr du Prince des marchands mentionnaient son penchant pour tout ce qui était outrancier. Sa corpulence – on le disait gras comme trois hommes –, ses bijoux aveuglants et ses robes criardes, son turban orné de gemmes, bref, tout ce qu'on en disait, il l'avait mis sur le compte de la haine qu'éprouvait le peuple pour Nuqoud. Pourtant, il fut stupéfait de découvrir que les rumeurs étaient au contraire flatteuses. Le grotesque de son tour de taille, de ses bijoux et de ses robes dépassait tout ce qu'il avait pu imaginer.

Altaïr observa le Prince des marchands, debout, qui mâchait encore ce dont il avait dû se bâfrer il y a quelques secondes. Sa bouche dégoulinait de graisse. La peau de son cou ondulait au rythme de ses pas et de ses déglutitions tandis qu'il traversait le balcon, observant ses invités rassemblés en contrebas. Sa robe était ouverte sur son torse nu et sur son ventre, énorme bourgeon de graisse suintant de transpiration.

Soudain, il frappa dans ses mains. La musique s'arrêta et toutes les voix se turent.

— Bienvenue, bienvenue ! annonça-t-il, et merci à tous d'être présents ce soir. Mangez, buvez, je vous en prie, profitez à l'envie de tous les plaisirs que j'ai à vous offrir.

Il conclut sa phrase par un geste de la main et, de la fontaine située au centre de la cour, jaillit à grands flots ce qu'Altaïr prit d'abord pour de l'eau colorée. Mais lorsqu'il vit le liseré spumeux qui se formait contre la pierre, il comprit de quoi il s'agissait : du fameux vin dont il avait entendu parler. C'était donc vrai ! Alors qu'il observait la scène, deux hommes approchèrent, plongèrent leur coupe dans le liquide écumant, trinquèrent, puis s'éloignèrent. D'autres invités suivirent, plongeant à leur tour leur coupe dans la fontaine, tandis que des serviteurs arpentaient la cour, offrant à boire à qui leur demandait. On eût dit que le Prince des marchands tenait à ce que chacun de ses convives profite du nectar que dispensait la source grenat. Il attendit que la ruée ait pris fin pour reprendre son discours.

— Je gage que tout est à votre convenance, annonça-t-il, un sourcil levé.

De toute évidence, il voyait juste. Les invités levèrent leur coupe, et un rugissement de satisfaction générale s'éleva de la cour. Le vin commençait à délier les langues.

— Bien, bien, poursuivit Nuqoud en souriant, révélant des dents encore salies de nourriture. Vous voir tous si heureux comble mon cœur de joie. Car nous vivons des heures bien sombres, mes amis, et nous devons profiter de cette manne tant que nous le pouvons.

Non loin d'Altaïr, les trinqueurs s'en revenaient d'une seconde visite à la fontaine et vidaient déjà leur coupe, retenant leurs gloussements, lorsque Nuqoud reprit :

— La guerre menace de nous consumer tous. Salah Al'din combat pour honorer ses convictions, et vous l'avez toujours soutenu fidèlement. C'est grâce à votre générosité qu'il peut continuer à mener sa campagne.

Altaïr fut probablement le seul ici à le remarquer, mais de nombreux gardes commençaient à se placer sur les balcons qui surplombaient l'autre côté de la cour. Il plissa les paupières. Des archers, bien sûr.

Au-dessous, les invités continuaient à savourer leur vin. Nuqoud reprit.

— Mes très chers amis, vous sans qui nous n'en serions pas là aujourd'hui, puisse chacun de vous jouir de ce qu'il mérite !

— À ta santé ! hurlèrent les convives qui trinquaient et buvaient de plus belle.

— Comme vous êtes bons avec moi…, poursuivit Nuqoud sur son perchoir. D'une telle bienveillance ! Jamais je ne vous en aurais pourtant crus capables, vous qui m'avez jugé si promptement. Si cruellement.

Le changement de ton du Prince des marchands provoqua un murmure troublé parmi les convives.

— Oh, vous pouvez tomber les masques… Me prendriez-vous pour un imbécile ? Croyez-vous que je n'ai pas eu vent de vos persiflages ? Eh bien si. Et je crains que ces blessures ne se referment jamais. Mais là n'est pas la raison pour laquelle je vous ai conviés ici ce soir. Non. Je voulais que nous parlions un peu plus de cette guerre et du rôle que vous y jouez.

» Vous vous montrez prompts à donner votre or quand vous savez qu'il servira à payer la mort de milliers d'âmes. Vous n'avez pas la moindre idée de ce pour quoi nous nous battons. Ce n'est ni pour préserver la pureté de la Terre sainte dont vous parlez tant, ni pour purger le royaume des sombres desseins de nos ennemis. Ce ne sont là que de rassurants mensonges.

» Toute la souffrance qui s'étend sur le monde, chers invités, n'est née que de la peur et de la haine : vous ne supportez pas la différence de nos adversaires, tout comme vous ne supportez pas la mienne.

Altaïr observa les archers postés sur les balcons. Soudain inquiet, il se décala pour mieux scruter les balcons opposés : d'autres archers étaient arrivés. Il se retourna. Là encore, des archers. Aucun, cependant, n'avait son arc en main.

Pas encore, tout du moins. Mais, si Altaïr ne se trompait pas, cela ne tarderait pas et, le moment venu, leurs traits atteindraient la cour entière. Il s'approcha d'un des murs voisins. Non loin de lui, un homme commença à crachoter et à tousser, provoquant les rires enivrés de son compagnon.

— Compassion. Clémence. Tolérance, poursuivit Nuqoud depuis son balcon. Aucun de ces mots n'a de sens pour vous. Pas plus qu'ils n'ont de sens pour les infidèles qui ravagent notre terre en quête d'or et de gloire. À tout cela, je n'ai qu'un mot à répondre : assez ! J'ai prêté allégeance à une cause plus noble. Une cause qui assurera l'avènement d'un Nouveau Monde dans lequel tous les hommes pourront s'unir et vivre en paix.

Il marqua une pause. Les archers se mirent en position. Ils décocheraient bientôt leurs flèches. Altaïr se plaqua contre le mur. L'homme toussait toujours, plié en deux, le visage écarlate. Son compagnon, inquiet, se mit à tousser lui aussi.

— Quelle tristesse qu'aucun d'entre vous ne puisse vivre suffisamment longtemps pour le voir, termina Nuqoud.

De nouveaux invités se mirent à crachoter. D'autres se tenaient l'estomac. *Bien sûr !* pensa Altaïr. *Du poison !* Autour de lui, certains invités étaient tombés à genoux. La bouche d'un homme ventripotent, vêtu de robes dorées, se mit à écumer. Ses yeux se révulsèrent tandis qu'il s'effondrait sur le sol où il ne tarda pas à mourir. Les archers bandèrent leurs arcs. Près de la moitié des invités agonisaient, mais de nombreux autres, qui n'avaient pas goûté au vin, se ruaient vers les sorties.

— Tuez quiconque tente de s'échapper, ordonna le Prince des marchands.

Les flèches fusèrent.

Se détournant du carnage, Altaïr escalada le mur qui menait au balcon, se posta derrière Nuqoud, puis se débarrassa du garde posté à ses côtés d'un revers de lame. Le soldat s'écroula, puis se tordit de douleur sur le sol, la gorge béante, son sang inondant par vagues les dalles du balcon. Nuqoud se retourna. Lorsqu'il vit Altaïr, le sourire qui avait animé son visage à la vue du massacre en contrebas disparut soudain. L'Assassin lut avec satisfaction dans les yeux de sa cible qu'elle était terrifiée.

À la peur succéda la douleur, lorsque la lame d'Altaïr s'enfonça dans le cou graisseux de Nuqoud, juste au-dessus de sa clavicule.

— Pourquoi as-tu fait cela ? haleta l'ogre qui s'effondra lentement sur la pierre délicate de son balcon.

— Tu as volé l'argent de ceux que tu prétendais défendre avant de l'investir dans une cause inconnue de tous. Je veux savoir qui a reçu cet argent et pourquoi tu lui as envoyé.

— Regarde-moi, pouffa Nuqoud. Ma nature même est un affront pour le peuple que je régente, et ce ne sont pas ces robes raffinées qui bâillonneront leur haine.

— C'est donc la vengeance qui t'anime ? demanda Altaïr.

— Non. Non, pas la vengeance. Ma conscience. Pourquoi financerais-je une guerre qui sert les intérêts de ce même Dieu qui a fait de moi une abomination ?

— Si tu ne sers pas la cause de Salah Al'din, alors laquelle sers-tu ?

— Tu finiras bien par découvrir qui sont mes compagnons, dit Nuqoud en souriant. À moins, et je le devine, que tu ne le saches déjà.

— Alors, pourquoi te cacher ainsi, s'enquit Altaïr de nouveau pris de court. Et pourquoi une telle cruauté ?

— Mes méthodes sont-elles si différentes des tiennes ? Tu prends la vie d'hommes et de femmes, convaincu que leur mort améliorera l'existence des survivants. L'intérêt du plus grand nombre… Toi et moi, nous sommes identiques.

— Non. (Altaïr secoua la tête.) Nous n'avons rien en commun.

— Ah… Je le vois pourtant dans tes yeux… Tu doutes. (Abu'l Nuqoud puait déjà la mort lorsqu'il attira Altaïr près de lui.) Tu ne peux pas nous arrêter, parvint-il à articuler. Nous l'aurons, notre Nouveau Monde…

Il rendit l'âme et un mince filet de sang ruissela aux commissures de ses lèvres.

— Que l'éternel silence te soit doux, dit Altaïr avant de tremper la plume dans le sang du Prince des marchands.

Il allait devoir s'entretenir avec Al Mualim.

Le règne du doute touchait à sa fin.

Chapitre 21

— Entre, Altaïr. J'attends des nouvelles de ta mission, dit Al Mualim.

— J'ai accompli ce que vous m'avez ordonné, répondit l'Assassin.

— Bien, bien. (Le Maître lui adressa un regard sévère.) Ton esprit est ailleurs. Dis-moi le fond de ta pensée.

De fait, Altaïr avait été obsédé par ses doutes durant tout son voyage de retour. Il avait à présent l'occasion de le chasser de son esprit.

— Tous ceux que vous m'avez envoyé tuer se sont adressés à moi de façon absconse avant de mourir. Chaque fois, je suis revenu vers vous et vous ai demandé des explications. Chaque fois, vous ne m'avez offert en réponse que de nouvelles énigmes. Cette mascarade est terminée.

— Qui es-tu pour me parler ainsi ? lança Al Mualim un sourcil levé, surpris par l'audace d'Altaïr.

Altaïr déglutit, puis serra les dents.

— Je suis celui qui fauche les vies. Si vous voulez que cela continue, vous allez devoir partager avec moi ce que vous savez.

— Méfie-toi, Altaïr. Je n'apprécie pas le ton de ta voix.

— Et je n'apprécie pas que vous vous jouiez ainsi de moi, répliqua Altaïr d'une voix plus puissante qu'il ne l'aurait voulu.

Le visage d'Al Mualim s'assombrit.

— Je t'ai offert une chance de racheter ton honneur perdu, reprit le Maître.

— Je n'ai jamais perdu mon honneur, riposta Altaïr. Vous me l'avez dérobé avant de m'envoyer le récupérer comme un vulgaire bâtard !

Le Maître dégaina son épée, l'œil rageur.

— J'ai peur de devoir trouver un autre chiot, dans ce cas. Voilà qui est bien triste. Tu étais si doué !

— Je crois que si vous en aviez un autre, vous l'auriez déjà envoyé accomplir vos basses besognes il y a longtemps, lâcha Altaïr qui se demandait s'il ne provoquait pas trop son mentor. (Il poursuivit tout de même.) Vous m'avez dit que j'aurai la réponse à ma question lorsque je ne ressentirais plus le besoin de la poser. Eh bien, je ne vous la poserai pas. J'*exige* que vous me révéliez le lien qui unit ces hommes.

Il se tint devant Al Mualim, prêt à sentir l'acier du Maître transpercer sa chair. Son seul espoir était que son mentor l'estime trop précieux pour l'éliminer. Il jouait avec le feu, et il le savait.

La lame d'Al Mualim oscilla, scintillante. Le Maître semblait évaluer la situation, peser le pour et le contre…

Il rengaina finalement son épée et sembla s'apaiser.

— Ce que tu dis est vrai, finit-il par dire. Ces hommes sont liés… par un pacte de sang assez semblable au nôtre.

— Qui sont-ils ?

— *Non nobis, Domine, non nobis,* dit-il. *Non pour nous, Seigneur, non pour nous…*

— Des Templiers…, souffla Altaïr. Bien sûr.

— Maintenant, tu comprends l'étendue de l'influence et de la puissance de Robert de Sablé.

— Tous ces hommes… Ces régents, ces chefs de guerre, tous…

—Tous se sont ralliés à sa cause.

—Pas un seul d'entre eux n'agissait pour son compte, dit Altaïr pensif, mais pour le compte d'un ordre souverain... Mais que veulent-ils, au juste ?

—Conquérir, répondit simplement Al Mualim. La Terre sainte... Mais en leur nom propre, et non en celui de leur Dieu.

—Et qu'en est-il de Richard ? De Salah Al'din ?

—Quiconque s'opposera aux Templiers sera détruit. Si, bien sûr, ils en acquièrent les moyens.

—Alors nous devons leur faire obstacle, lâcha Altaïr déterminé et enfin libéré du doute qui pesait sur lui.

—C'est justement le motif premier de ta mission, Altaïr. Tu dois t'assurer que l'avenir de notre royaume ne sera pas vicié par de tels hommes.

—Pourquoi m'avez-vous caché la vérité ? demanda-t-il au Maître.

—Pour que tu la découvres seul. Le savoir doit toujours précéder l'action. Toute information que tu obtiens est plus précieuse que celle que l'on t'a donnée. De plus... ton comportement n'a pas suscité chez moi une grande confiance.

—Je comprends, dit Altaïr en baissant la tête.

—Ta mission reste la même, Altaïr. Tu la poursuivras simplement armé d'une perspective nouvelle.

—Et fort de ce savoir, je serai à même de mieux comprendre les Templiers qu'il me reste à éliminer.

Al Mualim acquiesça.

—Y a-t-il autre chose que tu souhaites savoir ?

Altaïr venait de percer le mystère de cette confrérie que ses victimes avaient toutes mentionnée. Mais autre chose l'intriguait...

— Et le trésor que Malik a rapporté du Temple de Salomon ? demanda-t-il. Robert semblait déterminé à le récupérer coûte que coûte.

— Bientôt, Altaïr, tout deviendra clair, répondit Al Mualim. Tout comme le rôle des Templiers s'est révélé à toi, tu finiras par découvrir la nature de cette relique. Pour l'heure, contente-toi de te réjouir à l'idée que le trésor n'est plus entre leurs mains, mais entre les nôtres.

Altaïr envisagea quelques secondes de l'interroger plus avant sur le sujet, mais finit par se raviser. Il avait été chanceux une fois, et doutait que cela pût se reproduire.

— Si tels sont vos ordres, Maître…

L'atmosphère semblait s'être apaisée lorsqu'il se retourna pour quitter la pièce et entamer le voyage qui le mènerait jusqu'aux portes de Jérusalem.

— Altaïr ! Avant que tu partes…

— Oui ?

— Comment savais-tu que j'allais t'épargner ?

— À la vérité, Maître, je l'ignorais.

Chapitre 22

Stupide Altaïr ! Arrogant Altaïr ! Il s'était encore mis en danger. Majd Addin gisait mort à ses pieds, le bois se teintant peu à peu de son sang. Dans son dos étaient attachés les accusés, sanglés à des piloris auxquels ils pendaient, amorphes et sanglants. Si les spectateurs s'étaient empressés de quitter les lieux, les gardes de Majd Addin fondaient sur lui, approchaient de l'estrade, y montaient par les escaliers latéraux tout en l'empêchant de fuir d'un bond par l'avant. Le regard furieux, l'épée à la main, ils l'encerclaient. S'ils avaient peur, rien dans leur attitude ne les trahissait. Contrairement à ce qu'avait pensé Altaïr, le fait que leur chef ait été exécuté publiquement par un Assassin sur le gibet du Mur des Lamentations de Jérusalem était loin d'avoir mis ces hommes en déroute ; loin de leur avoir inspiré une peur irrépressible de l'Assassin qu'ils avaient devant eux, l'épée dégoulinante du sang d'Addin. Au lieu de cela, ce meurtre les avait emplis d'une détermination sans faille et d'une soif de revanche qui ne serait étanchée qu'à sa mort.

Et tout cela signifiait que les choses ne s'étaient pas déroulées comme prévu.

Sauf que… Le premier garde se rua sur lui en grognant, afin d'éprouver ses capacités. Altaïr recula, parant les coups du Sarrasin. Les échos métalliques de leurs passes d'armes résonnaient dans la cour presque vide. Le garde continua à avancer et d'un coup d'œil en coin Altaïr s'aperçut que d'autres se dirigeaient vers lui. Il décida de passer à l'attaque, forçant son adversaire à reculer à son tour. *Un, deux, attaque.* Forcé subitement de se défendre, le garde tenta tant bien que mal de parer les coups de l'Assassin, manquant de trébucher sur l'un des corps attachés aux piloris. Profitant de l'occasion, Altaïr attaqua de nouveau, porta un coup spectaculaire à son adversaire et obtint l'effet escompté : parant fébrilement la lame de l'Assassin, le garde paniqué recula gauchement jusqu'à la flaque de sang répandue plus tôt sur le gibet. Son pied glissa et, l'espace d'une seconde, il baissa sa garde : une seconde qui suffit à Altaïr pour fondre sur son bras d'arme et perforer sa poitrine. L'homme gargouilla, puis rendit l'âme. Son corps s'effondra sur le bois de l'estrade, et Altaïr se redressa pour faire face à ses autres adversaires, voyant le doute poindre à présent dans leur regard. Peut-être même un soupçon de crainte : la compétence de l'Assassin avait été éprouvée, et de toute évidence, il n'en manquait pas.

Les gardes n'en conservaient pas moins l'avantage du nombre. D'autant plus que, alertés par le vacarme des combats et les mouvements de foule, d'autres ne tarderaient pas à arriver. Il était évident que la nouvelle de la mort du régent sur son propre échafaud s'était répandue dans tout Jérusalem et que ses gardes ferraillaient avec l'Assassin qui l'avait fauché. Altaïr pensa à la joie de Malik quand il apprendrait la nouvelle.

Pourtant, Malik avait changé d'attitude à son égard lors de sa dernière visite au Bureau. Non pas qu'il l'ait accueilli à bras ouverts, mais il avait abandonné son hostilité manifeste au profit d'un simple dégoût. De plus, il s'était contenté de le dévisager plutôt que de lui adresser un regard haineux.

— Pourquoi viens-tu m'importuner cette fois-ci ? lui avait-il demandé en soupirant.

Heureux de ne pas avoir à l'affronter verbalement, Altaïr lui avait simplement donné le nom de sa cible : Majd Addin.

Malik avait acquiescé.

— Salah Al'din a quitté Jérusalem sans transmettre officiellement le pouvoir à quiconque, et Majd Addin s'est désigné lui-même régent. Il obtient ce qu'il veut par l'intimidation et la peur. Sa position à la tête de la cité est totalement illégitime.

— Son règne prend fin aujourd'hui.

— Tu parles sans réfléchir. Nous ne parlons pas d'un vulgaire marchand d'esclaves. Il régente Jérusalem et est protégé en conséquence. Je te conseille de préparer soigneusement ton attaque. Apprends à connaître ta proie.

— Je sais déjà sur lui tout ce que j'ai à savoir, avait répondu Altaïr pour le rassurer. Majd Addin organise une exécution publique non loin d'ici. Les gardes seront nombreux, c'est sûr, mais pas assez pour compromettre ma mission. Je sais ce que j'ai à faire.

— Et c'est exactement la raison pour laquelle tu n'es qu'un Initié à mes yeux. On ne peut jamais tout savoir. On ne peut que supputer. Tu dois t'attendre à t'être fourvoyé. À avoir omis un détail. Apprends à anticiper, Altaïr. Combien de fois devrais-je te le rabâcher ?

— Très bien. Puis-je disposer ?

— Pas encore. Majd Addin n'est pas ton seul objectif. L'un des hommes qu'il compte exécuter est l'un des nôtres. Un frère assassin. Al Mualim exige que tu le sauves. Ne te soucie pas de son évacuation, mes hommes s'en chargeront. Tu dois simplement t'assurer que Majd Addin ne prendra pas sa vie.

— Je ne lui en laisserai pas l'occasion.

— N'échoue pas, Altaïr, avait ajouté Malik, alors que l'Assassin quittait la pièce. Pas cette fois-ci.

Et tandis qu'il partait en direction du Mur des Lamentations, Altaïr avait ri intérieurement à l'idée qu'on puisse penser qu'il pouvait échouer.

Chapitre 23

Tandis qu'il approchait du Mur des Lamentations, Altaïr avait vu la foule s'amasser : hommes, femmes, enfants, chiens et même quelques têtes de bétail. Tous arrivaient des rues avoisinantes et faisaient route vers le lieu d'exécution.

Altaïr s'était joint à la nuée et, alors qu'il arpentait une rue dans laquelle déferlaient de plus en plus de spectateurs impatients qui allaient dans la même direction, il avait écouté un crieur public attiser l'enthousiasme général, ce qui, compte tenu de l'affluence, lui avait semblé des plus superflus.

— Oyez ! Oyez ! avait hurlé le crieur. Majd Addin, bien-aimé régent de Jérusalem organisera bientôt une exécution près de l'enceinte ouest du Temple de Salomon. Il appelle tout citoyen en capacité de se déplacer à s'y rendre. Hâtez-vous ! Venez et voyez ce qu'il advient des ennemis du peuple !

Altaïr avait sa petite idée sur la question, et comptait bien pouvoir changer la donne.

Postés à l'entrée de la place, des gardes tentaient de contrôler la cohue, admettant les uns à l'intérieur, repoussant plus ou moins brutalement les autres. Altaïr, pressé de tous côtés par la foule impatiente, était resté un moment en retrait, observant le maelström humain qui animait l'entrée. Des enfants filaient entre les jambes des spectateurs, se faufilant jusqu'à l'échafaud. *Là*. Un petit groupe d'érudits fendait la foule respectueuse : même les chiens s'écartaient, sentant probablement la déférence avec laquelle leur maître traitait les sages. Altaïr avait réajusté sa robe et son capuchon, car les érudits passaient près de lui, et il s'était discrètement mêlé à eux. La tête baissée, il avait senti une main tirer sur la manche de sa robe : un gosse crasseux le regardait, visiblement intrigué. Il avait grogné, et l'enfant terrifié avait fui.

Juste à temps. Ils venaient d'atteindre les portes où les gardes s'étaient écartés à leur tour pour les laisser passer. Altaïr avait réussi à accéder au lieu de l'exécution.

Des murs de pierre brute ceignaient la place dont l'extrémité était occupée par une estrade sur laquelle attendaient quatre piloris. Vides pour le moment, mais plus pour très longtemps. Lorsque Majd Addin, régent de Jérusalem, était monté sur l'estrade, la foule s'était précipitée vers l'avant, arrachant des hurlements aux gardes débordés et aux citoyens qui déferlaient sans retenue sur la place. Altaïr, qui s'était laissé porter par la vague humaine, était à présent bien plus proche de l'estrade et du redouté Majd Addin qui, vêtu d'une robe délicatement brodée et d'un turban blanc, arpentait déjà les planches, attendant que la place se remplisse. Altaïr l'avait senti courroucé, comme s'il contenait une rage bouillonnante menaçant à tout moment d'exploser.

Et il avait vu juste.

— Silence ! J'ordonne un silence absolu ! rugit-il.

Le spectacle était sur le point de commencer, et un dernier mouvement de foule avait encore rapproché Altaïr de l'estrade. Deux soldats montaient la garde devant les marches des deux extrémités du gibet. En face de la plateforme surélevée, d'autres hommes en armes empêchaient les spectateurs de grimper sur l'estrade. Tendant le cou, il en avait aperçu d'autres postés tout autour de la place. Au moins, il serait difficile à ceux-ci de fendre la foule. Cela n'en laissait pas moins que quelques secondes à Altaïr pour assassiner le régent et occire les gardes les plus proches ; les quatre des extrémités au moins. Peut-être ceux en place devant l'estrade.

Cela suffirait-il pour les vaincre tous ? Pour vaincre une dizaine de Sarrasins dévoués ? L'Altaïr qui s'était attaqué à Robert de Sablé sur le mont du Temple n'en aurait pas douté une seule seconde. Mais il était plus méfiant à présent. Assez pour comprendre que lancer immédiatement son assaut relevait de la folie pure : il échouerait, c'était certain.

Tandis qu'il évaluait la situation, les quatre prisonniers avaient été menés sur l'échafaud où on les avait attachés aux piloris. Sur le premier, une femme au visage crasseux raviné par les larmes. Venaient ensuite deux hommes en haillons et, enfin, l'Assassin dont la tête tombait mollement sur la poitrine. Il avait été battu, sans aucun doute. La foule, à leur vue, avait sifflé et craché sa hargne.

— Citoyens de Jérusalem, écoutez-moi bien ! avait hurlé Majd Addin, sa voix imposant le silence à la foule surexcitée. Si je me tiens devant vous aujourd'hui, c'est pour vous mettre en garde… (Il marqua une pause.) Des mécontents se sont immiscés parmi vous et sèment partout les graines de leur dissidence, espérant vous écarter un à un du droit chemin.

La foule murmurait, fulminante, autour d'Altaïr.

— Alors, dites-moi, avait-il poursuivi, est-ce là ce que souhaitez-vous ? Que l'on vous guide vers une vase de tromperie et d'impiété où vous vivrez chaque jour la peur au ventre ?

— Jamais ! avait hurlé un spectateur.

Mais Altaïr focalisait toute son attention sur l'Assassin, un frère de l'Ordre. Un filet de bave ensanglanté coulait d'un coin de sa bouche jusque sur l'estrade de bois. Alors qu'il tentait de lever péniblement la tête, Altaïr avait pu apercevoir brièvement son visage, tuméfié, violacé, puis sa tête était retombée sur sa poitrine.

Visiblement peu habitué à sourire, Majd Addin avait grimacé son contentement.

— Je gage donc que vous aimeriez qu'on vous débarrasse de ces chiens galeux ? avait-il demandé d'une voix mielleuse.

Un rugissement d'approbation s'était élevé de la foule : tous étaient là pour voir du sang, et ils savaient que leur régent étancherait leur soif.

— Soyez notre guide ! lança une voix tandis que la clameur diminuait.

— Votre dévotion remplit mon cœur de joie, avait lancé Majd Addin avant de se tourner vers les prisonniers qu'il avait ensuite désignés d'un vaste mouvement de bras. Nous devons purger Jérusalem de ce fléau. Sans cela, le vice nous emportera tous.

Soudain, une voix rebelle s'était élevée en face de l'estrade.

— Quelle injustice ! avait crié un homme loqueteux à l'attention du régent. Vous déformez les paroles du Prophète, loué soit son nom !

Le miséreux était accompagné d'un autre homme, lui aussi dépenaillé, qui s'en était pris à la foule avec autant de ferveur :

— Et en assistant sans réagir à ce spectacle inique, vous vous faites tous complice de ce crime !

Altaïr avait profité de l'agitation pour s'approcher encore un peu plus. Il devait à tout prix accéder à l'extrémité de l'estrade où l'Assassin avait été sanglé au pilori. Sans cela, il prenait le risque de voir le malheureux utilisé contre lui comme bouclier ou comme otage.

— Dieu maudisse chacun d'entre vous ! avait hurlé le premier homme sans trouver parmi la foule le moindre regard de soutien, et encore moins parmi les gardes qui s'avançaient déjà vers lui et son complice.

Les voyant arriver, les deux agitateurs s'étaient élancés vers l'estrade, dégainant des dagues qu'ils avaient brandies inutilement devant les soldats. L'un d'eux avait été transpercé par la flèche d'un archer, et l'autre, pris en chasse par deux gardes, avait finalement été éventré par un troisième Sarrasin arrivé en renfort.

Ils étaient restés allongés un instant dans la poussière, et Majd Addin les avait pointés du doigt.

— Voyez comme la corruption d'un seul peut aisément vicier ceux qui l'entourent ! avait-il hurlé, frémissant de rage. Ces serpents ne cherchent qu'à emplir vos esprits de doutes et de craintes ! Mais je vous protégerai de leur venin.

Il s'était ensuite tourné vers les pauvres captifs qui, sans nul doute, avaient dû espérer que la pathétique tentative d'assassinat des deux hommes réussît, et posaient à présent sur lui des yeux terrifiés tandis qu'il dégainait sa lame.

— Voici justement quatre aspics ! avait crié Majd Addin en désignant d'abord la femme, puis à tour de rôle les trois autres captifs. La traînée, le voleur, le joueur, l'hérétique. Puissent-ils tous être soumis ce jour au jugement de Dieu !

L'hérétique. C'était l'Assassin. Altaïr s'était armé de courage et s'était dirigé vers les escaliers qui bordaient un côté de l'estrade, un œil rivé sur Majd Addin qui s'approchait déjà de la femme. La prostituée. Incapable de détourner les yeux de la lame que Majd Addin laissait pendre presque nonchalamment à ses côtés, elle n'avait pu s'empêcher de fondre en larme.

— Tentatrice ! avait rugi Addin dont la voix couvrait sans mal les sanglots de la malheureuse. Succube ! Catin ! Elle répond à de bien nombreux noms, mais son crime reste toujours le même : celui de cracher sur les enseignements du Prophète, loué soit son nom ! Elle souille son propre corps pour s'enrichir et gagner en influence : tous ceux qui ont partagé sa couche sont marqués à jamais par son ignominie.

La foule avait hué l'impie, et Altaïr avait fait quelques pas de plus en direction du gibet. Se tournant vers les gardes, il s'était aperçu qu'ils avaient le regard tourné vers Addin. C'était parfait.

— Punissez-la ! hurla un spectateur.

Addin avait instillé chez les citoyens impatients une ferveur fanatique implacable.

— Qu'elle paie ! acquiesça une autre voix.

La femme avait retenu ses larmes pour s'adresser à la foule qui réclamait son sang.

— Cet homme n'est qu'un menteur ! Je ne suis pas ici parce que j'ai couché avec d'autres hommes. Jamais je n'ai fait une telle chose. Il veut m'assassiner parce que j'ai refusé de partager son lit !

Les yeux de Majd Addin s'embrasèrent.

— Voyez ! Même à l'heure de sa rédemption, elle continue à cracher sa bile ! Elle refuse le salut que je lui offre ! Quelle autre solution m'offre-t-elle que celle-ci…

Elle n'avait eu que le temps de crier « non ! », et l'acier de Majd Addin s'était fiché dans son estomac. Le silence qui avait suivi n'avait été troublé que par le bruit du sang qui avait giclé sur les planches du gibet. Puis un murmure d'excitation avait parcouru la foule qui s'était animée tandis que les spectateurs placés au fond et sur les côtés s'étaient avancés pour ne rien rater de la femme éventrée.

Si Altaïr se trouvait près des marches, le mouvement de foule avait légèrement compromis sa couverture. Mais Majd Addin s'était avancé vers le deuxième captif, et les spectateurs s'étaient de nouveau déplacés en masse, impatients d'assister à la prochaine mise à mort.

Addin désigna l'homme qu'il présenta à la foule comme un joueur. Un homme incapable de se tenir à l'écart des drogues et des paris.

— Quelle honte ! avait hurlé la foule.

Altaïr, dégoûté par la soif de sang dont elle témoignait, la jugeait bien plus dépendante que le condamné.

— Un jeu de hasard me mène à l'échafaud ? vociféra le joueur qui avait tenté la chance une dernière fois. Montre-moi donc où est inscrite une telle loi ! Ce n'est pas le péché qui souille notre cité. C'est toi…

— Essaies-tu de dire au peuple rassemblé ici que vouloir aller à l'encontre de la volonté du Prophète – loué soit son nom – n'est pas un sacrilège ? Et quoi encore ? Si nous bafouons cet enseignement, qu'en est-il des autres ? Où cela s'arrêtera-t-il ? Eh bien, je te le dis : dans le chaos. Et tant que je serai debout, le chaos ne s'emparera pas de cette cité.

Sa lame avait scintillé sous le soleil de l'après-midi, et il l'avait enfoncée en grognant dans les entrailles du joueur, fendant le ventre de l'homme jusqu'au plexus, exposant à la vue de tous ses tripes sanguinolentes. Enchantée, la foule avait poussé un hurlement de dégoût et de moquerie mêlés, se déplaçant déjà pour assister au prochain meurtre. Et rapprochant donc Altaïr des marches dans le même temps.

Addin s'était avancé presque guilleret jusqu'au troisième prisonnier, débarrassant d'un geste sec sa lame du sang du joueur.

— Cet homme, avait-il dit en désignant le captif frémissant, a pris possession de ce qui ne lui appartenait pas. De l'argent qu'un autre avait gagné à la sueur de son front. De l'argent qui aurait pu appartenir à n'importe lequel d'entre vous. En cela, c'est vous tous qu'il a spoliés. Que pensez-vous d'un acte aussi ignominieux ?

— Ce… ce n'était qu'un dinar, avait plaidé l'accusé en implorant la foule de l'épargner. Et trouvé sur le sol… Il parle comme si j'étais un pillard. Comme si j'avais arraché ce dinar de la main d'un autre.

Mais la foule n'était pas d'humeur à accorder sa pitié à quiconque. Les citoyens hystériques avaient hurlé qu'on fît couler son sang.

— Aujourd'hui un dinar, cria Addin moqueur, demain un cheval ; le lendemain la vie d'un autre homme. L'objet de ton larcin importe peu. La seule chose mémorable est le fait que tu as pris ce sur quoi tu n'avais aucun droit. Si j'autorisais, sous ma régence, de tels agissements, alors d'autres penseraient légitimement qu'ils sont eux aussi en droit de voler comme tu as volé. Il n'y aurait plus à Jérusalem de barrière contre le crime.

Il s'était ensuite posté en face du voleur dont les derniers gémissements avaient cessé au moment où la lame du régent avait percé son ventre.

Addin s'était ensuite tourné vers l'Assassin. Altaïr allait devoir agir vite. Il n'avait guère que quelques secondes devant lui. Il avait alors baissé la tête et s'était frayé un chemin à coups d'épaule à travers la foule compacte, tâchant de paraître le plus naturel possible, comme s'il n'avait pas d'autre intention que de se rapprocher de l'estrade pour mieux assister au spectacle. Addin avait déjà parcouru d'un pas presque nonchalant la distance qui le séparait du dernier captif, puis l'avait saisi par les cheveux, exposant son visage à la foule.

—Cet homme sème partout ses mensonges en plus des graines de la rébellion, avait-il rugi haineusement. Il n'aspire à rien d'autre qu'à tuer. Il empoisonne nos esprits comme il empoisonne sa lame, monte des frères les uns contre les autres. Des pères contre leurs fils. De tous les ennemis que nous avons à affronter, c'est bien lui le plus dangereux. C'est un Assassin.

Les citoyens, comme un seul homme, avaient retenu leur souffle. Altaïr, lui, était enfin devant les escaliers. Autour de lui, la foule avait repris vie et hurlait son excitation, réclamant le coup de grâce.

—À mort, le mécréant!

—Tuez-le!

—Tranchez-lui la gorge!

La tête toujours maintenue en l'air par Addin, l'Assassin avait pris la parole.

—Me tuer ne rendra pas votre vie plus sûre. Je lis la peur dans vos yeux. J'entends les tremblements dans votre voix. Vous êtes terrifiés. Terrifiés parce que vous savez que personne ne pourra jamais nous bâillonner. Personne ne pourra jamais nous arrêter.

Altaïr s'était tenu au bas des marches comme s'il cherchait à mieux profiter du spectacle. D'autres qui l'avaient remarqué avaient fait de même. Distraits par ce soudain mouvement de foule, les deux gardes avaient cherché à comprendre ce qui se passait plus bas. L'un avait fait signe à l'autre et, tandis que de nombreux spectateurs s'avançaient sur les marches, tous deux s'étaient approchés, leur ordonnant de reculer. Tous les citoyens avaient tenté d'approcher le plus possible du pilori où allait avoir lieu l'exécution, jouant des coudes et des épaules pour s'imposer. Plusieurs personnes avaient ainsi été évincées des marches, dont l'un des deux gardes furieux. Altaïr avait profité du chaos pour gravir quelques marches de plus, et s'était enfin trouvé à quelques pas d'Addin. Ce dernier avait lâché la tête de l'Assassin et dénonçait publiquement son impiété et sa perfidie.

Derrière Altaïr, la bousculade continuait. Les deux gardes avaient fort à faire. Devant lui, Addin avait fini sa diatribe et la foule exaltée désespérait de voir l'Assassin périr sous la lame du régent. Addin s'était retourné vers le prisonnier en brandissant sa lame déjà rougie de sang et avançait vers lui, prêt à lui assener le coup de grâce.

Puis, soudain, comme si un sixième sens l'avait alerté du danger, il s'était arrêté et avait tourné la tête vers Altaïr, plongeant ses yeux dans les siens.

L'espace d'un instant, cela avait été comme si la place avait disparu ; comme si la foule désordonnée, les gardes, le prisonnier et les cadavres s'étaient volatilisés. Et tandis qu'ils s'étaient affrontés du regard, Altaïr avait lu dans les yeux du régent qu'il venait de comprendre que sa mort était proche. En une fraction de seconde, l'Assassin s'était alors jeté sur lui en actionnant le mécanisme de sa lame, avant de plonger l'acier de son arme dans la chair de sa cible.

Ne sachant comment réagir face au soudain coup de théâtre auquel elle venait d'assister, la foule s'était mise à rugir et à hurler. Addin tressautait et se tortillait, le sang jaillissant par vagues de sa plaie au cou, mais Altaïr l'avait fermement maintenu avec ses genoux, relevant sa lame.

— Ton règne de terreur est terminé, avait-il dit à Addin tout en se préparant à lui délivrer le coup de grâce.

Autour d'eux, la place avait succombé au chaos. Les gardes venaient tout juste de s'apercevoir que la situation avait mal tourné, et se frayaient tant bien que mal un chemin jusqu'à l'estrade au milieu de la foule en proie à la panique. Altaïr devait en finir rapidement.

Mais il voulait d'abord entendre ce qu'Addin avait à dire.

— Non. Non… Cela ne faisait que commencer…, avait sifflé Addin.

— Quel est ton rôle dans tout cela ? Comptes-tu, comme tes frères avant toi, plaider l'innocence en justifiant les exactions que tu as commises ?

— La Confrérie voulait la cité. Je voulais le pouvoir. Je n'ai fait… que saisir une opportunité…

— Une opportunité de massacrer des innocents ? lui avait répondu Altaïr qui entendait déjà les gardes courir vers lui et la foule fuir la place.

— Des innocents ? La dissidence est une arme tranchante comme l'acier. Ceux qui la manient sont des ennemis de l'Ordre. En cela, je rejoins mes frères.

— Le seul crime de ceux que tu as tués était donc de penser différemment de toi.

— Bien sûr que non… Je les ai tués… parce que j'en avais le pouvoir. Parce que cela m'amusait. Sais-tu quelle griserie l'on éprouve lorsque l'on a le destin d'un homme entre les mains ? As-tu entendu les hurlements de la foule ? As-tu senti comme ils me craignent tous ? J'étais un véritable dieu pour eux. Si tu avais pu, tu en aurais fait autant. Posséder… un tel pouvoir…

— Autrefois, peut-être. Mais j'ai appris ce qu'il advenait de ceux qui mésestimaient leurs pairs et les regardaient de haut.

— Et qu'en est-il, alors ?

— Laisse-moi te montrer…

Puis, Altaïr acheva Addin, ferma les paupières du tyran, et plongea la plume d'Al Mualim dans son sang.

— Nous sommes tous mortels… tous, avait-il alors lâché.

À présent, il se tenait face aux gardes. Une cloche retentit.

Un Sarrasin se jeta sur lui. Il para l'attaque en grognant, puis repoussa son assaillant. D'autres gardes se rassemblaient sur l'estrade, et il se tenait seul face à trois adversaires. L'un tomba sous sa lame. Un autre glissa sur le bois maculé de sang, tomba à terre et Altaïr l'acheva. Saisissant sa chance, l'Assassin sauta au bas de l'échafaud, activa le mécanisme de sa lame, et empala un garde situé plus bas, dont l'épée fendit l'air.

Sachant qu'il ne s'en sortirait qu'en fuyant par la place, il pourfendit deux autres gardes tout en s'approchant peu à peu de l'entrée. Il sentit une lame effleurer son bras et du sang chaud s'échapper de l'entaille. Acculé, il saisit immédiatement son adversaire, le projeta sur l'un de ses compagnons d'armes, puis se rua vers l'entrée où trois nouveaux gardes apparurent. Profitant de l'effet de surprise, il en transperça un de son épée, trancha la gorge d'un autre, puis poussa les corps des deux hommes à l'agonie sur le troisième.

L'entrée désormais sécurisée, il se retourna pour apercevoir sur la plate-forme les hommes de Malik libérer l'Assassin captif et l'escorter à l'abri, puis se lança à toutes jambes dans la rue où un quatrième garde lui barra la route et se jeta sur lui en hurlant, une pique menaçante au-dessus de la tête. Altaïr esquiva l'assaut d'un bond, s'agrippa à une corniche de bois, puis se balança jusque sur le toit, les muscles en feu. Il entendit plus bas le garde frustré hurler de rage puis, arrivé en haut de la toiture, il jeta un regard furtif dans la rue où il aperçut une poignée de soldats qui se lançaient à sa poursuite. Pour les ralentir, il en élimina un d'un lancer de couteau habile, puis il fila le long des toits, attendit que la cloche cesse de tinter, descendit dans la rue et disparut dans la foule où courait déjà une rumeur : un Assassin venait de tuer le régent…

Chapitre 24

Il y avait encore une question qu'Altaïr désirait poser. Le dernier régent mort, le moment était venu pour lui de le faire. Il s'arma de courage, puis entra de nouveau dans les appartements d'Al Mualim.

— Entre, Altaïr. Je gage que tu t'es bien reposé et que tu es prêt à relever les derniers défis que je t'ai imposés ? lui dit le Maître.

— Oui, Maître. Mais avant cela, j'aimerais m'entretenir avec vous. J'ai quelques questions à vous poser…

Al Mualim exprima sa désapprobation en haussant légèrement le menton et en retroussant légèrement les lèvres. De façon certaine, il se souvenait du dernier interrogatoire de son élève. Tout comme Altaïr, d'ailleurs, qui décida de mener cette fois la discussion de façon plus posée, redoutant de voir réapparaître devant lui la lame du Maître.

— Que veux-tu savoir ? répondit Al Mualim. Je te répondrai au mieux de mes capacités.

Altaïr prit une profonde inspiration.

— Le Prince des marchands de Damas a assassiné les nobles qui régnaient sur sa cité. Majd Addin terrorisait les citoyens de Jérusalem pour mieux les soumettre. Quant à Guillaume, je le soupçonne d'avoir voulu assassiner Richard et s'emparer d'Acre pour son propre compte et celui de ses hommes. Ils étaient tous censés assister leur suzerain, mais au lieu de cela, ils les ont trahis. Ce que je ne comprends pas… c'est pourquoi ils ont agi ainsi ?

— La réponse n'est-elle pas évidente ? Les Templiers sont en quête de contrôle. Chaque homme, comme tu l'as si bien remarqué, voulait s'emparer de sa cité au nom des Templiers afin que ces derniers puissent régner sur la Terre sainte, puis sur le reste du monde. Mais leur entreprise est vouée à l'échec…

— Pourquoi donc ? s'enquit Altaïr.

— Parce qu'ils seront incapables de triompher sans le trésor des Templiers… l'Orbe d'Éden… La relique que nous possédons. Sans elle, ils sont impuissants.

Tout devenait clair à présent. C'était cette relique qu'avaient dû mentionner autant de ses victimes.

— Cet orbe… Qu'est-ce au juste ? demanda-t-il.

Al Mualim sourit, puis fit quelques pas en direction du fond de la pièce. Il se pencha et ouvrit un coffre dont il retira une cassette. Il revint ensuite à son bureau où il posa l'objet. Altaïr n'eut pas besoin de l'étudier davantage pour savoir de quoi il s'agissait, mais il ne put s'empêcher de regarder le coffret. C'était comme si la cassette le charmait irrésistiblement. Le coffret était celui que Malik avait rapporté du Temple. Il brillait toujours du même éclat et il en émanait une aura surnaturelle. Il se rendit compte qu'il avait toujours été convaincu que c'était à ce trésor que les Templiers avaient fait référence. Son regard se détacha de la cassette pour se poser sur Al Mualim qui avait étudié sa réaction. Il lut dans les yeux du Maître une certaine indulgence, comme s'il avait déjà vu bien des hommes réagir de la sorte et qu'il savait que cette première impression n'était que le début d'un trouble plus profond.

Al Mualim plongea la main dans le coffret et en sortit une sphère deux fois plus grosse qu'un poing. Orné d'une délicate mosaïque, le globe doré semblait palpiter, animé par une étrange énergie, si bien qu'Altaïr se demanda si ses yeux ne lui jouaient pas des tours. À moins que l'objet n'ait été… en vie, d'une certaine façon. Mais il se laissait distraire. Le globe le captivait.

— La tentation…, lui révéla Al Mualim.

Et soudain, comme une bougie soufflée par le vent, le globe cessa de palpiter. Son aura s'était dissipée, son pouvoir d'attraction avec elle. Ce n'était plus… qu'une sphère ordinaire : une relique des temps passés, magnifique en soi, mais rien de plus qu'une simple antiquité.

— Je ne vois rien de plus qu'une sphère d'argent…, commenta Altaïr.

— Observe-la encore, insista Al Mualim.

— Elle a scintillé quelques secondes, mais rien de bien spectaculaire, poursuivit Altaïr. Que suis-je censé y voir ?

— Cette « sphère d'argent », Altaïr, a provoqué l'exil d'Adam et Ève. Cette relique n'est autre que la Pomme de l'arbre de la connaissance. Celle qui a changé des bâtons en serpents, fendu la mer Rouge. Celle dont Éris s'est servie pour déclencher la guerre de Troie. Celle qui a permis à un humble charpentier de changer de l'eau en vin.

La Pomme ? L'Orbe d'Éden ? Altaïr posa sur la relique un regard dubitatif.

— Elle m'a pourtant l'air bien quelconque pour un artefact aussi puissant… Comment fonctionne-t-elle ?

— Celui qui la possède contrôle le cœur et l'esprit de ceux qui la contemplent et de quiconque en « goûte » la saveur.

— Alors, les hommes de Naplouse…, commença Altaïr qui revoyait les misérables créatures qui erraient dans l'hospice. Est-ce que…

— Non. Ce n'était qu'une expérience. Une tentative de simuler les effets de l'Orbe en usant de plantes et d'herbes, afin d'être prêts lorsqu'ils remettraient la main sur la relique.

Tout à coup, tout lui parut clair.

— Talal leur fournissait les hommes, Tamir, les armes… Ils se préparaient à quelque chose… Mais à quoi ?

— À la guerre, répondit Al Mualim sans équivoque.

— Et les autres ? Les régents ? Sans doute avaient-ils pour but de changer les habitants de leur cité en spectres identiques à ceux qui obéissaient à Naplouse.

— De parfaits citoyens. De parfaits soldats. Un monde parfait.

— Jamais Robert de Sablé ne doit remettre la main sur cette relique, lâcha Altaïr.

— Tant que lui et ses frères vivront, ils essaieront de la récupérer, répondit Al Mualim.

— Alors, nous devons les éliminer.

— C'est justement ce que je t'ai envoyé faire, dit Al Mualim en souriant. Il y a deux autres Templiers dont j'aimerais que tu te charges. Le premier, à Acre, répond au nom de Sibrand. L'autre, Jubair, se trouve à Damas. Rends-toi auprès des chefs de Bureau de chacune de ces cités afin qu'ils puissent t'en apprendre davantage à propos de ces deux hommes.

— À vos ordres, dit Altaïr, la tête basse.

— Hâte-toi, ajouta Al Mualim. Nos réussites répétées ont sans nul doute irrité Robert de Sablé. Ses hommes encore vaillants feront leur possible pour te démasquer et te faire payer ces assassinats. Ils t'attendent, toi, l'homme au capuchon blanc. Ils te traqueront jusqu'à ce qu'ils te trouvent.

— Cela n'arrivera jamais. La foule dissimulera ma lame.

Al Mualim sourit, sentant renaître en lui la fierté qu'il éprouvait pour son élève.

Chapitre 25

C'était Al Mualim qui avait enseigné le Credo à Abbas et au jeune Altaïr. Le Maître avait gravé dans leur esprit les lois de l'Ordre.

Chaque matin, après un petit déjeuner constitué de pain azyme et de dates, de sévères gouvernantes s'assuraient qu'ils soient lavés et correctement vêtus. Puis, une pile de livres calée sur la poitrine, ils se hâtaient le long des couloirs de la forteresse, leurs sandales claquant contre la pierre tout en bavardant, excités, jusqu'à ce qu'ils se trouvent devant la porte du Maître.

Là, ils avaient un rituel : ils passaient tous deux une main devant leur visage, et abandonnaient leur sourire au profit d'une expression studieuse. Celle que le Maître attendait d'eux. Ensuite, l'un d'eux frappait. Comme, sans qu'ils pussent d'ailleurs l'expliquer, ils aimaient autant le faire l'un que l'autre, ils frappaient à tour de rôle. Ils attendaient ensuite que le Maître les invite, puis s'installaient en tailleur sur des coussins qu'Al Mualim avait fait installer spécialement pour eux : un pour Altaïr, et un pour son frère, Abbas.

Aux premiers jours de leur enseignement, ils se sentaient tous deux paralysés par la peur. Ils n'étaient sûrs ni d'eux-mêmes, ni de leur compagnon, et encore moins d'Al Mualim qui les instruisait matin et soir, les entraînait personnellement l'après-midi, puis une dernière fois avant la nuit. Que de longues heures ils avaient passées à apprendre la voie de l'Ordre, à observer le Maître dicter ses leçons les mains derrière le dos, s'interrompant parfois pour les admonester lorsqu'il sentait leur attention défaillir. L'œil d'Al Mualim les avait toujours déconcertés, quand il ne les pétrifiait pas. Et puis un soir, une fois dans leur chambre, Abbas avait murmuré.

— Hé, Altaïr…

Surpris, Altaïr s'était retourné vers lui. Jamais, jusqu'à cette fameuse nuit, aucun n'avait osé héler l'autre. Ils s'étaient toujours allongés en silence sur leur couche respective, chacun perdu dans ses pensées. La lune était pleine cette nuit-là, et le drap qui pendait à la fenêtre luisait d'un blanc immaculé, diffusant dans la pièce une douce aura cendrée. Abbas était couché sur le côté. Il regardait Altaïr. Lorsqu'il avait eu capté l'attention de son camarade, il avait placé une main sur son œil et, dans une troublante imitation du Maître, avait dit :

— Le Credo des Assassins fait de nous ce que nous sommes. Sans lui, nous ne sommes plus rien.

Altaïr avait aussitôt pouffé. Les deux enfants venaient de se lier d'amitié. Dès lors, lorsque Al Mualim les grondait, c'était pour faire taire les rires étouffés qu'il entendait dans son dos lorsqu'il se retournait. Quant aux gouvernantes, elles trouvèrent soudain les deux enfants bien moins dociles et obéissants.

Et le Maître continuait à leur enseigner les lois de l'Ordre. Ces lois qu'Altaïr allait bafouer quelques années plus tard, tirant un trait sur ce qu'il avait de plus cher. Al Mualim leur enseignait que, contrairement à ce que tous en ce monde semblaient penser, les Assassins ne tuaient pas pour le plaisir, au hasard de leurs envies, mais pour pacifier la Terre sainte et la purger du mal et de la corruption.

Non pour y faire régner la violence et le chaos, mais la raison et la sagesse.

Il leur avait appris à devenir maîtres de leurs sentiments et de leurs émotions, à camoufler leur humeur et leurs intentions, à se fondre dans le monde pour pouvoir s'y déplacer sans être repérés, pareils à des spectres au milieu de la foule. Pour le peuple, disait-il, les Assassins devaient rester des entités surnaturelles, magiques, dont la nature exacte leur échappait. Comme un illusionniste, l'Assassin devait savoir modeler la réalité à son avantage.

Il leur avait aussi enseigné qu'ils avaient le devoir de protéger l'Ordre en toutes circonstances et que la Fraternité était « plus importante que toi, Altaïr. Plus importante que toi, Abbas. Plus importante que Masyaf et que moi-même ». Jamais l'action d'un Assassin ne devait mettre à mal leur Ordre. Jamais un Assassin ne devait compromettre la Fraternité.

Mais l'insistance d'Al Mualim n'avait pas empêché Altaïr de transgresser aussi cette loi.

Il leur avait expliqué que les hommes avaient érigé des frontières et qu'ils avaient décrété que tout ce qu'elles englobaient était le vrai, le réel. À la vérité, disait-il, ces jalons n'étaient que des frontières fallacieuses imposées au peuple par ses dirigeants illégitimes. Il leur avait appris que la réalité était infiniment plus vaste que ce que l'imagination humaine était capable de concevoir, et que rares étaient les hommes capables de voir au-delà de ses confins et de questionner simplement leur existence.

Ces hommes étaient les Assassins.

Et parce que les Assassins étaient en mesure de voir le monde tel qu'il était vraiment, alors rien ne leur était impossible. Rien ne leur était interdit.

Chaque jour, tandis qu'ils en apprenaient toujours plus à propos de l'Ordre, les deux garçons s'étaient rapprochés. Rares étaient les moments de la journée qu'ils ne partageaient pas. Ironiquement, et contrairement à ce que leur avait enseigné Al Mualim, leur réalité à eux était bien plus simple : elle ne consistait qu'en eux-mêmes, les gouvernantes et les leçons d'Al Mualim et de divers instructeurs de combat, chacun maître d'une discipline particulière. Si rien n'était interdit aux Assassins, comme le leur avait enseigné Al Mualim, eux n'avaient droit à rien. Ne pouvant compter que sur eux-mêmes pour se divertir, ils bavardaient des heures lorsqu'ils auraient dû étudier. De leur père respectif, en revanche, ils ne parlaient que rarement. Au début, Abbas confia à Altaïr que son père reviendrait un jour à Masyaf, mais plus les mois et les années passaient, moins il aborda le sujet. Altaïr le voyait souvent debout devant la fenêtre qui scrutait la vallée, les yeux scintillants. Puis, peu à peu, son ami se fit plus distant, plus renfermé ; ses sourires plus capricieux. À l'endroit où ils avaient passé des heures à discuter, il restait désormais debout devant la fenêtre.

Et Altaïr se disait comme il l'avait vécu lui-même : *Si seulement il savait.* Sa tristesse exploserait en une violente colère, pour se muer ensuite en une douleur profonde. Il n'y avait pas un jour sans que la mort de son père à lui ne l'accable, mais au moins, il savait. Et cela faisait toute la différence entre une douleur sourde, lancinante, et un espoir toujours déçu.

Alors, une nuit, après l'extinction des chandelles, il avait tout révélé à Abbas. La tête basse, refoulant ses larmes, il lui avait raconté qu'Ahmad était venu le trouver chez lui et qu'il s'était ôté la vie, mais qu'Al Mualim avait estimé qu'il valait mieux que la Fraternité n'en sache rien…

— Pour te protéger. Mais le Maître ne peut savoir la douleur que l'on ressent dans ces cas-là. Mais moi, je le sais. Moi aussi, j'ai perdu mon père. Je sais aussi que cette douleur finira par s'estomper. Tu sais, c'est pour t'aider que je te dis tout ça, mon ami.

Abbas avait simplement cillé dans les ténèbres, avant de se retourner dans son lit.

Altaïr s'était demandé alors comment il s'était attendu à ce qu'Abbas réagît. En pleurant ? Avec rage ? En niant les faits ? Dans le doute, il s'était préparé à tout. Même à empêcher Abbas de courir voir le Maître. Mais pas à cela. Pas à une absence presque totale de réaction.

Pas au silence.

Chapitre 26

Altaïr se tenait sur un toit de Damas, le regard posé sur sa cible située en contrebas.

L'odeur de brûlé lui donnait la nausée. La vue du feu, de l'autodafé également. Altaïr regardait les livres se consumer, friser sous les flammes, noircir puis partir en cendres. Il pensa à son père et au dégoût qu'il aurait éprouvé. Au dégoût d'Al Mualim, aussi, quand il lui rapporterait. Brûler les livres était un affront impardonnable aux yeux des Assassins. L'instruction mène au savoir, le savoir à la liberté et au pouvoir. Il le savait. Il l'avait oublié un temps, mais il s'en souvenait désormais.

Il était invisible, caché sur le bord du toit qui surplombait la cour de la *madrasa* de Jubair à Damas. Si des colonnes de fumée s'élevaient jusqu'à lui, tous les regards étaient tournés vers les flammes, vers les piles de livres, de documents et de parchemins qui flambaient au centre de la cour. Vers tout cela, et vers Jubair al-Hakim qui se tenait à côté du feu, aboyant des ordres. Tous ceux qui étaient présents obéissaient, à l'exception d'un homme. L'érudit se tenait à l'écart et observait les flammes avec une expression qui faisaient écho aux pensées d'Altaïr.

Jubair portait des bottes de cuir, une cagoule, et sur son visage semblait gravé un air éternellement renfrogné. Altaïr l'étudia plus attentivement : il en avait appris beaucoup à son sujet. Jubair était le maître du savoir de Damas.

En théorie. En pratique, il s'appliquait moins à répandre le savoir qu'à le détruire. Dans sa triste quête, il avait enrôlé les intellectuels que Salah Al'din avait encouragés à venir dans la cité.

Et pourquoi se livraient-ils à la destruction impitoyable de tous les manuscrits de Damas ? Au nom d'une « nouvelle voie », d'un « Nouveau Monde » dont Altaïr n'avait que trop entendu parler. Ce qu'il en était exactement, il l'ignorait, mais il savait qui se cachait derrière cette vilaine entreprise : les Templiers. Et sa cible était l'un d'entre eux.

— Tous les écrits de Damas doivent être détruits.

En bas, Jubair exaltait la ferveur fanatique de ses acolytes. Les érudits qui l'assistaient s'affairaient, les bras chargés de parchemins qu'ils rapportaient d'un endroit qu'Altaïr ne parvint pas à localiser. Ils les jetaient dans les flammes qui s'élevaient haut à chaque nouvelle brassée. Du coin de l'œil, il vit l'érudit dissident s'agiter, comme s'il lui était de plus en plus difficile de se contenir... Jusqu'à ce qu'il se lance à la rencontre de Jubair, prêt à lui faire obstacle.

— Mon ami, tu te fourvoies, dit-il d'un ton jovial qui trahissait sa détresse. Crois-tu que nos ancêtres auraient consigné sur ces parchemins tout ce savoir s'ils ne le pensaient pas précieux ?

Jubair marqua une pause et se tourna vers lui, posant sur l'homme un regard de mépris assumé.

— En quoi est-il précieux ? gronda-t-il, hargneux.

— Ces documents sont des balises, des guides. Sans eux, l'obscurantisme nous happera bientôt, l'implora l'érudit.

Dans son dos, les flammes dansaient toujours plus haut. D'autres érudits venaient les bras chaque fois chargés de plus de livres dont ils nourrissaient le feu, jetant par moments un regard nerveux en direction de Jubair et du contestataire.

— Non. (Jubair avança, forçant l'érudit à reculer.) Ces bouts de parchemin sont couverts de mensonges. Ils empoisonnent ton esprit. Tant qu'ils existeront, tu ne pourras voir le monde tel qu'il est.

S'il tentait de garder son calme, l'érudit ne parvenait pas à dissimuler son exaspération.

— Comment peux-tu accuser ces textes d'être des armes ? Ce sont des outils ! Des outils de savoir !

— Tu te tournes vers eux pour y trouver réponses et salut. (Jubair fit un pas de plus en l'avant, l'érudit un autre en l'arrière.) Tu crois plus en eux qu'en toi-même. C'est ce qui fait ta faiblesse ; ce qui fait de toi un imbécile. C'est à des mots et à des gouttes d'encre que va ta confiance ? T'es-tu seulement demandé qui les avait couchés sur ces parchemins ? Pourquoi ? Non. Tu les as acceptés, adoptés, sans même t'interroger. As-tu envisagé, ne serait-ce qu'un instant qu'il pouvait s'agir là de mensonges, comme c'est trop souvent le cas ? Tu n'es qu'un inconscient !

L'érudit semblait confus. En face de lui, un homme lui expliquait que le noir était blanc, et que le jour se levait au coucher du soleil.

— Tu te fourvoies, insista-t-il. Les connaissances qu'ont à offrir ces textes sont un véritable don. Sans eux, nous sommes perdus.

Le regard de Jubair s'assombrit.

— Tu aimes tes précieux écrits, n'est-ce pas ? Serais-tu prêt à tout pour les sauver ?

— Oui, oui, bien entendu !

Jubair esquissa un sourire cruel.

— Alors, joins-toi à eux !

Jubair frappa des deux mains le torse de l'érudit et le poussa en arrière. Le malheureux, surpris, écarquilla les yeux. Il battit vainement des bras comme pour échapper à la dévoration des flammes. Emporté par son élan, il s'effondra dans le brasier où il se tordit sur un tapis de braises incandescentes. Il hurla, gesticula. Sa robe prit feu. Pendant quelques secondes, il tenta d'étouffer les flammes avec les manches de sa bure semblables à deux ailes de phœnix. Puis ses hurlements stridents cessèrent, et une odeur de chair brûlée s'éleva dans les airs, jusque sur le toit où elle assaillit Altaïr qui se couvrit le nez. Dans la cour, en contrebas, les érudits faisaient de même.

Jubair s'adressa soudain à eux.

— Tout homme qui tient de tels propos est une menace. Y en a-t-il d'autres parmi vous qui doutent de ma noble entreprise ?

Silence. Derrière les manches levées tremblaient des regards terrifiés.

— Bien, poursuivit Jubair. Mes ordres sont simples : arpentez les rues de la cité, confisquez tous les écrits que vous y trouverez et ajoutez-les aux piles déjà présentes. Lorsque vous aurez terminé, nous enverrons un chariot les récupérer pour qu'ils puissent être détruits.

Les érudits quittèrent les lieux. La cour était vide. On ne voyait plus que Jubair et la beauté défigurée d'un marbre à jamais souillé par les flammes. Le Templier faisait les cent pas autour du feu, le regard plongé dans les entrailles du bûcher. Par moments, il jetait un regard nerveux alentour, tendant l'oreille. De fait, il ne devait rien entendre d'autre que le crépitement des flammes et le son de sa propre respiration. Au bout de quelques instants, il s'apaisa. Altaïr sourit. Jubair savait que les Assassins le traquaient. Se pensant plus futé que ses bourreaux, il avait envoyé dans les rues des doublures et, pour que le subterfuge soit parfait, les avait flanquées de ses plus fidèles gardes du corps. Altaïr se déplaça silencieusement sur le toit jusqu'à ce qu'il se trouve juste au-dessus de l'incendiaire du savoir. Jubair se croyait en sécurité, reclus dans sa *madrasa*.

Mais il se trompait. Jamais plus il ne faucherait la vie de personne. Jamais plus il ne brûlerait de livres.

« Chling ».

Jubair leva les yeux et vit l'Assassin qui fondait sur lui, la lame menaçante. Trop tard ! Il tenta d'esquiver le piqué d'Altaïr, mais l'acier s'était déjà fiché dans son cou. Il laissa échapper un soupir et s'écroula sur le sol de marbre.

Ses paupières s'affolèrent.

— Pourquoi… as-tu fait cela ?

Altaïr posa son regard un peu plus loin, sur le corps calciné de l'érudit que dévoraient encore les flammes. Son visage décharné semblait sourire.

— Tout homme est en droit de vivre sa foi comme il l'entend, dit-il à Jubair en retirant la lame de son cou. (Le sang du Templier s'écoula sur le marbre.) Nul n'est en droit de condamner autrui parce qu'il pense différemment. Et ce, quelle que soit l'intensité de son désaccord.

— Que faire alors ? hoqueta l'homme à l'agonie.

— Tu devrais le savoir plus que tout autre. Éduque, enseigne aux autres la différence entre le Bien et le Mal. C'est par la connaissance que les hommes doivent être libérés. Pas par la force.

Jubair se mit à rire.

— Ils sont trop obstinés pour apprendre quoi que ce soit… Tu es bien naïf. Et face à l'obstination, il n'existe guère qu'un remède…

— Tu te trompes. Et c'est la raison pour laquelle je ne peux pas te laisser vivre.

— Ne suis-je pas comme ces précieux livres que tu cherches à sauver ? Une autre richesse de savoir avec laquelle tu es en désaccord ? Pourtant, tu es bien prompt à m'ôter la vie.

— Un sacrifice infime pour sauver des milliers d'âmes. Je n'ai pas le choix.

— Oh… Mais laisse-moi te demander… Ne sont-ce pas d'antiques parchemins qui ont guidé les croisés en Terre sainte et insufflé en Salah Al'din et en ses hommes le fanatisme qui les anime ? Ces textes sont des menaces pour celui qui en prend connaissance. Partout, ils sèment la mort. Moi aussi, Assassin, mon sacrifice n'était qu'infime en comparaison de ce que je sauvais. (Il sourit.) Mais peu importe désormais. Tu as frappé, et je rejoins mes frères occis…

Ses paupières se fermèrent et il rendit l'âme.

Altaïr se releva et observa la cour alentour. Sa beauté et sa laideur mêlées. Puis, entendant des bruits de pas, il disparut. Il fila sur les toits, dans les rues de la cité et se perdit dans la multitude.

Une lame dissimulée par la foule…

— J'ai une question à te poser, lui demanda Al Mualim lors de leur entrevue suivante. (Le Maître venait enfin de restituer son grade de Maître assassin à Altaïr, mais il semblait tout de même vouloir s'assurer qu'il ne se trompait pas.) Quelle est la seule des vérités ? Celle qui guide les Assassins ?

— C'est en nous-mêmes que nous plaçons notre foi, répondit Altaïr, impatient de le satisfaire et de lui prouver qu'il avait bel et bien changé, que sa miséricorde avait payé. Nous voyons le monde tel qu'il est réellement, et luttons pour qu'un jour l'Humanité entière puisse le contempler.

— Qu'est-ce que le monde, alors ?

— Une illusion, répondit Altaïr. Une illusion à laquelle nous pouvons nous soumettre, mais que nous devrions transcender.

— Et qu'est-ce que la transcendance, Altaïr ?

— La reconnaissance de lois qui ne sont pas dictées par la Providence, mais par la raison. Je comprends maintenant que notre Credo ne nous impose pas d'être libres en toutes circonstances, mais d'être sages en toutes circonstances.

Jusqu'à ce jour, il avait cru en leur Credo, mais sans jamais en comprendre le sens profond. Il s'agissait en fait d'une incitation au questionnement, au doute ; d'un appel à percevoir la réalité à travers le spectre de la raison et du savoir.

Al Mualim acquiesça.

— Comprends-tu, dès lors, pourquoi les Templiers représentent une menace qui ne saurait être ignorée ?

— Parce que si nous ne dissipons pas l'illusion, ils s'en serviront pour dominer le monde.

— Exactement. Pour le remodeler à leur gré. Voilà pourquoi je t'ai envoyé dérober leur trésor. Pourquoi je le garde ici en sécurité. Et c'est la raison pour laquelle tu dois les éliminer. Tant que l'un d'entre eux sera encore en vie, leur idéal d'un Nouveau Monde, d'un Nouvel Ordre, hantera l'Humanité. Tu vas maintenant devoir assassiner Sibrand. Ce dernier Templier abattu, Robert de Sablé sera enfin vulnérable.

— À vos ordres.

— La paix guide tes pas, Altaïr.

Chapitre 27

Altaïr entreprit ce qu'il pensait être son dernier voyage pour Acre. Une Acre blessée, sur laquelle planait l'ombre tenace de la mort. Là, il poursuivit son enquête, puis partit se présenter à Jabal, au Bureau des Assassins, pour y récupérer la plume d'Al Mualim. Lorsqu'il mentionna Sibrand, Jabal acquiesça, l'air sérieux.

— L'homme ne m'est pas inconnu. Il vient d'être nommé Grand maître des Chevaliers teutoniques. Il réside dans le quartier vénitien et règne sur le port entier.

— C'est ce que j'ai appris. Entre autres choses.

Impressionné, Jabal haussa les sourcils.

— Je t'écoute, alors.

Altaïr lui apprit comment Sibrand avait réquisitionné les navires qui mouillaient dans le port afin d'instaurer un blocus qui, il l'avait remarqué, n'empêcherait pas pour autant un assaut de Salah Al'din. Cela lui avait mis la puce à l'oreille. Il avait alors compris que Sibrand projetait en réalité d'empêcher les troupes de Richard de recevoir des vivres. C'était logique : les Templiers trahissaient leur propre camp. Tout lui paraissait de plus en plus limpide : la nature de la relique volée, l'identité de la Fraternité à laquelle appartenaient ses victimes, et même les ambitions finales de ses cibles. Et pourtant…

Pourtant il ne parvenait pas à se départir d'un sentiment d'incertitude, d'un doute qui l'enveloppait chaque seconde, semblable à une brume matinale.

— Sibrand est consumé par la peur. Il sait que son heure approche, et cela le rend fou. Il a bloqué l'accès au port et s'y terre en attendant son navire.

Jabal réfléchit.

— Voilà qui risque de rendre ta mission plus dangereuse encore. Je me demande comment il a pu avoir vent de ta mission.

— Tous les hommes que j'ai éliminés jusqu'à présent étaient liés. Al Mualim m'a prévenu que les survivants m'attendraient.

— Reste toujours sur tes gardes, Altaïr, dit Jabal en lui tendant la plume.

— Bien entendu, rafiq. Mais je pense que tout cela jouera en mon avantage. La peur l'aveugle. Il est faible.

Tandis qu'il se retournait pour partir, Jabal l'interpella.

— Altaïr…

— Oui ?

— Je te dois des excuses.

— Pourquoi donc ?

— Pour avoir douté de ta dévotion à notre cause.

Altaïr marqua une pause, pensif.

— Non. Si quelqu'un s'est fourvoyé, c'est moi. Je me suis cru au-dessus du Credo. Tu ne me dois rien du tout.

— Comme tu voudras, mon ami… Prends garde à toi.

Altaïr se rendit sur les quais, trompant les gardes de Sibrand avec une aisance extrême. Derrière lui s'élevaient les murs d'Acre inégalement détruits. Devant, le port grouillait de navires et de plates-formes, d'épaves et de carcasses en bois : des barges et d'autres encore agonisaient là, abandonnés après le siège ; ils avaient transformé la mer d'un bleu éclatant en un océan d'épaves brunâtres.

Les quais de pierre grise blanchis par le soleil formaient un village à part entière. Ceux qui travaillaient et vivaient ici étaient des gens des docks. Ils en avaient l'apparence et la manière : ils étaient simples, et leur sourire était généreux.

Mais pas aujourd'hui. Pas sous les ordres de Sibrand, Grand maître des Chevaliers teutoniques, car l'homme ne s'était pas contenté de bloquer l'accès au port, il l'avait aussi constellé de gardes. Sa peur panique d'être assassiné s'était répandue chez ses hommes comme une peste implacable. Des groupes de gardes patrouillaient dans les rues, toujours à l'affût. Tous étaient agités, fébriles, mettant la main sur la poignée de leur glaive au moindre bruit suspect. La nervosité noyait de sueur malodorante leur lourde cotte de mailles.

Altaïr entendit de l'agitation et s'approcha discrètement tout en suivant le mouvement de gardes et de citoyens curieux. Un chevalier hurlait en s'adressant à un saint homme. Près de lui, ses compagnons observaient la scène, inquiets, tandis que des marchands et des ouvriers se massaient autour d'eux pour mieux jouir du spectacle.

— Vous… vous faites erreur, maître Sibrand. Je ne prône la violence contre aucun homme, et certainement pas contre vous.

C'était donc là Sibrand ! Altaïr mémorisa ses cheveux noirs, ses sourcils épais et ses yeux sévères qui semblaient danser avec nervosité dans ses orbites, pareils à ceux d'un chien frappé d'insolation. Il n'aurait pu avoir plus d'armes qu'il n'en portait, ses ceinturons pesant sous le poids d'épées, de dagues et de couteaux. Il portait dans le dos un arc long, et d'innombrables flèches pointaient au-dessus de son épaule droite. Il semblait épuisé. À bout de forces.

— C'est ce que tu prétends ! dit-il en inondant l'homme de postillons, car je ne vois personne ici prêt à en témoigner ! Comment dois-je juger cette situation à ton avis ?

— Ma vie est des plus humbles, seigneur, comme celles de tous les saints hommes. Attirer l'attention d'autrui n'est pas dans nos habitudes.

— Peut-être. (Il ferma les yeux, puis les rouvrit subitement.) Ou peut-être ne te connaissent-ils pas et ignorent-ils que tu n'es pas un homme de Dieu, mais un Assassin !

Il poussa violemment l'homme qui s'écroula plein de douleur, avant de se mettre péniblement à genoux.

— Jamais, insista-t-il.

— Tu portes pourtant le même genre de robe.

Le saint homme semblait désespéré.

— S'ils s'habillent comme nous, c'est justement pour que vous succombiez à la crainte et à l'incertitude. Ne les laissez pas vous manipuler…

— Me traiterais-tu de pleutre ? hurla Sibrand dont la voix se brisa sous le coup de la colère. Défierais-tu mon autorité ? Peut-être essaies-tu de retourner contre moi mes propres hommes !

— Non. Non. Je… Pourquoi m'infligez-vous cela, seigneur ? Je n'ai pourtant rien fait de mal…

— Je n'ai pas souvenir de t'avoir accusé de quoi que ce soit. Cela rend d'ailleurs ta petite représentation des plus suspicieuses. Ta culpabilité te dévorerait-elle au point que tu souhaites te confesser ?

— Mais… je n'ai rien à confesser…, lâcha le saint homme désabusé.

— Insolent jusqu'au dernier souffle…

Altaïr lut la terreur sur le visage de l'homme. Plus il parlait, plus la situation empirait.

— Je… je ne comprends pas.

Les émotions naissaient puis mouraient une à une sur le visage du vieil homme : crainte, confusion, incompréhension, désespoir.

— Guillaume et Garnier ont été trop confiants, et ils l'ont payé de leur vie. Je ne commettrai pas la même erreur. Si tu es vraiment un saint homme, alors Dieu interviendra en ta faveur. Qu'il retienne mon épée !

— Vous êtes devenu fou ! hurla le vieillard avant de se retourner vers les spectateurs. Aucun de vous n'interviendra donc pour mettre fin à cette folie ? Ne voyez-vous pas que sa peur l'empoisonne ? Il va jusqu'à s'inventer des ennemis !

Ses compagnons s'agitèrent désespérément, mais ne dirent rien. Les citoyens ne réagirent pas davantage, posant sur lui un regard impassible. Tous voyaient bien que l'homme n'était pas un Assassin, mais ce qu'ils pensaient ne changerait rien à la situation. Chacun se satisfaisait simplement de ne pas être la cible de l'ire de Sibrand.

— Visiblement, le peuple partage mon inquiétude, lâcha Sibrand en tirant une épée de l'un de ses fourreaux. C'est pour Acre tout entière que je vais rendre ici la justice.

Le saint homme poussa un cri strident lorsque Sibrand planta sa lame dans ses entrailles, la retira, puis l'essuya. Le vieil homme se tordit de douleur sur le quai et rendit l'âme. Les gardes de Sibrand ramassèrent le corps et le jetèrent à l'eau.

— Restez vigilants, ordonna Sibrand à la foule en regardant le cadavre flotter. Prévenez les gardes de toute activité suspecte. Je doute que ce soit le dernier Assassin dont nous croiserons la route. Ces bâtards sont tenaces… Au travail !

Altaïr observa Sibrand et deux de ses gardes du corps. Ils se dirigeaient vers une barque dans laquelle ils s'installèrent. Le corps du vieil homme percuta la coque de l'embarcation, puis partit se perdre parmi les débris du port. Altaïr scruta la mer, et aperçut au loin un autre bateau, bien plus gros que la barque. Le repaire de Sibrand, probablement. Il reporta son attention sur l'esquif du Maître des Chevaliers teutoniques, et vit que Sibrand épiait toute la surface de l'eau. Il traquait les Assassins chaque seconde, comme s'ils pouvaient à tout moment jaillir des flots.

Et c'est exactement ce qu'Altaïr avait décidé de faire. Il se déplaça jusqu'à la coque la plus proche sur laquelle il bondit, puis fila ainsi de navire en plate-forme jusqu'à ce qu'il se trouvât non loin du bateau de Sibrand. Le chevalier montait alors sur le pont principal, les yeux toujours rivés sur la surface de l'eau. Altaïr l'entendit ordonner à ses gardes de surveiller les ponts inférieurs, puis se déplaça en direction d'une plate-forme qui jouxtait le navire de Sibrand.

Une vigie qui venait de le repérer s'apprêta à sonner l'alarme, mais il le fit taire d'un lancer de couteau habile mais précipité, se maudissant de ne pas avoir eu plus de temps pour l'exécuter dans les règles de l'art. Comme pour augmenter son agacement, le corps de la sentinelle tomba bruyamment de la plate-forme au lieu de chuter silencieusement.

Altaïr jeta un regard soudain sur le pont du navire où Sibrand, lui aussi, avait entendu les bruits d'éclaboussures et commençait déjà à s'affoler.

—Je sais que tu es là, Assassin ! hurla-t-il d'une voix suraiguë. (Il saisit son arc.) Combien de temps penses-tu pouvoir te cacher ? J'ai plus de cent hommes partout dans ce port ! Ils finiront par te trouver. Et crois-moi, lorsque ce sera le cas, tu souffriras mille fois le mal que tu as fait subir à mes frères !

Altaïr sauta sur la plate-forme, hors de vue. Hormis l'eau qui clapotait à ses pieds, tout autour était silencieux. Un calme de mort qui avait dû glacer les sangs de Sibrand autant qu'il satisfaisait Altaïr.

— Montre-toi, couard ! insista Sibrand, un frisson de peur dans la voix. Viens m'affronter face-à-face, qu'on en finisse !

Chaque chose en son temps, pensa Altaïr. Sibrand tira une flèche au hasard, en encocha une autre, puis tira une seconde fois.

— Soyez vigilants ! cria-t-il à ses gardes postés sur les ponts inférieurs. Il est dehors, quelque part ! Trouvez-le ! Tuez-le ! Une promotion à celui qui m'apportera la tête de l'Assassin !

Altaïr bondit de la plate-forme jusque sur la coque du bateau, atterrissant avec agilité sur le bois qui sembla néanmoins transmettre l'onde de choc à la surface de l'eau alors relativement paisible. Il attendit, agrippé à la coque. Un peu plus haut, Sibrand hurlait des ordres guidés par sa seule peur. Puis il commença à grimper. Il attendit que Sibrand ait le dos tourné pour se hisser sur le pont. Il était à quelques pas à peine du Grand maître des Chevaliers teutoniques qui cherchait partout sa proie, crachant à la mer de vaines menaces, hurlant ordres et insultes à ses gardes qui s'affairaient au-dessous.

Sibrand est un homme mort, pensa Altaïr en se faufilant discrètement derrière lui. C'était sa peur qui l'avait condamné, mais il était trop stupide pour s'en être rendu compte.

— Pitié…, lâcha-t-il en s'effondrant au sol, la lame d'Altaïr fichée dans la nuque. Ne fais pas ça…

— Aurais-tu peur ? lui demanda l'Assassin en retirant sa lame.

— Bien sûr que j'ai peur ! vociféra Sibrand comme s'il s'adressait à un imbécile.

Altaïr repensa à l'implacabilité dont il avait fait preuve devant le vieil homme.

— Ne t'inquiète pas, dit-il. Ton Dieu t'accueillera à bras ouverts...

Sibrand pouffa grassement.

— Mes frères ne t'ont donc rien appris ? Je sais ce qui m'attend. Ce qui nous attend tous...

— Et si ce n'est pas ton Dieu, qu'est-ce alors ?

— Rien. Rien ne nous attend. Et c'est pour cela que j'ai peur.

— Où ta foi a-t-elle disparu ? demanda Altaïr qui se demanda soudain s'il se pouvait que Sibrand ne crût en aucun Dieu.

— Je n'héberge aucune foi. Comment le pourrais-je sachant ce que je sais ? Ayant vu ce que j'ai vu ? Notre trésor en était la preuve.

— La preuve de quoi ?

— La preuve que nous n'avons rien d'autre que notre vie.

— Alors, savoure-la encore un peu, le pressa Altaïr, juste le temps de me dire le rôle que tu jouais dans tout cela.

— Je condamnais les routes maritimes vers Acre afin d'empêcher ces sots de rois et de reines d'envoyer des renforts. Une fois que nous aurons... que nous aurons...

Le chevalier s'éteignait vite.

— Conquis la Terre sainte ? demanda Altaïr impatient.

Sibrand toussa. Lorsqu'il rouvrit la bouche pour parler, ses dents étaient teintées de sang.

— La conquérir ? Non... La libérer de ce tyran qu'est la foi...

— Comment toi et tes frères pouvez parler de liberté, quand vous avez œuvré à la conquête de cités, à l'aliénation mentale de leur peuple et à l'anéantissement de ceux qui s'opposaient à vous ?

— Je n'ai fait qu'obéir à des ordres. J'étais convaincu de la noblesse de notre cause. Suis-je si différent de toi ?

— N'aie crainte, dit Altaïr en lui fermant les paupières.

— Le dénouement est proche, Altaïr.

Al Mualim se leva de son bureau, puis approcha, traversant un large rai de lumière qui dardait depuis la fenêtre. Ses pigeons roucoulaient joyeusement, envahis par la chaleur de l'après-midi. La même odeur délicate flottait toujours dans l'air. Pourtant, malgré la douceur du jour et bien qu'il ait retrouvé son rang et, plus important encore, la confiance du Maître, Altaïr ne parvenait pas à se détendre.

— Entre nous et la victoire finale, poursuivit Al Mualim, il n'existe plus qu'un obstacle : Robert de Sablé. C'est à lui que les Templiers obéissent. C'est sa main qui paie l'or dont ils ont besoin pour subsister. C'est avec lui que mourront le secret du trésor des Templiers et la menace qu'il représente.

— Je ne comprends toujours pas comment une simple relique peut causer tant de chaos, confessa Altaïr.

Il avait longtemps ruminé les dernières paroles énigmatiques de Sibrand, repensé au globe, à la fameuse Pomme. Il avait succombé à son étrange attraction, oui, mais elle n'avait guère que le pouvoir d'attirer l'attention. Pouvait-elle vraiment soumettre qui la regardait ou n'était-elle qu'une pièce d'ornement à l'attrait redoutable ? Il ne put s'empêcher de trouver séduisante l'idée qu'elle puisse avoir un réel pouvoir.

Al Mualim acquiesça lentement, comme s'il lisait dans l'esprit de son élève.

— L'Orbe d'Éden est une manifestation physique de la tentation. Regarde comme elle a soumis Robert. Après qu'il a goûté à son pouvoir, elle l'a consumé. Il n'y a pas vu une arme redoutable qui devait à tout prix être détruite, mais un outil qui l'aiderait à accomplir la plus insensée de ses ambitions.

— Il n'est donc avide que de pouvoir ?

— Oui et non. Comme nous, il rêvait aussi – et rêve encore – d'un monde pacifié.

— Lui ? Cet homme qui a semé les graines de la guerre partout en Terre sainte ?

— Non ! cria Al Mualim. Comment peux-tu rester aveugle à tout cela quand c'est toi qui m'as ouvert les yeux ?

— Que voulez-vous dire ? demanda Altaïr troublé.

— Que veulent-ils, lui et ses hommes ? Un monde dans lequel tous les hommes seraient unis ! Je ne méprise pas son idéal. Je le partage. Ce sont les moyens qu'il utilise pour y parvenir auxquels je m'oppose. La paix doit être enseignée, apprise, comprise, adoptée, mais...

— Il a voulu l'imposer, acquiesça Altaïr qui venait de comprendre.

— En nous privant dans le même temps de notre libre arbitre, ajouta Al Mualim.

— C'est... étrange de le voir ainsi...

— Ne nourris jamais de haine pour tes victimes, Altaïr. Ce genre d'émotions empoisonne et embrume tes capacités de jugement.

— Ne pourrions-nous pas le convaincre, alors, d'abandonner cette quête insensée ?

Al Mualim secoua gravement la tête.

— À travers toi, j'ai tenté de lui parler... À ma façon. Qu'étaient tous ces meurtres si ce n'est autant de messages ? Mais il a choisi de faire la sourde oreille.

— Dans ce cas, il n'y a plus qu'une seule chose à faire.

Il allait enfin pouvoir se lancer à la poursuite de Sablé ! Si la perspective l'enivrait, il prit garde de tempérer son enthousiasme et de ne pas céder à l'imprudence. Il ne referait pas l'erreur de le sous-estimer. Ni Sablé, ni personne, d'ailleurs.

— C'est à Jérusalem que tu l'as affronté la première fois, et c'est là que tu le retrouveras, lui annonça Al Mualim en libérant l'un de ses pigeons. Va, Altaïr ! Il est temps d'en finir.

Altaïr quitta les quartiers du Maître, descendit les escaliers qui menaient aux portes de la tour et sortit dans la cour. Abbas était assis sur le muret, et Altaïr sentit son regard peser sur lui tandis qu'il traversait le terrain d'entraînement. Puis il s'arrêta et se tourna pour lui faire face. Leurs regards se croisèrent. Altaïr s'apprêta à dire quelque chose, sans pour autant savoir quoi, mais il se ravisa. Une tâche plus importante l'attendait. Les vieilles blessures n'étaient guère que cela : de vieilles blessures, et rien de plus. Cela ne l'empêcha pas de porter inconsciemment la main à son flanc.

Chapitre 28

Le lendemain du jour où Altaïr avait avoué la vérité à Abbas à propos de son père, le garçon s'était montré encore plus distant que la veille, et rien de ce qu'avait pu dire Altaïr n'avait pu le tirer de son mutisme. Ils avaient mangé leur petit déjeuner en silence, maussades, singulièrement soumis aux exigences des gouvernantes, puis étaient partis pour les quartiers du Maître où ils avaient pris place sur le sol.

Si Al Mualim avait perçu un changement chez ses deux élèves, il n'en avait rien dit. Peut-être était-il secrètement satisfait que les deux garçons aient été moins distraits. À moins qu'il ne les ait crus fâchés, comme cela arrivait parfois aux jeunes amis.

Altaïr, lui, était assis là, les entrailles et l'esprit torturés. Pourquoi Abbas n'avait-il rien dit ? Pourquoi n'avait-il pas réagi à ce qu'Altaïr lui avait confessé ?

Il allait avoir sa réponse un peu plus tard ce même jour, sur le terrain d'entraînement. Ils allaient s'entraîner à l'épée, l'un contre l'autre comme toujours, mais ce jour-là, Abbas avait suggéré qu'ils n'utilisent pas leurs petites épées de bois, mais les lames de métal étincelant qu'ils manipuleraient une fois acquis les fondamentaux de l'escrime.

Labib, leur instructeur, s'était montré enthousiaste.

— Excellent, excellent, avait-il dit en frappant des mains. Mais rappelez-vous : il n'y a rien à gagner à faire couler le sang. N'importunons pas inutilement nos chirurgiens, voulez-vous. Nous testerons donc votre contrôle et votre ruse, autant que votre habileté.

— La ruse, je ne sais pas, Altaïr, mais la fourberie, tu la manies à merveille. La fourberie et le mensonge.

C'étaient les premiers mots qu'il avait adressés à Altaïr de la journée, et il les avait prononcés en le poignardant d'un regard si méprisant et haineux qu'Altaïr avait compris que, entre Abbas et lui, plus rien ne serait jamais comme avant. Il se tourna vers Labib, implorant du regard qu'il s'opposât au duel, mais l'instructeur avait déjà bondi joyeusement par-dessus le muret qui ceignait le carré d'entraînement, ravi à l'idée d'assister enfin à un véritable combat.

Ils s'étaient mis en position. Altaïr avait ravalé sa salive, lorsque Abbas avait plongé dans ses yeux un regard aiguisé comme une lame.

— Mon frère, avait commencé Altaïr, ce que je t'ai dit la nuit dernière...

— Je ne suis pas ton frère !

Le cri d'Abbas avait résonné dans la cour entière. Il s'était alors rué sur Altaïr, mû par une rage dont son jeune camarade ne l'aurait jamais cru capable. Mais s'il montrait les dents, si ses paupières n'étaient plus que deux fentes rageuses, Altaïr avait pu voir les larmes qui commençaient à couler le long de ses joues. Abbas n'agissait pas seulement sous le coup de la colère, et le jeune Altaïr le savait.

— Abbas, non ! avait-il hurlé en se défendant comme il le pouvait.

Sur sa gauche, il avait distingué le regard perplexe de l'instructeur. De toute évidence, il ne savait comment réagir face à l'accès de colère d'Abbas et à la soudaine hostilité qui venait d'éclater entre les deux garçons. Altaïr avait vu deux autres Assassins s'approcher de la zone d'entraînement, sans doute attiré par le hurlement de son camarade. Des visages étaient apparus à la fenêtre de la tour de défense qui jouxtait l'entrée de la citadelle. Altaïr s'était demandé si Al Mualim observait ou non la scène…

Abbas avait jeté la pointe de son épée en direction d'Altaïr, le forçant à l'esquiver d'un pas de côté.

—Abbas, du calme! l'avait réprimandé Labib.

—Il veut me tuer, Maître! avait vociféré Altaïr.

—N'exagère pas, mon garçon, avait répondu l'instructeur sans conviction. Tu devrais plutôt tirer une leçon de la détermination de ton frère.

—Je ne suis pas… (Abbas avait attaqué de nouveau) son… (il avait ponctué ce nouveau mot d'un nouveau coup furieux) frère!

—Je croyais t'aider en te le disant! avait hurlé Altaïr.

—Non! avait crié Abbas. Tu m'as menti!

Il avait encore attaqué et les deux lames s'étaient entrechoquées. La force de l'impact avait déséquilibré Altaïr qui avait buté contre le muret et avait manqué de basculer en arrière. D'autres Assassins étaient arrivés. Certains semblaient inquiets, d'autres profitaient du spectacle.

—Défends-toi, Altaïr! avait rugi Labib en frappant allégrement des mains. Défends-toi!

Altaïr avait projeté son épée en avant, attaquant à son tour Abbas, le forçant à reculer au centre de la cour.

—Je ne t'ai pas menti, avait-il craché tandis qu'ils se rapprochaient, leur lame glissant l'une contre l'autre. Je t'ai dit la vérité pour que tu ne souffres plus, comme j'aurais moi-même voulu ne plus souffrir.

—Non! Tu m'as menti pour me couvrir de honte! avait rétorqué Abbas en reculant.

Il s'était remis en position, avait fléchi les genoux et avait jeté le bras d'arme opposé au sien vers l'arrière, comme on le leur avait enseigné. Sa lame tremblait.

—Arrête ! avait hurlé Altaïr.

Il avait esquivé de quelques petits pas rapides le coup d'Abbas, mais d'un vif mouvement de poignet, le garçon avait projeté sa lame contre Altaïr dont le flanc lacéré s'était aussitôt mis à saigner. Il s'était tourné vers Labib, le regard suppliant, mais l'instructeur avait balayé son inquiétude d'un revers de main. Altaïr avait alors touché sa plaie, puis avait montré ses doigts ensanglantés à Abbas.

—Abbas, arrête ! l'avait-il supplié. Je t'ai dit la vérité en pensant te réconforter.

—Me réconforter ! avait répété Abbas en se tournant vers les Assassins présents. Pour me réconforter, il m'a dit que mon père s'était suicidé !

Les spectateurs, abasourdis, s'étaient tus comme un seul homme. Altaïr s'était alors retourné vers les Assassins, stupéfait par ce coup de théâtre : le secret qu'il avait juré de garder venait d'être rendu public.

Il avait jeté un regard en haut de la tour d'Al Mualim. Le Maître était là. Il les regardait, les mains dans le dos. Impassible.

—Abbas ! avait hurlé Labib qui comprenait enfin que la situation dérapait. Altaïr !

Mais les deux jeunes combattants avaient fait mine de ne rien entendre, jetant de nouveau leur arme l'une contre l'autre. Altaïr, blessé, n'avait pu que se défendre.

—J'espérais..., avait-il commencé.

—Tu espérais me couvrir de honte ! avait hurlé Abbas d'une voix stridente.

Les larmes coulaient le long de ses joues. Il avait alors contourné Altaïr, puis l'avait attaqué de nouveau, agitant sauvagement son épée devant lui. Altaïr avait fléchi les genoux et, voyant une ouverture entre le corps et le bras gauche d'Abbas, il avait frappé, blessant son adversaire au bras. Il avait espéré que la douleur handicaperait suffisamment longtemps son adversaire pour avoir le temps de s'expliquer.

Mais Abbas avait poussé un ultime hurlement rageur et s'était rué sur Altaïr qui n'avait pu que se baisser pour éviter la lame lancée vers lui telle la masse d'un fléau. Profitant de ce qu'Abbas était emporté par son élan, Altaïr avait lancé son épaule contre lui, et ils s'étaient effondrés tous deux sur le sol où ils avaient roulé dans un chaos de poussière, leur robe ensanglantée. Ils s'étaient empoignés là un moment, puis Altaïr avait ressenti une vive douleur entre les côtes : Abbas venait d'enfoncer son pouce dans sa blessure. Le garçon enragé en avait alors profité pour se contorsionner et se hisser sur Altaïr qu'il avait aussitôt cloué au sol. Il avait alors sorti sa dague de sa ceinture avant de la placer sur la gorge d'Altaïr, ses yeux fous rivés sur lui. Il pleurait abondamment et haletait péniblement derrière ses dents serrées.

— Abbas !

Le cri n'était venu ni de Labib, ni d'aucun des Assassins qui assistaient au combat. Il provenait de la fenêtre à laquelle se trouvait Al Mualim.

— Pose cette dague sur-le-champ ! avait-il rugi, sa voix tonnant dans la cour entière.

Comparée à la sienne, la voix d'Abbas semblait presque inaudible.

— Pas tant qu'il n'aura pas avoué, avait-il dit, désespéré.

— Que veux-tu donc que j'avoue, Abbas ? avait crié Altaïr qui ne parvenait pas à se défaire de l'emprise de son camarade.

Labib avait enjambé le muret.

— Abbas, du calme, avait-il dit en avançant les mains. Fais ce que te dit le Maître.

— Approche encore, et je lui tranche le cou ! avait grogné Abbas hargneux.

— Je te jetterai moi-même en cellule pour cet affront, Abbas. Nul Assassin n'est en droit d'agir ainsi. Regarde : des villageois sont là. La rumeur se répandra vite.

— Je m'en moque éperdument ! avait pleurniché Abbas. Il doit l'avouer ! Il doit avouer qu'il a menti à propos de mon père !

— De quoi parles-tu ?

— Il m'a dit que mon père s'était suicidé, qu'il était venu chez lui pour s'excuser et qu'il s'était tranché la gorge. Mais il a menti ! Mon père ne s'est pas suicidé. Il a quitté la Fraternité. C'était sa façon à lui de s'excuser. Alors maintenant, avoue que tu m'as menti !

Il avait enfoncé un peu plus la pointe de sa dague dans le cou d'Altaïr qui s'était mis à saigner davantage.

— Abbas, arrête immédiatement ! avait hurlé Al Mualim depuis sa tour.

— Altaïr, lui avait demandé Labib, as-tu menti à Abbas ?

Le silence avait enveloppé la cour entière. Tout le monde attendait la réponse d'Altaïr. Le jeune garçon avait alors levé les yeux vers son camarade en pleurs.

— Oui, avait-il répondu. J'ai menti.

Alors, Abbas s'était assis et avait maintenu ses paupières fermées. La douleur qu'il avait ressentie alors avait ravagé son corps entier. Il avait ensuite lâché sa dague sur le sol du terrain d'entraînement et s'était remis à pleurer. Il pleurait encore lorsque Labib s'était approché de lui et l'avait saisi puissamment par le bras, le relevant brusquement, puis le confiant à deux gardes qui s'étaient avancés en hâte. Quelques secondes plus tard, on avait également saisi Altaïr par le bras. Et on l'avait lui aussi mené jusqu'au cachot.

Après un mois d'introspection dans les geôles de la citadelle, Al Mualim avait décidé que ses deux élèves pouvaient reprendre l'entraînement. De leurs deux crimes, celui d'Abbas avait été jugé le plus grave, en cela qu'il avait laissé ses émotions prendre le dessus, et que sa faiblesse avait terni la réputation de l'Ordre entier. Pour le punir, le Maître lui avait imposé une année supplémentaire de formation. Il serait donc encore sur le terrain d'entraînement avec Labib lorsque Altaïr serait officiellement nommé Assassin. Abbas considérait que c'était là une grande injustice. Elle avait renforcé sa haine pour Altaïr qu'il ne considérait plus à présent que comme un être amer et pathétique. Lorsque la citadelle avait été attaquée, c'était Altaïr qui avait sauvé la vie d'Al Mualim et avait été élevé au rang de Maître assassin. Ce jour-là, Abbas avait craché aux pieds d'Altaïr qui s'était contenté de lui sourire avec dédain. Abbas, en avait-il conclu, était aussi faible et incapable que son père avant lui.

Aujourd'hui qu'il regardait en arrière, cela avait peut-être été la première fois qu'il s'était laissé corrompre par l'arrogance.

Chapitre 29

Lorsque Altaïr se présenta de nouveau au Bureau de Jérusalem, il n'était plus le même et il ne fit pas l'erreur de penser que son voyage s'arrêterait ici. C'était là une faute qu'aurait commise l'ancien Altaïr, mais pas lui. Il savait que tout cela n'était que le début de son odyssée. Et c'était comme si Malik l'avait senti. Quelque chose avait changé dans l'attitude du rafiq lorsque l'Assassin entra. Ils semblaient à présent liés par une estime et une complicité nouvelles.

— La paix t'accompagne, Altaïr.

— Qu'elle guide tes pas aussi, mon frère, répondit Altaïr.

Ils partagèrent quelques secondes de silence.

— Le Destin sait se montrer des plus surprenants, n'est-ce pas ?

Altaïr acquiesça.

— C'est donc vrai ? Robert de Sablé est à Jérusalem ?

— J'ai vu moi-même ses chevaliers, répondit Malik en portant la main à son moignon sur lequel la mention des Templiers avait attiré son attention.

— Cet homme est un semeur de chaos. S'il est ici c'est, sans nul doute, guidé par de vilaines intentions. Je ne lui laisserai pas l'occasion de passer à l'action.

— Ne laisse pas ton désir de revanche troubler ton esprit, mon frère. Nous savons toi et moi que cela ne peut avoir que de tristes conséquences.

Altaïr sourit.

— Je n'ai pas oublié, Malik. N'aie crainte. Ce n'est pas la soif de revanche qui guide ma lame, mais l'appel du savoir.

Il y a quelque temps, il aurait dit cela tel un perroquet, conscient de ce que l'on attendait de lui. Aujourd'hui, il en était convaincu.

Une fois encore, étrangement, Malik acquiesça.

— Effectivement, Altaïr, tu n'es plus l'homme que j'ai connu.

Altaïr acquiesça.

— Ma mission m'a enseigné bien des choses, révélé bien des choses, même s'il est encore des zones de ténèbres que j'aimerais dissiper.

— Que veux-tu dire ?

— Tous les hommes que j'ai assassinés complotaient ensemble, unis sous l'étendard d'un seul homme, Robert de Sablé qui convoite la Terre sainte, j'en suis certain. Mais pourquoi ? Et comment compte-t-il s'y prendre pour la conquérir ? Quand frappera-t-il ? Où ? Tout cela, je l'ignore encore.

— Les croisés et les Sarrasins complotant ensemble ? pensa Malik à voix haute.

— Ces hommes n'appartiennent à aucun de ces deux camps. Ce sont des Templiers.

— Les Templiers font pourtant partie de l'armée des croisés, dit Malik. (Une question lui brûlait les lèvres.) Comment ceux qui arpentent les rues de Jérusalem peuvent-ils servir Richard ?

— Leur allégeance à Richard n'est qu'un leurre destiné à duper le Lion. C'est à Robert de Sablé qu'ils ont juré fidélité. À lui et à sa folle idée qu'ils peuvent mettre un terme à cette guerre.

— Voilà un récit bien surprenant…

— Tu n'imagines pas à quel point, Malik…

— Je t'en prie, alors. Raconte-moi !

Altaïr raconta à Malik ce qu'il avait appris jusqu'ici.

— Robert et ses Templiers sont dans la cité. Ils sont venus présenter leurs respects à Majd Addin en assistant à ses funérailles. Ce qui veut dire que j'y assisterai moi aussi.

— Des Templiers ? Assister aux funérailles de Majd Addin ?

— Je dois encore découvrir leurs véritables intentions, mais j'obtiendrai tôt ou tard une confession. Les citoyens sont divisés. Si certains veulent voir leur tête tomber, d'autres semblent convaincus qu'ils sont ici pour parlementer, pour faire la paix.

Il repensa à l'orateur qu'il avait interrogé et qui l'avait assuré que ses maîtres n'aspiraient qu'à une chose : mettre un terme à cette guerre. Sablé, un chrétien, allait assister aux funérailles de Majd Addin, un musulman. N'était-ce pas la preuve que les Templiers rêvaient d'une Terre sainte unie ? Les citoyens, eux, étaient hostiles à la présence des Templiers à Jérusalem. L'occupation des croisés était encore trop récente dans leur esprit. Sans grande surprise, des affrontements avaient éclaté entre croisés et Sarrasins, ces derniers s'indignant de la présence des chevaliers dans les rues de la cité. Le peuple ne pouvait se laisser convaincre par les orateurs – pourtant catégoriques – qu'ils étaient là au nom de la paix.

— La paix ? lâcha Malik abasourdi.

— Comme je te le dis. Tous ceux que j'ai occis m'ont confessé la même chose.

— Si tel était le cas, cela ferait d'eux nos alliés. Pourtant, nous les assassinons.

— Ne te fourvoie pas, Malik. Ces hommes et nous n'avons rien en commun. Si leur dessein semble noble, les moyens qu'ils mettent en œuvre pour y parvenir ne le sont pas. Tout du moins… c'est ce que pense Al Mualim.

Il ne prêta pas attention au doute qui l'assaillait.

— Que comptes-tu faire, alors ?

— Je vais assister aux funérailles. Et là, j'affronterai Robert.

— Le plus tôt sera le mieux, acquiesça Malik en tendant la plume à Altaïr. Bonne chance, mon frère.

Altaïr prit la plume, puis ravala sa salive.

— Malik, avant de partir, j'ai à te parler.

— Inutile.

— J'ai agi comme un imbécile.

Malik rit sèchement.

— J'aurais pu être tenté d'en rester là, mais pourquoi me dis-tu cela ? Je ne comprends pas.

— Tous ces longs mois… Jamais je ne t'ai présenté mes excuses. J'étais bien trop fier pour cela. Tu as perdu ton bras par ma faute. Tu as perdu Kadar. Tu étais en droit de me maudire.

— Je n'accepte pas tes excuses.

— Je comprends.

— Non. Tu ne comprends pas. Je n'accepte pas tes excuses, parce que l'homme qui se tient devant moi n'est pas celui avec lequel je me trouvais dans le Temple de Salomon. Toi, Altaïr, tu n'as aucune raison de t'excuser.

— Malik…

— Peut-être que si je ne t'avais pas tant jalousé, je ne me serais pas montré moi-même si imprudent. Je n'ai pas moins à me reprocher que l'ancien Altaïr.

— Je ne peux pas te laisser dire cela…

— Nous ne sommes qu'un. Si nous partageons la gloire de nos victoires, alors nous devons partager la douleur de nos défaites. C'est ce qui nous unit. Ce qui nous rend plus forts.

— Merci, mon frère.

Et c'est ainsi qu'Altaïr se retrouva au cimetière de Jérusalem : un champ du repos modeste et sans ornement. Là, il se joignit à une foule clairsemée de Templiers et de civils rassemblés autour du tumulus du tombeau de Majd Addin, l'ancien régent de la cité.

Le corps avait été lavé, enveloppé d'un linceul, puis porté jusqu'à sa tombe. Il était suivi d'une procession solennelle. Ensuite, on l'avait allongé sur le côté droit et inhumé, chaque visiteur jetant une poignée de terre dans le tombeau. Lorsque Altaïr arriva, un imam s'avançait pour prononcer l'oraison funèbre, et un murmure avait parcouru le lieu saint. La plupart des personnes présentes se tenaient là, les mains jointes et la tête basse par respect pour le défunt. De fait, Altaïr n'eut aucun mal à se faufiler à travers la foule et à se positionner idéalement pour l'assassinat afin de situer sa dernière cible, l'homme qui avait provoqué l'odyssée d'Altaïr et dont la mort ne serait qu'un juste châtiment pour tout le mal qu'il avait perpétré ou fait perpétrer en son nom : Robert de Sablé.

Progressant dans la foule en deuil, Altaïr se rendit compte que c'était la première fois qu'il assistait aux funérailles de l'une de ses cibles. Soucieux, il regarda alentour pour voir si les membres de la famille étaient présents, se demandant ce qu'il ressentirait, confronté à leur tristesse. Mais si Majd Addin avait eu des proches, soit ils étaient absents, soit ils dissimulaient leur tristesse dans la foule : il n'y avait personne d'autre auprès de la tombe que l'imam et…

Un petit groupe de Templiers.

Ils se tenaient en face d'une fontaine ornée, encastrée dans un haut mur de grès. Ils étaient trois, revêtus d'armures complètes et de heaumes. Celui des trois qui se tenait devant les autres portait une cape : celle du Grand maître des Templiers.

Pourtant…

Altaïr plissa les yeux pour mieux l'observer. Il semblait différent du Sablé qui hantait ses souvenirs. Sa mémoire lui avait-elle joué des tours ? Avait-il imaginé Sablé plus grand qu'il n'était en réalité afin de justifier sa défaite ? Non. La stature de Sablé était plus impressionnante dans le Temple de Salomon. Et où étaient ses hommes ?

L'imam avait commencé à parler et s'adressait à la foule.

— Si nous sommes rassemblés ici aujourd'hui, c'est pour honorer une dernière fois notre bien-aimé Majd Addin, fauché trop tôt par le destin. Je sais que sa mort vous a emplis de tristesse et de souffrance, mais ne vous laissez pas noyer par ses émotions, car tout comme nous sommes nés des entrailles d'une mère, nous retournons tous un jour à celles de la terre nourricière. Tel est le cycle de la vie, aussi naturel que le lever et le coucher du soleil. Profitons tous de ce moment pour repenser à sa vie et aux innombrables bienfaits qu'il a prodigués à ses pairs. Sachez qu'un jour, vous le rejoindrez tous au Paradis.

Altaïr ravala tant bien que mal son dégoût. Le « bien-aimé » Majd Addin ? Parlait-il de ce même Majd Addin qui avait trahi les Sarrasins et tenté de s'attirer leur confiance en exécutant injustement les citoyens de Jérusalem ? Ce Majd Addin-là ? Il n'était pas si étonnant que la foule fût si clairsemée et la tristesse si discrète. Cet homme était aussi apprécié que l'était la lèpre.

L'imam appela la foule à prier.

— Ô Dieu clément et miséricordieux, loués soit Mahomet, sa famille et ses compagnons. Ô Dieu de l'univers entier, perfection des perfections, la paix soit sur tes prophètes.

Le regard d'Altaïr se posa de nouveau sur Sablé et ses gardes du corps. Un éclair de lumière attira son attention. Il leva les yeux vers le haut du mur devant lequel se tenaient les Templiers, puis vers les remparts qui ceignaient le cimetière. Quelqu'un avait bougé ? Peut-être. Il n'aurait pas été surprenant que d'autres Templiers se soient mis à couvert à l'abri des remparts.

Il regarda de nouveau les trois chevaliers. Robert de Sablé, posté là comme s'il se soumettait à l'inspection d'un juge, s'offrait presque à l'Assassin. Et sa carrure… Il semblait si frêle. Quant à sa cape, elle était trop longue.

Altaïr décida d'abandonner l'assassinat. Il ne pouvait faire fi de son instinct. Quelque chose clochait. Tout clochait. Il commença à reculer, puis le ton de l'imam changea.

— Comme vous le savez, cet homme a été tué par un Assassin. Nous avons tenté de retrouver le meurtrier, mais la traque s'est avérée trop ardue. Ces créatures rôdent dans l'ombre et fuient quiconque approche pour les affronter noblement.

Altaïr se crispa, conscient que le piège allait s'amorcer, puis fendit la foule en accélérant le pas.

— Mais la traque s'achève aujourd'hui, lança l'imam, car tout porte à croire que l'Assassin est parmi nous.

Sa seule présence est une insulte, et nous allons lui faire payer cette offense.

Soudain, la foule s'anima et encercla Altaïr. Il se retourna et vit l'imam pointer un doigt inquisiteur vers lui. Sablé et ses deux hommes approchaient. Le cercle que formait la foule rageuse se resserra autour de lui. Les citoyens semblaient prêts à l'engloutir. Il n'avait plus aucune issue.

— Emparez-vous de lui ! Qu'on l'amène ici, et que la justice de Dieu soit rendue ! cria l'imam.

Altaïr dégaina son épée et fit jaillir sa lame dans la même seconde. Les mots du Maître lui revinrent en tête : « *Concentre-toi sur un unique adversaire.* »

Mais ce fut inutile. Si les individus rassemblés ici étaient courageux et Majd Addin cher à leur cœur, aucun n'était prêt à voir son sang couler pour le venger. La foule, en proie à la panique, se dispersa, quelques fuyards se prenant les pieds dans leur robe. Altaïr profita de l'agitation pour filer d'un côté et se soustraire à la vue des Templiers qui approchaient. Le premier d'entre eux eut à peine le temps de se rendre compte que, plutôt que de fuir, l'un des hommes fonçait droit sur lui : la lame d'Altaïr transperça son armure, puis ses entrailles. Il s'effondra sur le sol.

Altaïr vit une porte s'ouvrir dans le mur d'enceinte et d'autres Templiers se ruer dans le cimetière. Ils étaient au moins cinq. Au même moment, une pluie de flèches s'abattit sur la mêlée, et un trait meurtrier se ficha dans la nuque de l'un de ses adversaires. Altaïr leva les yeux vers les remparts : il avait été chanceux, mais cela ne se reproduirait pas.

Le second garde du corps s'avança vers lui. Il lui assena un puissant coup de taille, lui trancha la gorge et l'envoya rouler en arrière dans une gerbe de sang. Il se tourna ensuite vers Sablé qui lui porta un coup de glaive si puissant qu'il faillit envoyer Altaïr à la renverse, ce dernier ne l'ayant paré que de justesse. Des renforts arrivèrent soudain, et il se trouva confronté à trois autres chevaliers, revêtus de heaumes. Il se rendit alors compte qu'il se trouvait à présent sur la tombe de Majd Addin. Une nouvelle pluie de flèches l'empêcha de profiter du moment, mais transperça par chance un autre Templier qui s'effondra en hurlant. Déroutés, les autres Templiers commencèrent à se disperser, moins effrayés par Altaïr que par leurs propres archers, et Sablé hurla à ses hommes d'arrêter de décimer ses rangs.

Altaïr fut alors si surpris par ce qu'il venait d'entendre qu'il faillit en lâcher son épée. Il ne s'agissait pas des viriles intonations françaises de Sablé, reconnaissables entre mille, mais d'une voix qui, sans nul doute possible, appartenait à une femme. Une Anglaise.

L'espace de quelques secondes, il recula sous le coup d'un sentiment d'amusement et d'admiration mêlés. Cette… femme, cette doublure envoyée par Sablé, combattait avec autant de bravoure que n'importe quel homme. De plus, elle maniait le glaive avec autant d'aisance que tous les chevaliers qu'il avait pu affronter dans sa vie. Qui était-ce ? L'un des lieutenants de Sablé ? Son amante ? Tout en longeant stratégiquement le mur, Altaïr tua un autre Templier. Il n'en restait plus qu'un et la doublure de Sablé. Le dernier homme semblait moins avide de bataille qu'elle ne l'était, et mourut empalé sur l'épée d'Altaïr.

Il ne restait plus qu'elle à présent. Ils s'affrontèrent jusqu'à ce qu'Altaïr parvînt à prendre le dessus et à ficher sa lame dans son épaule en même temps qu'il lui fauchait les jambes. Elle s'effondra lourdement sur le sol. Se précipitant à couvert, il la traîna avec lui jusqu'à ce qu'ils fussent tous deux hors de vue des archers. Puis il se pencha sur elle. Son visage toujours dissimulé par son heaume, elle haletait.

Le sang maculait son cou et son épaule, mais elle vivrait. Si, bien sûr, il décidait de l'épargner.

— Tu ne mourras pas tant que je ne t'aurai pas regardée dans les yeux, lui dit-il.

Il retira son heaume, et bien qu'il sût à quoi s'attendre, ne put s'empêcher d'être surpris.

— Tu t'attendais à quelqu'un d'autre ? dit-elle en souriant.

Son camail dissimulait ses cheveux, mais son regard captiva Altaïr. Il y lisait plus qu'une détermination zélée : de la douceur, de la lumière aussi. À tel point qu'il se demanda si ses talents évidents de guerrière ne dissimulaient pas habilement sa véritable nature.

Mais pourquoi, quelle que fût sa maîtrise du glaive, Sablé avait-il envoyé cette femme pour le remplacer ? Possédait-elle quelque faculté hors du commun qu'il ne connaissait pas encore ? Il plaça sa lame sur son cou.

— Qu'est-ce que cette mascarade ? lui demanda-t-il d'un ton curieux.

— Nous savions que tu viendrais, dit-elle, le sourire aux lèvres. Robert voulait avoir le temps de fuir.

— Ce couard bat en retraite, alors ?

— Tes victoires sont indéniables. Tu as saccagé nos plans. Tu nous as privés de notre trésor, puis de nos hommes. Par ta faute, nous avons perdu le contrôle de la Terre sainte… Mais il a pensé à un moyen de récupérer ce qui nous a été dérobé afin de tirer parti de nos échecs.

— Le trésor est toujours en la possession d'Al Mualim, et nous avons déjà mis votre armée en déroute par le passé, répondit Altaïr. Quels que soient les plans de Robert, ils échoueront.

— Oh ! s'exclama-t-elle. Mais ce ne seront plus seulement les Templiers que vous aurez à affronter…

Altaïr fut surpris.

— Parle !

— Robert fait route vers Arsouf pour plaider sa cause : il souhaite que Sarrasins et Templiers s'unissent contre les Assassins.

— Cela n'arrivera jamais. Ils n'ont aucune raison de s'allier.

Son sourire s'élargit.

— Ils n'avaient… Tu leur en as offert une. Neuf, plus exactement. Les cadavres des deux camps que tu as laissés derrière toi. Tu as fait des Assassins nos ennemis communs et condamné ton Ordre entier à l'extermination. Félicitations !

— Huit. Pas neuf.

— Que veux-tu dire ?

Il retira la lame de son cou.

— Tu n'étais pas ma cible. Je ne prendrai pas ta vie. (Il se releva.) Tu es libre de partir. Mais ne t'avise pas de me prendre en chasse.

— Je n'en aurai pas besoin, dit-elle en se relevant, plaçant une main sur la blessure qui saignait à son épaule. Il est déjà trop tard pour toi…

— Nous verrons bien.

Altaïr jeta un dernier regard aux remparts sur lesquels les archers se remettaient en position, puis il disparut, laissant le cimetière vide à l'exception des corps récents et anciens, et de cette femme étrange, courageuse…

Et si troublante.

— C'était un piège ! gronda Altaïr qui faisait face à Malik, après avoir parcouru le chemin qui le séparait du Bureau en ruminant furieusement les derniers événements.

— Les rumeurs disent que les funérailles ont viré au chaos… Que s'est-il passé ?

— Robert de Sablé n'a jamais mis le pied à Jérusalem. Il a envoyé une doublure à sa place. Il m'attendait.

— Tu dois aller en avertir au plus vite Al Mualim, répondit Malik d'un ton ferme.

Oui, pensa Altaïr. Il le devait. Mais cette sensation persistante revenait à la charge. Cette sensation qui lui murmurait que le voile n'avait pas été entièrement levé sur cette histoire. De plus, pour une raison qui lui échappait, il ne pouvait s'empêcher de penser que le Maître avançait masqué.

— Pas le temps. Elle m'a dit où il est allé ; ce qu'il compte faire à présent. Si je rentre à Masyaf, il pourrait réussir à mettre son plan à exécution. Et alors… je crains que la nuit ne tombe sur notre Ordre.

— Nous avons éliminé la plupart de ses hommes. Je doute qu'il puisse nous opposer une armée décente… Attends, s'interrompit Malik. As-tu dit « elle » ?

— Oui. La doublure de Sablé était une femme. C'est étrange, je sais, mais nous en reparlerons. Pour l'heure, nous devons nous concentrer sur Robert. Nous avons peut-être clairsemé ses rangs, mais l'homme est rusé, et il compte persuader Richard et Salah Al'din de s'unir contre un ennemi commun… Notre Ordre.

— Tu dois de tromper. C'est absurde ! Ces deux hommes ne s'uniraient jam…

— C'est ce que tu crois. Et nous en sommes les seuls responsables. Les hommes que j'ai tués appartenaient aux deux camps. Ils comptaient pour leur suzerain respectif… Le plan de Robert est peut-être ambitieux, mais il n'a rien d'absurde. Nous ne sommes pas à l'abri de sa victoire.

— Écoute, mon frère, la situation a changé de façon inattendue. Tu dois te rendre à Masyaf. Nous ne pouvons agir sans le consentement du Maître. Cela risquerait de compromettre la Fraternité. Je croyais… je croyais que tu l'avais compris.

— Cesse de te cacher derrière des mots, Malik ! Tu brandis le Credo et ses lois comme une égide. Le Maître nous cache des choses, des choses cruciales. C'est toi-même qui m'as dit que nous ne pouvions pas tout savoir, que nous ne pouvions que supputer ! Eh bien, je crois que toute cette histoire avec les Templiers trouve ses racines bien plus loin que nous ne le pensons. Une fois que j'en aurai fini avec Robert, je partirai pour Masyaf en quête de réponses. Mais peut-être pourrais-tu, toi, t'y rendre en hâte ?

— Impossible pour moi de quitter la cité.

— Alors, parcours ses rues. Pars à la recherche des serviteurs de ceux que j'ai éliminés. Apprends ce qu'il y a à apprendre. Tu te dis intuitif : peut-être trouveras-tu quelque chose qui m'a échappé.

— Je ne sais pas… Il faut que je réfléchisse.

— Fais comme bon te semble, mon ami. Pour ma part, je pars pour Arsouf. Plus je tarde, plus l'ennemi nous distancie sans possibilité d'être rattrapé.

Une fois encore, il venait d'enfreindre les lois du Credo : qu'il l'ait ou non voulu, il venait de mettre l'Ordre en danger.

— Sois prudent, mon frère.

— Je t'en fais la promesse.

Chapitre 30

Les armées de Salah Al'din et de Richard Cœur de Lion s'étaient rencontrées à Arsouf. Sur sa route, Altaïr avait appris – selon des rumeurs qu'ils avaient entendues chez les maréchaux-ferrants et près des puits – que, après quelques escarmouches mineures, la bataille avait commencé lorsque les Turcs de Salah Al'din s'étaient lancés à l'assaut des croisés.

Chevauchant à bride abattue vers le front contre le flot de villageois terrifiés cherchant à fuir le bain de sang, Altaïr vit des colonnes de fumée s'élever à l'horizon. En s'approchant, il distingua bientôt les soldats en guerre sur la plaine lointaine, masses rampantes, immenses et noires, grouillant à l'horizon. Il vit une longue procession de guerriers, des milliers peut-être, chevauchant à toute allure, fondant sur leur ennemi. Il était cependant trop loin pour savoir si la charge était à l'initiative des croisés ou des Sarrasins. Il s'approcha et aperçut les silhouettes de bois des machines de guerre, dont une flambait. Il discernait maintenant les immenses crucifix de bois des croisés, ces énormes croix disposées sur des plates-formes roulantes poussées par l'infanterie, ainsi que les étendards des deux camps. Le ciel s'assombrissait par intermittence de milliers de flèches tirées de part et d'autre. Il vit des chevaliers armés de piques, et des cavaliers sarrasins dévaster les rangs des croisés.

Il entendit le martèlement des sabots sur la plaine, les chants incessants des cymbales, tambours, trompettes et gongs sarrasins, les bruits des combats, le chahut assourdissant des vivants, les hurlements des mourants, le tintement suraigu de l'acier percutant l'acier et les hennissements pitoyables des chevaux blessés. Il croisa bientôt des montures sans cavalier et des corps de Sarrasins comme de croisés, étendus, bras et jambes écartés dans la poussière, ou assis, morts, contre les troncs d'arbres.

Il tira juste à temps sur les rênes de son cheval… Des archers sarrasins venaient de jaillir de derrière les arbres à quelques dizaines de mètres de lui. Il sauta de sa monture et roula du sentier principal jusque derrière un chariot retourné. Ils étaient peut-être une centaine. Ils traversèrent la voie pour se dissimuler de l'autre côté entre les arbres. Ils se déplaçaient vite, le dos courbé, comme le font les soldats s'infiltrant silencieusement en territoire ennemi.

Altaïr se leva et se rua lui aussi derrière les arbres, suivant les archers à distance. Il les poursuivit furtivement sur quelques centaines de mètres. Les bruits des combats, les vibrations qu'ils imprimaient à la terre s'intensifièrent, jusqu'à ce qu'ils arrivent à une corniche. Ils surplombaient désormais le front principal où la bataille faisait rage. Pendant quelques secondes, la simple vue de cet affrontement épique lui coupa le souffle. Où qu'il regarde, aussi loin qu'il pouvait le faire, il voyait des hommes, des cadavres, des machines et des chevaux.

Comme lors du siège d'Acre, il se retrouvait au cœur d'une bataille impitoyable sans appartenir ni à l'un ni à l'autre camp. Tout ce qui le guidait, c'était l'Ordre des Assassins et la mission qu'il s'était lui-même attribuée de le protéger de la bête qu'il avait malgré lui relâchée et qui menaçait de le détruire.

Autour de lui, le sol était jonché de cadavres, comme si une bataille avait déjà eu lieu peu de temps auparavant. Et pour cause : celui qui détenait la colline dominait les hauteurs et s'offrait un avantage tactique décisif. L'endroit devait être sauvagement disputé. Comme pour confirmer son hypothèse, les Sarrasins furent accueillis par les fantassins et les archers croisés. Des rugissements guerriers éclatèrent dans les deux camps. Profitant de l'effet de surprise, les hommes de Salah Al'din prirent le dessus sur la première vague de croisés, laissant dans leur sillage une traînée de cadavres. Certains chevaliers dégringolaient de la corniche jusque sur le champ de bataille situé en contrebas. Mais, tandis qu'Altaïr s'accroupit et épia l'affrontement, les croisés parvinrent à se regrouper et le combat put commencer.

Longer la corniche était le moyen le plus sûr de parvenir à atteindre l'arrière des lignes des croisés, là où se tenait Richard Cœur de Lion. Rencontrer Richard était son seul espoir d'arrêter Robert de Sablé. Il s'approcha du champ de bataille qu'il commença à contourner par la gauche, évitant autant que possible les combattants. Un peu plus loin, il tomba sur un croisé accroupi dans la végétation : l'homme observait la scène, les larmes aux yeux. Sans un bruit, il poursuivit sa route.

Il entendit soudain un cri : deux croisés venaient de l'apercevoir et lui barrèrent le chemin, le glaive à la main. Il s'arrêta, croisa les bras sur les épaules et dégaina son épée et un couteau de lancer. L'un des éclaireurs s'écroula, et il se rua sur le second, l'éliminant avant même de se rendre compte qu'il ne s'agissait pas d'éclaireurs, mais de sentinelles.

Surplombant toujours la bataille, il comprit qu'il se trouvait au sommet d'une colline. Un peu plus loin, il aperçut l'étendard de Richard Cœur de Lion et crut même entrevoir le roi lui-même, assis à califourchon sur son magnifique destrier, la barbe flamboyante et les cheveux étincelant sous le soleil de l'après-midi. Mais bientôt, d'autres fantassins d'arrière-garde arrivèrent, et il se trouva vite submergé par de nombreux chevaliers aux cottes de mailles bruyantes, le glaive dressé devant leur heaume au fond duquel brûlaient des yeux ivres de combats.

Ces hommes n'avaient qu'un but : protéger leur seigneur. Pourtant, Altaïr devait parvenir jusqu'à lui. Le combat dura longtemps. Altaïr sautait, courait, se frayant un chemin sanglant parmi les croisés, son épée meurtrière vive comme un cobra. Parfois, il pouvait courir quelques mètres sans rencontrer d'adversaires, se rapprochant toujours plus, jusqu'à ce qu'il puisse clairement voir Richard. Le roi se tenait dans une clairière. Il avait mis pied à terre, alerté par l'agitation qui se dirigeait étrangement dans sa direction, et ses gardes du corps les plus fidèles formaient un cercle autour de lui, le dissimulant presque à la vue de tout assaillant.

Combattant encore, l'épée inépuisable, les corps s'écroulant un à un à ses pieds, sa robe maculée du sang des croisés, Altaïr esquiva une attaque et fonça en avant. Les lieutenants du roi tirèrent leur épée de leur fourreau, les yeux rageurs sous leur heaume de métal. Il vit des archers se ruer gauchement jusque derrière des rochers proches, espérant trouver une position idéale pour faucher l'intrus en pleine course.

— Attendez ! hurla Altaïr qui n'était plus qu'à quelques pas du roi qu'il regarda dans les yeux alors même que ses gardes approchaient. Je ne suis pas ici pour vous occire, mais simplement pour vous parler !

Le roi portait son rouge royal, et sur son torse rugissait un lion d'or délicatement brodé. D'un calme olympien, il était le seul homme ici que la panique semblait épargner, lui qui pourtant se tenait au cœur de la bataille. Il leva un bras et ses hommes s'arrêtèrent sur-le-champ, cessant aussitôt de combattre. Altaïr fut soulagé de voir ses adversaires reculer de quelques pas, lui laissant enfin un peu d'espace. Il baissa son bras d'arme, reprit difficilement son souffle, conscient que tous les regards étaient dirigés vers lui, que toutes les pointes d'épées n'aspiraient qu'à fouiller ses entrailles et que tous les archers l'avaient en ligne de mire. Un seul mot de Richard, et il était mort.

Mais Richard n'ordonna pas son exécution.

— Je gage que tu viens ici me proposer les conditions de votre reddition ? Il était temps !

— Non. Vous faites erreur, dit Altaïr. Ce n'est pas Salah Al'din qui m'envoie. C'est Al Mualim.

Le regard du roi s'assombrit.

— Un Assassin ? Je ne comprends pas. Explique-toi sans tarder.

Les fantassins s'avancèrent. Les archers se mirent en position.

— Un traître se cache dans vos rangs, répondit Altaïr.

— Et il t'a engagé pour me tuer ? lança le roi d'une voix forte. Tu viens donc pavoiser avant de frapper ? Je ne me laisserai pas occire si facilement.

— Ce n'est pas vous que je suis venu tuer. C'est lui.

— Parle, dans ce cas, que je puisse juger du bien-fondé de tes accusations. (Il fit signe à Altaïr d'avancer.) Qui est ce traître dont tu parles ?

— Robert de Sablé.

Richard haussa les sourcils, visiblement surpris.

— Mon lieutenant ?

— Il compte vous trahir, répondit Altaïr d'un ton égal.

Il tentait de choisir chacun de ses mots prudemment tant il était capital, pour lui et pour la Fraternité entière, que Richard le crût.

— Sa version est bien différente, commenta Richard. Il me dit vouloir se venger du chaos que vous avez semé à Acre, et je suis enclin à le croire. Vous avez défait certains de mes meilleurs hommes.

Ainsi, Robert de Sablé s'était déjà entretenu avec le roi. Altaïr prit une profonde inspiration. Ce qu'il s'apprêtait à dire pouvait signer son arrêt de mort.

— C'est moi qui les ai tués. Et non sans raisons légitimes. (Richard lui jeta un regard noir, mais il poursuivit.) Écoutez-moi : Guillaume de Montferrat comptait utiliser ses troupes pour s'emparer d'Acre. Garnier de Naplouse utilisait ses compétences pour endoctriner et contrôler ceux qui lui résistaient. Sibrand entreprenait de bloquer tous les accès au port de Jérusalem afin de vous empêcher d'y envoyer renforts et ravitaillements. Ils vous ont tous trahi, et ils étaient tous aux ordres de Robert.

— T'attends-tu à ce que de telles affabulations trouvent crédit à mes oreilles ? lâcha le Lion.

— Vous connaissiez ces hommes mieux que moi. Êtes-vous vraiment surpris d'apprendre qu'ils complotaient contre vous ?

Richard sembla réfléchir un moment, puis se tourna vers l'un des hommes postés à ses côtés dont le heaume couvrait la tête entière.

— Est-ce vrai, tout cela ? lui demanda-t-il.

Le chevalier retira son heaume. Cette fois, il s'agissait bien de Robert de Sablé. Altaïr lui jeta un regard empreint de dégoût en repensant à tous les crimes qu'il avait commis. De plus, cet homme avait envoyé une femme mourir à sa place.

L'espace d'une seconde, les deux hommes se défièrent du regard. C'était la première fois qu'ils se faisaient face depuis les événements survenus au mont du Temple. Toujours haletant, Altaïr serra le poing. Sablé sourit avec dédain, les lèvres à demi retroussées, puis il se tourna vers Richard.

— Mon seigneur..., dit-il d'un ton exaspéré, c'est un Assassin qui se tient devant nous. Ces créatures sont des maîtres de la manipulation. Il ment, bien entendu !

— Je n'ai aucune raison de vous mentir, lâcha Altaïr cinglant.

— Bien sûr que si, le railla Sablé. Tu es terrifié à l'idée de ce qu'il pourrait advenir de ta petite forteresse. Survivra-t-elle aux assauts conjoints des croisés et des Sarrasins ?

Il sourit comme s'il imaginait déjà la chute de Masyaf.

— Si je suis inquiet, c'est pour les peuples de la Terre sainte, rétorqua Altaïr. Si je dois sacrifier ma vie pour que la paix règne sur nos terres, alors ainsi soit-il.

Richard les regardait, amusé.

— Voilà qui est des plus singuliers. Vous voici tous deux à vous accuser l'un l'autre...

— Nous n'avons pas de temps à accorder à de telles inepties, seigneur, dit Sablé. Je dois me rendre auprès de Salah Al'din afin de lui demander l'aide de son armée. Plus nous attendons, plus les négociations seront difficiles.

Il fit mine de partir, espérant sans doute en rester là.

— Attends, Robert, dit Richard dont les yeux passèrent de Sablé à Altaïr, puis inversement.

Avec un grognement de frustration, Sablé se retourna.

— Pourquoi donc ? lâcha-t-il hargneux. Que comptez-vous faire ? Ne me dites pas que vous croyez cette vermine ?

Il désignait du doigt Altaïr qui put lire dans les yeux de Richard qu'il doutait. Peut-être était-il même enclin à croire l'Assassin plutôt que son lieutenant. Altaïr retint son souffle.

— La décision n'est pas des plus évidentes, répondit le roi. Je crains d'ailleurs de ne pouvoir la prendre seul et de devoir m'en remettre à plus sage que moi.

— Merci, mon roi.

— Non, pas à toi, Robert.

— À qui, alors ?

— Au Seigneur. (Il sourit, comme s'il était satisfait d'avoir fait le bon choix.) Le combat sera votre seul juge. Nul doute que Dieu se rangera du côté de celui dont la cause est la plus vertueuse.

Altaïr observa Robert avec attention. Il vit le regard qui venait de zébrer les yeux du Templier qui, assurément, se souvenait qu'il avait aisément dominé l'Assassin lors de leur dernière rencontre.

Altaïr avait les mêmes souvenirs en tête, mais il savait qu'il était un autre homme à présent. Un autre combattant. Lors de leur premier affrontement, c'était à son arrogance qu'il avait dû sa cuisante défaite. Il tenta néanmoins d'oublier la force herculéenne du Templier qui l'avait soulevé et projeté avec autant d'aisance que s'il avait été un vulgaire fétu de paille.

Sablé, quant à lui, assumait pleinement sa victoire et, la tête basse, se tourna vers Richard.

— Si telle est votre volonté, seigneur.

— Telle est ma volonté.

— Alors qu'il en soit ainsi. En garde, Assassin !

Le roi et ses soldats d'élite se postèrent sur le côté, tandis que les autres gardes du corps formaient un cercle autour d'Altaïr et d'un Sablé presque sémillant. Contrairement à Altaïr, il n'était pas épuisé par les combats. De plus, il portait une armure complète quand Altaïr ne possédait qu'une robe. Il n'avait pas non plus souffert des contusions et des coupures qu'Altaïr avait subies lorsqu'il tentait d'atteindre la clairière. Cela aussi, il le savait. Tandis qu'il enfilait ses gants de mailles et qu'un soldat s'approchait de lui pour l'aider à enfiler son heaume, il savait qu'il avait l'avantage en tout.

— Bien, provoqua-t-il Altaïr, nous nous retrouvons face-à-face une fois de plus. J'espère que tu te montreras plus combatif cette fois-ci.

— Je ne suis plus l'homme que tu as affronté dans le Temple de Salomon, répliqua Altaïr en levant sa lame.

Le chaos de la terrible bataille d'Arsouf lui sembla tout à coup bien loin. Sa réalité s'était réduite à cette arène improvisée. Seuls Sablé et lui existaient.

— Je ne vois guère de différence, en tout cas, lâcha Sablé.

Il leva son arme en direction d'Altaïr qui l'imita aussitôt. Ils se firent face tous deux, Sablé pesant sur son pied d'appui, s'attendant probablement à ce qu'Altaïr prît l'initiative de l'assaut.

Mais l'Assassin proposa la première surprise de leur duel en restant statique face à Sablé, attendant que le Templier frappe le premier.

— Les apparences sont parfois trompeuses, commenta-t-il calmement.

— C'est sûr, c'est sûr…, répondit Sablé, sarcastique.

Une seconde plus tard, il fonça sur Altaïr, abattant sur lui sa lame comme un implacable couperet.

L'Assassin para le coup. La puissance du coup de Sablé manqua de le désarmer, mais il bloqua la lame et se décala sur le côté, tentant de trouver une ouverture dans la garde du Templier. Le glaive du croisé devait peser trois fois le poids de sa lame, mais si les chevaliers étaient connus pour leur maîtrise des armes lourdes et disposaient généralement de la force physique suffisante pour les manier, Sablé n'en demeurait pas moins plus lent qu'Altaïr. S'il pouvait détruire Altaïr d'un coup bien porté, il ne serait jamais aussi rapide.

Et c'était le seul moyen pour Altaïr de le vaincre. L'erreur qu'il avait commise dans le Temple avait été de laisser Sablé exploiter ses points forts. Pour vaincre, il allait devoir l'en priver.

Toujours aussi confiant, Sablé continua à attaquer.

— Bientôt, nous en aurons terminé et Masyaf tombera, marmonna le Templier dont la lame passa si près d'Altaïr qu'il l'entendit siffler à son oreille.

— Mes frères sont plus coriaces que tu ne le crois, répondit l'Assassin.

Leurs lames s'entrechoquèrent de nouveau.

— L'avenir nous le dira bientôt, ironisa Sablé.

Altaïr sautait, se défendait, parait, déviait les coups, ouvrant dans le même temps plusieurs estafilades dans l'armure et la chair du Templier dont il était parvenu à plusieurs reprises à marteler le heaume. Sablé battit en retraite pour reprendre son souffle, se rendant peut-être compte que l'Assassin ne serait pas aussi facile à occire qu'il s'y était attendu.

— Oh, se moqua-t-il, le garçonnet a donc appris à se servir d'une lame…

— J'ai pu m'entraîner plus qu'il ne fallait sur le cou de vos hommes.

— Ils ont été sacrifiés au profit d'une cause d'une noblesse sans pareille.

— Et c'est ton tour aujourd'hui.

Sablé bondit en avant et porta un violent coup de glaive à Altaïr qui manqua d'être désarmé. L'Assassin se pencha et pivota, mû par une agilité hors du commun, puis il frappa

Sablé de la poignée de son épée, le projetant en arrière. Le Templier tituba et se serait effondré dans la poussière s'il n'avait pas été rattrapé et remis sur pied par les soldats qui marquaient les limites de l'arène. Il se tenait maintenant debout, furieux, le souffle pesant.

— Ce petit jeu est terminé ! hurla-t-il comme si le dire exaucerait mystérieusement son vœu.

Il se jeta alors en avant, désormais dépourvu de cette grâce incomparable qui l'avait caractérisé jusqu'alors. Tout ce qu'il possédait encore de fatal était cet espoir aveugle qui lui coûterait peut-être la victoire.

— Il est déjà terminé depuis longtemps, répondit Altaïr.

Une plénitude revigorante l'avait envahi. Il sentait qu'il s'était enfin libéré de ses vices pour devenir un authentique Assassin. Il sentait qu'il allait vaincre Robert de Sablé grâce à sa ruse autant qu'à son talent. Et lorsque Sablé se rua de nouveau sur lui, ses gestes désordonnés plus désespérés que jamais, il n'eut aucun mal à parer son assaut.

— J'ignore d'où tu tiens ta force…, haleta Sablé. De quel tour malicieux uses-tu contre moi ? Serait-ce une drogue ?

— Ton roi l'a parfaitement compris : la vertu l'emportera toujours sur l'avidité.

— Il n'est pas de cause plus vertueuse que la mienne ! hurla Sablé qui levait maintenant son glaive en grognant, les membres crispés par une douleur insoutenable.

Altaïr vit le visage de ses hommes. Il vit qu'ils attendaient de lui qu'il lui délivre le coup de grâce.

Ce qu'il fit. Il plongea sa lame en plein cœur de la croix rouge qui ornait la tunique de Sablé, brisant les mailles de son armure et transperçant sa poitrine.

Chapitre 31

Sablé haletait. Ses yeux s'écarquillèrent et, la bouche béante, il empoigna la lame qui venait de l'empaler alors même qu'Altaïr la retirait de sa poitrine. Une tache écarlate colorait peu à peu sa tunique entière. Il vacilla, puis tomba à genoux. Il lâcha son glaive. Ses bras pendaient de part et d'autre de son corps.

Le regard d'Altaïr se porta aussitôt sur les hommes qui les encerclaient. Cela ne l'aurait pas surpris qu'ils attaquent à la vue du Grand maître à l'agonie. Mais ils restèrent immobiles. Derrière eux, Altaïr aperçut le roi qui penchait légèrement le menton, comme si l'issue du combat n'avait rien provoqué de plus chez lui que piquer sa curiosité.

Altaïr se pencha sur Sablé, l'enveloppant d'un bras et l'allongeant sur le sol.

— C'est terminé, lui dit-il. Tes desseins troublés disparaissent avec toi.

En réponse, Sablé laissa échapper un gloussement sec.

— Que sais-tu de mes desseins ? lui dit-il. Tu n'es qu'un fantoche. Il t'a trahi, mon garçon. Comme il m'a trahi avant toi…

— Explique-toi, Templier, siffla Altaïr, ou tais-toi à jamais !

Il observa les hommes disposés en cercle autour de lui : ils ne bougeaient toujours pas.

— Ce sont neuf hommes qu'il t'a envoyé tuer, n'est-ce pas ? répondit Sablé. Les neuf qui connaissaient le secret du trésor. Dans l'histoire des Templiers, cette tâche a toujours été confiée à neuf frères et a été transmise de génération en génération. Il y a près de cent ans que les Templiers se sont formés et ont fait du mont du Temple leur sanctuaire. Vivant en moines guerriers, ils se sont unis pour protéger les pèlerins qui venaient se recueillir dans le Saint des Saints. Tout du moins, c'est ce qu'ils laissaient croire…

» Car, à l'exception des plus crédules, tous savaient que les Templiers aspiraient à bien plus qu'à assister d'humbles pèlerins : ils cherchaient en réalité à s'approprier les trésors et les saintes reliques du Temple de Salomon. Dès les premières heures de la Fraternité, ils ont été neuf à se voir confier cette tâche, et neuf y sont finalement parvenus : moi, Tamir, Naplouse, Talal, Montferrat, Majd Addin, Jubair, Sibrand et Abu'l Nuqoud. Les neuf détenteurs du secret des Templiers. Les neuf victimes.

— Cela ne répond pas à ma question…, répondit Altaïr suspicieux.

— Nous ne sommes pas neuf à avoir découvert le trésor du Temple, Assassin, sourit Sablé dont la vie s'échappait. Pas neuf, mais dix.

— Un dixième homme ? S'il sait, alors il doit mourir. Qui est-ce ?

— Oh, quelqu'un que tu ne connais que trop bien, et je doute que tu parviennes à lui ôter la vie aussi volontiers que tu as fauché la mienne.

— Qui est-ce ? demanda Altaïr.

Mais il le savait. Il venait de comprendre ce qui le tourmentait jusqu'alors, de trouver ce qui lui avait jusqu'ici échappé.

— Ton maître, répondit Sablé. Al Mualim.

— Mon maître n'est pas Templier…, répondit Altaïr qui refusait encore d'accepter l'évidence.

Au fond de lui, il savait que Sablé disait vrai. Al Mualim, cet homme qui l'avait élevé comme son propre fils, entraîné et instruit… cet homme l'avait trahi.

— Ne t'es-tu jamais demandé pourquoi il en savait tant ? insista Sablé alors qu'Altaïr sentait le monde s'écrouler autour de lui. Où nous trouver, combien nous étions, ce à quoi nous aspirions ?

— Il est le Maître des Assassins…, poursuivit Altaïr qui ne voulait rien entendre.

Malgré cela, il avait le sentiment que le voile se levait enfin entièrement sur ce mystère : Sablé disait la vérité. Il rit presque. Tout ce qu'il croyait savoir n'était en fait qu'une illusion.

— Oui. Le maître du mensonge et de la tromperie, articula péniblement Sablé. Toi et moi ne sommes que deux pions sur son échiquier. Et aujourd'hui… aujourd'hui que je meurs, tu es le seul à connaître son secret. Crois-tu qu'il te laissera vivre en apprenant ce que tu sais ?

— Je me moque de votre trésor, rétorqua Altaïr.

— Oh… mais lui, non. La seule différence entre ton maître et moi, c'est qu'il n'est pas partageur…

— Assez…

— Que d'ironie, ne trouves-tu pas ? Moi, ton pire ennemi, je t'ai empêché de succomber à sa malice… En m'ôtant la vie, tu viens de te condamner…

Altaïr prit une profonde inspiration, essayant tant bien que mal de remettre de l'ordre dans son esprit. Un accès d'émotions mêlées l'envahit : colère, souffrance, solitude…

Puis, il ferma de la main les paupières de Sablé.

— Parfois, ce que nous cherchons nous échappe…, dit-il en se relevant, prêt à affronter la mort si les croisés en avaient ainsi décidé ainsi.

Peut-être même l'espérait-il.

— Un combat de maître, Assassin ! l'interpella une voix sur la droite. (Il se retourna et vit Richard qui chevauchait jusqu'à l'arène improvisée, les soldats s'écartant sur son passage.) Dieu a guidé ta lame, aujourd'hui.

— Dieu n'a rien à voir là-dedans. Le meilleur combattant l'a emporté.

— Peut-être ne crois-tu pas en Lui, mais de toute évidence, Lui croit en toi. Avant que tu partes, Assassin, j'aurais une question à te poser.

— Quelle question ? demanda Altaïr qui se sentait soudain épuisé et n'aspirait plus qu'à s'allonger à l'ombre d'un palmier, à s'endormir, à disparaître.

À mourir, même.

— Pourquoi ? Pourquoi avoir parcouru tout ce chemin, avoir risqué ta vie cent et mille fois pour faucher la vie d'un seul homme ?

— Il menaçait mes frères et ce pour quoi nous luttons.

— Ah… la vengeance, donc.

Altaïr baissa les yeux vers le cadavre de Sablé et se rendit compte que ce n'était pas la vengeance qui l'avait animé lorsqu'il l'avait tué. S'il l'avait exécuté, c'était pour l'Ordre.

— Non, pensa-t-il à voix haute. Pas la vengeance. La justice. Je l'ai tué pour que la paix puisse régner.

— C'est donc pour cela que tu te bats ? répondit Richard en haussant les sourcils. La paix ? Ne serait-ce pas quelque peu contradictoire ?

Le roi balaya les lieux du bras, désignant la bataille qui faisait rage en contrebas, la clairière jonchée de dépouilles et le cadavre encore chaud de Robert de Sablé.

— Il est des hommes à qui l'on ne peut faire entendre raison.

— Comme ce fou de Saladin, soupira Richard.

Altaïr l'observa et découvrit un roi juste et sincère.

— Je crois qu'il aimerait autant que vous que cette guerre en finisse.

— C'est ce que l'on m'a rapporté, oui. Mais jamais je n'en ai eu la moindre preuve.

— S'il ne le dit pas, c'est en tout cas ce que veut le peuple. Les Sarrasins comme les croisés.

— Le peuple ignore ce qu'il veut. C'est pourquoi il confie le sceptre à des hommes comme nous.

— Alors, c'est à vous qu'il revient de mettre un terme à tout cela, d'accomplir ce qui est juste.

— Balivernes ! grommela Richard. Dès notre première inspiration, nous hurlons et frappons du pied. Nous naissons violents, instables. Nous sommes ainsi. Rien ne peut réprimer nos pulsions.

— Vous vous trompez. Nous sommes ce que nous choisissons d'être.

Richard partit d'un rire triste.

— Vous autres… toujours à jouer de formules !

— Je ne saurais être plus sincère, dit Altaïr. Ne voyez là nulle rhétorique.

— Nous le saurons bien assez tôt. Mais je crains que tu ne puisses trouver aujourd'hui ce que tu es venu chercher. Alors même que nous parlons, ce païen de Saladin lance ses barbares à l'assaut de mes hommes, et mon devoir est de les rejoindre. Mais peut-être que, témoin de sa propre impuissance, il se ravisera et déposera les armes. Oui… Peut-être un jour pourras-tu obtenir ce que tu souhaites, Assassin.

— Vous n'êtes pas moins vulnérable que lui, dit Altaïr. Ne l'oubliez pas. Les hommes auxquels vous aviez confié votre pouvoir comptaient vous trahir à la première occasion.

— Oui, oui. J'en suis bien conscient.

— Dans ce cas, je n'ai plus rien à faire ici, dit Altaïr. Mon maître et moi avons beaucoup à nous dire. Tout porte à croire qu'il n'est pas le plus irréprochable d'entre nous.

Richard acquiesça.

— Ce n'est qu'un homme, Assassin. Comme nous tous. Toi y compris.

— Paix et sérénité, répondit Altaïr.

Puis il disparut. Une seule chose occupait ses pensées : Masyaf. Sa beauté avait été ternie à jamais par ce qu'il avait appris à propos d'Al Mualim. Il devait rejoindre son foyer. Il fallait que justice soit faite.

Chapitre 32

Masyaf n'avait plus rien du village qu'il avait quitté. Il s'en rendit compte dès son arrivée à l'écurie. Son cheval hennit, frappant le sol du sabot, mais aucun garçon d'écurie ne vint à leur rencontre. Il passa en courant les portes principales, puis déboula dans la cour où le silence régnait en maître. Tout était silencieux, il n'y avait aucune vie. Le soleil peinait à briller, baignant le village d'une pâle lueur grise. Les oiseaux ne chantaient plus. La fontaine non plus. Le tintamarre de la vie quotidienne avait disparu. Plus aucun villageois ne s'affairait vers les étals désormais abandonnés, n'en interpellait un autre ou ne marchandait avec alacrité. Pas un bruit animal. Simplement… le néant, froid et absolu.

Il leva les yeux vers la citadelle juchée au sommet de la colline, mais ne vit personne. Il se demanda si, comme à son immuable habitude, Al Mualim l'observait depuis sa fenêtre. Pouvait-il le voir ? Puis, son regard fut attiré par une silhouette longiligne qui s'approchait de lui. Un villageois.

— Que s'est-il passé ? demanda Altaïr. N'y a-t-il donc plus personne à Masyaf ?

— Tous sont auprès du Maître, dit le villageois.

Il semblait psalmodier un mantra. Ses yeux étaient vitreux et un filet de salive pendait à ses lèvres. Ce n'était pas la première fois qu'Altaïr était témoin de ce regard halluciné. C'était ce regard des illuminés – tout du moins, il les avait alors crus illuminés – envoûtés par Garnier de Naplouse. Ils avaient ce même regard vide et éteint.

— Les Templiers ont-ils de nouveau attaqué le village ?

— Ils empruntent la voie, répondit le villageois.

— Quelle voie ? De quoi parles-tu ?

— De la voie qui mène à la lumière, psalmodia l'homme dont la voix semblait presque chantante.

— Tu divagues ! Explique-toi, le pressa Altaïr.

— Seul existe ce que le Maître offre à nos yeux. Il n'est d'autre vérité que celle-là.

— Tu as perdu l'esprit ! cracha Altaïr.

— Toi aussi, emprunte la voie vers la lumière… ou meurs. Telle est la volonté du Maître.

Al Mualim. C'était donc vrai. Tout était vrai. Il l'avait trahi, bercé d'illusions.

— Qu'a-t-il fait de vous ?

— Loué soit le Maître, car il nous a guidés vers la lumière…

Altaïr s'éloigna à grandes enjambées, abandonnant au marché désert la silhouette solitaire. Il gravit à toutes jambes les pentes qui menaient à la forteresse et, arrivé au sommet, tomba sur un groupe d'Assassins qui l'attendaient, l'épée à la main.

Il dégaina la sienne, sachant qu'il ne pourrait l'utiliser contre eux. Pas pour les tuer, en tout cas. S'ils s'apprêtaient à le tuer, c'était sous l'influence mystérieuse du Maître. Les éliminer aurait signifié, pour lui, enfreindre une des lois du Credo, et il était las de cela. Il ne le ferait plus jamais. Mais…

Les yeux morts, ils se ruèrent sur lui.

Étaient-ils en transe, eux aussi ? Leurs mouvements seraient-ils aussi lents ? Il chargea, l'épaule basse et envoya le premier à terre. Un autre l'attrapa, mais Altaïr saisit sa robe à pleines mains et l'éjecta sur deux de ses compagnons qui partirent avec lui à la renverse, ouvrant dans leur défense une brèche dans laquelle il s'engouffra rapidement.

Il entendit alors quelqu'un hurler son nom. Un peu plus haut, sur le promontoire qui jouxtait la forteresse, l'attendaient Malik, Jabal et deux Assassins qu'il ne reconnut pas. Il les dévisagea malgré lui : avaient-ils eux aussi été envoûtés, drogués ou victimes de toute autre méthode dont usait Al Mualim pour asservir les citoyens de Masyaf ?

Non. Malik lui fit un signe de son bras valide, et bien qu'il n'ait jamais cru cela possible, Altaïr fut heureux qu'il soit là.

— Altaïr, par ici !

— Tu arrives à point nommé, sourit Altaïr.

— Visiblement, oui.

— Prends garde à toi, mon ami. Al Mualim nous a trahis.

Il s'attendait à entendre Malik nier l'évidence : lui qui avait toujours vénéré Al Mualim, placé en lui son entière confiance et s'en était remis à lui en toutes circonstances… Il ne pouvait être que furieux face à cette accusation.

Pourtant…

— Autant qu'il a trahi ses alliés templiers…, dit-il.

— Comment l'as-tu appris ?

— Après notre dernière rencontre, je suis retourné dans les ruines du Temple de Salomon. Là, j'ai retrouvé un journal appartenant à Robert de Sablé. Un journal rempli, page après page, de troublantes révélations. Si ce que j'y ai lu m'a brisé le cœur, cela m'a également ouvert les yeux. Tu avais raison, Altaïr : notre Maître nous manipule depuis le début. Jamais il n'a voulu que nous défendions la Terre sainte… Il voulait que nous la fassions sienne. Nous devons à tout prix l'arrêter.

— Prudence, Malik, l'avertit Altaïr. À la moindre occasion, il n'hésitera pas à faire de nous ce qu'il a fait de tout le monde à Masyaf. Ne l'approche jamais !

— Que comptes-tu faire ? Mon bras d'arme est toujours aussi vif et meurtrier, et mes hommes me sont dévoués corps et âme. Te priver de nos lames serait une erreur, tu ne crois pas ?

— Détourne de moi l'attention de ces fantoches, alors. Prends la forteresse d'assaut. À revers. Moins ils s'intéresseront à moi, plus j'aurai de chances d'atteindre Al Mualim.

— Si c'est ce que tu souhaites.

— Et Malik… Les hommes que nous affrontons ne sont plus maîtres de leur esprit. Si tu peux ne pas les tuer…

— Bien entendu. Ce n'est pas parce qu'Al Mualim a enfreint les lois du Credo que nous devons en faire autant. Je ferai de mon mieux.

— Je n'en demande pas davantage, répondit Altaïr.

Malik se retourna pour partir.

— Paix et sérénité, Malik.

Malik sourit.

— Ta présence ici nous offrira l'une comme l'autre.

Altaïr fila le long de la barbacane jusqu'à la cour principale. Là, il comprit pourquoi le marché était vide : c'est ici qu'étaient les villageois. Tous, peut-être. Ils grouillaient là, sans but, la tête pesant sur leurs épaules ou leur poitrine. Un homme percuta une femme qui s'écroula violemment sur son séant, mais aucun des deux ne sembla réagir. Pas d'exclamation de surprise, ni de douleur. Aucune excuse. Aucune insulte. L'homme chancela légèrement, puis passa son chemin. La femme restait là, assise, dans l'indifférence générale.

Altaïr traversa prudemment la cour jusqu'à la tour, frappé par le silence qui n'était troublé que par les frottements des pas des villageois dans la poussière et leurs râles dérangeants.

— Que la volonté du Maître soit faite, prononça une voix.

— Ô, Al Mualim ! Guide-nous ! Nous sommes tes serviteurs.

— Ces terres seront bientôt purgées de la corruption. Bientôt, nous bâtirons un nouveau monde.

Un nouveau monde… Un nouvel ordre. Le rêve des Templiers, et de l'un d'entre eux en particulier : Al Mualim.

Altaïr entra dans la tour sans qu'aucun garde ne soit présent pour l'en empêcher. Il n'y avait là que cette tenace impression d'atmosphère dénuée de vie. C'était comme si une brume invisible avait englouti le village entier. Il leva les yeux et vit qu'une porte en fer forgé était ouverte. C'était la porte qui menait à la cour et au jardin qui se trouvaient à l'arrière de la tour. Des volutes de lumière semblaient flotter dans l'air, près du portail, comme pour l'accueillir. Il hésita, sachant qu'en passant ce portail il se jetait dans les griffes d'Al Mualim. Mais si le Maître avait voulu sa mort, il aurait déjà rejoint l'autre monde. Il tira son épée de son fourreau et monta les marches, se rendant compte qu'il venait de penser à Al Mualim comme à son Maître. Mais cet homme n'était plus son maître. Il ne l'était plus depuis qu'Altaïr avait découvert qu'il était un Templier. Il était son ennemi, désormais.

Il s'arrêta sur le seuil du jardin où il prit une profonde inspiration. Il n'avait pas la moindre idée de ce qui l'attendait de l'autre côté, mais il n'y avait qu'un seul moyen de le savoir.

Chapitre 33

L'obscurité baignait le jardin. À l'exception du murmure délicat d'un courant et du clapotis apaisant d'une cascade, le silence régnait ici en maître. Il arriva sur une terrasse au sol de marbre. La surface lisse glissait sous ses talons. Il observa alentour, plissant les paupières pour mieux scruter les silhouettes ténébreuses et irrégulières des arbres et des pavillons.

Soudain, il entendit un son derrière lui. Le portail se referma violemment, suivi du bruit métallique d'un verrou refermé par des mains invisibles.

Il se retourna vivement, leva la tête, et vit Al Mualim qui se tenait au balcon de sa bibliothèque, le toisant du regard. Il tenait quelque chose… Le trésor du mont du Temple. L'Orbe d'Éden. La relique irradiait une vive aura orangée qui revêtait Al Mualim des couleurs du couchant. Plus Altaïr le regardait, plus l'aura semblait s'intensifier.

Soudain, une douleur suraiguë envahit l'Assassin. Il hurla et se rendit compte que son corps s'élevait dans les airs, emprisonné dans un cône scintillant de lumière éclatante né de la paume ouverte qu'Al Mualim tendait dans sa direction. La Pomme palpitait à présent, comme une jugulaire en plein effort.

— Par quelle malice ! hurla Altaïr paralysé par l'étreinte de l'artefact.

— L'élève est donc de retour, dit Al Mualim sans plus d'emphase, la voix pleine de cette assurance propre aux vainqueurs.

— Je n'ai jamais fait partie des fuyards, rétorqua Altaïr sur un ton de défi.

Al Mualim ricana. Rien de tout cela, rien, ne semblait l'affecter outre mesure.

— Ni des plus disciplinés, répondit-il.

— Et c'est la raison pour laquelle je suis encore en vie.

Altaïr luttait contre des liens invisibles, tandis que la Pomme palpitait, répondant à ses assauts. Peu à peu, la lumière resserrait son emprise, l'emprisonnant davantage.

— Que vais-je faire de toi ? sourit Al Mualim.

— Libérez-moi ! grogna Altaïr.

S'il n'avait pas sur lui de couteaux de lancer, il savait que, une fois libre, il pourrait atteindre le vieil homme en quelques bonds à peine. Al Mualim n'aurait alors qu'un bref instant pour contempler son incroyable agilité avant de sentir sa lame perforer ses entrailles.

— Altaïr… Serait-ce de la haine que j'entends dans ta voix ? Je sens le feu qui la fait vibrer. Te libérer ? Voilà qui serait bien sot.

— Pourquoi faites-vous cela ? demanda Altaïr.

Al Mualim sembla réfléchir quelques secondes.

— J'ai eu la foi, un jour. Le savais-tu ? Je pensais qu'il existait un dieu au-dessus de nous. Un dieu d'amour. Un dieu qui veillait sur nous. Qui envoyait vers nous ses prophètes pour nous guider et prendre soin de nous. Un dieu faiseur de miracles, si fabuleux que sa toute-puissance était irréfutable.

— Et pourquoi n'y croyez-vous plus ?

— Car j'ai découvert des preuves…

— Quelles preuves ?

— Des preuves que tout n'est qu'illusion.

Et, d'un revers de main, il libéra Altaïr de sa prison de lumière. Alors qu'il s'attendait à chuter, Altaïr se rendit compte qu'il n'avait en fait jamais été soulevé de terre. Troublé, il observa alentour, sentant un changement s'opérer dans l'atmosphère. Ses oreilles se bouchèrent presque sous l'effet d'une étrange pression de l'air ambiant, comme lors des quelques secondes précédant un orage. Sur le balcon, Al Mualim levait la Pomme au-dessus de sa tête en psalmodiant.

— Venez ! Éliminez le traître ! Envoyez-le dans l'autre monde !

Soudain, des silhouettes apparurent autour d'Altaïr, grognant, montrant les dents, prêtes à en découdre. Il mit quelques secondes à reconnaître ceux qui se matérialisaient sous ses yeux : c'étaient ses neuf cibles ; ses neuf victimes revenues d'entre les morts.

Il vit Garnier de Naplouse et son tablier ensanglanté, l'épée à la main, qui lui jetait un regard de pitié. Il vit Tamir, la dague levée, les yeux malveillants, et Talal, l'arc à l'épaule, la lame menaçante. Guillaume de Montferrat lui adressa un sourire diabolique avant de ficher son glaive dans le sol, attendant son tour pour l'attaquer. Abu'l Nuqoud et Majd Addin étaient là aussi ; Jubair, Sibrand et enfin, Robert de Sablé.

Neuf hommes auxquels Altaïr avait ôté la vie, et qu'Al Mualim avait ressuscités pour qu'ils puissent prendre leur revanche.

Ils attaquèrent.

Il prit plaisir à faucher Majd Addin le premier et pour la seconde fois. Abu'l Nuqoud était aussi obèse et grotesque ressuscité qu'il l'était de son vivant. Il tomba à genoux, percé par la pointe de la lame d'Altaïr et, au lieu de s'effondrer sur le sol, disparut dans un souffle d'air, le réel semblant se distordre derrière lui une fraction de seconde. Talal, Montferrat, Sibrand et Sablé étaient ses adversaires les plus redoutables. Logiquement, ils attendaient que les plus faibles de leurs compagnons aient épuisé l'Assassin avant de se jeter sur lui. Altaïr quitta en hâte la terrasse et bondit jusqu'à une autre plate-forme de marbre, non loin d'une cascade. Ses cibles le suivirent. Tamir mourut en hurlant, lacéré deux fois par la lame d'Altaïr. L'Assassin ne ressentit rien. Pas le moindre remords. Même pas de plaisir à voir ces hommes subir une seconde mise à mort, tout aussi méritée. La gorge tranchée, Naplouse disparut comme les autres avant lui. Jubair suivit, puis Talal qui, après une brève empoignade, sentit la lame d'Altaïr s'enfoncer dans son estomac avant de disparaître dans ce même néant distordu. Montferrat les rejoignit dans l'au-delà. Sibrand mourut et, à son tour, enfin, Sablé.

Altaïr se trouvait de nouveau seul dans le jardin avec Al Mualim.

— Venez vous battre, l'interpella Altaïr en reprenant son souffle. (Il dégoulinait de sueur, mais savait pertinemment que le combat ne faisait que commencer.) À moins que tu n'aies peur de m'affronter !

Al Mualim ricana.

— J'ai vaincu un millier d'hommes, tous plus puissants que tu ne l'es, et tous sont morts de ma main.

Mû par une agilité et une aisance hors du commun pour son âge avancé, Al Mualim sauta du haut du balcon et atterrit accroupi près d'Altaïr. Il tenait toujours la Pomme dans sa main. Il la tendit alors vers l'Assassin, comme pour la lui offrir. Son visage baignait dans sa lumière.

— Je ne te crains pas, reprit-il.

— Prouve-le, alors…, le défia Altaïr, sachant que son ancien maître verrait probablement clair dans son jeu. Il voulait inciter le traître à se rapprocher.

Mais conscient ou non du subterfuge, Al Mualim demeurait impassible. Il disait vrai : il ne le craignait pas. Il ne craignait rien. Il ne craignait rien parce qu'il possédait la Pomme. La relique, éblouissante, brillait de plus en plus intensément, illuminant le jardin entier. Puis, tout à coup, les ténèbres reprirent leurs droits sur les lieux, et Altaïr distingua devant lui plusieurs doubles d'Al Mualim, nés sans aucun doute du corps du Maître lui-même.

Il se crispa. Il se demandait si ces doubles, comme cela avait été le cas pour les neuf combattants précédents, seraient plus faibles que l'original.

— Que pourrais-je craindre en ce monde ? dit-il à Altaïr sur un ton moqueur. Regarde quelle puissance je détiens !

Les doubles fondirent sur Altaïr qui se remit aussitôt à combattre. Une fois encore, le jardin respira au rythme des hurlements du métal contre le métal. À chaque coup d'épée d'Altaïr, un double disparaissait, et il se livra à une hécatombe jusqu'à ce qu'il se trouvât de nouveau seul avec Al Mualim.

Il se redressa et tenta tant bien que mal de reprendre son souffle. Il était épuisé. Soudain, il sentit l'aura de la Pomme l'envelopper de nouveau. Dans la main d'Al Mualim, la relique s'était remise à scintiller et à palpiter.

— Quelles seront tes dernières paroles ? lui demanda le Maître.

— Vous m'avez menti, répondit Altaïr. Depuis le début, vous crachiez sur le rêve de Robert, alors que c'était également le vôtre.

— Le goût du partage n'a jamais fait partie de mes qualités, dit Al Mualim presque attristé.

— Vous ne triompherez pas. D'autres après moi trouveront la force de s'opposer à vous.

Al Mualim lâcha un profond soupir.

— Et c'est exactement la raison pour laquelle la paix ne pourra régner en ce monde tant que les hommes posséderont leur libre arbitre.

— J'ai passé le dernier homme à m'avoir dit cela au fil de ma lame...

Al Mualim partit d'un rire bruyant.

— Te voilà bien hardi, mon garçon ! Mais les mots ne sont rien de plus que des mots.

— Libérez-moi, alors, et je ferai de ces mots une réalité aussi dure et tranchante que l'acier.

Altaïr se démenait pour imaginer les paroles capables d'inciter Al Mualim à baisser sa garde.

— Dites-moi, Maître... Pourquoi m'avoir éduqué différemment des autres Assassins ? Pourquoi ne pas m'avoir privé de ma pensée ?

— Ta nature et ton attitude sont liées par un nœud trop résistant pour que j'aie pu me risquer à le défaire. En te privant de l'une, je me serais privé moi-même de l'autre. Or, ces Templiers devaient mourir. (Il soupira.) Cela dit, en vérité, j'ai essayé de défaire ce nœud. Dans mes quartiers, lorsque je t'ai montré le trésor... Mais tu n'es pas comme les autres. Tu as su percer l'illusion.

Altaïr repensa à cet après-midi durant lequel Al Mualim lui avait montré la relique. Il avait senti sa fausseté et résisté à son attrait, à la tentation. Il se demanda s'il pourrait toujours lui résister tant ses pouvoirs pernicieux semblaient altérer la raison de quiconque entrait en contact avec elle. Même Al Mualim, celui qu'il avait un jour idolâtré, qui avait été comme un père pour lui et qui, alors, était un homme bon, honnête, juste et sage qui ne semblait concerné par rien d'autre que par le bien-être de l'Ordre et de ceux qui le servaient, même lui s'était laissé corrompre. L'aura de la Pomme illuminait son visage et lui donnait le teint spectral dont elle avait dû aussi revêtir son âme.

— L'illusion ? répondit Altaïr qui repensait toujours à ce fameux après-midi.

Al Mualim rit une fois encore.

— Tout n'a toujours été qu'illusion : le trésor des Templiers, l'Orbe d'Éden, le Verbe de Dieu. Ne comprends-tu pas ? Moïse n'a jamais fendu les flots de la mer Rouge. Jamais l'eau n'a été changée en vin. Ce ne sont pas les machinations d'Éris qui ont provoqué la guerre de Troie. Non, c'est ceci… (Il leva la Pomme.) L'illusion. Celle-ci comme toutes les autres.

— Y compris celle à laquelle vous succombez vous-même, alors ? Celle qui vous pousse à enrôler des hommes et des femmes contre leur gré ?

— Est-ce davantage une illusion que ces fantômes que les croisés et les Sarrasins appellent Dieu ? Ces divinités couardes qui ont fui ce monde et laissé les hommes s'entre-tuer en leur nom ? Ces hommes et ces femmes dont tu parles sont déjà enchaînés par une illusion. Je ne fais que leur en offrir une autre, moins avide de sang.

— Au moins, croisés et Sarrasins ont choisi les fantômes qu'ils vénèrent, rétorqua Altaïr.

— Le crois-tu vraiment, si l'on excepte les hérétiques et les convertis ?

— Tout cela est injuste…, lâcha Altaïr sèchement.

— Ah… voilà que tu laisses l'émotion prendre le pas sur la logique. Comme tu me déçois…

— Et que comptez-vous faire, exactement ?

— Tu n'accepteras jamais de te joindre à moi, et je ne peux pas t'y forcer.

— Et vous refusez d'abandonner votre vile entreprise ?

— Effectivement. Nous sommes donc dans une impasse.

— Non. Cette histoire est simplement arrivée à son terme, dit Altaïr.

Peut-être Al Mualim avait-il raison, car Altaïr sentait bien une vague d'émotions l'envahir : le sentiment d'avoir été trahi, la tristesse et une sensation qu'il mit quelques secondes à reconnaître : la solitude.

Al Mualim tira son épée de son fourreau.

— Tu vas me manquer, Altaïr. De tous mes élèves, tu auras été le plus brillant.

Altaïr vit les années fuir du corps d'Al Mualim tandis que ce dernier se mettait en position et levait sa lame, le forçant à l'imiter. Le vieil homme fit un pas de côté pour tester la garde d'Altaïr, et l'Assassin se rendit compte qu'il ne l'avait jamais vu se mouvoir si rapidement : l'Al Mualim qu'il connaissait bien se déplaçait à pas comptés, marchait sans empressement d'un bout à l'autre de la cour, et ses gestes étaient aussi amples que posés. Cet Al Mualim-ci, en revanche, se déplaçait comme un véritable bretteur. Le vieil homme fonça en avant, frappant de taille. Altaïr s'apprêtant à parer avec expertise, il ajusta son coup et frappa finalement d'estoc. L'Assassin, poussé à se défendre en catastrophe, ramena vivement sa lame pour parer l'offensive. L'attaque l'avait cependant déséquilibré, exposant son côté gauche. Saisissant cette opportunité, Al Mualim fendit l'air de sa lame et fit mouche.

Altaïr tressaillit en sentant le sang couler le long de sa hanche sans oser baisser les yeux pour estimer la gravité de la blessure. Il ne pouvait détacher son regard d'Al Mualim, ne serait-ce qu'une seconde. En face de lui, le vieil homme sourit à pleines dents, d'un sourire qui signifiait qu'il venait de donner une leçon à son chiot. Il fit un pas chassé pour se placer à côté d'Altaïr, puis feignit une attaque d'un côté avant de frapper de l'autre, espérant percer la garde d'Altaïr.

Luttant à la fois contre la douleur et la fatigue, Altaïr prit l'initiative et attaqua, rassuré de voir qu'il venait de surprendre Al Mualim. Mais lorsqu'il crut avoir touché son adversaire, Al Mualim sembla glisser loin de lui de façon presque surnaturelle.

— Tu es aveugle, Altaïr, ricana Al Mualim. Tu as toujours été aveugle. Et cela ne changera jamais.

Il attaqua encore et Altaïr, trop lent, sentit la lame du vieil homme lacérer son bras. Il hurla. Il ne supporterait pas d'autres blessures. Il était trop las et perdait trop de sang. C'était comme si son ennemi vampirisait peu à peu son énergie. La Pomme, ses blessures, son extrême fatigue : tout travaillait à sa perte. S'il ne prenait pas rapidement l'avantage, il ne perdrait pas seulement un combat mais bien davantage.

Cependant, le vieil homme, rendu trop confiant par la Pomme, commençait à être moins vigilant, et Altaïr profita d'un ricanement moqueur pour fondre sur lui, la pointe de la lame en avant. Le sang coula. Al Mualim disparut presque, filant à une vitesse irréelle, réapparut, puis lança une nouvelle attaque : il feinta à gauche, pivota sur lui-même, puis lança le revers de sa lame en direction d'Altaïr qui para l'assaut de justesse et manqua de rouler au sol. Ils échangèrent des coups durant quelques secondes, jusqu'à ce qu'Al Mualim s'accroupisse sous la lame filante d'Altaïr, puis se releva pour lacérer la joue de son ancien élève avant de sautiller pour se mettre à l'abri de toute éventuelle riposte.

Altaïr lança une contre-attaque, mais Al Mualim disparut de nouveau. Lorsqu'il réapparut, Altaïr se rendit cependant compte qu'il paraissait plus fatigué, ce que confirma son attaque suivante, bien moins habile que les précédentes, bien moins maîtrisée.

Altaïr se rua vers lui, frappant de taille, forçant le vieil homme à disparaître puis à réapparaître quelques mètres plus loin. Altaïr remarqua qu'Al Mualim respirait plus péniblement et que son menton pesait davantage sur sa poitrine. La Pomme aspirait la force d'Altaïr, mais se pouvait-il qu'elle aspirât aussi celle de son propriétaire ? Al Mualim le savait-il seulement ? Le vieil homme connaissait-il vraiment la relique qu'il pensait maîtriser ? Sa puissance était telle qu'Altaïr douta que cela fût possible.

Voilà donc ce qu'il devait faire : pousser Al Mualim à l'utiliser afin de le priver de sa propre énergie. Il hurla et fonça vers son adversaire, frappant de taille Al Mualim dont les yeux s'écarquillèrent de surprise devant la soudaineté et la violence de l'assaut. Le vieil homme disparut. Altaïr fondit sur lui dès sa réapparition, et vit se dessiner un masque de colère et de frustration sur le visage de son ancien Maître. Il semblait en proie à la rage, car les règles du jeu avaient changé sans qu'il ait eu le temps de s'y préparer.

Il réapparut plus loin, cette fois. La stratégie d'Altaïr semblait fonctionner : Al Mualim avait l'air toujours plus fatigué. Cette fois-ci, cependant, il était prêt à recevoir Altaïr et ouvrit une plaie dans l'autre bras de l'Assassin. Pas assez profonde pour l'arrêter cependant : le jeune Assassin se précipita sur lui une fois encore, le forçant à disparaître de nouveau… Pour la dernière fois.

Lorsqu'il réapparut, il chancela légèrement, et Altaïr remarqua que sa lame semblait lui peser. Lorsqu'il releva la tête pour regarder Altaïr, ce dernier vit dans ses yeux qu'il comprenait maintenant que la Pomme sapait ses forces et que son ancien élève l'avait compris.

Et quand Altaïr brandit sa lame et bondit vers Al Mualim, enfonçant profondément l'acier dans sa poitrine, peut-être le Maître ressentit-il une certaine fierté pour ce qu'était devenu son ancien élève.

— Impossible, haleta-t-il, tandis qu'Altaïr s'agenouillait à son côté. L'élève ne peut vaincre le maître.

Altaïr plaça une main derrière la nuque du vieil homme, et sentit des larmes caresser ses joues.

— Tu as donc triomphé... Va, et prends ce qui te revient...

La Pomme avait fui la main d'Al Mualim et rayonnait à présent sur le marbre. Elle attendait.

— Vous avez joué avec le feu, vieil homme. Un feu que vous auriez mieux fait d'étouffer.

— Aurais-tu voulu que je détruise la seule chose capable de mettre un terme aux Croisades et de pacifier la Terre sainte ? dit Al Mualim en riant. Jamais !

— Alors, je le ferai, dit Altaïr.

— Nous verrons cela, gloussa Al Mualim.

Altaïr regardait le trésor, peinant à détourner le regard. Il déposa délicatement la tête d'Al Mualim sur la pierre – le vieil homme n'en avait plus pour longtemps –, se releva, puis marcha jusqu'à la relique.

Il la ramassa.

C'était comme si elle reprenait vie au contact de sa peau. Comme si une déferlante d'énergie en avait jailli, l'embrasant en même temps qu'elle remontait le long de son bras pour inonder enfin sa poitrine. S'il ressentit d'abord une pression désagréable dans ses poumons, il s'ensuivit une onde d'énergie vivifiante qui le libéra des maux du combat et le remplit d'une force nouvelle. La Pomme vibrait, palpitait presque, et des images déferlèrent dans l'esprit d'Altaïr. Saisissantes, incompréhensibles.

Il vit ce qui lui semblait être des cités, des cités vastes et étincelantes où s'élevaient d'innombrables tours et forteresses comme dans les cités antiques. Puis il vit des machines et des outils – d'étranges engins. Il comprit qu'ils appartenaient à un futur lointain où certains de ces prodiges comblaient les hommes de joie, quand d'autres semaient sur le monde mort et destruction. L'abondance et l'intensité des images lui coupèrent le souffle. Puis une couronne de lumière enveloppa la Pomme et grandit jusqu'à ce qu'Altaïr se retrouve devant un gigantesque globe qui flottait et tournoyait devant lui, illuminant le jardin de sa lumière chaude et dorée.

Il était captivé. Hypnotisé. C'était une carte qu'il avait devant lui. Une carte annotée de symboles étranges qu'il était incapable de déchiffrer.

Il entendit derrière lui s'élever la voix d'Al Mualim.

— J'ai voué ma vie à traquer le savoir, à apprendre comment déceler chez l'homme la démence autant que la sottise. Je me rends compte aujourd'hui que c'était là une quête bien vaine, car de la connaissance naît la peine, et celui qui sait devient aussi celui qui blesse.

Malik et ses hommes arrivèrent à toutes jambes dans le jardin. Sans même un regard vers le corps étendu d'Al Mualim, ils s'arrêtèrent pour contempler la Pomme. Altaïr entendit des cris au loin : quel qu'ait été le sortilège qui avait envoûté Masyaf, il avait été brisé.

Il s'apprêta à précipiter la Pomme contre le marbre, toujours incapable de détacher son regard de l'image tournoyante, mais son bras ne semblait pas disposé à obéir à l'ordre que lui transmettait son cerveau.

— Détruis-la ! hurla Al Mualim. Détruis-la comme tu m'as dit vouloir le faire !

La main d'Altaïr tremblait. Ses muscles ne lui obéissaient plus.

— Je… je ne peux pas, bégaya-t-il.

— Bien sûr que tu le peux, haleta Al Mualim. Tu le peux… mais tu ne le feras pas.

Ce furent ses dernières paroles.

Altaïr leva les yeux du cadavre de son mentor et vit Malik et ses hommes l'observer, comme s'ils attendaient quelque chose de lui : les mots d'un guide, les mots d'un nouveau chef.

Car il était leur Maître à présent.

Troisième partie

Chapitre 34

23 juin 1257

Assis dans l'ombre à l'abri de la chaleur accablante qui baignait le marché de Masyaf, Maffeo se tourna vers moi.

— Le jardin d'Al Mualim. C'est là que se trouve sa bibliothèque, n'est-ce pas ?

— Tout juste. Altaïr a décidé que ce serait l'endroit idéal pour entreposer ses manuscrits et en prendre soin : des milliers de journaux remplis du savoir des Assassins ; de ce savoir glané en étudiant la Pomme.

— Il ne l'a donc pas détruite…

— De quoi parles-tu ?

Maffeo soupira.

— De la Pomme.

— Non.

— Ni après sa victoire sur son Maître, ni jamais ?

— Mon frère, mon frère, le dénouement de cette histoire viendra en temps voulu. Sache simplement qu'Altaïr n'a effectivement pas immédiatement détruit la Pomme. Il était alors bien trop occupé à mater la rébellion naissante qui fit suite au décès d'Al Mualim.

— Une rébellion ?

— Exactement. Un trouble profond a frappé l'Ordre après la mort d'Al Mualim. De nombreux Assassins lui restèrent fidèles. Qu'ils n'aient pas été au courant de sa trahison ou qu'ils aient refusé d'accepter la vérité, à leurs yeux, Altaïr avait organisé un coup d'État et devait être arrêté. Nul doute qu'ils avaient été confortés dans leur erreur par certains opposants.

— Abbas ?

Je ris sans retenue.

— Sans aucun doute, oui. Cela étant, il est difficile d'imaginer ce qu'a pu ressentir Abbas après ces événements. Il éprouvait autant, si ce n'est plus, de ressentiment à l'égard d'Al Mualim qu'à l'égard d'Altaïr.

— Et Altaïr ? A-t-il fini par mater la rébellion ?

— Bien entendu ! Et il l'a fait en restant fidèle au Credo ; en ordonnant à Malik et aux autres Assassins sous ses ordres de ne violenter aucun des dissidents. Il a exigé qu'aucun d'entre eux ne soit ni tué, ni puni. Après les avoir arrêtés, il ne les a réprimandés d'aucune manière. Au lieu de cela, il a usé de rhétorique pour les remettre dans le droit chemin, en les persuadant d'abord de la culpabilité d'Al Mualim, puis de son aptitude, à lui, Altaïr, à diriger la Fraternité. De cette façon, il s'est assuré de leur fidélité, de leur loyauté et de leur affection. Sa première action en tant que nouveau chef de l'Ordre fut donc une démonstration des principes qu'ils souhaitaient voir régner au sein de la communauté. Il a sauvé la Fraternité du chaos en lui ouvrant la voie…

» Cette crise résolue, il s'est consacré à son journal dans lequel il a consigné ses réflexions à propos de l'Ordre, de sa nouvelle responsabilité, et même de cette femme mystérieuse qu'il avait affrontée dans le cimetière de Jérusalem. Cette femme qui l'avait de si nombreuses fois… "captivé", comme il s'était plus d'une fois apprêté à l'écrire avant de rayer le mot et de le remplacer par "intrigué". De toute évidence, elle habitait son esprit depuis leur rencontre.

» Cela étant, Altaïr a essentiellement écrit à propos de la Pomme qu'il avait fait le choix de garder toujours avec lui. La nuit, lorsqu'il écrivait, elle restait sur un guéridon à ses côtés, et dès qu'il posait son regard sur elle, il ressentait un troublant mélange d'émotions. De la rage d'abord, car elle avait corrompu celui qu'il considérait comme un père, qui avait été un illustre Assassin et un homme d'une bonté sans pareille ; de la crainte aussi, car il avait été témoin de sa faculté mystérieuse et terrible de donner comme de prendre ; et de la fascination. "S'il est un bien à tirer de cet artefact, je le découvrirai, a-t-il écrit. Mais s'il ne peut semer que souffrance et désespoir, j'espère trouver en moi la force de le détruire."

Oui, il avait écrit dans son journal qu'il détruirait l'Orbe d'Éden si la relique n'avait rien de bénéfique à offrir à l'Humanité. Tels avaient été ses mots exacts. Cependant, il se demandait aussi comment trouver la force de détruire la Pomme si cela devenait nécessaire.

Le fait est que quiconque la possédait jouissait d'un pouvoir démesuré. En cela, les Templiers feraient leur possible pour la récupérer. Qui plus est, il se demandait si ces derniers ne traquaient pas alors d'autres reliques. Peut-être même en possédaient-ils déjà. Il savait que, après la mort de Robert de Sablé, ils s'étaient réunis dans le port d'Acre. Allait-il devoir les y attaquer ? Il était déterminé à ce que personne ne mît la main sur la Pomme ou sur tout autre artefact d'une telle puissance.

Personne d'autre que lui.

Il rumina tout cela dans ses quartiers jusqu'à ce qu'il se rende compte que plus il tardait à agir, plus il laissait aux Templiers le temps de se réorganiser. Il finit alors par convoquer Malik et Jabal, laissa temporairement les rênes de l'Ordre au premier, et informa le second qu'ils partiraient bientôt pour le port d'Acre à la tête d'un groupe d'Assassins afin de monter une offensive sur le repaire des Templiers et détruire le mal à la racine.

Ils quittèrent Masyaf peu après et, juste avant de quitter le village, Altaïr croisa le regard hargneux d'Abbas qui l'observait depuis l'encadrement d'une des portes de la forteresse. Les récents événements n'avaient rien fait pour émousser la lame de sa haine. Au contraire, ils avaient aiguisé son tranchant comme jamais auparavant.

Chapitre 35

La nuit tombait sur le port d'Acre. Une lumière orangée baignait les allées de pierre grise. À l'horizon le couchant se mêlait à la mer écarlate. À l'exception des vagues qui clapotaient bruyamment contre les bastingages et les digues, et des mouettes qui riaient depuis leur perchoir, le port était désert. Étrangement désert.

À moins que… ces quais aient seulement été abandonnés. Il scruta alentour et fut stupéfait de ne trouver nulle part les soldats templiers qui grouillaient là comme des puces sur le dos d'un chien lorsque Sibrand régnait sur le port. Altaïr se dit alors qu'ils devaient se rassembler de l'autre côté des quais. Il s'inquiéta : peut-être avait-il été trop long à passer à l'action. Allait-il en payer le prix ?

Mais le port ne s'avéra pas totalement vide. Des pas et des murmures résonnèrent dans son dos. Il leva la main et, derrière lui, ses hommes s'immobilisèrent, ombres dissimulées par les ténèbres. Il rasa furtivement le mur qui longeait le quai jusqu'à ce qu'il aperçoive ceux qu'il avait entendus, soulagé de voir qu'ils venaient de se séparer. Le premier se trouvait au-dessous de lui, une torche à la main, scrutant les coins et les recoins obscurs de la paroi. Altaïr se demanda s'il pensait à son foyer d'Angleterre ou de France, à sa famille peut-être, et regretta qu'il lui faille mourir ici. Il se laissa tomber silencieusement sur sa cible et, lorsqu'il ficha sa lame dans sa chair, maudit le fait de n'avoir eu aucun autre moyen d'agir.

—Mon Dieu…, soupira le garde en trépassant.

Altaïr se releva. Devant lui, un autre soldat patrouillait sur la pierre humide du quai. Tressaillant au moindre bruit, il balayait l'obscurité de sa torche suintante de bitume pour chasser les ténèbres. Effrayé, il commençait à trembloter. La fuite d'un rat apeuré le fit sursauter, et il se retourna vivement. Rien.

Il reprit sa marche hésitante, plissant les paupières pour mieux percer l'obscurité, se retournant parfois pour jeter un coup d'œil à son compagnon… Grand Dieu, où était-il ? Il était là quelques secondes auparavant ! Ils étaient venus sur les quais ensemble, et il ne le voyait ni ne l'entendait plus nulle part. Il tremblait maintenant de tout son corps… Il entendit un gémissement et se rendit compte qu'il venait de sa propre gorge. Un bruit derrière lui attira alors son attention, et il se retourna vivement, juste à temps pour voir la mort le faucher…

Altaïr attendit quelques secondes accroupi à côté du cadavre au cas où des renforts arriveraient… Personne. Il se releva, et d'autres Assassins le rejoignirent, bondissant du haut du mur d'enceinte jusque dans le port, vêtus comme lui de robes blanches, les yeux sombres sous leur capuchon. Ils se séparèrent sans un bruit, Altaïr leur ayant ordonné dans un murmure de se faire aussi discrets que des ombres. Finalement, des Templiers accoururent et les Assassins les éliminèrent sans mal. Laissant combattre ses hommes, Altaïr quitta la mêlée et s'approcha d'un mur. L'inquiétude lui rongeait l'estomac : l'assaut avait été organisé trop vite, trop tardivement, et les Templiers quittaient déjà le port. Une sentinelle tenta de l'arrêter, mais mourut terrassée par un revers de lame. Le sang ruisselait de son cou lacéré. Altaïr utilisa son cadavre comme marchepied, gravissant le mur d'enceinte au sommet duquel il s'accroupit pour ensuite scruter le quai proche et, au-delà, la mer à perte de vue.

Ce qu'il craignait était arrivé. Il avait trop tardé à agir. Au loin, sur une Méditerranée dorée par la lumière mourante du couchant, quelques navires s'éloignaient. Altaïr jura et se dirigea au cœur du port. Derrière lui, il entendit les bruits de la bataille qui s'engageait entre ses hommes et des renforts fraîchement débarqués. Les Templiers continuaient à quitter Acre, mais il se rendit compte subitement que l'évacuation devait être dirigée depuis leur forteresse. Aussi vif et silencieux qu'un fauve en chasse, il partit en direction de la citadelle dont la silhouette se découpait au-dessus des quais, se débarrassant implacablement des quelques gardes qui croisèrent sa route. Il désirait aussi ardemment entraver la fuite des Templiers que découvrir leurs nouveaux objectifs.

À l'intérieur de l'édifice, la pierre étouffa le son de ses pas. Ici, les Templiers se distinguaient surtout par leur absence. Déjà, l'endroit semblait désert, désaffecté. Il gravit un escalier de pierre et accéda à un balcon. Là, il entendit des voix : trois individus haussaient le ton, visiblement en colère. Alors qu'il les écoutait, dissimulé derrière une colonne, il reconnut l'une d'entre elles. Cette voix, il s'était toujours demandé s'il l'entendrait de nouveau un jour. À vrai dire, il l'avait espéré.

C'était la femme du cimetière de Jérusalem. La lionne courageuse que Sablé avait envoyée combattre à sa place. Elle s'entretenait vivement avec deux autres Templiers et semblait contrariée.

— Où sont donc mes navires, soldat ? lança-t-elle sèchement. On m'a promis huit vaisseaux de plus.

Altaïr pencha la tête pour les épier. Des navires se découpaient sur l'horizon.

— Je suis navré, Maria, mais nous n'avons rien pu faire de plus, répondit l'un des soldats.

Maria. Altaïr savoura son nom tout en admirant sa mâchoire fière et ses yeux brûlants de rage et de vie. Il remarqua encore chez elle cette subtile retenue qui lui laissait supposer qu'elle dissimulait en permanence sa véritable nature.

— Et comment sommes-nous censés conduire le reste des hommes à Chypre ?

Chypre ? Pourquoi les Templiers s'installeraient-ils là-bas ?

— Je m'excuse, Maria, mais il serait peut-être préférable que tu restes ici, à Acre, répondit le soldat.

Elle se redressa, vigilante.

— Que dis-tu ? Serait-ce une menace ? demanda-t-elle.

— Juste un avertissement, répondit le chevalier. Armand Bouchart, notre nouveau Grand maître, je te le rappelle, ne te tient pas en haute estime.

Armand Bouchart. Altaïr mémorisa son nom. C'était donc lui qui était monté sur le trône de Sablé.

Au centre du balcon, Maria se raidit.

— Insolente vermine, je… (Elle s'interrompit.) Très bien. Je rallierai Limassol par mes propres moyens.

— Très bien, milady, dit le soldat en exécutant une brève révérence.

Les soldats s'éloignèrent, laissant Maria seule sur le balcon où elle se mit à parler, ce qui amusa Altaïr.

— Peste ! J'étais à deux doigts de devenir chevalier, et je ne suis rien de plus à présent qu'une simple mercenaire.

Il se dirigea vers elle. Quoi qu'il éprouvât à son égard – et de façon certaine, il éprouvait quelque chose pour elle –, il devait lui parler. En l'entendant approcher, elle se retourna vivement et le reconnut aussitôt.

— Tiens donc, dit-elle. Celui qui a épargné mon cou mais dérobé ma vie.

Altaïr n'eut pas le temps de comprendre ce que cela signifiait : en un éclair, elle avait tiré sa lame de son fourreau et se ruait sur lui, mue par une vélocité, une maîtrise et un courage qui l'impressionnèrent une fois encore. Elle changea son épée de main en pleine course et frappa son côté faible, le forçant à se déplacer rapidement pour parer. Elle était douée ! Bien plus douée que certains des hommes qu'il avait sous ses ordres. Ils croisèrent le fer un moment, le balcon répercutant un écho métallique chaque fois que leurs lames s'entrechoquaient. Elle ponctuait chaque coup d'un cri qui traduisait l'effort.

Altaïr jeta un coup d'œil en arrière pour s'assurer que personne n'arrivait en renfort. Bien entendu, personne ne venait et personne ne viendrait : ils l'avaient abandonnée. De toute évidence, les liens étroits qui l'unissaient à Sablé n'avaient pas joué en sa faveur après la nomination du nouveau Grand maître de la Fraternité.

Ils continuèrent à se battre. En un clin d'œil, elle le poussa à reculer jusqu'à ce que son dos percute la balustrade qui surplombait la mer ténébreuse. Au même instant, il se demanda si elle n'était pas en mesure de le vaincre… Quelle ironie si cela s'avérait être le cas ! Mais sa détermination aveugle à remporter la victoire la rendait négligente : Altaïr profita de son manque d'attention pour la repousser, pivoter sur son pied d'appui, lui faucher les jambes, bondir sur elle, puis plaquer sa lame sur son cou.

— Tu es revenu m'achever ? lui lança-t-elle d'un air de défi.

Mais il pouvait lire la peur dans ses yeux.

— Pas encore, non, dit-il sans pour autant retirer sa lame de sa gorge. Je veux savoir pourquoi les Templiers partent pour Chypre.

Elle sourit.

— La guerre a été longue et cruelle, Assassin : tout le monde a droit à un peu de repos.

Il réprima un sourire.

— Plus tu parleras, plus longtemps je te laisserai vivre. Je te repose donc la question : pourquoi les Templiers fuient-ils vers Chypre ?

— Ils fuient ? Le roi Richard et Saladin ont signé une trêve et, si je ne me trompe pas, ton Ordre n'a plus de chef. Une fois que nous aurons récupéré l'Orbe d'Éden, nous verrons qui prendra ses jambes à son cou.

Altaïr acquiesça. Il commençait à comprendre. De plus, il savait maintenant que les Templiers croyaient à tort connaître bien des choses à propos de l'Ordre. La première d'entre elles était la présence d'un nouveau chef des Assassins ; la deuxième, qu'ils n'avaient pas pour habitude de fuir devant les Templiers. Il se redressa et l'aida à se relever. Elle s'épousseta en lui jetant un regard furieux.

— La Pomme est bien cachée, lui mentit Altaïr qui savait simplement qu'elle se trouvait dans ses appartements.

— Altaïr, je te conseille de bien réfléchir à tout cela. Les Templiers paieraient beaucoup d'or pour cette relique.

— Et ce ne serait pas la première fois, n'est-ce pas ? rétorqua Altaïr l'entraînant avec lui.

Un peu plus tard, il se retrouva aux côtés de ses Assassins. La bataille sur les quais s'était achevée, et le port d'Acre était désormais à eux. Jabal haussa un sourcil d'étonnement en voyant Maria, puis fit signe à deux Assassins de l'éloigner avant d'aller rejoindre Altaïr.

— Que se passe-t-il de si important à Chypre pour que les Templiers s'y intéressent ? dit Altaïr pensif tandis qu'ils marchaient ensemble.

Il s'était déjà décidé pour leur prochaine destination, et il n'y avait plus de temps à perdre.

— Des troubles civils, peut-être ? suggéra Jabal, les bras écartés. Leur empereur, Isaac Comnène, a cherché querelle au roi Richard. Depuis, il moisit dans un donjon tenu par les Templiers.

Altaïr soupira.

— Dommage… Isaac était aisément influençable et toujours prêt à se laisser graisser la patte.

Ils s'arrêtèrent devant les marches du port, et les Assassins qui escortaient Maria passèrent à côté d'eux. Elle haussait le menton.

— Cette époque est révolue, Altaïr, commenta Jabal. Aujourd'hui, l'île appartient aux Templiers qui l'ont achetée au roi pour une bouchée de pain.

— Voilà une régence que notre Ordre ne peut encourager. Avons-nous des agents dans la région ?

— Un à Limassol, oui. Un dénommé Alexandre.

— Préviens-le, dit Altaïr. Dis-lui que je serai sur place dans moins d'une semaine.

Chapitre 36

Altaïr partit seul pour Chypre – comme Assassin, tout du moins, car il emmena Maria. Il avait dit à Jabal qu'il pourrait l'utiliser pour amadouer les Templiers, mais il écrivit dans son journal qu'il aimait la savoir à ses côtés. C'était aussi simple et problématique que cela. Il y avait eu trop peu de femmes dans sa vie. Celles qui avaient partagé sa couche n'avaient jamais fait plus que satisfaire un besoin passager, et il attendait de trouver un jour celle qui allait éveiller en lui des sensations lovées ailleurs que sous la ceinture. L'avait-il finalement rencontrée ? Il avait effleuré la question dans son journal.

À leur arrivée à Limassol, ils constatèrent que les Templiers avaient occupé l'île entière. Comme toujours, le soleil baignait le grès du port d'une lumière orangée, tandis que les eaux bleues de la mer scintillaient et que les mouettes bruyantes tournoyaient et descendaient en piqué au-dessus de leur tête. Partout, ils voyaient la croix rouge des Templiers, et des soldats alertes dévisager une populace rancunière : les citoyens vivaient désormais sous la poigne de fer des Templiers, leur île ayant été vendue sans leur accord par un roi qui n'avait pas pour elle la moindre estime. La plupart d'entre eux avaient malgré tout repris leur vie sans plus de révolte : ils avaient des bouches à nourrir. Quelques courageux avaient organisé un mouvement de résistance, et c'était eux qui seraient les plus enclins à l'assister dans sa mission, eux qu'il comptait rencontrer.

Il descendit du navire, puis longea les quais. Maria était avec lui, les mains liées. Il s'était assuré de la débarrasser de tout signe ostentatoire qui pouvait marquer son appartenance aux Templiers et, quelles que fussent ses intentions, elle était son esclave. Bien entendu, la situation la révoltait et elle n'avait pas tardé à le faire savoir, protestant vivement tandis qu'ils arpentaient des quais plus calmes qu'ils ne l'avaient tous deux prévu. Altaïr s'amusait secrètement de son inconfort.

— Et si je me mettais à hurler ? grinça-t-elle, les dents serrées.

Altaïr pouffa.

— Les gens se boucheraient les oreilles et passeraient leur chemin. Ce n'est pas la première fois qu'ils voient un esclave récalcitrant.

Les gens. De qui parlait-il au juste ? Les quais étaient étrangement vides, et lorsqu'ils arrivèrent dans les ruelles du port, ils n'y trouvèrent personne. Soudain, un homme enturbanné, vêtu de guenilles, arriva par une allée qui se trouvait en face d'eux. Des cadavres de barils et de caisses jonchaient le sol tout autour, et l'atmosphère vibrait au rythme d'un goutte-à-goutte invisible. Altaïr se rendit compte qu'ils étaient seuls. Au même instant, deux autres hommes émergèrent d'allées voisines.

— L'accès au port est interdit, lança le premier homme. Découvrez-vous !

— Vous ne découvrirez rien de plus sous ce capuchon que le hideux visage d'un Assassin, grogna Altaïr avant de lever la tête vers son interlocuteur.

Le voyou sourit, visiblement satisfait. Il n'y avait plus rien à craindre de lui.

— Altaïr…

— Alexandre, répondit le Maître des Assassins. Tu as eu mon message.

— Oui, et j'ai d'abord pensé à un traquenard des Templiers. Qui est cette femme ? demanda-t-il en observant Maria d'un air ravi.

— Un appât, expliqua Altaïr. Elle servait Sablé. Mais pour l'heure, elle est plus un fardeau qu'autre chose.

Maria lui jeta un regard extrêmement noir : si elle avait pu le tuer d'un simple regard, elle l'aurait fait. Non sans le torturer sauvagement auparavant.

— Nous pouvons la mettre à l'abri, Altaïr, dit Alexandre. Nous avons un abri sûr.

Tandis qu'ils l'escortaient jusqu'au repaire, elle maudit leurs âmes putrides. Elle avait un langage bien cru pour une dame d'Angleterre !

Altaïr demanda à Alexandre la raison pour laquelle les citoyens désertaient ainsi les rues.

Il était vrai que la cité n'était pas des plus animées… Les gens évitaient de sortir de chez eux par peur d'enfreindre on ne sait trop quelle nouvelle loi promulguée sans qu'on les en ait avertis.

Altaïr réfléchit.

— Gouverner n'a jamais fait partie des aspirations des Templiers. Pourquoi ce soudain engouement pour la chose ?

Alexandre acquiesça. Tandis qu'ils marchaient, ils passèrent devant deux gardes qui leur jetèrent un regard suspicieux. Altaïr se rapprocha de Maria, craignant qu'elle ne les alerte… Mais elle n'en fit rien. Peut-être avait-elle été blessée qu'ils l'abandonnent à Acre. À moins que… Non. Il balaya cette pensée de son esprit.

Ils arrivèrent enfin à l'abri. C'était un entrepôt abandonné dont Alexandre avait fait son repaire. L'endroit était doté d'une réserve close par une porte en bois brut mais, pour l'heure, ils laissèrent Maria déambuler librement. Altaïr se permit simplement de vérifier le nœud qui enserrait ses poignets, passant un doigt entre la corde et son bras pour s'assurer de son confort. Elle lui adressa alors un regard qu'il interpréta comme un accès de dédain reconnaissant.

— Je gage que tu n'es pas venu ici pour profiter de mon hospitalité, commença Alexandre une fois qu'ils furent installés. Puis-je savoir ce qui t'amène à Limassol ?

Altaïr voulait agir sans attendre, prendre immédiatement d'assaut la base des Templiers, mais il devait une explication au Chypriote.

— C'est une longue histoire, mais elle peut être aisément résumée : les Templiers sont en possession d'armes et de connaissances plus destructrices que quiconque ne pourrait l'imaginer, et je compte les empêcher de s'en servir. L'une de ces armes est déjà entre nos mains : une relique permettant d'aliéner l'esprit des hommes. Si les Templiers en possèdent d'autres, je dois savoir lesquelles.

Derrière eux, Maria se moqua.

— Il est certain qu'entre vos mains, la Pomme, l'Orbe d'Éden, sera utilisée à bon escient !

Altaïr réprima un sourire et ne prêta pas attention à l'Anglaise. Il se tourna vers Alexandre.

— Où se trouve le quartier général des Templiers ?

— Au château de Limassol, mais leur mainmise sur la région va grandissant.

Ils doivent être arrêtés, pensa Altaïr.

— Comment puis-je y pénétrer ?

Alexandre lui parla d'Osman, un Templier qui avait rejoint la cause des résistants chypriotes.

— Tue le capitaine de la garde, lui dit-il. Nul doute qu'Osman lui succédera. Après, tu pourras entrer dans la forteresse sans regarder derrière toi.

— C'est un excellent début, dit Altaïr.

Alors qu'il arpentait les rues de la cité, Altaïr fut surpris du calme qui y régnait. Tout en marchant, il pensait à Maria et à la Pomme. Il avait bien sûr emporté la relique avec lui. Elle se trouvait dans la cabine de son navire. Avait-il été inconscient d'amener le trésor si près de l'ennemi ? L'avenir seul pourrait le dire.

Une fois arrivé au marché, il trouva le capitaine de la garde. Sans trop de mal d'ailleurs, ce dernier ayant aimablement revêtu par-dessus sa cotte de mailles une tunique d'un rouge éclatant qui lui donnait l'allure d'un roi. Altaïr scruta alentour et repéra plusieurs gardes proches. Il baissa la tête et avança comme si de rien n'était en évitant le regard des gardes qui observaient néanmoins suspicieusement cet homme aux allures d'érudit. Puis, le plus discrètement possible, il se faufila à travers la foule jusqu'à ce qu'il se retrouvât derrière le capitaine qui était à l'autre bout de la voie, aboyant ses ordres à ses hommes. Il n'y avait plus le moindre obstacle entre le félin et sa proie.

Altaïr sortit un couteau de lancer du fourreau qui pendait à son épaule, puis il le libéra d'un vif mouvement de poignet. Le capitaine s'effondra sur la pierre en gémissant. Le temps que les gardes accourent vers lui, Altaïr avait déjà rejoint une ruelle adjacente où il s'était volatilisé. Sa tâche accomplie, il lui fallait désormais localiser Osman, comme Alexandre le lui avait expliqué.

Il filait, vif et invisible, le long des toits de la cité au sol blanchi par le soleil, bondissant comme un chat, de poutre en poutre, jusqu'à ce qu'il arrive au-dessus d'une grande cour. Juste au-dessus d'Osman. Bien qu'il soit templier, il entretenait des liens étroits avec les Assassins. Altaïr attendit qu'il soit totalement seul pour descendre dans la cour.

Osman se retourna, et son regard erra d'Altaïr vers le haut du mur avant de se poser de nouveau sur l'Assassin. De toute évidence, il admirait la discrétion avec laquelle se mouvaient les hommes de l'ombre.

— Salut à toi, Osman, dit Altaïr. Alexandre te salue et souhaite à ta grand-mère un doux anniversaire.

Osman rit de bon cœur.

— Ma chère grand-mère… Puisse-t-elle reposer en paix ! Dis-moi, en quoi puis-je t'aider mon ami ?

— Peux-tu me dire pourquoi les Templiers ont acquis Chypre ? Est-ce purement stratégique ?

— Je ne suis pas un assez haut gradé pour le savoir avec certitude, mais il semblerait que des archives d'importance se trouvent sur l'île, lui révéla Osman en regardant de droite à gauche.

S'il était vu avec Altaïr, il serait bientôt mis à mort sur la place du marché.

— Des archives ? Intéressant. Et qui est le Templier le plus haut en grade de Limassol ?

— Un chevalier du nom de Frédérick le Rouge. Il entraîne les Templiers au combat dans le château de Limassol. C'est une véritable brute.

Altaïr acquiesça.

— Maintenant que le capitaine de la garde est mort, comment puis-je pénétrer dans la forteresse ?

— Si jamais je suis nommé à son poste, je pourrai trouver une excuse pour réduire pendant quelque temps la surveillance du château. Cela te conviendrait ?

— Ce sera parfait, répondit Altaïr.

Les choses s'annonçaient bien.

— Osman va faire le nécessaire, dit-il à Alexandre, une fois de retour à l'abri.

En son absence, Maria avait passé le plus clair de son temps enfermée dans la réserve d'où elle avait diverti Alexandre en le gratifiant d'un irrésistible chapelet d'insultes et de gausseries, sa hargne redoublant lorsqu'il lui avait demandé de les répéter, conquis par son accent anglais. À son retour, cependant, ils lui permirent de sortir de la réserve et de s'installer sur une chaise en bois bancale sur laquelle elle prenait son repas, et d'où elle observa les deux Assassins qui, assis, parlaient à voix basse tout en jetant des regards noirs aux résistants qui s'approchaient.

— Excellent. Que faisons-nous à présent ? demanda Alexandre.

— Nous lui laissons le temps d'agir, dit Altaïr. (Il se tourna vers Maria.) Il m'a parlé d'archives appartenant aux Templiers. En sais-tu quelque chose ?

— Bien sûr, lâcha Maria. C'est là que nous rangeons nos sous-vêtements.

Altaïr soupira, puis se retourna vers Alexandre.

— Chypre est l'endroit idéal pour protéger armes et savoir. Avec une stratégie bien pensée, c'est une île facile à défendre.

Il se releva. Osman avait probablement eu assez de temps pour débarrasser les remparts du château de la moitié de leurs gardes. L'heure était venue d'infiltrer la citadelle.

Chapitre 37

Un peu plus tard, Altaïr se retrouva dans la cour du château de Limassol, prêt à pénétrer dedans. Dissimulé dans l'ombre, il leva la tête vers le haut de l'imposante bâtisse pour localiser les arches surveillées et mémoriser les déplacements des gardes sur les remparts.

Il fut soulagé de voir que les sentinelles étaient peu nombreuses : Osman avait bien fait son travail. La forteresse n'était pas totalement sans danger, mais il pourrait entrer. Et cela lui suffisait amplement.

Il escalada un mur jusqu'à ce qu'il atteigne les remparts, puis se faufila à l'intérieur du château. L'un des gardes hurla puis s'effondra sur le sol, un couteau de lancer fiché dans la nuque. Alerté par le bruit, un deuxième soldat accourut et termina sa course sur la lame d'Altaïr. L'Assassin déposa son corps sur la pierre, puis posa le pied dans son dos pour mieux retirer sa lame. Du sang dégoulina de l'acier jusque sur le sol. Il poursuivit ensuite sa progression dans le château quasi désert, se débarrassant des rares gardes qui croisaient sa route. Osman avait véritablement été d'une efficacité remarquable : non seulement les gardes postés à l'extérieur étaient peu nombreux, mais il n'y en avait presque pas à l'intérieur non plus. Altaïr bâillonna le doute qui naissait au fond de lui. Cette soudaine inquiétude n'était pas la bienvenue.

Il avança encore, pénétrant dans les parties situées au cœur du château jusqu'à ce qu'il se tienne sur un balcon qui surplombait une grande cour utilisée comme terrain d'entraînement.

Là, il vit Frédérick le Rouge. Le colosse massif à la barbe drue assistait au combat que se livraient deux de ses hommes. Altaïr sourit à sa vue : le brillant espion qu'était Osman avait dit vrai. Frédérick le rouge était une véritable brute.

— Pas de pitié, soldats ! hurla-t-il. Nous sommes sur une île peuplée de païens : ils ne vous veulent pas ici. Ils ne vous aiment pas. Ils ne comprennent pas la noblesse de votre cause, et ils conspirent chaque seconde pour votre perte. Restez sur vos gardes et ne faites confiance à personne.

En armure complète, les deux chevaliers s'affrontaient et les bruits métalliques de leurs armes emplissaient la cour entière. Posté hors de vue, sur le balcon, Altaïr écouta le chef templier exhorter ses hommes.

— Trouvez le défaut dans l'armure de votre adversaire. Frappez sans faiblir et gardez vos cris de joie pour la taverne.

Altaïr se releva et posa un pied sur le bord du mur. Bien qu'il fût à découvert, les hommes en contrebas étaient trop impliqués dans leur combat pour le remarquer. Il estima la hauteur qui le séparait du sol, prit une profonde inspiration, écarta les bras, puis sauta.

Les genoux fléchis et les bras en croix, il atterrit juste derrière Frédérick le Rouge en ne faisant entendre qu'un bruit léger et étouffé. Le colosse se retourna au moment où Altaïr se relevait.

— Un Assassin à Chypre ? rugit-il les yeux embrasés. C'est que ces vermines réagissent vite ! Je vais de ce pas mettre un ter…

Il ne put jamais terminer sa phrase. Altaïr, qui avait voulu voir les yeux de sa victime avant de lui ôter la vie, venait de dégainer sa lame et, dans le même mouvement, de lui trancher la gorge en une fraction de seconde. Le Templier émit un dernier cri sourd et s'effondra décapité. Autour de son cadavre, le sang inonda la pierre. Frédérick le Rouge n'avait jamais si bien porté son nom.

Pendant quelques secondes, ses hommes restèrent silencieux, paralysés par la surprise. Si leur casque dissimulait leur visage, Altaïr devina sans mal la peur qu'ils éprouvaient. Ils se ressaisirent de conserve et attaquèrent. Altaïr passa sa lame dans la visière du premier, arrachant un râle étouffé au chevalier de métal dont le casque vomit aussitôt des gerbes de sang. Tandis qu'il s'écroulait, son compagnon frappa, maniant son glaive sans but, s'en remettant plus au hasard qu'à son habileté pour toucher sa cible. L'Assassin fit un pas de côté tout en s'emparant d'un couteau de lancer, pivota, puis enfonça violemment la lame sous le plastron du chevalier.

La bataille était terminée, et les trois corps morts gisaient sur la pierre. Altaïr scruta alentour en reprenant son souffle. Les gardes peu nombreux avaient représenté un avantage certain durant cette mission. Il retourna sur le balcon, ressortant de la citadelle comme il y était entré. Cependant, sur le trajet du retour, la voix obsédante du doute s'amplifia. La plupart des corps qu'il croisa étaient ceux qu'il avait laissés derrière lui un peu plus tôt, et il ne voyait plus, nulle part, la moindre sentinelle. Où étaient passés les gardes ?

Il n'eut de réponse à cette question que peu de temps après avoir quitté la forteresse et filé le long des toits de la cité pour arriver près de l'abri d'Alexandre où il avait espéré prendre un peu de repos et, peut-être, se livrer à une petite joute verbale avec Maria, voire à une véritable conversation. Jusqu'ici, il n'avait réussi à savoir que peu de chose à son propos : elle était anglaise et avait été au service de Sablé – il s'était gardé de lui demander ce qu'elle entendait par là – et qu'elle était partie pour les Croisades après un incident survenu chez elle, en Angleterre. Cela l'avait d'ailleurs intrigué, et il espérait pouvoir bientôt apprendre ce qui lui était arrivé.

Mais après quelques minutes de course effrénée, il vit s'élever, toute proche, une large et épaisse colonne de fumée.

L'abri était en feu !

Il courut à toutes jambes. Son cœur martelait sa poitrine. Plus bas, des Templiers montaient la garde, empêchant quiconque de s'approcher du bâtiment en flammes. Des doigts de feu jaillissaient des fenêtres et de la porte d'entrée, tandis que d'épaisses volutes de fumée noirâtre couronnaient le toit. C'était donc pour cela que le château de Frédérick était si faiblement protégé !

La première pensée d'Altaïr ne fut ni pour la pérennité de l'Ordre, ni pour les résistants qui auraient pu se trouver à l'intérieur. Non. Elle fut pour Maria.

La rage envahit son corps tout entier : il activa le mécanisme de sa lame d'un vif mouvement de poignet, puis bondit du toit jusque sur le sol, se ruant sur deux Templiers. Le premier mourut en hurlant ; le deuxième n'eut que le temps de se retourner, les yeux écarquillés, avant que la lame d'Altaïr lui tranche la gorge. Le hurlement du premier garde avait attiré l'attention d'autres Templiers qui accoururent en renfort, mais Altaïr continua à combattre, tentant désespérément d'atteindre l'abri où Maria était peut-être sur le point d'étouffer. L'avaient-ils laissée dans la réserve ? S'y trouvait-elle à marteler la porte, suffocante, à la recherche de la moindre bouffée d'air ? Si tel était le cas, il imaginait sa panique. D'autres gardes l'attaquèrent, les lames avides de son sang. Il continua à lutter. Il joua de sa lame et de ses couteaux jusqu'à ce qu'il n'en pût plus. Le sol était jonché de cadavres de Templiers qui se vidaient de leur sang dans la poussière. Il se rua vers l'abri en flammes en hurlant son nom.

— Maria !

Pas de réponse.

D'autres Templiers approchaient. Le cœur lourd, Altaïr regagna les toits en hâte afin de prévoir la suite des événements.

Chapitre 38

Son aventure suivante lui fut en réalité imposée. Assis en haut d'une tour, dissimulé derrière une cloche, Altaïr avait remarqué des mouvements dans l'une des rues de la cité, déserte jusqu'ici. Les habitants quittaient leur foyer. S'il n'avait pas la moindre idée de l'endroit auquel ils se rendaient, il comptait bien le découvrir. Comme il pouvait s'y attendre, et tandis que la fumée s'élevait toujours des restes encore chauds de l'abri, les Templiers se rassemblaient. Altaïr suivit les habitants depuis les toits, jusqu'à ce qu'ils atteignent une grande place. Là, il observa leur visage et écouta leurs conversations. Ils parlaient de revanche et de représailles. Plus d'une fois, il entendit prononcer le nom d'Armand Bouchart. Il venait apparemment de débarquer sur l'île. On le disait terrible. Cruel.

Altaïr allait bientôt avoir une démonstration de sa cruauté, mais pour l'heure, son cœur se ranima à la vue de Maria debout dans la foule, vivante et indemne. Elle était flanquée de deux Templiers qui, semblait-il, la retenaient prisonnière bien qu'elle ne fût pas attachée. Comme chaque citoyen présent sur la place, elle regardait en direction de la cathédrale.

Il ne la lâcha pas des yeux, se mettant à couvert sur l'un des toits qui surplombaient la place. Osman prenait position sur les marches, fébrile, attendant l'arrivée d'Armand Bouchart, le nouveau Grand maître des Templiers, qui vint finalement se poster à son côté.

Comme Sablé avant lui, Bouchart semblait avoir été choisi pour sa compétence en tant que dirigeant autant que pour son incroyable apparence. L'armure complète qu'il revêtait semblait à peine peser sur ses épaules. Il était chauve, et son front massif assombrissait ses yeux. Ses joues creusées lui donnaient un air cadavérique.

— Un assassinat abject vient d'ébranler mon Ordre ! hurla-t-il d'une voix qui imposa le silence à la cour entière. Mon très cher Frédérick le Rouge… a été tué ! Lui qui a servi Dieu et le peuple de Chypre avec noblesse et honneur a vu sa dévotion récompensée par la lame perfide d'un Assassin. Qui parmi vous peut me livrer les responsables de sa mort ?

La foule ne lui adressa pour toute réponse qu'un piétinement inquiet. Altaïr dirigea de nouveau son regard vers Bouchart, dont le visage s'assombrissait encore.

— Pleutres ! rugit-il. Vous ne me laissez pas d'autre choix que de débusquer moi-même le meurtrier. J'accorde dès à présent à mes hommes l'immunité totale jusqu'à la fin de mon enquête.

Altaïr vit Osman s'agiter, visiblement mal à l'aise : l'inquiétude embrumait son regard ordinairement jovial. Il s'avança jusqu'à son chef d'un pas mal assuré.

— Bouchart… Les citoyens sont déjà agités. Peut-être l'idée n'est-elle pas des plus judicieuses.

Bouchart regardait de l'autre côté et Osman ne put lire dans ses yeux son soudain changement d'expression. Il ne put voir ses yeux rageurs s'embraser. De toute évidence, Bouchart n'avait pas pour habitude qu'on remît en question ses décisions, et tous allaient bientôt savoir comment il accueillait l'insubordination…

En un mouvement unique, il dégaina son glaive et l'enfonça dans le ventre d'Osman.

Dans un cri qui envahit la place entière et figea la foule stupéfaite, le capitaine s'écroula sur le sol en portant ses mains à ses viscères comme pour les empêcher de se répandre sur les marches. Son corps fut agité de quelques ultimes spasmes, puis il mourut sur la pierre, son râle d'agonie faisant taire le murmure ahuri qui parcourait la foule. Altaïr grimaça. Il ne connaissait pas Osman, mais ce qu'il avait vu de l'homme lui avait plu. Un nouvel homme d'honneur venait de mourir inutilement.

Bouchart se baissa et essuya sa lame sur la manche de la tunique d'Osman.

— Si quelqu'un d'autre ici a une objection, je l'invite à s'approcher.

Le corps bougea légèrement, et l'un des bras tomba sur la marche plus basse. Le regard vide d'Osman contemplait les cieux.

Personne dans la foule ne semblait avoir d'objection.

Puis, soudain, Maria hurla. Elle venait d'échapper à ses deux gardes. Elle courut jusque sur les marches et se jeta à genoux devant le Grand maître.

— Armand Bouchart ! l'interpella-t-elle.

Il sourit, sans que son sourire soit en rien amical.

— Ah…, se moqua-t-il en rengainant sa lame. Une ancienne sœur d'armes.

— Bouchart, dit Maria, un Assassin est venu à Chypre. J'ai réussi à lui échapper, mais il ne doit pas être bien loin.

Perché sur les toits, Altaïr sentit son cœur se briser. Il avait tant espéré que… Non. C'était une Templière avant tout, et elle le resterait toujours. C'est à ses pairs qu'allait sa loyauté.

— Tiens donc, Maria ! lâcha Bouchart plein d'entrain. C'est donc la deuxième fois que tu parviens à survivre à leur lame. La première fois, lorsque Sablé était leur cible, et aujourd'hui sur mon île.

Altaïr vit la panique se mêler à l'incompréhension sur le visage de Maria.

— Je ne suis pas complice des Assassins, Bouchart, laissa-t-elle échapper fébrilement. Pitié, écoutez-moi !

— Sablé n'était qu'un coquin sans volonté. Le verset soixante-dix de la Règle des Templiers interdit expressément tout contact avec les femmes, car elles sont les tisseuses privilégiées de la trame du Malin. Enfreindre cette loi lui a coûté la vie.

— Comment osez-vous ? rétorqua-t-elle.

Altaïr ne put s'empêcher de sourire : la peur ne brûlait jamais longtemps dans le cœur de Maria.

— Aurais-je touché un point sensible ? rugit Bouchart, visiblement amusé par la situation. Qu'on l'enferme !

Sur ces mots, il conclut leur entrevue. Bouchart se tourna et partit, abandonnant sur les marches de la cathédrale le corps aux yeux vitreux d'Osman. Maria, quant à elle, fut ligotée et embarquée par les hommes du Grand maître.

Le regard d'Altaïr passa de la silhouette fuyante de Bouchart à celle de Maria. Il était partagé, incapable de savoir ce qu'il devait faire. Bouchart était à portée de main, et l'occasion ne se représenterait peut-être pas de sitôt. Il avait là une possibilité de frapper au moment où le Grand maître s'y attendait le moins.

Mais, une fois encore… il y avait Maria.

Il se laissa glisser au sol et suivit les hommes qui l'éloignaient de la cour de la cathédrale, l'escortant probablement jusqu'aux geôles de la cité. Il resta à distance puis, lorsqu'ils bifurquèrent, empruntant une ruelle plus calme, il frappa.

Quelques secondes plus tard, les deux gardes étaient morts, et Altaïr s'approchait de l'endroit où Maria avait été jetée en hâte. Elle était toujours ligotée et luttait pour se relever. Il tendit la main vers elle, mais elle le repoussa violemment.

— Ôte tes sales pattes de moi, lâcha-t-elle hargneusement. Par ta faute, ils me prennent pour une traîtresse !

Altaïr lui adressa un sourire indulgent, et ce, bien qu'elle l'ait dénoncé quelques minutes plus tôt.

— Je ne suis qu'un prétexte commode, Maria... Un moyen pour toi d'extérioriser ta colère. Ce sont les Templiers, tes véritables ennemis.

— Je te tuerai à la première occasion, le menaça-t-elle, le regard noir.

— Encore faudrait-il que tu en aies une. Et si tel était le cas, comment ferais-tu ensuite pour trouver la Pomme ? L'Orbe d'Éden ? Or, de ma tête ou de la Pomme, laquelle te permettrait davantage de regagner la confiance des tiens, à l'heure qu'il est ?

Elle fronça les sourcils, rageuse devant la pertinence de ses propos. Puis elle se détendit.

Pour l'instant.

Bien plus tard, ils retrouvèrent Alexandre. Son visage trahissait l'inquiétude.

— Malgré sa bravade, Bouchart a sans nul doute pris au sérieux l'avertissement de Maria. (Il adressa à l'Anglaise un regard si furieux que, pour une fois, elle en resta coite.) Mes agents m'ont appris qu'après la destruction de notre abri, il a mis le cap sur Kyrenia.

Altaïr fronça les sourcils.

— Quel dommage… Je comptais lui rendre une petite visite. (Et il comptait encore le faire.) Quel est l'itinéraire le plus rapide pour rallier la cité ?

Chapitre 39

Ils voyagèrent en se faisant passer pour un moine et son disciple, trouvant une place dans la cale d'un navire. De temps à autre, des membres d'équipage descendaient du pont supérieur et s'affalaient dans un coin pour dormir, reniflant et pétant sans gêne, sans accorder aucune attention aux deux étrangers. Maria endormie, Altaïr trouva une caisse dont il se servit comme bureau pour écrire, sortant alors la Pomme d'un sac qu'il dissimulait dans sa robe.

Libérée de sa prison, la relique se mit à luire, et il l'observa un instant avant d'écrire : « Si je peine à saisir la nature de la Pomme de l'Orbe d'Éden, son rôle comme sa raison d'être, je suis en revanche convaincu qu'elle n'est en rien d'essence divine. Non… Je pense plutôt qu'il s'agit là d'un outil… D'une machine d'une complexité et d'une qualité insondables. Qui sont les hommes qui ont donné naissance à une telle merveille ? »

Il entendit un bruit derrière lui et, d'un geste d'une rapidité presque irréelle, il couvrit la Pomme et la glissa de nouveau dans son sac, puis entre les plis de sa robe. C'était Maria. Elle s'éveillait. Il ferma son journal, enjamba le corps de deux marins endormis, puis traversa la cale jusqu'à l'endroit où elle était assise. Adossée à une pile de caisses de bois, elle bâilla en frissonnant. Elle replia ses genoux sur sa poitrine et regarda Altaïr s'asseoir à côté d'elle, à même le pont. Rien ne trahissait dans le regard de l'Anglaise la moindre émotion. Ils écoutèrent un moment les grincements du navire et le clapotis des vagues contre la coque. Ni l'un ni l'autre ne savait s'il faisait jour ou s'il naviguait en pleine nuit ; ni même depuis combien de temps ils avaient quitté Limassol.

— Comment t'es-tu retrouvée embarquée dans tout cela ? finit-il par lui demander.

— Ne t'en souviens-tu pas, saint homme ? lui répondit-elle malicieusement. C'est toi qui m'as traînée dans cette cale. (Elle se pencha vers lui.) Je suis ton disciple.

Altaïr se racla la gorge.

— Je voulais dire, en Terre sainte. Pourquoi as-tu rejoint les croisés ?

— Alors que je devrais être chez moi à faire du crochet, un œil sur le jardinier ?

— N'est-ce pas là ce que font habituellement les femmes anglaises ?

— Pas celle que tu as sous les yeux. Dans ma famille, j'ai toujours été le vilain petit canard. En grandissant, j'ai rapidement préféré les jeux des garçons. Les poupées ne m'ont jamais séduite, ce qui n'a jamais cessé d'exaspérer mes parents. J'ai fini par leur arracher la tête.

— À tes parents ?

— À mes poupées, dit-elle en riant franchement. Bien entendu, mes parents se sont démenés pour me rendre moins turbulente, et pour mon dix-huitième anniversaire, ils m'ont offert un présent très spécial.

— Quoi donc ?

— Un époux.

Il se raidit.

— Tu es mariée ?

— Je l'étais. Il s'appelait Peter et se trouvait être un compagnon des plus agréables, mais…

— Oui ?

— Eh bien, rien de plus. Simplement… agréable. Et c'était bien tout.

— Tout sauf un amant, donc.

— Il n'en avait aucune des qualités à mes yeux, non. L'époux dont je rêvais était celui qui serait prêt à accepter les aspects de mon caractère que mes parents voulaient exorciser. Nous serions partis chasser ensemble, à courre ou, peut-être, accompagnés de faucons. Il m'aurait enseigné l'art du combat, les loisirs sportifs et mille choses encore. Mais jamais Peter ne fit tout cela. Il se retira sur les terres de sa famille, à Hallaton Hall dans le comté de Leicester, où en tant que châtelaine, on attendait de moi que je donne des ordres à nos domestiques, m'assure de la bonne tenue de notre foyer et, bien entendu, lui donne des héritiers. Trois au moins. Deux garçons, puis une fille ; dans cet ordre, de préférence. Mais j'ai autant échoué dans ce rôle d'épouse modèle que lui dans le sien d'époux idéal. La seule chose qui m'intéressait encore moins que de mener notre personnel à la baguette était d'élever des enfants. Et je ne parle pas de la naissance en elle-même qui n'a jamais obtenu mon assentiment. Toujours est-il qu'après quatre années de manquement pur et simple à mes devoirs, je suis partie. Fort heureusement, l'évêque de Leicester était un bon ami du vieux seigneur Hallaton, et il put nous obtenir une annulation. C'était mieux que de laisser une petite sotte impétueuse causer plus d'embarras à la noble famille.

» Bien entendu, je fus dès lors *persona non grata* à Hallaton Hall – et dans tout le comté de Leicester, en vérité – et après mon retour, la situation ne fut guère plus réjouissante. Hallaton avait réclamé qu'on lui remboursât le prix de la fiancée, mais mon père l'avait déjà dépensé. Finalement, j'ai décidé qu'il serait mieux pour tout le monde que je m'en aille. C'est à ce moment-là que j'ai rejoint les croisés.

— Comme infirmière ?

— Non, comme soldat.

— Mais, tu es…

— Une experte pour me déguiser en homme, c'est vrai. Ne t'ai-je pas toi-même dupé dans le cimetière de Jérusalem ?

— J'ai compris que tu n'étais pas Sablé, mais…

— Tu ne te serais jamais attendu à ce que je sois une femme. Tu vois ? Avoir si longtemps joué au garçon m'a finalement rendu service.

— Et Sablé ? As-tu réussi à l'amadouer, lui aussi ?

Altaïr perçut, sans pour autant la voir, de la tristesse dans son sourire.

— J'appréciais Robert. Au début. Il avait su voir en moi un potentiel qui avait toujours échappé à Peter. Mais il a aussi su comment en tirer parti, et il n'a pas tardé à le faire. (Elle soupira.) Ta lame a été la voix de la justice. Ce n'était pas un homme bon, et il ne méritait pas les sentiments – quels qu'ils fussent – que j'ai éprouvés à son égard.

— Est-ce lui qui t'a offert ceci ? demanda Altaïr après quelques secondes, montrant la gemme qui brillait au doigt de Maria.

Elle posa les yeux sur le joyau et fronça les sourcils, comme si elle avait oublié qu'elle le portait encore.

— Oui. Quand il m'a prise sous son aile. C'est tout ce qu'il me reste de mon passé parmi les Templiers.

Il y eut un silence gêné, finalement brisé par Altaïr.

— As-tu étudié la philosophie, Maria ?

Elle lui adressa un regard dubitatif.

— J'en ai lu quelques bribes, mais rien de plus…

— Le philosophe Empédocle déclarait que toute vie sur terre apparaissait en une multitude désolidarisée de formes élémentaires : des mains dépourvues de bras, des têtes sans corps, des yeux sans visage. Il pensait que toutes ces parties se combinaient ensuite, au fur et à mesure, finissant par former la totalité des espèces présentes à la surface du monde. Intéressant, n'est-ce pas ?

Elle bâilla en réponse.

— Je ne sais pas si j'ai déjà entendu quelque chose d'aussi ridicule.

— Je suis bien d'accord… mais, je n'oublie pas pour autant les mots d'Al-Kindi : « Nul ne doit craindre les idées, peu importe leur origine. Et plus encore, nul ne doit jamais craindre la vérité, aussi douloureuse soit-elle ».

— L'intérêt de ce passionnant discours m'échappe, dit-elle en riant doucement, visiblement lasse.

Peut-être s'était-il trompé à son sujet. Peut-être n'était-elle pas prête à apprendre. Soudain, une cloche sonna : il venait d'arriver à Kyrenia. Ils se levèrent.

Altaïr tenta de nouveau sa chance.

— Seul un esprit libéré de toute entrave peut saisir la beauté chaotique du monde, notre plus précieux trésor.

— Je ne vois pas ce que le chaos peut avoir d'attirant. Le désordre serait-il une vertu ? demanda-t-elle.

Il se sentit vibrer : elle n'était peut-être pas si hermétique que cela au savoir élevé.

— Il rend notre existence incertaine, certes, dangereuse parfois, mais la liberté est toujours plus gratifiante que l'aliénation. L'ordre et la paix que recherchent les Templiers impliquent servilité et carcans.

— Hmm… Voilà qui me parle davantage…

Il sentit une certaine complicité s'installer entre eux tandis qu'ils approchaient de l'échelle qui menait au pont supérieur, et il se rendit compte que c'était cette sensation qu'il n'avait cessé de traquer depuis leur première rencontre. Enfin, il l'avait trouvée. Et il ne la laisserait pas s'échapper. Malgré tout, il allait devoir se montrer vigilant : ne lui avait-elle pas dit qu'elle le tuerait à la première occasion ? De plus, ce n'était pas parce que sa loyauté envers les Templiers avait été entachée qu'elle s'était subitement engagée sur la voie des Assassins. D'ailleurs, pour ce qu'il savait d'elle, Maria ne suivait guère qu'une seule voie : la sienne.

Et il ne tarda pas à en avoir la preuve.

Arrivée devant l'échelle, elle lui sourit et tendit les mains vers lui. Il les regarda avec méfiance. Il était pourtant évident qu'elle ne pourrait monter les mains liées et, en outre, ils étaient entourés de pirates : si aucun de ces derniers n'était réputé pour son sens de l'éthique, ils n'étaient pas pour autant crédules au point de trouver normal qu'un moine ligotât son disciple. Les deux marins qui dormaient s'étaient réveillés et se relevaient en bâillant, se grattant les reins et les regardant depuis l'autre côté de la cale. Altaïr activa subrepticement le mécanisme de sa lame et trancha les liens de Maria. Elle lui adressa un regard reconnaissant et commença à emprunter l'échelle.

Puis, il entendit quelque chose. Un murmure. Ce fut le ton plus que les mots de l'homme qui l'alertèrent. Il tendit l'oreille sans en avoir l'air. Comme il s'en doutait, les deux pirates parlaient de lui et de Maria.

— Je savais que c'était lui, grinça l'un des deux hommes. Je te l'avais dit.

Altaïr sentit leur regard peser sur son dos.

— Je suis sûr que les Templiers nous offriront une somme rondelette en échange de ces deux-là.

L'Assassin jura silencieusement. S'il ne se trompait pas, il pourrait à tout moment avoir besoin de réutiliser sa lame.

Il entendit le son caractéristique de cimeterres qu'on dégaine.

Il fallait agir tout de suite.

Altaïr se retourna pour faire face aux deux hommes. Au même instant, l'Anglaise entreprit de suivre « la voie de Maria » et tenta de s'enfuir en lui donnant un coup de pied qui l'envoya percuter la paroi de la cale, le visage défiguré par la douleur.

Mais ce ne fut pas la douleur qu'exprimait son visage qui fut la plus violente. Une souffrance tout autre venait de lui ravager le cœur.

En un instant, elle avait disparu dans le carré de lumière qui ouvrait sur l'extérieur. Altaïr jura une fois de plus, à voix haute cette fois, et se redressa pour parer l'assaut des pirates. Le premier se rua sur lui, le sourire aux lèvres, imaginant sans doute la récompense qu'il toucherait en rapportant la tête de l'Assassin. Il imaginait sans doute aussi les femmes et le vin qu'il pourrait s'offrir.

Altaïr transperça son sternum, et l'homme cessa aussitôt de sourire, glissant à la renverse le long de la lame de l'Assassin. Troublé, le second s'arrêta subitement. Les yeux plissés, il jonglait avec sa lame, nerveux. Altaïr lui sourit, tapa du pied, et fut satisfait de le voir sursauter.

Bien, pensa-t-il. Il n'était que justice que ces mercenaires aient un peu peur avant de mourir.

Et, de fait, il rendit l'âme. Les yeux du pirate roulèrent dans leurs orbites lorsque Altaïr enfonça sa lame dans son flanc et ouvrit le ventre de l'homme jusqu'au nombril. Le malheureux s'écroula, rejoignant son compagnon sur le bois de la cale. Altaïr gravit l'échelle en hâte et, arrivé sur le pont supérieur, cligna des yeux sous l'assaut de l'aveuglante lumière solaire. Il scruta partout à la recherche de la fuyarde.

Intrigués par la soudaine présence de Maria, les pirates accoururent. Lorsqu'ils aperçurent Altaïr, un hurlement général s'éleva du navire. Ils venaient de comprendre qui ils avaient eu à bord.

Il traversa le pont à toute vitesse, fila le long de la passerelle jusque sur le quai de Kyrenia où il chercha désespérément un endroit où se cacher jusqu'à ce que l'orage soit passé.

Une fois à l'abri, rageur, il repensa à Maria : il la retrouverait, et plus jamais il ne la laisserait s'échapper.

Il jeta un regard alentour. Cette cité aussi était sous contrôle templier.

Elle scintillait sous un soleil généreux.

Elle était décidément trop belle pour qu'il la laissât entre les mains de l'ennemi.

Chapitre 40

Retrouver Maria ne s'avéra cependant pas être une tâche complexe. Elle attirait les ennuis comme une cale de navire attire les rats. Lorsque Altaïr croisa de nouveau sa route, le sol autour d'elle était jonché de cadavres de pirates, et trois citoyens se tenaient près d'elle, l'épée dégoulinante de sang, le souffle court. Lorsque l'Assassin apparut, ils se crispèrent, mais il les rassura, les deux mains levées, tout en étudiant la scène : Maria, les hommes, les cadavres.

Une fois encore, elle s'en était sortie.

— J'ai bien cru ne jamais te revoir, lui dit-il, les bras toujours levés.

Maria avait un don : celui de n'être jamais surprise, quels que fussent les caprices du destin.

— Si seulement j'avais pu être aussi chanceuse…

Il fronça les sourcils, puis s'adressa au Chypriote dont il avait deviné la qualité de chef.

— Que lui veux-tu ? Fais-tu partie des laquais des Templiers ?

— Rien de tout cela, monsieur, bafouilla l'homme. (Il était armé et Altaïr avait les mains vides, mais il savait reconnaître un bon combattant quand il en voyait un.) Les pirates l'ont attaquée et je n'allais pas les laisser lui faire de mal. Mais je ne suis certainement pas le laquais des Templiers. Je hais ces chiens.

— Bien parlé. Et sache que tu n'es pas le seul, répondit Altaïr.

L'homme acquiesça, reconnaissant et soulagé de se savoir en présence d'un allié.

— Mon nom est Markos. Si vous êtes ici pour nous débarrasser des croisés, je ferai mon possible pour vous aider au mieux.

Excellent, pensa Altaïr.

— Dans ce cas, j'aurais besoin que tu gardes cette femme en sécurité jusqu'à mon retour. Il faut que je trouve quelqu'un avant les Templiers.

— Nous resterons au port toute la journée. Avec nous, elle y sera en sécurité.

Maria se remit à grommeler lorsqu'une fois encore elle fut maîtrisée puis escortée au loin. Il ne lui arriverait rien, pensa Altaïr en les regardant s'éloigner. Elle passerait la journée entre deux colosses chypriotes dans le port de Kyrenia à regarder les quais s'agiter : s'il existait sûrement pour elle des perspectives plus agréables que de perdre là quelques heures de sa vie, il en existait également de bien pires. Au moins, elle serait en sécurité tandis qu'il rencontrerait Barnabas, le résistant à qui Alexandre lui avait conseillé de rendre visite.

Il le trouva dans la cachette des résistants de Kyrenia qui faisait également office de grenier. En entrant, Altaïr l'interpella, vigilant, n'entendant rien d'autre que la fuite de quelques rongeurs et les bruits distants de la rue. Puis un homme était apparu de derrière les sacs de grains. Sa barbe était noire, son regard vif aussi, et il se présenta comme le fameux Barnabas dont avait parlé Alexandre. Lorsque Altaïr lui demanda si la cachette possédait une pièce qui puisse faire office de cellule, il lui répondit obséquieusement que c'était une évidence puis, nerveux, s'approcha d'une porte qu'il ouvrit puis referma aussitôt, avant d'approcher d'une seconde qu'il observa pour finalement annoncer à Altaïr que le séchoir présentait un espace clos qui pouvait servir de cellule.

— Je traque Armand Bouchart, dit Altaïr à Barnabas, quelques instants après qu'ils se furent assis sur des sacs, dans la réserve.

— Ah… Bouchart est à Kyrenia ? s'étonna le résistant. Il doit sûrement rendre visite à ses prisonniers de Buffavento.

— Un fort proche ?

— Oui, un château. Il servait de résidence à une noble chypriote avant que les Templiers se l'approprient.

L'avidité des Templiers fit grimacer Altaïr.

— Pourrais-tu m'y conduire ?

— Eh bien… Je peux faire plus que cela, à vrai dire : je peux t'y faire pénétrer à l'insu des gardes. Mais au préalable, tu vas devoir faire quelque chose pour moi. Pour la résistance.

— Ce ne sera pas la première fois, répondit Altaïr. Que puis-je faire pour vous aider ?

— Un traître sévit parmi nous, dit Barnabas le regard sombre.

Le félon était un marchand du nom de Jonas qu'Altaïr prit en chasse après que Barnabas lui eut donné les détails nécessaires à sa traque. Il le trouva dans un amphithéâtre situé au centre de la cité. Selon Barnabas, Jonas servait d'informateur aux Templiers à qui il révélait les secrets de la résistance. Altaïr observa Jonas quelque temps tandis qu'il s'entretenait avec d'autres marchands, se comportant comme n'importe quel autre commerçant. Puis, lorsque l'homme quitta ses pairs et disparut dans les rues adjacentes à l'amphithéâtre, Altaïr le suivit. Rapidement, le marchand, soupçonnant qu'il était suivi, se mit à jeter des coups d'œil réguliers par-dessus son épaule, regardant Altaïr avec des yeux chaque fois plus effrayés. Soudain, il s'enfuit au pas de course, et l'Assassin se lança à sa poursuite, satisfait de le voir disparaître dans une ruelle. Il accéléra.

Il chassait sa proie.

La ruelle était vide.

Altaïr s'arrêta, regarda derrière lui pour s'assurer que personne ne le voyait, puis – « chling » – libéra sa lame. Il fit deux pas en avant jusqu'à une large pile de caisses tremblotantes, se pencha, puis transperça l'une d'elles de sa lame. Le bois vola en éclats et un hurlement résonna dans la ruelle. La pile s'effondra alors sur Altaïr qui manqua de partir à la renverse.

Il s'immobilisa, crispant jusqu'à son dernier muscle, pour ne se détendre qu'une fois les cadavres de caisses éparpillés autour de lui. Il observa la ligne de son bras, puis sa lame jusqu'à l'endroit où Jonas était embroché, du sang s'écoulant lentement de son cou. Toujours accroupi, position qu'il avait adoptée pour se cacher, le marchand lui apparut des plus pathétiques. Bien qu'Altaïr sût qu'il s'agissait d'un traître et que les informations qu'il avait divulguées aux Templiers avaient sans nul doute été utilisées pour tuer, capturer et torturer des membres de la résistance, il le prit en pitié. À tel point, d'ailleurs, qu'il retira délicatement sa lame, puis balaya les restes de caisses éparpillés sur le sol pour y étendre Jonas avant de se pencher vers lui.

Du sang, visqueux, s'écoulait de son cou meurtri.

— Qu'est-ce que..., crachota Jonas. Un Assassin ? Salah Al'din convoiterait-il également Chypre ?

— Les Assassins ne sont pas à la solde des Sarrasins. Nous n'avons de maîtres que nous-mêmes.

Jonas toussa, exhibant ses dents maculées d'écarlate.

— Peu importe. La nouvelle de ta présence ici s'est répandue comme une traînée de poudre et le Taureau a déjà placé une récompense sur ta tête… et celle de ta compagne.

Altaïr voyait la vie le quitter au rythme du ru de sang qui s'écoulait sur le pavé.

— Et j'espère qu'elle augmente un peu plus chaque jour, répondit Altaïr avant de l'achever.

Lorsqu'il se releva, c'était sans la satisfaction attendue d'un travail bien fait, mais avec le sentiment troublant que quelque chose clochait. Ce Taureau qu'avait mentionné Jonas… Il ne savait pas de qui il s'agissait, mais sa loyauté allait sans nul doute à Armand Bouchart, et il était au courant de la présence d'Altaïr et de Maria à Kyrenia. Était-ce là ce qui le troublait ?

Il grimpa sur les toits, puis partit retrouver Markos et Maria.

— Ma très chère Maria, il semblerait que nos têtes aient été généreusement mises à prix, dit Altaïr lorsqu'il eut retrouvé l'Anglaise.

Comme il l'avait imaginé, elle était assise sur un banc de pierre entre Markos et un autre résistant, et fixa sur lui ce regard furieux auquel il était désormais habitué.

— Une récompense ? Maudit Bouchart ! Cet idiot doit me prendre pour ton élève !

— Quelqu'un, que l'on surnomme le Taureau, a lancé ses hommes à notre poursuite.

Maria sursauta comme si une abeille l'avait piquée.

— Le Taureau ? Ils ont confié une cure à ce zélote ?

— C'est donc l'un de tes amis ? lâcha Altaïr, sarcastique.

— Jamais de la vie. Il se nomme Moloch. C'est un fanfaron fanatique aux bras épais comme des chênes.

Altaïr se retourna vers Markos.

— Connais-tu la planque de la résistance dans le quartier populaire ?

— Je sais où elle se trouve, mais je n'y suis jamais entré, dit Markos en haussant les épaules. Je ne suis guère qu'un simple soldat au sein de l'organisation.

Altaïr réfléchit quelques secondes.

— Maria et moi ne devons pas être vus ensemble. Tu vas devoir l'y mener. Que personne ne la voie. Nous nous retrouverons là-bas lorsque nous serons sûrs que personne ne vous y aura suivis.

— Je connais quelques tunnels et autres ruelles qui devraient nous permettre de nous y rendre sans encombre. Cela nous prendra juste un peu plus de temps.

Ils partirent séparément jusqu'au repaire. Altaïr arriva le premier. Barnabas se reposait sur des sacs qu'il avait disposés au sol. Lorsque Altaïr entra, il se redressa, bâillant comme si l'Assassin l'avait tiré du sommeil.

— Je viens d'apprendre que le corps du pauvre Jonas venait d'être retrouvé dans une ruelle, lâcha-t-il railleur. Quelle triste perte, tu ne trouves pas ?

Il épousseta sa robe.

— Tu le connaissais mieux que moi, répondit Altaïr. Je suis sûr qu'il connaissait les risques encourus quand on travaille pour les deux camps.

Il observa attentivement Barnabas, remarquant notamment son sourire malsain. Altaïr ne prenait aucun plaisir à tuer, jamais, et il n'avait pas la moindre estime pour ceux que la mort divertissait, qu'ils fussent templiers, assassins ou membres de la résistance. D'un côté, Barnabas était un allié. De l'autre… Si Altaïr avait confiance en quelque chose, c'était en son instinct ; or son instinct ne cessait de se manifester. Discrètement, certes, mais sans relâche.

Barnabas reprit.

— Oui... Malheureusement, sa mort semble avoir mis de l'huile sur le feu. Jonas était un Chypriote respecté et sa mort a provoqué des émeutes près de la vieille église. Le peuple a soif de vengeance et le Taureau ne manquera pas de leur dire que c'est toi qui l'as assassiné. Il est probable que les résistants refuseront alors de t'aider.

Comment ? Altaïr le dévisagea, ayant peine à croire ce qu'il venait d'entendre. Son instinct se fit de moins en moins discret...

— Mais Jonas a trahi la résistance. Ne le savent-ils pas ?

— Certains, oui, mais ils sont trop peu nombreux, malheureusement, lui fit remarquer Barnabas. Le réseau est vaste et éclaté.

— Eh bien, tu vas avoir l'occasion d'en avertir certains toi-même. Des résistants sont sur le point de nous rejoindre.

— Tu as invité des hommes ici ? (Barnabas sembla inquiet.) Leur fais-tu confiance ?

— Il m'est difficile de savoir à qui je peux faire confiance ces temps-ci, mais je ne pense pas m'être trompé. Pour l'heure, je dois me rendre sur les lieux des émeutes.

— Bien. En ce qui concerne notre marché : je vais voir ce que je peux faire pour que tu puisses approcher Bouchart. Un accord est un accord, non ?

Barnabas lui adressa de nouveau un sourire.

Un sourire qu'Altaïr s'efforça d'oublier : il le tracassait chaque fois un peu plus.

Chapitre 41

Altaïr se rendit à l'église, et son cœur se serra à la vue de l'agitation qui y régnait. Des Templiers formaient un cordon de sécurité et repoussaient les citoyens furieux qui, forcés de demeurer dans les environs directs de l'église, s'étaient mis à saccager les lieux. Des caisses et des barils avaient été détruits, et des feux brûlaient un peu partout dans les rues. Les étals installés en bordure de rue avaient été brisés ou démontés, et l'odeur des marchandises piétinées se mêlait à celle de la fumée. Les hommes se regroupaient et scandaient des slogans au son des tambours et des cymbales, provoquant les Templiers qui les surveillaient à couvert derrière plusieurs chariots et étals renversés à la hâte. De temps à autre, de petits groupes de soldats se risquaient à de rapides et impitoyables sorties, traînant jusque derrière leurs lignes des hommes qui gesticulaient et frappaient du pied en hurlant. Lorsqu'ils ne les martelaient pas avec la poignée de leur glaive, ils les éjectaient derrière la barricade où d'autres soldats les menaient en prison. Mais ces violentes exactions ne semblaient pas beaucoup terrifier les émeutiers et leur ardeur ne se calmait pas non plus.

Altaïr, accroupi sur le bord d'un toit, contemplait la scène depuis les hauteurs. Les choses avaient mal tourné. Il était désespéré. Et si le Taureau décidait de l'accuser publiquement du meurtre de Jonas, la situation allait empirer de plus belle.

Sa décision était prise : le Taureau devait mourir.

Lorsqu'il revint au repaire, il chercha Barnabas en vain. L'homme était introuvable. Altaïr était à présent certain qu'il avait eu tort de lui faire confiance, et se maudissait d'avoir été si négligent. Il avait entendu son instinct. Il aurait dû l'écouter.

Markos était là, en revanche. Maria également, séquestrée dans la cellule, une geôle de meilleure facture que celle de Limassol. La porte qui séparait le séchoir et la réserve était ouverte de façon qu'ils pussent la voir : elle était assise derrière des barreaux, adossée contre le mur, et balayait parfois du pied les joncs éparpillés sur le sol tout en observant ce qui se tramait ici, le regard plein de haine et de cynisme mêlés. Altaïr la regarda, amusé par tous les ennuis qu'elle lui avait déjà causés.

Il apprit que, lorsque l'Anglaise, Markos et plusieurs autres résistants étaient arrivés à l'abri, ils n'y avaient trouvé personne. Barnabas était déjà parti. Un hasard bien arrangeant pour ce dernier…

— Que se passe-t-il, bon sang ? s'exclama Markos. La cité a sombré dans le chaos ! Les émeutes se multiplient !

— Le peuple se soulève en réaction à l'assassinat d'un dénommé Jonas. Le connais-tu ?

— Mon père le connaissait bien. C'était un homme bon. Comment est-il mort ?

Le cœur d'Altaïr se serra davantage, et il évita le regard de Markos.

— Courageusement. Écoute, Markos, la situation s'est dangereusement envenimée. Avant que je parte à la rencontre de Bouchart, j'ai besoin d'éliminer le Taureau et de mettre un terme à son règne de violence.

— Le chaos a définitivement obtenu ton suffrage, Altaïr, lança Maria depuis sa cellule.

Ah ! Comme il aimait qu'elle prononce son nom !

— Le Taureau est responsable de l'asservissement de milliers d'âmes. Peu porteront le deuil après son trépas.

Maria réagit vivement.

— Et tu proposes de t'infiltrer dans le château de Kantara, de l'embrocher et de t'éclipser sans que personne s'en aperçoive ? Il s'entoure en permanence de fanatiques.

Sa voix résonna contre la pierre de sa prison.

— Kantara… C'est à l'est, n'est-ce pas ? dit Altaïr, heureux de l'information qui venait d'échapper à Maria.

— Oui. Et aucune ville n'est mieux défendue… Tu le constateras par toi-même.

Chapitre 42

Altaïr constata effectivement par lui-même ce dont l'avait prévenu Maria. Le château de Kantara était gardé à la fois par les Templiers et par les adeptes fanatiques de Moloch. Il escalada la façade de la place forte puis fila furtivement le long des remparts, s'arrêtant de temps à autre pour glaner quelque information sur celui qui se faisait appeler le Taureau. Il apprit notamment que l'homme était un zélote d'une dévotion presque maladive qui s'entourait d'adeptes aussi exaltés que lui. Ces acolytes lui servaient ensuite de gardes du corps, de serviteurs, ou s'en allaient répandre sa bonne parole dans les rues de Kyrenia. Sa cure était rattachée aux Templiers dont il vénérait le Grand maître, Armand Bouchart, presque autant que son Dieu. Le château de Kantara était sa citadelle, et lui avait très certainement été offert par les Templiers eux-mêmes. Apparemment, il passait le plus clair de son temps à prier dans la chapelle du fort.

C'est là qu'Altaïr espérait le trouver.

À l'intérieur de la forteresse, il vit autant de fanatiques que de Templiers. Les premiers ressemblaient exactement à ce qu'il s'attendait à constater chez des fanatiques : ils semblaient nerveux et leurs yeux écarquillés brûlaient d'un zèle inextinguible. Les croisés qui patrouillaient ici par deux leur lançaient des regards ostensiblement dédaigneux, et semblaient estimer dégradant d'avoir été mobilisés dans ce château d'illuminés. À l'approche de deux d'entre eux, Altaïr se dissimula dans un recoin d'une galerie et entendit le premier se plaindre à son compagnon.

— Je ne comprends pas pourquoi les Templiers tolèrent ce fou à lier. Le Taureau et ses fanatiques sont plus dangereux que les citoyens de Chypre.

— Les Templiers ont probablement de bonnes raisons, répondit l'autre. Il est plus pratique pour eux de ne pas gouverner directement.

— Je suppose. Mais combien de temps cela va-t-il pouvoir durer ? D'un point de vue religieux, le Taureau et les Templiers sont en désaccord radical.

— Ah, moins on aborde le sujet, mieux je me porte, acquiesça le premier.

Altaïr les laissa passer, puis reprit son trajet. La galerie s'assombrissait de plus en plus. Maria l'avait averti : le château était bien défendu, et il l'était effectivement à condition de lever une armée et tenter de l'assaillir. Mais, pour un Assassin seul, pénétrer furtivement dans la forteresse était bien moins ardu. Et cela l'était encore moins pour le Maître de l'Ordre, Altaïr.

Il se trouvait maintenant dans une immense salle de réception à l'autre bout de laquelle étaient postés deux gardes. Il dégaina deux couteaux de lancer qu'il libéra d'un geste mille fois répété : un, deux ! Quelques secondes plus tard, les deux hommes se tortillaient sur le sol de pierre, et Altaïr enjamba bientôt leurs cadavres. Il savait qu'il approchait et que Moloch ne pouvait plus être très loin.

Et il ne l'était pas. Altaïr arriva au bout de ce qui semblait être une impasse et se retourna pour regarder derrière lui. Pourquoi l'endroit était-il gardé ? Puis il aperçut une trappe. Il se pencha et tendit l'oreille. Il sourit. Il venait de trouver le Taureau.

Il souleva délicatement la trappe et se laissa glisser sur les poutres du plafond. Il se trouvait sous les chevrons de la salle de prière du château : une vaste pièce vide éclairée par un grand brasero situé près d'un autel.

À genoux, Moloch entretenait le feu.

Maria n'avait pas menti à son propos. L'homme était un ours : chauve, la moustache tombante, le torse nu à l'exception d'un médaillon, et des bras comme deux chênes. Son corps luisait de transpiration tandis qu'il attisait les flammes, psalmodiant une incantation qui sonnait autant comme un grognement que comme un cantique. Tout entier à la tâche qu'il accomplissait, il restait impassible les yeux rivés sur les flammes, le visage baigné par la chaleur du brasero, oublieux du monde environnant et, notamment, de l'homme venu pour le tuer.

Bien. Moloch avait l'air puissant, largement plus qu'Altaïr qui n'avait pas la moindre intention de l'affronter en corps à corps : non seulement il était plus musclé que lui mais, outre cela, il maniait une masse au bout de laquelle était enchaîné un poids énorme et redoutable. Si Altaïr en croyait la rumeur, il la maniait avec une excellence et une implacabilité toutes deux inégalées.

Non, c'était certain : il ne s'engagerait pas avec lui dans un combat rapproché. Il opta pour l'assassinat furtif. Rapide, précis, silencieux.

Sans un bruit, Altaïr avança le long des poutres puis se laissa tomber délicatement au centre de la pièce, dans le dos de Moloch. Il aurait aimé atterrir plus près du colosse… Il se crispa. Retint son souffle. Si Moloch l'avait entendu…

Mais non. Le colosse était encore absorbé par le brasero. Altaïr fit quelques pas en avant. Silencieusement, il dégaina sa lame et la leva au-dessus de son épaule. La lumière orange du feu fit scintiller l'acier. Dans moins d'une seconde, le Taureau rejoindrait l'autre monde. Altaïr fléchit légèrement les genoux, banda ses muscles, puis se jeta sur sa cible, la lame prête à frapper.

Il était à mi-chemin de Moloch lorsque le colosse se retourna, bien plus vite que sa taille cyclopéenne n'aurait dû le lui permettre. Il souriait. Altaïr comprit qu'il avait détecté sa présence au moment même où il était entré dans la pièce et qu'il l'avait volontairement laissé approcher. Il était maintenant prisonnier des bras titanesques du Taureau qui le maintenait dans les airs, et il sentit une main lui saisir la gorge et commencer à l'étrangler.

Ils restèrent dans cette attitude pendant quelques longues secondes, Moloch soulevant Altaïr d'une main comme s'il n'était qu'un trophée à exhiber du haut des marches de son palais. L'Assassin étouffait tout en continuant à se débattre : ses pieds frappaient le vide et ses mains cherchaient désespérément à agripper le gantelet du monstre pour lui faire lâcher prise. Sa vue commença à se brouiller, puis l'obscurité envahit ses yeux. Il perdait conscience. Au même instant, Moloch le projeta en arrière, et il resta étendu là, après que son crâne eut percuté douloureusement une dalle du sol de la chapelle. Il se demanda ce qui lui avait valu d'être ainsi épargné.

La réponse était simple : le Taureau ne se contenterait pas d'un combat sans le moindre défi. Il s'empara de son étoile du matin et après l'avoir fait tourner une fois au-dessus de sa tête, attaqua Altaïr qui eut tout juste le temps de rouler sur lui-même pour esquiver l'arme. La sphère hérissée de piques creusa un cratère béant dans la dalle de la chapelle et des éclats de pierre fusèrent vers l'Assassin.

Altaïr se remit gauchement sur pied, étourdi, puis secoua la tête pour reprendre ses esprits. Il tira son épée : l'arme dans une main, sa lame dans l'autre, il courut vers l'un des murs de la pièce tandis que Moloch préparait de nouveau son fléau. Le Taureau frappa une seconde fois.

L'arme du géant percuta une colonne de plein fouet et une nouvelle volée d'éclats de pierre plut sur Altaïr. Le poids du fléau de Moloch à terre, Altaïr saisit sa chance et se rua vers le colosse qu'il attaqua, épée et lame en avant. Mais Moloch, qui se mouvait avec une rapidité presque surhumaine pour son gabarit, avait déjà ramené vers lui sa chaîne qu'il saisit à deux mains pour parer l'assaut de l'Assassin. D'un mouvement habile, il lança de nouveau son fléau vers Altaïr qui dut plonger pour esquiver l'assaut et se remettre à bonne distance.

L'Assassin repensa alors à Al Mualim : celui qui l'avait entraîné et non le traître qu'il était devenu. Il repensa à Labib et aux autres maîtres d'armes. Il prit une profonde inspiration et recula puis fit quelques pas de côté pour tenter de contourner Moloch.

Le Taureau suivit son mouvement, conscient d'avoir ébranlé la confiance de l'Assassin. Il sourit, exhibant deux rangées de dents noirâtres si brisées et malades qu'elles n'avaient plus l'air dans sa bouche que de moignons vérolés. Le colosse émit un grognement guttural lorsque l'Assassin se rua vers lui. Altaïr devait se rapprocher pour obliger le Taureau à projeter son fléau. Il avait une idée en tête. Elle était bonne, mais elle avait une faille : s'il échouait, il mourrait. Il fallait que Moloch attaque mais, chaque fois que l'étoile du matin s'élançait vers lui, elle risquait de lui perforer le crâne.

Le fléau vola dans sa direction, tournoyant dans les airs. Il s'écrasa au sol. Altaïr esquiva d'un bond puis, plutôt que de se mettre à couvert, courut vers l'arme, prit appui sur le poids et fila le long de la chaîne d'acier jusqu'à Moloch.

Le sourire disparut du visage du Taureau. Il n'eut qu'une seconde pour comprendre ce qui était en train de se passer : l'Assassin, d'une agilité féline, venait de jouer les funambules sur la chaîne de son fléau, et lançait maintenant sa lame en direction de sa gorge. Le sang gicla, et Moloch émit un son entre le hurlement et le râle étouffé, l'épée d'Altaïr fichée dans le cou. L'Assassin lâcha la poignée de son arme, saisit l'épaule du colosse et se jeta sur son dos avant de planter sa lame dans la colonne vertébrale. Malgré ses blessures, le Taureau continuait à combattre, et Altaïr resta agrippé à sa cible, car sa vie était toujours en danger. Il saisit alors la chaîne du fléau et l'enroula de sa main libre autour du cou de sa victime, grognant tandis qu'il la serrait de toutes ses forces. Moloch se débattit en reculant, et Altaïr comprit que le Taureau le portait en direction des flammes.

Il commença à sentir la chaleur du feu sur son dos et redoubla d'efforts. La bête refusait de mourir. Une odeur de brûlé lui monta aux narines et il constata, inquiet, que l'ourlet de sa robe commençait à prendre feu. Hurlant de douleur et crispé par l'effort, il tira de toutes ses forces sur la chaîne tandis que, de l'autre main, il enfonçait sa lame plus profondément encore dans la chair du colosse et cela jusqu'à ce que quelque chose cédât : les dernières forces de Moloch venaient de le quitter. Il s'effondra sur le sol, l'Assassin en équilibre sur son dos. Le colosse gisait là, le souffle lourd, son sang visqueux se répandant sur la pierre. Il était à l'agonie.

Puis il rendit l'âme.

Altaïr laissa échapper un profond soupir de soulagement. Moloch ne parviendrait pas à monter le peuple contre les résistants. Son règne de terreur était terminé.

Il ne put cependant s'empêcher d'imaginer qui allait le remplacer.

Il allait bientôt avoir sa réponse.

CHAPITRE 43

Maria n'était plus là. Les croisés l'avaient enlevée. Tandis qu'Altaïr combattait Moloch dans le château de Kantara, des soldats avaient attaqué le repaire et, bien que les résistants ne se soient pas laissé faire, ils étaient repartis avec des prisonniers, dont Maria.

Markos, l'un des rares à avoir échappé à la capture, était là pour accueillir l'Assassin, un masque d'inquiétude sur le visage.

— Nous avons été attaqués, Altaïr, bégaya-t-il les yeux vitreux. Nous avons essayé de les repousser, mais… nous n'avons rien pu faire.

Il baissa la tête, honteux.

Mais était-il seulement sincère ?

Altaïr regarda en direction de la porte qui menait au séchoir. Elle était ouverte. Dans la pièce, la porte de la cellule l'était également, et il imagina Maria à l'intérieur qui le regardait avec ses yeux en amande, adossée contre le mur, les bottes balayant les joncs sur la pierre.

Il secoua la tête pour ne plus y penser. Seuls étaient en jeu les sentiments qu'il éprouvait pour l'Anglaise. La pérennité de l'Ordre passait avant ce qu'il ressentait pour elle. Et pourtant…

— Je voulais les arrêter, dit Markos, mais ils étaient trop nombreux. J'ai dû me cacher.

Altaïr le dévisagea sévèrement. Maintenant qu'il avait découvert le double jeu de Barnabas, il n'accorderait plus sa confiance à la légère.

— Ce n'est pas ta faute, répondit-il. Les Templiers sont des combattants rusés.

— J'ai entendu dire qu'ils étaient parvenus à domestiquer l'Oracle noir de Buffavento. C'est probablement grâce à lui qu'ils nous ont trouvés.

Était-ce possible ? Altaïr réfléchit. De fait, les Templiers avaient toujours sur eux un temps d'avance. Mais peut-être cela était-il moins dû à un oracle qu'à l'infestation de la résistance par des espions des Templiers.

— Voilà une curieuse hypothèse, dit-il méfiant à l'idée que Markos essayât de le tromper. Je pense plutôt que Barnabas leur servait d'informateur.

Markos parut surpris.

— Barnabas ? Comment est-ce possible ? Si tu parles du chef de la résistance, il a été exécuté la veille de ton arrivée.

Bien sûr. Altaïr se maudit de ne pas y avoir pensé : il y avait bien eu un Barnabas loyal envers la résistance, mais les Templiers l'avaient remplacé par un de leurs hommes. Un imposteur. Altaïr repensa à Jonas qu'il avait éliminé sur ordre de l'espion, et il espéra pouvoir un jour se racheter. Jonas n'avait pas mérité sa mort.

Altaïr partit pour le port, localisa l'endroit où les résistants étaient retenus captifs, trompa la vigilance des gardes et découvrit les prisonniers massés dans une cellule exiguë et crasseuse.

— Merci, merci, Dieu te garde, dit l'un d'eux lorsque Altaïr ouvrit la porte et le laissa sortir.

Tous lui adressèrent le même sourire empli de gratitude. Altaïr sentit la haine poindre en lui en pensant au sort que leur avaient probablement réservé les Templiers.

Il fouilla la geôle à la recherche de Maria. Elle n'était pas là…

— Y avait-il une femme avec vous lorsque vous avez été enlevés ?

— Une femme ? Oui, mais Shalim, le fils de Moloch, l'a fait enchaîner et l'a emmenée avec lui. Le moins qu'on puisse dire, c'est qu'elle ne s'est pas laissé faire.

Bien sûr, pensa Altaïr. Il n'était pas dans les habitudes de Maria de se laisser faire. Mais qui était ce fils de Moloch, Shalim ? Était-ce lui qui allait reprendre le flambeau tyrannique de son père ?

C'est ainsi qu'Altaïr se retrouva à escalader les remparts de la forteresse de Buffavento, à s'infiltrer dans le château, toujours plus bas, jusque dans des tréfonds obscurs, humides et froids où la pierre luisait à la lumière de torches vacillantes et faiblardes. Là, le moindre bruit de pas tonnait en écho, répondant au clapotis constant d'un ru invisible. Était-ce ici que les Templiers dissimulaient leur fameux oracle ? Il l'espérait. Tout ce qu'il savait pour l'instant, c'était que l'ennemi avait en permanence un temps d'avance sur lui. Quoi qu'ils aient en tête, cela lui déplairait fortement : il n'aimait ni les rumeurs concernant ces archives dont il avait tant entendu parler, ni le fait qu'ils étaient à deux doigts de mater la résistance. Il devait faire tout ce qui était en son pouvoir pour les arrêter. Et si cela impliquait une chasse aux sorcières, alors ainsi soit-il !

Il longea les parois des galeries qui serpentaient dans les entrailles du château, et s'approcha de ce qu'il supposa être les geôles de la citadelle. Derrière lui étaient étendus, dissimulés dans l'ombre, les cadavres de deux gardes qu'il avait croisés sur son passage, tous deux la gorge tranchée. Comme cela avait été le cas dans le château de Moloch, il était parvenu à accéder au cœur du fort en usant de ses compétences d'Assassin et de maître de l'infiltration. Soudain, il entendit des voix. Il reconnut l'une d'elles immédiatement. Bouchart était là.

Il parlait à un homme posté de l'autre côté d'une grille d'acier constellée de rouille.

— Si je comprends bien, la fille s'est encore enfuie ? lâcha le Templier, cinglant.

Son interlocuteur portait une robe somptueuse, ourlée de fourrure.

— Elle était pourtant enchaînée. Je ne sais par quel miracle elle a réussi à s'enfuir…

— N'insulte pas mon intelligence, Shalim ! Ton penchant maladif pour les femmes est notoire. Tu as baissé ta garde, et elle en a profité pour filer.

— Je la retrouverai, Grand maître. Je vous le promets.

C'était donc lui, Shalim ! Altaïr l'observa attentivement, non sans amusement. Rien chez lui, ni son apparence, ni sa carrure et encore moins sa tenue, ne rappelait d'une quelconque façon son père, Moloch.

— Fais vite, lâcha hargneusement Bouchart. Elle risque de mener l'Assassin jusqu'aux archives.

Shalim se retourna pour partir, mais Bouchart l'arrêta.

— Shalim. Assure-toi également que ceci soit délivré à Alexandre, à Limassol.

Il tendit une sacoche dont Shalim s'empara en acquiesçant. Altaïr sentit sa mâchoire se crisper : Alexandre travaillait lui aussi pour les Templiers. Existait-il un seul endroit qui ne fût pas sous le contrôle de l'ennemi ?

Les deux hommes avaient désormais disparu, et Altaïr reprit sa route vers la cellule de l'oracle. Comme il lui était impossible de franchir la porte d'acier, il se hissa sur un balcon et longea la paroi extérieure de la forteresse, puis descendit jusqu'à ce qu'il atteigne les cachots. D'autres gardes trépassèrent sous sa lame. Bientôt, on découvrirait les corps et l'alarme serait sonnée. Il n'avait plus de temps à perdre.

Les gardes semblaient cependant avoir beaucoup à faire, car il ne fut pas inquiété. En approchant de ce qui devait être les geôles, il entendit des cris et des remontrances. Lorsqu'il arriva au bout d'un tunnel qui ouvrait sur ce qui semblait être les prisons, il comprit que Bouchart et lui avaient eu une destination commune. Le Grand maître était là et parlait avec un garde. Ils se tenaient tous deux de l'autre côté d'une cloison à barreaux, près d'une succession de cellules.

Au moins, il avait trouvé les geôles. Il avança furtivement jusqu'à une alcôve et écouta Bouchart dont la voix était couverte par une série de cris hystériques venus de l'un des cachots.

— Que se passe-t-il ?

— C'est cette folle, seigneur..., répondit le garde en levant la voix pour être entendu. Elle est déchaînée... Elle a déjà blessé deux gardes.

— Qu'elle s'amuse, sourit Bouchart. Elle a fait brillamment son office.

Encore une fois, Altaïr ne pouvait accéder à Bouchart. Il aurait hautement apprécié pouvoir en finir, même en la présence du garde : il se serait d'abord débarrassé du soldat avant de s'attaquer au Grand maître. Mais c'était impossible : frustré, il ne put rien faire d'autre qu'observer les deux chevaliers s'éloigner, laissant derrière eux les lieux déserts. Il sortit de sa cachette improvisée et s'approcha de la grille... verrouillée. Il joua de ses doigts experts et le mécanisme céda. Il passa alors la grille et se dirigea vers la cellule de l'Oracle dont les hurlements se faisaient de plus en plus puissants et dérangés. Dérangeants, aussi. Altaïr ravala sa salive. Il ne craignait aucun homme, mais ce n'était pas là un homme. Non. C'était une créature tout autre, et il dut se calmer pour pouvoir venir à bout du second mécanisme. Lorsque la porte s'ouvrit accompagnée par la complainte suraiguë des gonds rouillés, son cœur tambourinait dans sa poitrine.

La cellule de l'Oracle était vaste, de la taille d'une salle de banquet ; une salle de banquet tapissée de mort et de putréfaction où des volutes de brume se mêlaient à la végétation qui grouillait le long des colonnes, comme si l'extérieur lançait une lente invasion sur l'antre de la bête.

Lorsque ses yeux se furent accoutumés à l'obscurité, il chercha la créature, mais ne la trouva pas, n'entendant que son hurlement infernal. Ses poils de bras se hérissèrent, et il réprima un frisson tandis qu'il pénétrait plus avant dans… sa cellule ?

On eût plutôt dit un repaire.

Soudain, le silence envahit les lieux. Il tendit l'oreille. Faisant passer son épée d'une main à l'autre, il scrutait la pièce ténébreuse.

— Du sang païen, lança une voix déchiquetée tout droit sortie d'un cauchemar. (Il se tourna vivement, mais elle retentit de nouveau, semblant s'être déplacée.) Je connais ton nom, pécheur, caqueta-t-elle. Je sais pourquoi tu es là ! Dieu guide mes serres ! Dieu me donnera la force de briser tes os !

Altaïr eut à peine le temps de réfléchir à ce qu'elle venait de dire. *Des serres ? Avait-elle vraiment des…* Elle surgit en hurlant, tournoyant comme un derviche jaillissant des ténèbres, sa chevelure noire tourbillonnant avec elle. Ses mains n'étaient pas garnies de serres à proprement parler, mais de longs ongles affûtés comme des lames…

et tout aussi meurtriers. Il les entendit siffler lorsqu'ils fendirent l'air devant son visage. Il bondit en arrière. L'Oracle avançait à présent tel un fauve, grondant, le regard braqué sur lui. Son apparence le surprit : il s'était attendu à une vieille furie, mais cette femme... avait quelque chose de noble. Cela lui revint tout à coup... C'était la femme dont avait parlé Barnabas, celle qui habitait le château avant l'arrivée des Templiers. Elle était jeune, et sans doute aucun, elle avait dû être séduisante. Il ignorait ce que les Templiers avaient fait d'elle, mais de toute évidence, son emprisonnement l'avait rendue folle. Il le comprit lorsqu'elle sourit soudain, révélant deux rangées de dents pourrissantes et une langue qui menaçait à tout instant de tomber lourdement de sa gueule. Elle ricana et frappa une fois de plus.

Ils s'affrontèrent, l'Oracle attaquant aveuglément, lacérant l'air et la chair d'Altaïr de ses ongles, faisant couler le sang. Il se tint à distance, exécutant parfois une fente pour lancer une contre-attaque précise jusqu'à ce qu'il parvienne à la clouer à une colonne de la cellule. Souhaitant la raisonner, il tenta de la maîtriser, mais elle se débattait tel un animal sauvage, continuant à se contorsionner tandis qu'il la projetait au sol et l'enfourchait, pressant sa lame contre son cou.

— Gloire à Dieu ! bredouilla-t-elle, hystérique. Je suis Son instrument ! Son bourreau ! Je ne crains ni la douleur, ni la mort !

— Vous étiez une Chypriote autrefois, lui dit Altaïr qui luttait pour l'immobiliser. Une femme noble et respectée. Quels secrets avez-vous révélés à ces démons ?

Savait-elle seulement que, en aidant les Templiers, elle trahissait son propre peuple ? Était-elle encore douée d'assez de raison pour le comprendre ?

— Ce n'est pas sans but que je sème la souffrance, grinça-t-elle en s'immobilisant soudain, mais pour accomplir la volonté de Dieu ! Je suis l'instrument de Dieu !

Non, pensa-t-il. Elle avait à jamais perdu l'esprit.

— J'ignore ce que les Templiers vous ont fait, madame, mais ils vous ont détruite. Pardonnez-moi…

C'est par pitié qu'il l'acheva, avant de quitter l'infâme cellule.

Plus tard, une fois revenu au repaire, il ouvrit son journal et écrivit :

« Pourquoi la violence guide-t-elle à ce point nos instincts ? J'ai étudié les interactions entre de nombreuses espèces, et en ai conclu que notre désir inextinguible de survie semblait forcément appeler la mort d'autrui. Pourquoi sommes-nous incapables de vivre en harmonie ? Nombreux sont ceux qui pensent que le monde est l'œuvre d'un dieu tout-puissant, mais à mes yeux, il n'y a là que l'œuvre d'un fou avide de mort, de destruction et d'affliction. »

Il rédigea également quelques lignes à propos de la Pomme.

« Qui étaient ceux qui étaient là avant nous ? Pourquoi sont-ils venus ici ? Qu'est-ce qui les en a chassés ? Et qu'en est-il de ces reliques ? Des messages à la mer, peut-être ? Des outils que l'on nous a offerts pour nous guider et nous prémunir contre le mal ? À moins que nous ne luttions impitoyablement pour obtenir des objets qui, bien loin de l'essence divine que nous leur prêtons, ne sont en réalité que des jouets sans valeur. »

CHAPITRE 44

Altaïr décida de suivre Shalim : Maria était avec lui avant de lui échapper, et comme il avait été chargé de la retrouver, tous deux la traquaient. Altaïr voulait être sûr d'être dans les parages si le fils de Moloch la trouvait avant lui.

Le fait est que Shalim n'était pas des plus assidus dans ses recherches. Markos avait appris à Altaïr que les seules choses que Shalim partageait avec son père étaient son allégeance aux Templiers et son tempérament impulsif... Chez lui, la ferveur religieuse avait cependant laissé la place à un penchant extrême pour le vin et les prostituées. Lancé à sa poursuite, Altaïr le trouva près de profiter des deux. Il resta à bonne distance de Shalim et de deux de ses gardes du corps tandis qu'ils arpentaient les rues de Kyrenia comme une triade de despotes : ils réprimandaient citoyens et marchands en plus de leur extorquer biens et argent en vue de festivités quelconques...

Dans un lupanar, semblait-il. Altaïr observa Shalim et ses hommes approcher d'une porte devant laquelle un ivrogne pelotait une prostituée de la maison. Altaïr ne sut dire si l'homme était stupide ou trop saoul pour s'apercevoir que Shalim n'était pas des plus joviaux puisqu'il leva son outre de cuir en interpellant le tyran de façon dangereusement familière.

—À la tienne, Shalim !

Shalim ne prit pas même la peine de s'arrêter : il gifla le saoulard du plat de la main, le projetant contre le mur de l'établissement où son crâne rendit un son creux. L'outre de cuir tomba sur le sol, et son propriétaire glissa le long du mur jusqu'à ce qu'il se retrouvât assis, la tête pendante, les cheveux sanguinolents. Dans le même mouvement, Shalim saisit la prostituée par le bras.

Elle résista.

— Shalim, non, par pitié.

Mais il l'entraînait déjà, jetant un regard par-dessus son épaule avant d'aboyer.

— Amusez-vous, soldats. Et réunissez quelques catins pour moi quand vous aurez fini.

Altaïr en avait trop vu. Il était clair que Shalim ne cherchait pas Maria, et il ne la retrouverait pas en le suivant et ce, où qu'il se dirigeât avec la prostituée, que ce soit dans un lit ou une taverne. Il décida donc de retourner au marché où Markos déambulait au hasard des étals, les mains dans le dos, attendant de ses nouvelles.

— Je dois trouver un moyen d'approcher Shalim, dit-il à Markos une fois qu'ils se furent retirés dans l'ombre, passant à s'y méprendre pour deux marchands papotant à l'abri du soleil brûlant. S'il est aussi stupide qu'il est bravache, je ne devrais avoir aucun mal à le faire parler.

— Adresse-toi à l'un des moines, près de la cathédrale. (Markos gloussa.) La vie de débauche que mène Shalim exige des confessions fréquentes.

C'est ainsi qu'Altaïr se retrouva assis sur un banc près de la cathédrale, sous une canopée ondoyante, à attendre patiemment qu'un moine en robe blanche passe devant lui, baissant la tête pour le saluer. Altaïr lui retourna son salut, puis s'adressa à lui d'une voix suffisamment basse pour que lui seul puisse l'entendre.

— Cela ne vous pèse-t-il pas trop, mon frère, de souffrir constamment les péchés d'un homme aussi vil que Shalim ?

Le moine s'arrêta, regarda d'un côté puis de l'autre, puis se tourna finalement vers Altaïr.

— De fait, murmura-t-il, mais s'opposer à lui équivaut à signer soi-même son arrêt de mort. Cette cité héberge un trésor trop important aux yeux des Templiers pour que l'insubordination y soit la bienvenue.

— Parlez-vous des archives ? s'enquit Altaïr. Pouvez-vous me dire où elles se trouvent ?

Ces fameuses archives... La réponse d'Altaïr concernant les desseins des Templiers s'y trouvait peut-être. Mais le moine s'éloignait déjà en secouant la tête.

Soudain, la rue s'agita, et Altaïr s'aperçut avec surprise que Shalim était là, en train de monter sur une estrade. La prostituée n'était plus à son bras, et il avait l'air bien moins ivre que lorsqu'il l'avait croisé au lupanar.

— Hommes et femmes de Chypre, annonça-t-il tandis que les citoyens se massaient devant lui, Armand Bouchart m'envoie vous accorder à tous sa bénédiction, mais aimerait également vous rappeler que quiconque sème le désordre en cette cité et s'allie aux résistants sera arrêté et puni. À l'inverse, ceux qui cherchent à répandre les semis de l'ordre et de l'harmonie, et qui font acte d'obéissance envers le Seigneur en travaillant honnêtement, ceux-là profiteront de la bienfaisance du Grand maître. Ce message passé, unissons-nous, frères et sœurs, pour reconstruire ce que la haine et la rage ont ici mis à sac.

Voilà qui était étrange, pensa Altaïr. Shalim semblait reposé et sobre, soit l'absolu contraire de ce à quoi il se serait attendu d'un homme qui s'était, il y a peu, adonné à tant d'excès. Ce Shalim-là avait tout l'air d'un homme bien décidé à se prêter le jour durant aux jeux des femmes et de l'alcool. Mais ce Shalim-ci ? On aurait dit un homme tout autre. Pas uniquement dans son apparence, non : ses manières, son port et, à en juger par le contenu de son discours, son entière vision du monde, tout était radicalement différent. De plus, ce Shalim n'avait pas de gardes du corps. Ce Shalim, Altaïr pourrait le défaire sans mal dès qu'il emprunterait une ruelle de Kyrenia.

Lorsque Shalim descendit de l'estrade, s'éloigna – laissant derrière lui la cathédrale –, puis s'engouffra dans les rues de la cité dorées par le soleil, Altaïr se lança à sa poursuite.

Il eut du mal à savoir combien de temps ils avaient marché lorsque la silhouette colossale du château de Saint-Hilarion se dessina au-dessus d'eux et qu'il vit Shalim s'y diriger. Sans surprise, une fois arrivé devant les portes massives du château, le Templier emprunta une porte secondaire et disparut. Altaïr jura : il venait de perdre sa cible. Fort heureusement, le château grouillait toujours d'activité, et les deux portes principales s'ouvrirent pour laisser sortir un palanquin porté par quatre serviteurs. À leur trottinement rapide, Altaïr comprit sans mal que le véhicule était vide et commença à les suivre. Quelques minutes plus tard, les quatre hommes arrivèrent au port où ils déposèrent leur fardeau et attendirent là, les bras croisés.

Altaïr attendit lui aussi. Il s'assit sur un muret du port, les coudes sur les genoux, observant le palanquin et les porteurs qui attendaient, les marchands, les pêcheurs et les bateaux magnifiques qui tanguaient lentement au rythme des remous, leur coque percutant la digue. Des pêcheurs qui luttaient avec un gigantesque filet s'arrêtèrent net, les yeux tournés vers le quai et le sourire aux lèvres. Altaïr suivit leur regard et aperçut un groupe de femmes traverser le port d'un pas délicat : elles étaient vêtues des fins voiles de soie et de mousseline que portaient habituellement les courtisanes. Tandis qu'elles avançaient la tête haute, pleinement conscientes du désir qu'elles suscitaient, les pêcheurs leur lancèrent des regards libidineux, et les laveuses des grimaces dédaigneuses. Altaïr les observa plus attentivement.

Maria se trouvait parmi elles, vêtue elle aussi en courtisane.

Son cœur se souleva à sa vue. Que faisait-elle ici ? Visiblement, elle avait réussi à fuir les griffes de Shalim pour se remettre aussitôt en danger. Les femmes montèrent à bord du palanquin. Les serviteurs attendirent qu'elles s'y fussent installées, le soulevèrent, puis pivotèrent, le transportant bien plus difficilement que tout à l'heure, chaque homme ployant sous son poids. Ils sortirent du port et, si Altaïr ne se trompait pas, mirent le cap sur le château de Saint-Hilarion où Shalim se frottait probablement les mains en attendant ses jouets.

Altaïr se retourna pour les suivre, escalada le mur d'une bâtisse voisine, puis fila le long des toits, bondissant de l'un à l'autre en suivant le palanquin qui avançait plus bas. Il resta accroupi, tandis que le palanquin approchait des portes du château puis, calculant son saut, se laissa tomber sur son toit.

« Pouf ».

Le palanquin vacilla le temps que les porteurs s'adaptent à leur nouvelle charge. Altaïr avait parié sur le fait qu'ils étaient trop effrayés pour oser lever les yeux ; il avait vu juste. Ils assumèrent sans broncher le poids supplémentaire et poursuivirent leur route. Si les courtisanes elles aussi avaient senti la secousse, elles n'en dirent rien, et le véhicule franchit sans encombre le seuil du château pour pénétrer dans une vaste cour. Altaïr scruta les alentours : des archers étaient postés sur les remparts et pouvaient à tout moment le voir. Il bondit au sol et se dissimula derrière un muret d'où il observa Maria descendre du palanquin. Un garde l'escorta jusqu'à une petite porte qu'elle emprunta avant lui.

Il grimpa sur un appentis : il allait lui falloir contourner la cour entière. En tout cas, une chose était sûre : maintenant qu'il avait retrouvé Maria, il ne la perdrait plus.

Chapitre 45

Maria fut invitée à rencontrer le propriétaire du château de Saint-Hilarion sur un large balcon baigné par le soleil brûlant. L'un des propriétaires en réalité. Altaïr l'ignorait jusque-là, mais Shalim avait un frère jumeau, Shahar. C'était lui qu'Altaïr avait entendu discourir sur la bienveillance de Bouchart et qui détenait la réponse à la question que se posait Altaïr : comment un homme qui avait passé la soirée à boire et se rouler dans le stupre pouvait paraître aussi vigoureux le lendemain ?

Maria, elle, connaissait les deux hommes et savait parfaitement comment les dissocier : Shalim avait les yeux noirs et l'apparence des hommes partageant son train de vie. Shahar, lui, semblait bien plus vif. C'est de lui que Maria s'approchait. Il se tourna pour faire face à l'Anglaise et son visage s'illumina. Il sourit tandis qu'elle traversait le balcon jusqu'à lui, resplendissante dans sa tenue de courtisane, assez pour attirer le regard de n'importe quel homme.

— Je ne pensais pas te revoir. (Il la dévora du regard.) Que puis-je faire pour toi, petite panthère ?

Il passa à côté d'elle et fit quelques pas en direction de la pièce.

— Je ne suis pas ici pour être flattée, lâcha Maria, cinglante malgré son apparente bienveillance. Ce sont des réponses que je veux.

Elle le suivit et, lorsqu'ils furent à l'intérieur, il la toisa d'un regard aussi amusé que lubrique dont elle fit admirablement abstraction. Elle ne désirait qu'une chose : entendre elle-même ce qu'Altaïr lui avait révélé.

— Oh ? dit Shahar.

— Est-ce vrai ce que j'ai entendu ? Est-ce vrai que les Templiers veulent utiliser la Pomme, l'Orbe d'Éden, pour faire le mal ? Non pour éclairer le peuple, mais pour l'asservir ?

Il lui adressa un sourire indulgent comme s'il expliquait les choses à un enfant aussi adorable que simplet.

— Le peuple est inquiet, Maria. Perdu. C'est un troupeau de moutons suppliant qu'on le guide. Et c'est exactement ce que nous lui offrons : une vie simple libérée de toute appréhension.

— Mais notre Ordre a été créé pour protéger le peuple ! insista-t-elle. Non pour le priver de sa liberté !

Shahar fit la moue.

— Nous n'avons que faire de la liberté, Maria. C'est à l'ordre que les Templiers aspirent, et à rien d'autre.

Il s'avança vers elle. Elle recula.

— L'ordre ou l'asservissement ?

Sa voix se fit plus profonde et ténébreuse.

— Appelle cela comme tu veux, ma chère...

Il tendit les bras vers elle, et son entreprise – ô combien évidente ! – ne fut interrompue que par l'arrivée soudaine d'Altaïr dans la pièce. Shahar se retourna et hurla.

— Un Assassin !

Il saisit Maria par les épaules et la projeta au sol où elle atterrit douloureusement. Altaïr décida aussitôt que la brute paierait pour ce geste.

— Mes excuses, Shalim, je me suis permis d'entrer, lâcha Altaïr.

— Oh, c'est donc mon frère que tu cherches, sourit Shahar. Je suis sûr qu'il serait ravi de se joindre à nous.

Altaïr entendit du bruit au-dessus et leva les yeux vers un balcon où apparut Shalim, le visage fendu d'un sourire. Deux gardes déboulèrent alors à l'intérieur de la pièce, prêts à bondir sur Maria. L'Anglaise se releva, tourbillonna, dégaina l'épée qui pendait au fourreau de l'un des soldats et s'en servit contre lui.

Il hurla et s'effondra au sol. Maria tournoya de plus belle, mit un genou à terre et frappa de nouveau, éliminant le deuxième homme. Au même instant, Shalim bondit par-dessus la balustrade et atterrit au milieu de la pièce aux côtés de son frère. Altaïr les avait désormais tous deux sous les yeux, et fut stupéfié de voir combien ils se ressemblaient. Maria se tenait à côté de lui, haletante, son épée nouvellement acquise dégoulinante de sang. Ce serait eux contre les jumeaux ! Altaïr sentit sa poitrine se gonfler d'une émotion étrange, d'un mélange de fierté et d'un sentiment qu'il préféra taire.

— C'est eux contre nous !

Pourtant, fidèle à elle-même, Maria surprit l'Assassin : au lieu de combattre à ses côtés, elle lâcha un soupir méprisant et fila en direction de la porte ouverte plus tôt par les gardes. Altaïr réfléchit un instant : allait-il la suivre ? Mais les frères se ruèrent sur lui, l'obligeant à se défendre face aux deux talentueux bretteurs qu'ils étaient.

Les jumeaux entamèrent ce combat long et sauvage en toute confiance, certains de se débarrasser rapidement de l'importun. Après tout, ils étaient deux et maniaient la lame avec excellence : l'Assassin ne ferait pas long feu. Mais c'était sans compter la rage et la frustration qui brûlaient les entrailles d'Altaïr. Ce dernier ne se sentait plus capable de discerner ses amis de ses ennemis. Il avait tant de fois été trahi : ceux qui se disaient ses amis s'étaient retournés contre lui ; ceux dont il pensait pouvoir gagner l'amitié – voire plus que l'amitié… – lui avaient craché au visage. Tout ce dont il était certain était son engagement dans une guerre aux intrications trop complexes impliquant un pouvoir et des idéologies auxquels il n'entendait encore rien. Il devait continuer à combattre, à lutter, jusqu'au dénouement.

Et lorsque les cadavres des jumeaux reposèrent enfin à ses pieds, leurs jambes et leurs bras tordus dans des angles impossibles, les yeux écarquillés, il ne prit aucun plaisir, aucune satisfaction à les avoir vaincus. Il débarrassa le sang de son épée d'un geste vif et absent, la rengaina et se dirigea vers le balcon. Derrière lui, alors qu'il se tenait debout sur la balustrade, les bras écartés, il entendit les pas précipités d'autres gardes arrivés en renfort. Une charrette l'attendait en bas. Il y plongea, puis disparut dans les rues de la cité.

Un peu plus tard, lorsqu'il arriva au repaire, Markos l'accueillit chaleureusement, enthousiaste au récit de la défaite des deux frères. Autour d'eux, d'autres résistants s'embrassaient, euphoriques. Enfin, la résistance allait pouvoir reprendre le contrôle de Kyrenia et, après celui de Kyrenia, peut-être celui de l'île entière !

Markos rayonnait.

— Nous y sommes, Altaïr ! Les navires des Templiers quittent le port par dizaines ! Kyrenia sera bientôt libre ! Peut-être même Chypre tout entière !

Altaïr sourit, réjoui par la joie qui illuminait les yeux du résistant.

— Ne baissez pas votre garde pour autant, lui conseilla-t-il.

Cependant il n'en était pas plus proche de découvrir le lieu où étaient conservées les archives. Le départ des Templiers n'en demeurait pas moins un indice.

— Ils ne laisseraient pas leurs archives derrière eux, reprit-il. Elles ne doivent pas être ici.

Markos réfléchit.

— La plupart des navires semblaient mettre le cap sur Limassol. Se pourrait-il qu'elles s'y trouvent ?

Altaïr acquiesça.

— Merci à toi, Markos. Tu as servi ton pays avec honneur.

— Prends garde à toi, Altaïr.

Plus tard, Altaïr parvint à se glisser dans un navire qui l'emmènerait à Limassol. Là, il espérait pouvoir lever le voile sur les intentions des Templiers et découvrir la vérité concernant Alexandre.

Ces questions ne le quittèrent pas durant son voyage de retour, et il confia à son journal :

« Je me rappelle mes moments de faiblesse et ma confiance ébranlée par les mots d'Al Mualim qui a été comme un père pour moi et qui s'est avéré être mon plus grand ennemi. Il suffisait qu'un doute infime s'immisce dans mon esprit pour que la relique lui permette de s'y engouffrer. Mais j'ai vaincu ses spectres et retrouvé ma confiance perdue avant d'avoir enfin raison de lui. »

Chapitre 46

Limassol n'avait que peu changé depuis sa dernière visite. Il la trouva toujours grouillante de Templiers et de citoyens aigris, le visage toujours lourd de frustration et de colère.

Sans perdre une seconde, Altaïr situa le nouvel abri de la résistance : un entrepôt désaffecté. Il y entra, déterminé à faire part à Alexandre de ce qu'il avait appris sur lui en entendant la conversation entre Bouchart et Shalim. Mais lorsqu'il entra, ce fut Alexandre qui l'invectiva.

— Arrière, félon ! Tu as trahi la résistance et vendu notre cause. Tu travaillais avec Bouchart depuis le début ! Avoue !

Si Altaïr s'était préparé à une éventuelle altercation physique avec Alexandre, il se calma devant la réaction du résistant et se dit qu'il avait peut-être mal interprété ce dont il avait été témoin. Cela ne l'empêcha pas de rester vigilant.

— Je m'apprêtais à t'adresser les mêmes reproches, Alexandre. J'ai entendu Bouchart mentionner ton nom. Il t'a fait parvenir une sacoche, n'est-ce pas ?

Les yeux plissés, Alexandre acquiesça. La salle ne contenait que peu de mobilier, mais une table se trouvait non loin d'eux et, sur le plateau, la sacoche que Bouchart avait remise à Shalim à Kyrenia.

— Oui, répondit Alexandre. La tête de ce pauvre Barnabas.

Altaïr approcha de la sacoche. Il défit le nœud qui la maintenait fermée et la toile retomba sur le bois, laissant apparaître une tête tranchée. Mais…

— Ce n'est pas l'homme que j'ai rencontré à Kyrenia, commenta Altaïr qui regardait tristement la tête meurtrie.

La chair livide exhalait une forte odeur de décomposition. Les yeux étaient mi-clos, et on voyait la langue poindre entre les lèvres entrouvertes.

— Comment ? demanda Alexandre décontenancé.

— Le véritable Barnabas a été assassiné avant mon arrivée, puis remplacé par un agent des Templiers qui, d'ailleurs, a semé le chaos dans la ville avant de disparaître.

— Dieu nous vienne en aide… Les Templiers se sont montrés tout aussi brutaux ici : leurs capitaines sillonnent les rues, les quais et la place de la cathédrale. Ils arrêtent tous ceux qui ont une tête qui ne leur revient pas.

— Ne perdez pas espoir, dit Altaïr. Les résistants de Kyrenia ont su ébranler les Templiers. Nous les bouterons également hors de Limassol.

— Sois prudent, en tout cas. La propagande templière t'a discrédité aux yeux de nombreux résistants, et la plupart des autres sont méfiants.

— Merci de l'avertissement.

Altaïr rechercha en vain Bouchart dans la cité, et lorsqu'il retourna à la cachette pour prévenir Alexandre de la mauvaise nouvelle, il la trouva déserte à l'exception d'une note posée sur la table. Il la ramassa et la lut : Alexandre voulait le retrouver dans la cour du château. C'était en tout cas ce que disait la note.

Altaïr réfléchit. Avait-il déjà vu l'écriture d'Alexandre ? Pas dans ses souvenirs. Quelqu'un avait peut-être forcé le rafiq à rédiger ce message.

Tandis qu'il faisait route vers le lieu de rendez-vous, son instinct l'avertit qu'il s'agissait sans doute d'un piège et c'est le cœur lourd que, à son arrivée dans la cour, il découvrit un cadavre étendu sur le sol.

Non, pensa-t-il.

Il regarda aussitôt autour de lui. Les remparts qui ceignaient la cour étaient déserts. D'ailleurs, l'endroit était bien plus calme qu'il ne l'avait prévu. Il s'agenouilla vers le corps et le retourna. Comme il le craignait, les yeux sans vie d'Alexandre se posèrent sur lui.

Une voix hurla alors au-dessus de lui. Il se raidit, se retourna et distingua une silhouette sur les remparts. Ébloui par le soleil, il se couvrit les yeux de la main, mais ne parvint pas à identifier le nouvel arrivant. Était-ce Bouchart ? Qui que ce soit, il portait en tout cas la croix rouge des croisés et se tenait là, les jambes légèrement écartées, les mains sur les hanches, dans la posture caricaturale du héros triomphant.

Le chevalier désigna du doigt le cadavre d'Alexandre.

— Est-ce un ami à toi ? lâcha-t-il d'une voix moqueuse.

Altaïr espéra pouvoir faire payer bientôt cette pique au chevalier. L'homme se tourna légèrement, et l'Assassin put enfin voir son visage. C'était l'espion. Celui qui s'était fait passer pour Barnabas à Kyrenia et qui était probablement responsable de la mort du véritable chef de la résistance. De la mort d'un homme juste. Altaïr lui ferait payer cela également. Il serra les poings et les muscles de sa mâchoire. Mais pour l'heure, l'espion avait l'avantage sur lui.

— Tu m'excuseras, hurla-t-il au Templier, mais ton nom m'échappe.

— Que t'ai-je dit à Kyrenia ? ricana l'espion. Barnabas, je me trompe ?

Soudain, une clameur s'éleva derrière lui. Il se retourna et aperçut un groupe de citoyens rentrer dans la cour. Un coup monté. L'espion avait monté le peuple contre lui. Il allait être jugé pour le meurtre d'Alexandre par une foule arrivée au moment idéal pour le prendre sur le fait. Il s'était jeté naïvement dans la gueule du loup malgré ses pressentiments.

Il se maudit une fois de plus et observa alentour. Les murs de grès s'élevaient partout autour de lui. Des escaliers menaient aux remparts, mais l'espion se tenait en haut des marches, le sourire jusqu'aux oreilles, jubilant à l'idée de voir la foule des citoyens échaudés et avides de vengeance déferler sur Altaïr pour réclamer justice.

— Le traître est là !

— Pendez-le !

— Tu vas payer pour tes crimes !

Altaïr ne bougea pas. Sa première pensée fut de tirer son épée, mais il se ravisa : il ne pouvait tuer aucun citoyen. Exécuter un citoyen aurait détruit la foi du peuple en la résistance comme en l'Ordre des Assassins. La seule possibilité qui s'offrait à lui était de plaider son innocence. Malheureusement, il semblait peu probable que les citoyens se laissent convaincre. Désespéré, il chercha une ultime solution.

Et la trouva.

La Pomme.

C'était comme si elle l'appelait. Il avait soudain pris conscience qu'elle était là, dans la sacoche qu'il portait dans son dos. Il s'en saisit et la montra à la foule.

Il n'avait pas la moindre idée de ce qu'il tentait d'accomplir en l'utilisant, et n'était pas plus sûr des conséquences de son acte. Il sentait néanmoins que la Pomme obéirait au moindre de ses ordres. Mais n'était-ce qu'une sensation ? Une impression ? Un instinct ?

Non. La Pomme se mit à battre et à briller dans ses mains, émettant une lumière diffuse qui sembla envelopper la foule qui se figea immédiatement, magiquement apaisée. Le Templier, abasourdi eut un mouvement de recul. Altaïr se sentit soudain tout-puissant. À cet instant, non seulement il ressentait l'irrésistible attraction de la Pomme et la puissance divine qu'elle lui octroyait, mais il prit aussi toute la mesure du terrible danger qu'elle représentait entre les mains de ceux qui désiraient l'utiliser pour faire le mal, bien entendu, mais également entre les siennes. Même lui n'était pas insensible à la tentation. Il l'utilisait aujourd'hui, mais il se jura de ne jamais le refaire…

Pas dans ce genre de situation, en tout cas.

Il s'adressa à la foule.

— Armand Bouchart est le seul responsable de vos souffrances, hurla-t-il. Il a engagé cet homme pour qu'il monte les résistants les uns contre les autres. Partez et prenez les armes, citoyens de Chypre ! Bientôt, cette île sera de nouveau la vôtre !

Pendant un bref instant, il se demanda si cela avait fonctionné. Une fois qu'il aurait baissé la Pomme, la foule se ruerait-elle de nouveau sur lui pour le lyncher ? Mais il la baissa, et la foule l'épargna. Ses mots avaient persuadé les Chypriotes qu'ils s'étaient fourvoyés. Il les avait convaincus. Sans plus de cérémonie, ils se tournèrent et quittèrent la cour, disparaissant aussi vite qu'ils étaient apparus, mais soumis. Repentis, presque.

La cour était de nouveau déserte et, l'espace d'une seconde, Altaïr regarda la Pomme s'éteindre dans sa main, pris d'une soudaine admiration pour cette relique qui l'effrayait sans pour autant qu'il parvienne à s'en détacher. Il la dissimula subitement dans sa sacoche dès que l'espion reprit la parole.

—C'est un jouet intéressant que tu as là... Tu ne m'en voudras pas de te l'emprunter?

Pour Altaïr, une chose était sûre : si le Templier voulait la Pomme, il devrait l'arracher à son cadavre. Il dégaina sa lame, prêt au combat. Le Templier sourit, anticipant le combat à venir, puis s'apprêta à descendre des remparts...

Mais il s'arrêta net!

Son sourire disparut de son visage comme un corbeau rattrapé par la nuit.

Une lame transperçait sa poitrine, et le sang ruisselant maculait sa tunique, avalant peu à peu la croix rouge qui l'ornait. L'homme baissa les yeux, troublé, incapable de comprendre d'où venait la lame. Plus bas, dans la cour, Altaïr se posait la même question. Puis le Templier s'effondra et Altaïr distingua une silhouette derrière lui. Une silhouette qu'il reconnut aussitôt.

Maria!

Elle sourit et précipita le corps du Templier au bas des remparts où il s'écroula lourdement sur le sol. Debout, triomphante, la lame dégoulinante de sang, elle regarda Altaïr et sourit une fois encore avant de secouer son arme et de la rengainer.

—Alors, dit-elle, tu avais la Pomme avec toi depuis le début...

Il acquiesça.

—Et maintenant, tu sais quelles atrocités elle pourrait engendrer si elle se retrouvait entre de mauvaises mains.

—Je ne sais pas si je pourrais aisément qualifier les tiennes de bonnes mains pour autant.

—Tu ne le dois pas. C'est certain. Je vais la détruire... ou la cacher peut-être. Tant que je n'aurais pas trouvé les archives des Templiers, j'ignore encore quel destin je lui réserve.

— Oh, tu peux prendre ta décision alors, dit-elle. Les archives des Templiers sont juste sous tes pieds…

Chapitre 47

Comme pour ponctuer la révélation de Maria, des hurlements retentirent à l'entrée de la cour et un groupe de Templiers déboula dans la cour, les yeux luisants de rage derrière la visière de leur heaume.

Maria interpella Altaïr du haut des remparts :

— Par ici, vite !

Elle se retourna et courut à toutes jambes le long des remparts jusqu'à une porte. Altaïr s'apprêtait à la rejoindre, lorsque trois soldats fondirent sur lui. Il jura, en les accueillant dans un tintement de métal. Il avait encore perdu Maria de vue !

Les soldats étaient habiles et bien entraînés – les muscles de leur cou le prouvaient –, mais même trois bretteurs d'excellence n'étaient pas de taille face à l'Assassin qui s'agita lestement autour d'eux et attaqua jusqu'à ce qu'ils gisent à ses pieds.

Il leva les yeux : les remparts étaient déserts à l'exception du cadavre de l'espion. Maria avait disparu. Il monta les escaliers quatre à quatre, ne prenant qu'une seconde pour observer le corps de l'homme : si le travail d'un agent double était de semer le trouble dans les rangs ennemis, alors celui-ci avait été brillant. Le Templier était presque parvenu à monter le peuple contre la résistance, le poussant à se jeter volontairement dans la gueule de Templiers qui, plutôt que de les éclairer, comptaient les soumettre et les contrôler.

Altaïr repartit au pas de course jusqu'à la porte. Il se tenait devant le bâtiment contenant les archives. Il entra.

La porte se referma derrière lui, et il se retrouva sur une passerelle qui longeait la paroi d'un puits caverneux qui plongeait dans les ténèbres. Des torches faiblardes jetaient des ombres dansantes sur les croix des Templiers qui ornaient la roche. Tout semblait calme.

Non. Pas si calme que cela.

De très loin en dessous montaient à ses oreilles des hurlements. Des gardes, peut-être, alertés par… Maria ? Non. Cet esprit rebelle n'embrasserait plus jamais l'idéologie templière. Aux yeux de l'ennemi, elle était une traîtresse désormais. En éliminant un Templier et en révélant à Altaïr la localisation des archives, elle avait rejoint le camp des Assassins. Ils la tueraient dès qu'ils la verraient, même si, d'après ce qu'Altaïr savait de ses compétences martiales, la chose serait infiniment plus facile à dire qu'à faire.

Il commença à descendre les marches obscures, bondissant par moments par-dessus les trous que le temps avait creusés dans la pierre, et atteignit une salle au sol recouvert de sable. Trois gardes l'accueillirent. Il se débarrassa du premier d'un lancer de couteau avant de prendre à contre-pied le deuxième et de planter sa lame dans son cou. Il embrocha le troisième qui s'effondra à son tour. Altaïr les acheva et reprit son exploration. Il entendit au loin le bruit tempétueux de chutes d'eau, et se retrouva bientôt sur un pont qui filait entre deux cascades. Le bruit suffit à dissimuler sa présence aux yeux de deux gardes postés à l'autre bout du pont. Deux coups d'épée et les hommes s'effondrèrent à leur tour.

Il continua à avancer, suivit un instant un chemin pentu qui descendait toujours plus profond dans ces abysses, jusqu'à ce qu'il arrivât dans… la bibliothèque. Tout autour de lui, la pièce était remplie d'étagères chargées d'ouvrages. Il y était! Enfin! Il ne savait pas trop ce qu'il s'était attendu à trouver ici, mais le nombre relativement faible de livres et de reliques le surprit. Avait-il vraiment découvert les archives dont il avait tant entendu parler?

Malheureusement, il n'avait pas le temps de s'arrêter et d'inspecter les lieux: des voix résonnaient derrière lui, couvertes par des bruits de lames qui s'entrechoquent: deux combattants s'affrontaient, et l'un d'entre eux était, sans nul doute possible, une femme.

Devant lui se trouvait une grande arche dont le sommet était orné de la croix de l'Ordre du Temple. Il s'y dirigea et rentra dans une grande salle dont le centre était occupé par une aire de cérémonie cerclée de colonnes de pierre à l'architecture complexe. Là, au cœur de la salle, Bouchart et Maria s'affrontaient. L'Anglaise parvenait tout juste à repousser les assauts du Grand maître qui la blessa soudain. Maria trébucha et hurla en se tordant de douleur sur le sol.

Bouchart posa sur elle un regard indifférent, se retournant déjà vers Altaïr qui n'avait pourtant pas fait le moindre bruit en entrant dans la vaste chambre.

— Stupide empereur Comnène, annonça le Templier plein de mépris pour feu le dirigeant chypriote. C'était un imbécile… mais au moins, c'était notre imbécile. Pendant près de dix ans, nous avons œuvré sans encombre sur cette île. Nos archives étaient le secret le mieux gardé de Chypre. Malheureusement, même les plans les mieux élaborés sont vulnérables à la bêtise d'Isaac.

Pendant plus de dix ans, pensa Altaïr. *Mais alors…* Il avança d'un pas, son regard allant de Bouchart à Maria.

— Il a irrité le roi Richard et mené les Anglais trop près des archives à votre goût, n'est-ce pas ?

Bouchart ne s'interposant pas, il traversa la salle jusqu'à Maria et étudia son visage à la recherche d'un quelconque signe de vie.

Le Grand maître parlait, semblant prendre plaisir à s'écouter parler.

— Heureusement, nous sommes parvenus à convaincre Richard de nous vendre l'île. C'est le meilleur moyen que nous ayons trouvé de détourner son attention.

Les paupières de Maria papillotèrent. Elle gémit. *Vivante !* Lâchant un soupir de soulagement, Altaïr déposa délicatement sa tête sur la pierre et se redressa pour faire face à Bouchart qui les avait observés, la bouche fendue d'un sourire complaisant.

— Vous avez acheté ce que vous contrôliez déjà…, lâcha Altaïr pensif.

Il comprenait enfin. Les Templiers avaient acheté Chypre à Richard pour empêcher qu'il ne découvre leurs archives. Cela ne lui parut plus si étonnant qu'ils l'aient pourchassé avec autant de zèle dès son arrivée sur l'île.

Bouchart confirma.

— Et regarde où cela nous a menés. Depuis que tu as débarqué ici et commencé à fourrer ton nez jusque dans les recoins les plus ténébreux, les archives ne sont plus en sécurité.

— J'aimerais pouvoir en être désolé, mais j'ai pour habitude d'obtenir ce que je veux, répondit Altaïr sur un ton plus confiant qu'il ne l'était vraiment.

Comme pour confirmer ses doutes, Bouchart sourit.

— Oh, pas cette fois-ci, Assassin. Pas aujourd'hui. Notre petit détour par Kyrenia nous a donné tout juste assez de temps pour déplacer les archives.

Bien sûr. Ce n'étaient pas des archives décevantes qu'il avait traversées tout à l'heure, mais seulement les ouvrages indésirables que les Templiers avaient abandonnés derrière eux. Il l'avait attiré à Kyrenia pour avoir le temps de déplacer leurs livres les plus précieux.

— Vous ne déplaciez pas vos reliques vers Chypre… mais hors de Chypre, pensa Altaïr à voix haute qui venait de comprendre.

— Exactement, dit Bouchart en acquiesçant, comme pour le féliciter. Mais tout n'a pas forcément à quitter l'île. J'envisage notamment de te laisser pourrir ici.

Bouchart bondit vers Altaïr, l'épée en avant. L'Assassin para le coup et contre-attaqua. Bouchart, qui s'y était attendu, para à son tour et continua à attaquer, forçant Altaïr à jouer les équilibristes sur son pied d'appui pour esquiver et parer les coups d'estoc et de taille. De toute évidence, Bouchart était un bretteur émérite. Il était également rapide et, à la force brute pour laquelle optaient généralement les croisés, préférait la vitesse et la mobilité. Mais il avait chargé, s'attendant à vaincre aisément et rapidement l'Assassin. Son envie brûlante de l'emporter l'avait poussé à négliger l'endurance que réclamait un tel combat, et Altaïr le laissa s'épuiser, parant ses assauts les uns après les autres, contre-attaquant parfois, faisant chaque fois couler le sang. Une taillade ici, une entaille là. La cotte de mailles de Bouchart commençait à saigner, pesant de plus en plus sur ses épaules.

Tandis qu'il combattait, Altaïr repensa à Maria et à tous ceux qui étaient morts sur ordre du Templier, mais empêcha ses souvenirs de nourrir son désir de vengeance. Au lieu de cela, ces derniers renforcèrent sa détermination. Bouchart ne souriait plus et, si l'Assassin restait silencieux, il commençait, lui, à grogner sous le poids de l'effort et de la frustration. Ses mouvements étaient moins coordonnés, et ses attaques rataient souvent leur cible. Il suait sang et eau et luttait rageusement, les lèvres retroussées.

Altaïr, lui, continuait à user son adversaire. D'un coup précis, il lacéra son front, forçant le Templier à essuyer son visage à l'aide de son gantelet pour nettoyer le sang qui l'aveuglait. Bouchart parvenait à peine à soulever son épée. Il haletait, cherchant péniblement son souffle, plissant les yeux sous son masque de sang pour trouver l'Assassin parmi les ombres. Il avait perdu. Bientôt, il serait mort.

Altaïr ne joua pas avec lui. Il attendit qu'il n'y ait plus le moindre risque, qu'il fût certain que Bouchart ne feignait pas une apparente faiblesse…

Puis il le passa au fil de sa lame.

Bouchart s'effondra sur le sol, et Altaïr s'agenouilla à ses côtés. Le Templier posa sur lui un regard plein de respect.

— Ah… Tu fais honneur à ton Credo, haleta-t-il.

— Comme tu t'es éloigné du tien.

— Je ne m'en suis pas éloigné… Je l'ai poussé plus avant. Ce monde est plus complexe que la plupart des gens ne veulent bien l'admettre. Et si toi, Assassin… si tu savais faire plus que tuer, tu le comprendrais peut-être.

Altaïr fronça les sourcils.

— Garde tes discours sur la nature de la vertu pour l'autre monde, et meurs en sachant que je ne laisserai jamais la Pomme, l'Orbe d'Éden, tomber entre d'autres mains que les miennes.

Lorsqu'il prononça son nom, il sentit sa chaleur contre son dos comme si elle s'était soudain éveillée.

Bouchart sourit ironiquement.

— Garde-la précieusement à tes côtés, Altaïr. Bientôt… tu en viendras aux mêmes conclusions que nous…

Il rendit l'âme. Altaïr ferma ses paupières et, au même instant, le bâtiment se mit à trembler, l'inondant de débris rocheux. On entendit des tirs de canon. Les Templiers scellaient à tout jamais leurs archives. C'était évident. Tout devait disparaître.

Il courut jusqu'à Maria et l'aida à se remettre sur pied. Pendant quelques secondes, ils partagèrent un regard empli d'une émotion aussi véritable que silencieuse. Elle le tira soudain par le bras et le guida à l'extérieur de la grande pièce ébranlée par de nouveaux tirs de canons. Altaïr se retourna à temps pour voir deux des magnifiques colonnes voler en éclats en percutant le sol de pierre. Il rejoignit ensuite Maria à grandes enjambées, la suivit tandis qu'elle gravissait deux à deux les marches qui les avaient menés le long du puits jusque dans les archives souterraines. Un nouveau tir anéantit un pan entier de la paroi qui vola en éclats devant eux, mais ils continuèrent à courir, esquivant les éclats meurtriers jusqu'à ce que la sortie soit en vue.

Les marches détruites, Altaïr escalada la paroi et hissa Maria jusque sur une plate-forme. Ils se précipitèrent tous deux vers l'extérieur, tandis que les bombardements s'intensifiaient et que le bâtiment commençait à s'effondrer sur lui-même, les forçant à bondir vers la lumière.

Ils restèrent allongés là quelque temps, à inspirer de grandes bouffées d'air pur, heureux d'être encore en vie.

Plus tard, après que les navires des Templiers eurent quitté l'île, emportant avec eux le reste de leurs précieuses archives, Altaïr et Maria se retrouvèrent dans le port de Limassol. Ils marchèrent, pensifs, sous la lumière mourante du couchant.

— Je ne veux plus de tout ce qui m'a amenée à combattre en Terre sainte, dit Maria après un long silence. Et tout ce que j'ai abandonné pour rejoindre les Templiers… qu'en est-il aujourd'hui ? Dois-je tenter de récupérer tout ce que j'ai laissé derrière moi ?

— Comptes-tu repartir pour l'Angleterre ? demanda Altaïr.

— Non… Je suis déjà si loin de chez moi. Je compte partir vers l'Est. En Inde, peut-être. Où jusqu'à ce que je tombe du rebord du monde jusque dans l'inconnu… Et toi ?

Altaïr réfléchit quelques secondes, profitant de leur rapprochement.

— Pendant longtemps, sous le tutorat d'Al Mualim, j'ai pensé que ma vie avait atteint une limite obscure et que ma tâche en ce monde était de montrer aux autres la noirceur du précipice que j'avais découvert.

— Un récit bien familier à mes oreilles…

Il sortit la Pomme de sa sacoche et l'examina.

— Aussi terrible que puisse être cet artefact, il contient des merveilles… que j'aimerais comprendre au mieux de mes possibilités.

— Tu joues avec le feu, Altaïr.

Il acquiesça lentement.

— Je sais. Mais la curiosité me ronge, Maria. Je brûle de m'entretenir avec les plus grands esprits de ce monde, d'explorer ses bibliothèques les plus riches et d'apprendre les secrets de la nature et de l'univers.

— Et tout cela en l'espace d'une vie ? N'est-ce pas un peu ambitieux ?

Il rit discrètement.

— Qui sait ? Peut-être une vie est-elle suffisante pour tout cela ?

— Peut-être. Et où comptes-tu partir pour assouvir ta soif de connaissance ?

Il la regarda et sourit. La seule chose qu'il désirait, c'était qu'elle fût à ses côtés tout au long de son voyage.

— Vers l'Est…, lui dit-il.

Quatrième partie

Chapitre 48

15 juillet 1257

Maffeo me dévisage étrangement parfois. C'est comme s'il estimait que je ne lui fournis pas suffisamment d'informations pour qu'il comprenne pleinement l'histoire du Maître. Il m'a souvent adressé ces regards réprobateurs lors de mon récit. Que nous regardions passer les heures dans le marché animé de Masyaf, que nous profitions des courants d'air frais qui filent dans les catacombes situées sous la citadelle ou que nous arpentions les remparts en admirant la danse des oiseaux qui tourbillonnent au loin et plongent dans la vallée, il m'adresse de temps à autre ce regard qui semble dire : « Que me caches-tu, Niccolò ? ».

Bien entendu, la réponse à cette question est : « Rien », à l'exception de ma conviction que, un jour ou l'autre, nous aurons un rôle à jouer dans cette histoire et que le Maître ne m'a pas conté son histoire pour rien. Cet avenir impliquera-t-il la Pomme ? Les journaux du Maître, peut-être ? Ou le Codex, ce livre dans lequel il a consigné ses trouvailles les plus importantes.

Malgré tout, Maffeo m'adressait régulièrement cet agaçant regard.

— Et ?

— Et quoi donc, mon frère ?

— Altaïr et Maria sont-ils partis vers l'Est ?

— Maffeo, Maria est la mère de Darim, le gentilhomme qui nous a invités ici.

Maffeo tourna la tête vers le soleil pour le laisser réchauffer son visage, tandis que, les yeux clos, il assimilait l'information. Je pense qu'il tentait de réconcilier l'image du Darim qu'il connaissait, celle d'un sexagénaire au visage parcheminé, et celle d'une personne ayant une mère. Une mère comme Maria, qui plus est.

Je le laissai à ses pensées, lui adressant un sourire indulgent. Maffeo ne m'assommait pas plus de questions que j'en avais moi-même assommé le Maître, même si je m'étais prêté à ces assauts avec bien plus de déférence.

— Où est la Pomme à présent ? lui avais-je demandé un jour.

Pour être honnête, j'avais secrètement espéré qu'un jour ou l'autre, il finît par me la montrer. Après tout, il en avait parlé avec tant d'admiration, voire de crainte parfois... que j'espérais avoir la chance de la voir de mes yeux. Peut-être désirais-je en réalité comprendre l'attraction mystérieuse qu'elle exerçait sur qui la regardait.

Malheureusement, cela n'arriva pas. Il répondit à ma question par une série de sons agacés, et je sentis qu'il se posait sincèrement la question de savoir s'il pouvait ou non me répondre. Sentant peut-être que mon ardent désir de voir la Pomme risquait de ternir l'intérêt que j'avais pour son récit, ou ma compréhension des faits, que sais-je, il finit par me répondre. Il me révéla que, après avoir libéré Chypre des Templiers, il avait établi sur l'île une base pour la Fraternité qui fit office de fort stratégique pour l'Ordre, et que de nombreuses, très nombreuses années plus tard, après avoir étudié la Pomme plusieurs décennies durant, il avait chargé Darim, son unique fils alors, de la porter à la citadelle chypriote où elle se trouve encore aujourd'hui.

Mais je ne devais pas encombrer mon esprit de toutes ces réflexions à propos de la Pomme, m'avait-il conseillé le doigt levé. Mon entière concentration devait se porter sur le Codex, car ses pages recélaient les secrets de la relique sans, disait-il, les effets démoniaques de l'artefact lui-même.

Le Codex. Il m'apparaissait clair désormais que c'était le Codex qui aurait de l'importance à l'avenir. Dans mon avenir, même.

Bref. Pour l'heure, je regardais Maffeo ruminer le fait que Darim était le fils d'Altaïr et Maria, et que, de leurs débuts conflictuels étaient nés un profond respect, de l'attraction, de l'amitié, de l'amour et enfin…

— Un mariage ? suggéra Maffeo. Altaïr et Maria étaient mariés ?

— Effectivement. Ils se marièrent à Limassol deux ans après les événements que je t'ai relatés. La cérémonie eut lieu à Chypre, par respect pour les Chypriotes qui avaient permis aux Assassins de s'installer sur leur île. Je crois que Markos y fut invité d'honneur, et qu'ils trinquèrent non sans une certaine ironie aux pirates qui l'avaient, malgré eux, mis sur la route d'Altaïr et Maria. Peu de temps après le mariage, l'Assassin et son épouse s'en retournèrent à Masyaf où naquit leur fils, Darim.

— Leur fils unique ?

— Non. Deux ans après la naissance de Darim, Maria accoucha d'un autre garçon, Sef.

— Et qu'en est-il de lui ?

— Chaque chose en son temps, mon frère. Chaque chose en son temps. Pour l'heure, il te suffit de savoir que cette période fut une des plus riches et des plus paisibles pour le Maître. Il en parle peu, comme si elle était trop précieuse et délicate pour l'exposer au grand jour, mais il en a relaté la plus grande partie dans le Codex. Chaque jour, de nouvelles découvertes et révélations égayaient son quotidien.

— Par exemple ?

— Il les a toutes consignées dans ses journaux. On y trouve autant de remèdes que de recettes pour confectionner de nouveaux poisons, des descriptions d'inventions à venir et de catastrophes qui ne se sont pas encore produites, des dessins d'armures et de nouvelles lames secrètes, dont celle capable de tirer des projectiles. Il y disserte aussi sur la nature de la foi et sur les origines de l'humanité, forgée à partir du chaos, et d'un ordre imposé non par un être suprême, mais par l'homme.

Maffeo parut choqué.

— « De l'humanité forgée à partir du chaos, et d'un ordre imposé non par un être suprême, mais par l'homme... »

— L'Assassin remet en question toute croyance établie, dis-je, non sans une touche d'emphase. Y compris les siennes.

— C'est paradoxal...

— Eh bien, le Maître a écrit également à propos des contradictions et des absurdités qui accompagnent le quotidien des Assassins : comment ils cherchent à semer les graines de la paix en usant de la violence et du meurtre ; comment ils aspirent à pousser autrui à ouvrir son esprit au monde, quand eux-mêmes prêtent allégeance à un Maître à qui ils obéissent sans condition ; comment, enfin, ils dénoncent les dangers d'une ferveur religieuse aveugle, alors qu'ils imposent à leurs pairs de suivre le Credo des Assassins sans poser de questions.

» Il a écrit aussi à propos de ceux qui étaient là avant nous. Il s'agit des membres de la toute première civilisation, ceux qui ont abandonné derrière eux les reliques traquées par les Templiers et les Assassins.

— Comme la Pomme ?

— Exactement. Une relique au pouvoir incommensurable. Cet artefact que les chevaliers de l'Ordre du Temple se sont tant échinés à retrouver. Ce qui s'est passé à Chypre lui a montré qu'au lieu de contrôler autrui par les moyens habituels, les Templiers usaient du subterfuge comme seule stratégie, et il en a conclu que les Assassins devaient eux aussi adopter cette voie-là.

» L'Ordre devait en finir avec les forteresses massives et les rituels emphatiques. Tout cela ne faisait pas l'Assassin. Ce qui faisait l'Assassin, c'était sa fidélité au Credo. Ce Credo qu'Al Mualim avait ironiquement épousé avant eux. Cette idéologie qui mettait au défi les doctrines établies et encourageait ses fidèles à aller au-delà d'eux-mêmes et à rendre ainsi possible l'impossible. Ce sont ces principes qu'Altaïr développa et emporta avec lui lors de son périple de plusieurs années à travers la Terre sainte dans l'intention de rendre à l'Ordre son équilibre en lui insufflant les valeurs que sa vie d'Assassin lui avait inculquées.

» Il n'y a guère qu'à Constantinople que ses tentatives de promouvoir cette nouvelle voie de l'Assassin échoua. Là, en 1204, d'importantes émeutes éclatèrent lorsque le peuple se leva contre l'empereur byzantin Alessio et, peu de temps après, les croisés débarquèrent et mirent la cité à sac. Dans un tel chaos, Altaïr fut incapable de mener à bien ses plans et préféra se retirer. Ce fut l'une de ses très rares déconvenues durant cette période. Je me rappelle d'ailleurs qu'il y a fait référence en m'adressant un regard que j'ai encore du mal à interpréter.

— Parce que notre foyer est à Constantinople, peut-être ?

— Peut-être. Je me pencherai sûrement sur la question un jour ou l'autre : il est effectivement probable que nos origines constantinopolitaines et son désir d'installer une guilde dans la cité ne soient pas sans rapport…

— Bien. Et tu me dis que ce ne fut là qu'une de ses très rares erreurs ?

— Exactement. En tout, Altaïr a fait plus pour l'Ordre que la plupart de tous ses dirigeants avant lui. Ce n'est que l'avènement de Genghis Khan qui l'a empêché de poursuivre son grand œuvre.

— Pourquoi donc ?

— Il y a quarante ans, Altaïr en a parlé dans le Codex. Il mentionne une sombre déferlante venue de l'Est. Une armée d'une telle taille et d'une telle puissance qu'elle fit trembler le monde entier.

— Parlait-il de l'Empire mongol ? me demanda Maffeo. De l'avènement de Genghis Khan ?

— Tout à fait. Darim avait tout juste vingt ans à cette époque. Comme il était un archer émérite, Altaïr décida de l'emmener en mission avec Maria et lui, et ils quittèrent tous les trois Masyaf.

— Pour aller affronter Khan ?

— Altaïr suspectait Khan d'utiliser un artefact similaire à la Pomme, et de devoir son triomphe à cette relique. Il pensait qu'il s'agissait peut-être de l'Épée. Quoi qu'il en soit, il voulait s'en assurer et endiguer l'inexorable invasion des armées de Khan.

— Il a donc quitté Masyaf…

— Oui. Mais non sans placer temporairement Malik à la tête de l'Ordre. Il a également laissé Sef assister son ami dans la gestion de la Fraternité. Sef avait une épouse et deux filles. Darim n'avait ni femme ni enfant, et le voyage devait être long…

— Long ? Quelle fut sa durée ?

— Ils se sont absentés dix ans, mon frère, et lorsqu'ils revinrent à Masyaf, plus rien n'était comme avant, et plus rien ne le serait jamais. Veux-tu que je te raconte ce qui s'est passé alors ?

— S'il te plaît, Niccolò…

Chapitre 49

De loin, rien ne laissait supposer que Masyaf avait changé, et aucun d'eux – ni Altaïr, ni Maria, ni Darim – ne présageait ce qui allait arriver.

Altaïr et Maria chevauchaient côte à côte, un peu en avant, comme ils se plaisaient toujours à le faire, heureux d'être ensemble et de ne plus être qu'à quelques centaines de mètres de chez eux. Ils allaient calmement, au rythme lent et cadencé de leur monture, le port noble malgré leur long et épuisant voyage. Ils avaient peut-être pris de l'âge – tous deux avaient entre soixante et soixante-dix ans, alors –, mais il aurait été inconvenant d'arriver au village le dos voûté. Malgré tout, ils chevauchaient lentement, leurs chevaux plutôt choisis pour leur endurance et leur puissance que pour leur vélocité. Et chacun traînait derrière lui une mule durement bâtée.

Darim chevauchait derrière eux. Il avait hérité de sa mère ses yeux brillants toujours vigoureux, et de son père sa complexion et sa carrure. Des deux, il possédait l'impulsivité presque proverbiale. Il aurait aimé galoper au-devant d'eux et gravir la pente du village qui menait à la citadelle pour annoncer le retour de ses parents, mais il se contentait de trotter humblement derrière eux, respectant le vœu de son père d'une arrivée aussi humble que possible. De temps à autre, il chassait les mouches de son visage d'un vif mouvement de cravache, mais ne pouvait s'empêcher de penser que se lancer au galop serait le meilleur moyen de se débarrasser des importunes. Il se demandait si on les observait depuis les hauteurs de la citadelle ; depuis la tour de défense, peut-être.

Ils passèrent devant les écuries, puis franchirent les portes de bois qui ouvraient sur le marché et virent qu'ici rien n'avait changé. Plus loin, des enfants, trop jeunes pour connaître le Maître, coururent autour d'eux, excités comme des puces, mendiant des friandises. Les villageois plus âgés, eux, le reconnurent, et Altaïr remarqua qu'ils les observaient tous trois attentivement, moins enthousiastes qu'inquiets. Lorsqu'il tentait de capter leur regard, les visages se détournaient. L'angoisse lui brûla soudain les entrailles.

Une silhouette familière s'approcha d'eux, enfin, au bas de la pente qui menait à la citadelle. C'était Swami. C'était un Initié lors de leur départ, une de ces têtes brûlées trop attirées par le combat et pas assez par les livres. Lors des dix années précédentes, il avait hérité d'une cicatrice qui, quand il souriait, se plissait dans un rictus large qui peinait à monter au-delà de ses pommettes. Peut-être pensait-il déjà aux leçons qu'il allait devoir endurer à présent qu'Altaïr était de retour.

Et des leçons, il allait y en avoir, pensa Altaïr dont le regard s'était posé derrière Swami, sur le château où le drapeau des Assassins ondoyait sous la brise. Altaïr avait décrété que le drapeau devait être retiré, les Assassins n'ayant nul besoin de ce genre d'emblème inutile. Pourtant, Malik devait de toute évidence avoir décidé du contraire. Il serait le deuxième à recevoir la leçon, le moment venu.

— Altaïr, dit Swami en inclinant légèrement la tête.

Altaïr décida de ne pas relever qu'il avait été incapable de s'adresser à lui en usant du titre adéquat. Pour l'heure, tout du moins.

— Quel plaisir de te revoir ! Je gage que tu nous reviens triomphant ?

— J'ai envoyé plusieurs messages à Masyaf, dit Altaïr en se penchant en avant sur sa selle.

Darim approcha, se plaça de l'autre côté de son père, de façon qu'ils formassent tous trois une ligne. Puis, il baissa le regard sur Swami.

— L'Ordre n'a-t-il pas été informé de l'évolution de notre mission ?

Swami sourit obséquieusement.

— Si, bien sûr. Je posais la question par politesse.

— C'est Rauf qui devait me recevoir, dit Altaïr. Il est celui qui est le plus au fait de mes habitudes.

— Ah, ce pauvre Rauf !

Swami baissa les yeux, l'air pensif.

— Qu'y a-t-il ?

— Je suis navré, mais une forte fièvre l'a emporté il y a quelques années déjà.

— Pourquoi n'en ai-je pas été informé ?

Swami haussa à peine les épaules. Un mouvement insolent qui semblait signifier, soit qu'il l'ignorait, soit qu'il n'en avait cure.

Altaïr serra les dents. Si ce n'était ce sot, quelqu'un allait devoir s'expliquer.

— En route, dans ce cas. Nos quartiers sont prêts, n'est-ce pas ?

Swami baissa la tête une fois encore.

— Je crains que non, Altaïr. Jusqu'à ce que tout soit prêt, on m'a demandé de vous conduire directement dans l'aile ouest de la citadelle.

Altaïr jeta un regard à Darim qui fronçait les sourcils, puis à Maria dont le regard lui disait de prendre garde. De toute évidence, quelque chose n'allait pas.

— Très bien, dit Altaïr méfiant.

Ils mirent pied à terre. Swami fit signe à de jeunes domestiques qui approchèrent pour s'occuper des chevaux, puis Altaïr, Maria et Darim gravirent la pente jusqu'aux portes de la citadelle. Là, les gardes inclinèrent la tête rapidement, comme si, à l'égal des villageois, ils s'efforçaient d'éviter le regard d'Altaïr. À leur grand étonnement à tous les trois, Swami leur fit contourner le rideau intérieur plutôt que de longer la barbacane. Altaïr regarda les remparts de la citadelle qui s'étiraient très haut, désireux d'apercevoir le cœur de l'Ordre, sentant l'irritation gonfler sa poitrine. Mais son instinct lui dicta d'attendre son heure. Lorsqu'ils atteignirent la demeure, ils découvrirent un bâtiment bas de plafond, creusé directement dans la pierre. Une arche coiffait le seuil, et un escalier descendait jusqu'à un vestibule. Le mobilier était sommaire et aucun domestique n'était là pour les accueillir. Altaïr était habitué à un confort modeste – il l'exigeait, même –, mais ici, à Masyaf, en tant que Maître de la Fraternité, il s'attendait à être installé, si ce n'était dans sa tour, au moins dans un bâtiment équivalent.

Irrité, il se retourna, prêt à réprimander Swami qui se tenait debout dans le vestibule avec le même sourire obséquieux greffé sur le visage, lorsque Maria le saisit par le bras, serrant de toutes ses forces pour l'inciter à se calmer.

— Où est Sef? demanda-t-elle à Swami en souriant chaleureusement. (Altaïr savait qu'elle haïssait Swami, qu'elle le haïssait de tout son être.) J'aimerais qu'il nous rejoigne immédiatement, s'il te plaît.

Swami prit un air désolé.

— Malheureusement, Sef n'est pas à Masyaf. Il a dû partir pour Alamut.

— Et sa famille ?

— Elle est partie avec lui.

Maria lança à Altaïr un regard inquiet.

— Pourquoi mon frère est-il parti pour Alamut ? lâcha Darim, hargneux, plus irrité encore que ses parents par les appartements sommaires qu'on leur avait attribués.

— Hélas, je n'en sais rien, répondit Swami servilement.

Altaïr prit une profonde inspiration et s'approcha de Swami dont le sourire balafré fuit soudain le visage. Peut-être s'était-il tout à coup rappelé qu'il était en présence d'Altaïr, en présence du Maître, de cet Assassin dont les compétences martiales n'avaient d'égal que la sévérité durant les leçons.

— Informe immédiatement Malik que je veux lui parler, gronda Altaïr. Et dis-lui qu'il va devoir s'expliquer.

Swami ravala sa salive, agitant ses mains de façon presque théâtrale.

— Malik est en prison, Maître.

Altaïr tressaillit.

— En prison ? Pourquoi donc ?

— Je n'ai pas le droit de vous le dire, Maître. Le conseil se réunira demain pour débattre de tout cela.

— Le conseil ?

— Malik étant en prison, un conseil a été mis en place pour diriger l'Ordre, conformément à la loi de la Fraternité.

Swami disait vrai, mais cela n'empêcha pas Altaïr de lui lancer un regard noir.

— Et qui préside le conseil ?

— Abbas, répondit Swami.

Altaïr regarda Maria dont le regard trahissait à présent une profonde inquiétude. Elle lui prit le bras.

— Et quand rencontrerai-je ce conseil ? demanda Altaïr dont la voix calme dissimulait une tempête.

— Demain, le conseil aimerait entendre le récit de votre voyage, et souhaite vous informer des changements qui ont eu lieu au sein de l'Ordre.

— Après quoi le conseil sera dissous, dit Altaïr sans équivoque. Préviens les membres de votre conseil que je les retrouverai demain au lever du jour. Dis-leur d'apporter les Lois de l'Ordre. Le Maître est de retour et compte reprendre les rênes de la Fraternité.

Swami s'inclina et disparut.

La famille attendit qu'il soit parti pour laisser éclater leurs véritables sentiments. Altaïr se retourna vers Darim et s'adressa à lui d'une voix incitant à l'urgence.

— Pars sur l'heure pour Alamut et ramène Sef à Masyaf. Nous avons besoin de lui.

Chapitre 50

Le jour suivant, Altaïr et Maria s'apprêtaient à quitter leur demeure pour rejoindre la tour principale, lorsque Swami apparut et insista pour les accompagner en personne le long de la barbacane. Tandis qu'ils contournaient les remparts, Altaïr se demanda pourquoi il n'entendait pas, de l'autre côté, les bruits habituels d'entraînement et de combat à l'épée. Il eut sa réponse dès qu'ils entrèrent dans la cour.

Il n'avait pas entendu ces bruits parce qu'il n'y avait là ni entraînement, ni combat à l'épée. Là où la cour de la citadelle grouillait d'activité et de vie, et résonnait au rythme des tintements métalliques des lames qui s'entrechoquent et des hurlements et jurons des instructeurs, il y avait une cour vide. Il scruta les alentours, examinant les tours qui s'élevaient au-dessus d'eux : leurs fenêtres étaient éteintes. Les gardes, postés sur les remparts, leur lancèrent des regards désabusés. Le lieu de savoir et d'entraînement qu'il avait laissé il y a dix ans, ce creuset du savoir des Assassins, avait disparu. La morosité d'Altaïr augmenta lorsque au lieu de les guider vers la tour principale, Swami les mena en haut d'un escalier jusque dans la salle de défense, puis dans le hall principal.

C'est là que le conseil l'attendait. Dix hommes étaient assis de part et d'autre d'une table, au bout de laquelle siégeait Abbas. Deux chaises vides avaient été disposées à l'attention d'Altaïr et Maria. Deux chaises en bois, à dossier haut. Ils s'assirent et, pour la première fois depuis leur entrée dans la pièce, Altaïr posa les yeux sur Abbas, son vieil ennemi. Il lut en lui quelque chose d'autre que de la faiblesse et du ressentiment. Il avait devant lui un rival. Et pour la première fois depuis la nuit où Ahmad était entré dans ses quartiers avant de se trancher la gorge, il n'éprouva plus pour Abbas la moindre pitié.

Altaïr parcourut du regard le reste de l'assemblée. Comme il s'y était attendu, le nouveau conseil était constitué des membres les plus influençables et les plus malveillants de l'Ordre, ceux qu'Altaïr aurait préféré lui-même mettre au ban. Tous, semblait-il, avaient été recrutés par Abbas. Le plus emblématique d'entre eux était sans conteste Farim, le père de Swami, qui l'épiait à présent de sous son capuchon, le menton planté dans la poitrine. Une poitrine trop grasse. *Ils ne se sont privés de rien*, pensa Altaïr dédaigneusement.

— Bienvenue, Altaïr, dit Abbas. Je suis sûr de parler pour tous en t'exprimant ma hâte d'entendre le récit de tes exploits à l'Est.

Maria se pencha.

— Avant que nous révélions ici quoi que ce soit concernant nos voyages, nous aimerions avoir des réponses, Abbas, je te prie. Lorsque nous sommes partis, l'ordre régnait à Masyaf. Il semblerait que cela ne soit plus le cas.

— Lorsque « nous » sommes partis ? sourit Abbas qui n'avait pas pour autant pris la peine de se tourner vers Maria, les yeux rivés dans ceux d'Altaïr. (Les deux hommes se défiaient d'un regard ostensiblement hostile.) Le jour où vous avez quitté la Fraternité, il me semble que l'Ordre ne comptait qu'un seul Maître. À t'entendre, nous en avions deux.

— Prends garde, Abbas, l'avertit Maria. Ton insolence pourrait te coûter cher.

— « Mon » insolence ? rit Abbas. Altaïr, s'il te plaît, demande à l'infidèle que, à partir de maintenant, elle ne puisse parler que si un membre du conseil l'a autorisée à le faire.

Ivre de rage, Altaïr se leva de sa chaise qui tomba à la renverse et percuta le sol de pierre. Sa main était posée sur la poignée de son épée, mais deux gardes s'approchèrent l'arme à la main.

— Gardes, saisissez ses armes, ordonna Abbas. Tu seras plus à l'aise sans tout cet acier encombrant, Altaïr. Portes-tu ta lame secrète ?

Au moment où l'un des gardes s'approcha de lui pour prendre son épée, Altaïr leva le bras. Sa manche glissa : il ne portait pas sa lame secrète.

— Bien, dit Abbas. Nous pouvons commencer. Je te prie de ne pas nous faire perdre davantage de temps. Nous attendons le récit de ta mission visant à neutraliser Khan.

— Je ne dirai rien tant que tu ne m'auras pas raconté ce qui s'est passé avec Malik, gronda Altaïr.

Abbas haussa les épaules et les sourcils comme pour signifier à tous qu'ils étaient dans une impasse. Et, de fait, ils l'étaient, aucun des deux hommes n'acceptant de se plier aux exigences de l'autre. Las de perdre son temps, Altaïr finit par lâcher un grognement exaspéré et commença son récit. Il conta ses voyages en Perse, en Inde et en Mongolie où Maria, Darim et lui-même étaient entrés en contact avec l'Assassin Qulan Gal. Il raconta qu'ils avaient ensuite voyagé jusqu'à la province de Xia près de Xing-Ging alors assiégée par l'armée de Genghis Khan que personne ne pouvait arrêter. Là, Altaïr et Qulan Gal avaient entrepris d'infiltrer le campement mongol où, selon leurs informateurs, Khan se trouvait en personne.

— Armé de son arc, Darim s'était posté en hauteur, non loin du campement, de façon à pouvoir nous couvrir, Qulan Gal et moi-même, tandis que nous nous faufilions entre les tentes. Les gardes étaient nombreux, et nous comptions sur lui pour nous débarrasser de ceux que nous lui désignions ou qui semblaient prêts à sonner l'alarme. (Altaïr décocha un regard de défi à chacun des membres du conseil.) Et il a accompli cette tâche admirablement.

— Tel père, tel fils, lâcha Abbas avec plus qu'un soupçon de moquerie dans la voix.

— C'est ce que tu crois, répondit Altaïr sans emphase. Car, par ma faute, nous faillîmes être repérés par les Mongols.

— Ah, lâcha Abbas, il n'est pas infaillible !

— Personne n'est infaillible, Abbas, répondit Altaïr, et moi moins que tout autre. J'ai été négligent, et un soldat ennemi m'a attaqué et blessé avant que Qulan Gal ne le tue.

— On se fait vieux, Altaïr ? railla Abbas.

— Personne n'y échappe, Abbas, répondit Altaïr. Et je serais mort à l'heure qu'il est si Qulan Gal n'était pas parvenu à me transporter hors du camp pour me mettre à l'abri. Il m'a sauvé la vie. (Il regarda attentivement Abbas.) Qulan Gal est ensuite retourné dans le campement, non sans avoir établi avec Darim un plan pour pousser Khan à sortir de sa tente. Quand il se rendit compte qu'il était en danger, Khan tenta de s'enfuir à cheval, mais Qulan Gal l'intercepta avant qu'une flèche de Darim ne l'achève.

— Son excellence à l'arc est indéniable, sourit Abbas. Je gage que tu l'as envoyé en mission. À Alamut, peut-être ?

Altaïr cligna des yeux. Abbas était visiblement au courant de tout ce qui se passait à Masyaf.

— Il a effectivement quitté la citadelle sur mon ordre. Je ne ferai part de sa destination à personne.

— J'ai dans l'idée qu'il est parti pour Alamut afin de retrouver Sef. (Il se tourna vers Swami.) Tu leur as bien dit que Sef était à Alamut, n'est-ce pas ?

— Comme vous me l'aviez ordonné, Maître, répondit Swami.

Les entrailles d'Altaïr s'embrasèrent d'une émotion plus dévorante encore que l'inquiétude. De peur, peut-être. Il sentit que Maria partageait ses craintes, les traits tirés et anxieux.

— Explique-toi, Abbas, lui ordonna Altaïr.

— Ou sinon ?

— Ou la première chose que je ferai lorsque je reprendrai les rênes de l'Ordre sera de te faire jeter en prison.

— Pour que j'y tienne compagnie à Malik ?

— Malik n'a probablement pas à croupir en prison, lâcha Altaïr cinglant. De quoi est-il accusé ?

— De meurtre.

Abbas lui adressa un sourire méprisant.

C'était comme si ces mots avaient claqué, assourdissants, sur le bois de la table du conseil.

— Qui a-t-il tué ? demanda Maria.

Lorsque la réponse sortie de la bouche d'Abbas, elle sembla résonner depuis les confins du monde connu.

— Sef. Malik a assassiné votre fils.

Maria plongea son visage dans ses mains.

— Non ! hurla une voix qu'Altaïr reconnut être la sienne.

— Je suis désolé, Altaïr…, dit Abbas sur le ton d'une récitation. Je suis désolé que tu sois revenu pour apprendre une nouvelle si tragique. Et je crois m'exprimer au nom de tous ici, en te présentant, à toi et à tes proches, mes plus sincères condoléances. Je suis également au regret de t'annoncer que tant que certaines affaires d'importance n'auront pas été réglées, je crains que tu ne puisses reprendre les rênes de l'Ordre.

Altaïr luttait pour défaire le nœud inextricable d'émotions qui aliénait son esprit, conscient des larmes que Maria versait à ses côtés.

— Que dis-tu ? articula-t-il. (Puis plus fort.) Que dis-tu ?

— Tu es troublé, confus, Altaïr, dit Abbas. Pour l'heure, j'ai donc décidé que la direction de l'Ordre resterait entre les mains du conseil.

Altaïr tremblait de rage.

— Je suis le seul et unique Maître de cet Ordre, Abbas ! hurla-t-il. J'exige que le commandement et les Lois de la Fraternité me soient rendus sur-le-champ. C'est ainsi que les choses doivent être faites !

— Non. (Abbas sourit.) Plus maintenant.

Chapitre 51

Plus tard, Altaïr et Maria se retrouvèrent dans leur demeure, silencieux, assis l'un contre l'autre sur un banc de pierre. L'obscurité était presque totale. S'ils avaient passé des années à dormir dans le désert, jamais ils ne s'étaient sentis si isolés. Abattus, ils pleurèrent devant la précarité de leur situation, devant cette Masyaf si négligée en leur absence. Ils pleurèrent pour la famille de Sef et pour Darim.

Mais plus que tout, ils pleurèrent Sef.

Il avait été poignardé dans son lit deux semaines auparavant, leur avait-on appris. Personne n'aurait pu avertir Altaïr plus tôt. Le couteau avait été découvert dans les quartiers de Malik qu'un Assassin avait entendu se disputer avec Sef, plus tôt dans la journée. Altaïr ignorait qui était l'Assassin qui avait été témoin de l'altercation, mais ce dernier avait confié aux autorités de l'Ordre que Sef et Malik se disputaient à propos du commandement de la Fraternité, le second clamant qu'il comptait conserver les rênes du pouvoir après le retour d'Altaïr.

— Visiblement, c'est la nouvelle de ton retour qui a provoqué leur dispute, avait dit Abbas en ricanant et en se délectant du regard vitreux d'Altaïr et des sanglots discrets de Maria.

Sef ayant menacé Malik de révéler ses desseins à Altaïr, Malik l'avait éliminé. C'était en tout cas la version officielle d'Abbas.

À côté de lui, Maria continuait de pleurer, la tête contre son torse, les jambes repliées sur le banc. Altaïr caressa ses cheveux et la berça jusqu'à ce qu'elle fût quelque peu apaisée. Il observa les ombres que les flammes de l'âtre faisaient danser sur le mur de pierre jaune, entendant au-dehors les criquets et le crissement occasionnel des pas des gardes sur le sol.

Un peu plus tard, Maria s'éveilla en sursaut. Il tressauta à son tour – il s'était lui aussi assoupi, bercé par la danse hypnotique des flammes. Maria s'assit, tremblante, et s'enveloppa dans sa couverture.

— Qu'allons-nous faire, mon amour ? lui demanda-t-elle.

— Malik, avait-il simplement répondu, le regard absent rivé sur le mur, comme s'il n'avait pas entendu la question.

— Eh bien ?

— Lorsque nous étions plus jeunes… Lors de notre mission dans les ruines du mont du Temple. Les erreurs que j'ai commises là-bas… lui ont causé tant de chagrin.

— Mais tu as appris de tes erreurs, lui dit-elle. Et Malik le savait. Ce jour, dans le Temple de Salomon, un nouvel Altaïr est né, et c'est cet Altaïr qui a offert à l'Ordre sa grandeur.

Altaïr soupira, incrédule.

— Sa grandeur ? Quelle grandeur ?

— Une grandeur perdue, mon amour, dit-elle. Mais tu redonneras bientôt son éclat à la Fraternité. Tu es le seul qui le puisse. Abbas en est incapable. (Elle prononça son nom comme si un lambeau de viande avariée avait frôlé sa langue.) Ce conseil de fantoches en est incapable. Toi seul en es capable, Altaïr. Cet Altaïr que j'ai vu servir l'Ordre pendant plus de trente ans. Ce même Altaïr qui est né dans le Temple de Salomon.

— Mes erreurs lui ont coûté son frère, dit Altaïr. Et son bras.

— Il t'a pardonné et a été le plus fidèle de tes lieutenants depuis la mort d'Al Mualim.

— Et si ce n'était qu'un masque ? laissa échapper Altaïr dans un murmure.

Il regardait son ombre sur le mur, sombre et sinistre.

Maria se détacha subitement de lui.

— Que dis-tu là ?

— Peut-être Malik a-t-il dissimulé toutes ces longues années la haine qu'il me vouait. Oui, peut-être que Malik a secrètement convoité le pouvoir, et que Sef l'a découvert…

— Oui, et cette nuit, peut-être, des ailes me pousseront et je m'envolerai vers la lune. De tous les membres de l'Ordre, ne vois-tu pas qui te hait de tout son être ? Ce n'est pas Malik, Altaïr. C'est Abbas.

— Ils ont retrouvé l'arme du crime dans le lit de Malik.

— On l'y aura mise, bien entendu, Abbas ou l'un de ses sbires, pour l'incriminer. Je ne serais pas surpris que ce soit Swami qui s'en soit chargé. Et qu'en est-il de cet Assassin qui aurait entendu Malik et Sef se disputer ? Quand saura-t-on de qui il s'agit ? Lorsque nous le verrons, ne crois-tu pas que nous verrons qu'il s'agit de l'un des acolytes d'Abbas ? Le fils d'un des membres du conseil, probablement. Et ce pauvre Rauf ? Je ne crois pas un seul instant que la fièvre l'ait emporté. Tu devrais avoir honte de douter de Malik alors que tout cela est de toute évidence l'œuvre d'Abbas.

— Avoir honte ? (Il tenta de la prendre dans ses bras, mais elle le repoussa. Dehors, les criquets cessèrent leur chant comme pour mieux les entendre.) Avoir honte d'avoir douté de Malik ? Combien de ceux que j'ai aimés m'ont poignardé dans le dos pour des raisons bien moins légitimes que celles que pourrait avoir Malik ? J'ai aimé Abbas comme un frère et ai tenté de le délivrer de sa souffrance. Al Mualim a trahi l'Ordre entier, mais c'est moi qu'il avait élevé comme un fils. Je devrais avoir honte d'être méfiant ? La confiance est le pire de mes défauts. Cette confiance que je suis incapable d'accorder à qui la mérite.

Il posa sur elle un regard sévère, et elle plissa les yeux.

— Tu dois détruire la Pomme, Altaïr. Elle embrume ta raison. Avoir un esprit ouvert est une chose, en avoir un si ouvert que les oiseaux peuvent l'inonder de fiente en est une autre.

Son regard s'adoucit.

— Je ne suis pas sûr que c'est ainsi que je l'aurais formulé, dit-il, un sourire naissant aux bords des lèvres.

— Peut-être pas, mais cela ne change rien.

— Je dois savoir, Maria. Je dois tirer tout cela au clair.

Il savait qu'on les surveillait, mais il était un Assassin et connaissait Masyaf mieux que personne. Aussi, il ne lui fut pas difficile de quitter la demeure, d'escalader le rempart du rideau intérieur et de s'accroupir dans l'ombre jusqu'à ce que les gardes l'aient dépassé. Il contrôla sa respiration. Il était toujours vif et agile, il pouvait escalader des murs, mais… peut-être pas avec la même aisance qu'il le faisait auparavant, et il allait devoir s'en souvenir. En outre, la blessure qu'il avait subie dans le campement de Genghis Khan le ralentissait elle aussi. Il aurait été inconscient de sa part de surestimer ses capacités pour finir dos contre terre tel un cafard à l'agonie parce qu'il avait mal calculé un saut. Il se reposa un peu avant de continuer à longer les remparts, approchant peu à peu de la tour sud. Se dissimulant à la vue des gardes en patrouille, il finit par atteindre la tour, rejoignit le sol, puis gagna le grenier où il retrouva une volée de marches qui menaient à un dédale de tunnels souterrains.

Là, il s'arrêta et tendit l'oreille, le dos contre la paroi. De l'eau coulait le long des canaux qui filaient le long des tunnels. Les prisons de l'Ordre n'étaient plus très loin. De son temps, elles étaient si peu utilisées qu'il en aurait fait des entrepôts à nourriture si elles n'avaient pas été aussi humides. Altaïr s'attendait à ce que Malik en soit le seul occupant.

Il avança discrètement jusqu'au moment où il aperçut le garde. Il était assis sur le sol, le dos contre la paroi, la tête pendante. Il dormait. D'où il se trouvait, il lui était quasi impossible de voir les cellules. Aussi, Altaïr se demanda ce que cet homme pensait véritablement faire ici. Savait-il ce qu'il était censé garder ? La négligence dont faisait preuve le garde irrita Altaïr autant qu'elle le rassura. Il passa devant lui sans un bruit et comprit aussitôt pourquoi il se tenait si loin des cellules.

L'odeur était ignoble. Des trois geôles, seule celle du milieu était close. Altaïr s'en approcha. Ce qu'il s'attendait à trouver de l'autre côté des barreaux, il l'ignorait, mais l'odeur ne prêtait pas à confusion, et il porta sa manche à son nez.

Malik était étendu sur les joncs qui recouvraient le sol de pierre et qui ne parvenaient plus à absorber l'urine du prisonnier. Les haillons dont il était vêtu lui donnaient l'air d'un mendiant. Son visage était émacié et, à travers sa chemise déguenillée, Altaïr devina ses côtes saillantes. Ses pommettes jaillissaient sous ses yeux comme deux excroissances acérées. Ses cheveux étaient longs, sa barbe hirsute.

De toute évidence, il croupissait ici depuis plus d'un mois.

À la vue de Malik, les poings d'Altaïr se crispèrent. Il était venu s'entretenir avec Malik afin de connaître enfin la vérité, mais la vérité était là sous ses yeux, sur les os proéminents de Malik, gravée dans la crasse de ses haillons. Depuis combien de temps pourrissait-il ici ? Suffisamment pour envoyer un message clair à Altaïr et Maria. Et depuis combien de temps Sef était-il réellement mort ? Altaïr préféra ne pas y penser. Ce dont il était sûr, en revanche, c'était que Malik ne passerait pas une seconde de plus ici.

Lorsque le garde rouvrit les yeux, ce fut pour voir Altaïr debout devant lui. Puis l'ombre envahit ses paupières. Lorsqu'il revint à lui, il était enfermé dans la cellule à l'infecte odeur d'urine, criant vainement à l'aide. Malik et Altaïr avaient déjà disparu depuis longtemps.

— Peux-tu marcher, mon ami ? avait dit Altaïr.

Malik l'avait regardé, les yeux vitreux. Toute cette souffrance dans ses yeux… Lorsqu'il était enfin parvenu à voir nette la silhouette floue qui le soutenait, il lui adressa un regard habité d'une gratitude et d'un soulagement si sincères qu'il balaya les derniers doutes qui hantaient l'esprit d'Altaïr.

— Pour toi, oui, je peux marcher, dit Malik en tentant de sourire.

Mais à mesure qu'ils remontaient le long du tunnel, il devint vite évident que Malik était incapable de se déplacer seul. Aussi, Altaïr passa son bras autour de ses épaules et porta son vieil ami jusqu'aux échelles de la tour, le long des remparts, puis au bas de la paroi de l'aile ouest de la citadelle, évitant les gardes sur son passage. Enfin, ils arrivèrent à la demeure. Altaïr avait regardé d'un côté, puis de l'autre. Et ils étaient entrés.

Chapitre 52

Ils allongèrent Malik sur une couche et Maria s'assit à ses côtés, l'aidant à absorber quelques gorgées d'eau.

—Merci, haleta-t-il.

Ses yeux s'étaient légèrement éclaircis. Il se redressa dans le lit, apparemment gêné par la proximité de Maria. Comme s'il trouvait déshonorant qu'elle s'occupât de lui.

—Qu'est-il arrivé à Sef? demanda Altaïr.

Occupée par eux trois, la pièce semblait encore plus exiguë. Après la question d'Altaïr, elle parut se refermer sur eux.

—Il a été assassiné, dit Malik. Il y a deux ans, Abbas a entrepris de prendre ma place. Il a fait assassiner Sef et a placé l'arme du crime dans mes quartiers. Un autre Assassin a juré avoir entendu Sef se disputer avec moi, et Abbas a persuadé les membres de l'Ordre que je l'avais tué.

Altaïr et Maria échangèrent un regard. Leur fils était mort depuis deux ans! Altaïr sentit la rage monter en lui et il lutta pour se contrôler, pour taire son envie de se retourner, de quitter la pièce, de se rendre à la forteresse, de pourfendre Abbas et de le regarder se vider de son sang en le suppliant de l'épargner.

Maria posa une main sur son bras, partageant sa souffrance.

—Je suis désolé, dit Malik. Je n'ai pu vous prévenir, prisonnier de nos geôles. De plus, Abbas contrôle toutes les communications depuis et vers la forteresse. Je suppose qu'il a profité de mon emprisonnement pour modifier nombre de nos lois à son avantage.

— Tout juste, dit Altaïr. Il semblerait qu'il ait des fidèles parmi les membres du conseil.

— Je suis désolé, répéta Malik. J'aurais dû anticiper le complot d'Abbas. Il a cherché à me destituer pendant plusieurs années après ton départ, mais je n'imaginais pas qu'il avait gagné tant de suffrages. Ce ne serait pas arrivé à un chef plus compétent et vigilant que moi. Cela ne te serait jamais arrivé, Altaïr.

— Tout cela est terminé, mon ami. Repose-toi, maintenant.

Altaïr se rapprocha de Maria, et tous deux allèrent s'asseoir dans la pièce voisine : Maria sur le banc de pierre, Altaïr sur une chaise à dossier haut.

— Tu sais ce qu'il te reste à faire, mon amour, n'est-ce pas ? dit Maria.

— Je dois en finir avec Abbas.

— Oui. Mais pas par vengeance. (Elle insista, plongeant son regard profondément dans le sien.) Tu dois le faire pour l'Ordre. Pour le bien de la Fraternité. Tu dois en reprendre les rênes et la mener une fois de plus vers la lumière. Si tu peux faire cela, si tu parviens à faire passer tout cela avant ta soif de vindicte, alors les membres de l'Ordre reconnaîtront en toi un père. Celui qui leur ouvrira la voie vers la vérité. Si tu te laisses aveugler par la rage et le chagrin, comment veux-tu qu'ils t'écoutent quand tu leur inculqueras de ne pas céder à leurs émotions ?

— Tu as raison, dit-il après un bref silence. Comment penses-tu que nous devrions procéder ?

— Nous devons nous opposer à Abbas. Remettre en cause ses accusations contre le supposé meurtrier de notre fils. L'Ordre ne pourra qu'admettre son erreur, et Abbas devra répondre de ses actes.

— Ce sera la parole de Malik contre la sienne et celle de son complice, qui que ce soit.

— Une fouine comme Abbas ne peut avoir comme complice qu'une créature plus lâche encore. C'est ta parole que la Fraternité croira, mon amour. Ses membres ne désirent rien d'autre que te croire, toi, le grand Altaïr. Résiste à ton désir de vengeance, reprends les rênes de l'Ordre en n'usant que de justice, et les fondations sur lesquelles tu rebâtiras la Fraternité n'en seront que plus solides.

— Je m'en vais rencontrer Abbas de ce pas.

Ils s'assurèrent que Malik était endormi, saisirent une torche, puis quittèrent la demeure. Ils contournèrent en hâte le rideau intérieur jusqu'à la porte principale, des volutes de brume matinale tourbillonnant à leurs pieds. Derrière eux descendaient les pentes de Masyaf, le village était désert et silencieux, ses habitants encore plongés dans le sommeil. Un Assassin à moitié endormi les regarda passer avec une indifférence insolente. Altaïr lutta pour ne pas laisser exploser sa rage, et ils passèrent tout d'eux devant le garde, gravirent la barbacane, puis rentrèrent dans la cour principale.

Une cloche sonna.

Ce signal ne disait rien à Altaïr. Il leva sa torche et scruta alentour, la cloche sonnant encore. Il distingua finalement du mouvement dans les tours qui surplombaient la cour. Maria le poussa à accélérer le pas jusqu'aux marches qui menaient sur le dais situé devant la tour du Maître. Une fois sur la plate-forme, Altaïr se retourna et aperçut des Assassins en robe blanche et portant chacun une torche entrer dans la cour, sûrement alertés par la cloche qui cessa soudain de sonner.

— Je suis ici pour voir Abbas, dit Altaïr au garde posté devant la porte de la tour.

Sa voix grave et calme vibra dans l'inquiétant silence. Maria se retourna et, à sa soudaine inspiration, Altaïr se retourna : les Assassins se rassemblaient, le regard rivé sur eux. Pendant quelques secondes, il se demanda s'ils étaient envoûtés, mais ce n'était pas le cas : la Pomme était avec lui, dormante, en sécurité sous sa robe. Ces hommes attendaient.

Mais quoi ? Altaïr eut le pressentiment qu'il le saurait bientôt.

La porte de la tour principale s'ouvrit alors, et Abbas apparut devant eux.

Altaïr sentit la Pomme s'animer. C'était comme si quelqu'un avait posé la main dans son dos. Comme si la relique voulait qu'il fût conscient de sa présence.

Abbas s'avança jusque sur le dais.

— Peux-tu nous expliquer pourquoi tu t'es infiltré dans les geôles de l'Ordre ?

Il s'adressait à la foule autant qu'à Altaïr et Maria. En se retournant, Altaïr se rendit compte que la cour était pleine. Les torches des Assassins brûlaient partout dans l'obscurité comme autant de boules de flammes.

Abbas comptait donc le discréditer devant l'Ordre entier. Mais Maria avait vu juste, il n'était pas à la hauteur de sa prétention. Tout ce qu'Abbas avait réussi à faire était de précipiter sa propre chute.

— Je voulais découvrir la vérité à propos de ce qui est arrivé à mon fils, dit Altaïr.

— Oh, vraiment ? sourit Abbas. Es-tu sûr que tu ne voulais pas plutôt te venger de son Assassin ?

Swami venait d'arriver. Il gravit les marches jusqu'à la plate-forme, portant une sacoche en toile qu'il tendit au chef du conseil. Abbas acquiesça. Altaïr regarda le sac avec inquiétude, son cœur et celui de Maria tambourinaient dans leur poitrine.

Abbas regarda brièvement dans la sacoche et feint pathétiquement d'en être affecté. Après quoi, avec un air théâtral, il y plongea la main et attendit quelques secondes, le temps de savourer la tension qui parcourait l'assemblée comme un frisson.

— Pauvre Malik…, dit-il en tirant de la sacoche une tête coupée.

La peau de la nuque déchiquetée dégoulinait de sang chaud. Les yeux du mort avaient roulé dans leur orbite, et sa langue pendait légèrement.

— Non !

Altaïr bondit en avant, et Abbas se rua derrière les gardes qui se jetèrent devant lui, immobilisèrent Altaïr et Maria, désarmèrent l'Assassin et lui maintinrent les mains derrière le dos.

Abbas reposa la tête dans la sacoche qu'il lança négligemment au loin.

— Swami vous a entendus, toi et l'infidèle, planifier l'assassinat de Malik. Quelle tristesse que nous n'ayons pu arriver à temps pour vous en empêcher.

— Non ! hurla Altaïr. Mensonges ! Jamais je n'aurais tué Malik ! (Il désigna Swami en mettant au supplice les bras des gardes.) Il ment !

— Le garde de la prison mentirait-il, lui aussi ? dit Abbas. Celui qui t'a vu arracher Malik à sa cellule. Pourquoi ne l'as-tu pas tué dans sa geôle, Altaïr ? Voulais-tu le faire souffrir avant qu'il trépasse ? Ton Anglaise d'épouse voulait-elle y aller elle aussi de quelques coups de lame ?

Altaïr se débattait rageusement.

— Je n'ai pas tué Malik ! hurla-t-il. Il m'a lui-même révélé que c'était toi qui avais ordonné l'assassinat de Sef !

Et soudain, il comprit. Il regarda Swami, lut le dédain sur son visage, et il comprit que c'était lui qui avait tué Sef. Il sentit la Pomme s'animer dans son dos. Il lui suffisait de l'utiliser pour ravager la cour entière, pour tuer tous ces chiens félons. Tous souffriraient la pleine mesure de son courroux.

Mais non. Il avait promis de ne jamais plus s'en servir sous l'emprise de la colère. Il avait promis à Maria qu'il ne laisserait pas sa soif de vengeance embrumer son esprit.

— C'est toi qui as enfreint le Credo, Altaïr, dit Abbas. Pas moi. Tu n'es pas apte à diriger notre Ordre. De ce fait, j'en assumerai moi-même la direction.

— Tu n'as pas le droit ! rugit Altaïr.

— Bien sûr que si.

Abbas descendit de la plate-forme, saisit Maria, l'attira vers lui et dégaina une dague qu'il porta à la gorge de l'Anglaise. Elle hurla, se débattit, et l'insulta jusqu'à ce qu'il plante la pointe de sa dague dans son cou. Le sang coula. Elle se calma subitement, tout en soutenant le regard d'Altaïr, lui adressant des messages silencieux : elle savait que la Pomme le tenterait. Elle aussi avait compris que c'était Swami qui avait tué Sef. Elle aussi mourait d'envie de le voir payer pour ce crime. Malgré tout, ses yeux l'imploraient de garder son calme.

— Où est la Pomme, Altaïr ? dit Abbas. Parle ou j'ouvre une autre bouche dans le cou de l'infidèle.

— Entendez-vous cela ? cria Altaïr par-dessus son épaule aux Assassins réunis dans la cour. Entendez-vous comment il compte assumer son rôle de chef ? Ce n'est pas pour éclairer les hommes qu'il désire s'approprier la Pomme, mais pour les contrôler.

La relique s'embrasait dans son dos.

— Parle, Altaïr ! répéta Abbas.

Il enfonça l'acier un peu plus dans le cou de Maria, et Altaïr reconnut soudain la dague qui saignait son épouse : c'était l'arme du père d'Abbas. C'était la dague qu'Ahmad avait utilisée pour se trancher la gorge dans la chambre d'Altaïr il y avait de cela une vie. Et aujourd'hui, elle s'apprêtait à trancher la gorge de Maria.

Il lutta pour ne pas céder à la rage. Abbas entraîna Maria au bord de la plate-forme et prit les Assassins à témoin.

— Allons-nous confier l'Orbe d'Éden à Altaïr ? leur demanda-t-il. (Un murmure réservé parcourut la foule.) Ce même Altaïr qui laisse parler son impulsivité plutôt que sa raison ? Ne croyez-vous pas qu'il devrait nous le remettre de lui-même, plutôt que de m'imposer un chantage aussi cruel ?

Altaïr tordit le cou pour observer la foule. Les Assassins s'agitaient, visiblement mal à l'aise, échangeant des réactions inintelligibles, troublés par ce soudain coup de théâtre. Ses yeux allèrent de la sacoche à Swami. Sa robe était tachée de sang. Le sang de Malik. Swami souriait, sa cicatrice plus plissée que jamais. Altaïr se demanda s'il avait souri lorsqu'il avait poignardé Sef.

— Tu peux l'avoir, cria Altaïr. La Pomme est à toi.

— Non, Altaïr ! hurla Maria.

— Où est-elle ? demanda Abbas sans bouger de l'extrémité de la plate-forme.

— Je l'ai sur moi, dit Altaïr.

Abbas parut inquiet. Il attira Maria un peu plus contre lui, se cachant derrière elle. Le sang coulait de l'entaille qu'il avait ouverte dans son cou. Abbas hocha la tête en direction des gardes qui lâchèrent aussitôt Altaïr. L'Assassin saisit la Pomme dans son dos, puis la sortit de sous sa robe.

Swami tendit la main. La toucha.

Et puis, très lentement, il se retourna vers Altaïr et lui dit dans un murmure que lui seul put entendre :

— J'ai dit à Sef que c'était toi qui avais ordonné son exécution. Il est mort convaincu que son propre père l'avait trahi.

La Pomme se mit à briller intensément. Altaïr avait échoué. Il ne se contrôlait plus. Swami, la main sur la Pomme, se crispa soudain, les yeux exorbités.

Puis, son cou se tordit subitement d'un côté et son corps se mit à se distordre et à se tortiller, comme torturé de l'intérieur par une force surnaturelle. Ses mâchoires s'ouvrirent, mais aucun son ne sortit de sa gorge. Sa langue s'agitait en vain tandis qu'une vive lumière dorée illuminait l'intérieur de sa bouche. Soudain, sous l'influence de la Pomme, il recula, et tous le virent porter les mains à son visage et commencer à écorcher ses chairs, ses ongles creusant des sillons sanguinolents sur son visage balafré. Le visage écarlate, il continuait à se mutiler comme s'il travaillait une pâte ensanglantée. Il s'attaqua ensuite à sa joue, en arrachant une interminable bande de peau, avant de se déchirer une oreille jusqu'à ce qu'elle pende mollement sur son épaule.

Altaïr sentit la puissance de la Pomme envahir son corps entier, comme si elle avait jailli de la relique pour se répandre dans ses veines pareille à une maladie fulgurante ; comme si la Pomme s'était nourrie de sa haine et de son désir de vengeance avant de terrasser Swami. Altaïr ressentit l'expérience comme un mélange si intense de plaisir et de souffrance qu'il manqua de l'envoyer à la renverse et de faire imploser son crâne. La sensation était à la fois stupéfiante et terrible.

À ce point stupéfiante et terrible, d'ailleurs, qu'il n'entendit pas Maria hurler son nom.

Qu'il ne la vit pas non plus se dégager de l'emprise d'Abbas et se ruer vers lui.

Au même instant, Swami avait dégainé sa lame et se tailladait sauvagement le corps et le visage, lacérant ses propres chairs. Arrivée devant Altaïr, Maria tenta en vain de l'empêcher d'utiliser la Pomme. L'Assassin n'eut qu'une seconde pour comprendre ce qui allait arriver, mais ne put rien faire pour l'empêcher : il vit la lame de Swami scintiller, et Maria tourbillonner, la gorge nue, du sang jaillissant soudain de son cou. Elle s'écroula sur le bois de la plate-forme, les bras ballants sur le côté. Elle respira une dernière fois et, tandis que son sang se répandait rapidement autour d'elle, ses épaules se soulevèrent pour accompagner son ultime soupir. L'une de ses mains s'agita dans une dernière convulsion, cognant contre le dais de bois.

Swami s'écroula à son tour. Sa lame claqua sur le sol. La Pomme produisit une dernière onde de lumière aveuglante, puis commença à s'éteindre. Altaïr tomba à genoux aux côtés de Maria, la saisit par une épaule et retourna son corps.

Elle le regarda. Ses paupières clignèrent.

— Sois fort, lui dit-elle.

Puis elle rendit l'âme.

Le silence régnait dans la cour. Seuls résonnaient partout les sanglots d'Altaïr, tandis qu'il serrait contre lui le cadavre de celle qui l'aimait. Il était détruit.

— Soldats, arrêtez-le ! hurla Abbas.

Il se redressa. Les yeux noyés de larmes, il vit des Assassins se ruer en direction du dais. Il lut la peur sur leur visage : la Pomme était encore dans sa main. La foule semblait hésitante, confuse. Même s'ils savaient que l'acier était inutile face à la relique, la plupart des Assassins avaient tiré leur lame : ils ne mourraient pas en lâches. Soudain, Altaïr sentit en lui monter la tentation dévorante d'utiliser la Pomme pour détruire tout ce qu'embrassait son regard, lui y compris, puisque Maria, celle qui avait été la lumière de sa vie, venait de mourir dans ses bras. Durant un fugace instant, il s'était laissé aveugler par la rage et avait détruit ce qu'il avait de plus cher.

Les Assassins s'arrêtèrent. Altaïr allait-il utiliser la relique ? Il lut dans leurs yeux qu'ils se le demandaient.

— Saisissez-le ! lâcha Abbas d'une voix stridente.

Autour d'Altaïr, les Assassins avançaient avec précaution, incapables de se décider à l'attaquer. Profitant de leur hésitation, il s'enfuit.

— Archers ! hurla Abbas.

Les flèches volèrent en direction d'Altaïr tandis qu'il fuyait la cour à toute allure, et se fichèrent dans le sol autour de lui. Toutes sauf une qui lacéra sa jambe… À gauche et à droite, d'autres Assassins arrivaient, la lame à la main et leur robe dansant autour d'eux. Peut-être avaient-ils compris qu'Altaïr n'utiliserait pas la Pomme une deuxième fois. Quoi qu'il en soit, ils bondirent du haut des remparts et des garde-fous pour se joindre à la traque. Altaïr courut jusqu'à l'arche, mais des gardes lui bloquaient la route. Il se retourna, rebroussa chemin et fonça, l'épaule basse, dans deux Assassins lancés à sa poursuite, l'un d'entre eux blessant son bras d'un coup de taille. Il lâcha un hurlement de douleur, mais poursuivit sa course effrénée, conscient qu'ils auraient pu le tuer. Il les avait surpris, mais il devait sa survie à la peur évidente qu'ils éprouvaient de s'en prendre à lui. À moins qu'ils n'aient tout bonnement voulu l'épargner.

Il tourna de nouveau, se dirigeant cette fois vers les tours défensives. Il vit les archers encocher leur flèche, ceux-là mêmes qu'il savait les plus précis de tout l'Ordre, formés par les meilleurs instructeurs. Ces hommes-là ne rataient jamais leur cible. Pas avec le temps qu'ils avaient maintenant pour viser et tirer.

Son seul atout était qu'il savait exactement quand ils allaient le faire. Il savait qu'il leur fallait une seconde pour trouver leur cible, une autre pour s'immobiliser, inspirer, et puis…

Les traits meurtriers fusèrent dans sa direction.

Il se déporta aussitôt et roula sur le sol. Une volée de flèches constella l'endroit qu'il venait de quitter. Une seule atteignit sa cible : l'un des archers avait tardé à tirer, et le projectile avait effleuré la joue d'Altaïr. Le sang coulait le long de son visage lorsqu'il attrapa l'échelle, l'escalada et gagna le premier palier où un archer, surpris, se demandait s'il devait ou non tirer son épée. Altaïr le délogea de son perchoir et le précipita dans le vide. Il survivrait.

Altaïr saisit aussi vite qu'il put la deuxième échelle. Il souffrait, saignait abondamment. Exalté et mû par une énergie inconnue, il atteint finalement le haut de cette tour d'où il s'était jeté il y a des décennies, lorsqu'il était tombé en disgrâce. Il boitilla jusque sur la plate-forme et, alors que des Assassins s'étaient lancés à sa suite dans l'ascension de la tour, il écarta les bras.

Et s'élança.

Chapitre 53

10 août 1257

Altaïr souhaite que ce soit nous qui portions la parole des Assassins à travers le monde. Tel est son désir. Plus que cela, il aimerait même que nous fondions un nouvel Ordre à l'Ouest.

Je me trouve honteux d'avoir mis si longtemps à le comprendre, mais tout me semble clair à présent : c'est à nous (à moi, plus particulièrement, il me semble) qu'il a transmis et confié l'esprit, la flamme de la Fraternité. C'est à nous qu'il a décidé de passer le flambeau.

On nous a informés que des Mongols belliqueux approchaient le village, et il a estimé préférable de quitter Masyaf avant le début des hostilités. Maffeo, sans surprise, semble plus que désireux d'assister au combat, et j'ai la nette impression qu'il préférerait que nous restions encore quelque temps. Sa soif de voyage ? Disparue. Tout porte à croire que nos rôles se sont inversés, car, aujourd'hui, c'est moi qui aimerais que nous quittions le village. Soit je suis plus couard qu'il ne l'est, soit je suis plus au fait que lui de la triste réalité de la guerre. En cela, je rejoins d'ailleurs entièrement Altaïr. Quoi qu'il en soit, Masyaf assiégée n'est pas un endroit pour nous.

À la vérité, je suis déjà prêt à partir, que la horde de Mongols en maraude déferle ou non sur le village. Chaque nuit, accablé par la chaleur, je brûle de rentrer chez nous. Ma famille me manque : mon épouse et mon fils, Marco. Il aura trois ans dans quelques mois, et je souffre d'avoir manqué tant d'instants de ses plus jeunes années. J'ai manqué ses premiers pas, ses premiers mots.

En résumé, j'ai le sentiment que notre séjour à Masyaf touche à sa fin. Qui plus est, le Maître nous a fait savoir qu'il désirait s'entretenir avec nous. Il y a quelque chose qu'il aimerait nous confier, a-t-il dit, durant une cérémonie qui se tiendra en présence d'autres Assassins. Quelque chose que nous devrons garder à l'abri en toutes circonstances, et qui jamais ne devra tomber entre les mains de nos ennemis, Mongols ou Templiers. Je me rends compte que c'est vers cette cérémonie que nous portaient ses confidences, et j'ai ma petite idée sur ce que pourrait être ce précieux trésor. Nous verrons bien.

Pour l'heure, Maffeo est impatient que je lui conte la suite de mon récit, désormais si proche de son dénouement. Il m'a dévisagé, contrarié, lorsque je lui ai dit que je n'allais pas reprendre ma narration après qu'Altaïr s'est élancé des remparts de la citadelle, humilié et brisé, mais quelque vingt années plus tard, non à Masyaf, mais quelque part dans le désert, à deux jours de cheval du village…

… dans une plaine sans fin baignée par la lumière du crépuscule. Le paysage était vide. On ne pouvait y voir qu'un homme à cheval qui traînait derrière lui une seconde monture bâtée de cruche et de couvertures.

De loin, l'homme avait tout l'air d'un commerçant transportant avec lui ses marchandises, et c'était exactement ce qu'il était, suant sous son turban : un commerçant, très las et corpulent du nom de Mukhlis.

Aussi, lorsqu'il vit au loin se dessiner un point d'eau, Mukhlis savait qu'il s'y étendrait pour se reposer. Il avait espéré rentrer chez lui sans avoir à s'arrêter en chemin, mais il n'avait pas le choix : il était épuisé. Durant son voyage, le rythme hypnotique du cheval l'avait trop souvent endormi et, chaque fois, il avait senti son menton percuter sa poitrine et ses paupières papillonner. Chaque fois, il lui avait été de plus en plus difficile de résister au sommeil. Chaque fois, la cadence de sa monture menaçait de l'endormir, forçant son cœur et sa raison à se livrer un nouveau combat. Sa gorge était sèche. Sa robe pesait lourdement sur ses épaules. Chaque muscle, chaque os de son corps était pétri de fatigue. La seule pensée de pouvoir humecter ses lèvres et de s'étendre, enroulé dans son *dishdasha,* ne serait-ce que quelques courtes heures – qui lui procureraient juste assez de sommeil pour pouvoir ensuite rallier Masyaf –, eh bien, cette simple pensée était tout bonnement irrésistible.

Pourtant, quelque chose le faisait hésiter, l'effrayait même : c'étaient ces rumeurs qu'il avait entendues un peu partout à propos de brigands qui traquaient les marchands et dérobaient leurs marchandises avant de leur trancher la gorge. Ce groupe de brigands était mené par un bourreau du nom de Fahad dont la brutalité légendaire n'avait d'égale que celle de son fils, Bayhas.

Bayhas, disait-on, pendait ses victimes par les pieds avant de les pourfendre de la gorge jusqu'au ventre, puis de les laisser mourir lentement, les chiens errants se repaissant de leurs entrailles pendantes. Non seulement c'était ce qu'il faisait, mais, en plus, il en riait de bon cœur.

Si Mukhlis aimait quelque chose concernant ses entrailles, c'était qu'elles restent bien au chaud là où elles étaient. De plus, l'idée ne l'enchantait guère de devoir céder tous ses biens terrestres à des brigands. Après tout, la vie à Masyaf était difficile et le devenait plus encore chaque jour : les villageois devaient payer au château qui trônait sur les hauteurs des impôts toujours plus élevés – protéger la communauté, leur disait-on, devenait de plus en plus coûteux –, et le Maître se montrait impitoyable envers les mauvais payeurs. Il envoyait souvent des groupes d'Assassins dans le village pour forcer les habitants à s'acquitter de leurs dettes, et quiconque refusait était battu, puis abandonné dans le désert où il n'avait pas d'autre choix que de se faire accepter dans un autre village ou de mourir sous les lames des bandits qui s'étaient installés dans les plaines rocailleuses qui encerclaient Masyaf et se montraient depuis quelque temps de plus en plus implacables avec les voyageurs. Si autrefois les Assassins – ou peut-être la simple crainte qu'inspirait leur présence dans les environs – avaient offert aux pérégrins des routes sûres, ce n'était plus le cas depuis bien longtemps.

En rentrant sans le sou à Masyaf, Mukhlis ne pourrait donc plus payer, ni les taxes qu'imposait Abbas aux marchands, ni les divers impôts qu'il exigeait des villageois, et risquait de se faire expulser du village, avec sa femme Aalia et sa fille Nada.

Il pensait à tout cela tandis qu'il approchait du point d'eau, sans parvenir à se décider.

Un cheval se tenait près d'un grand figuier qui étirait ses branches au-dessus du trou d'eau, offrant à qui en avait besoin l'ombre accueillante et fraîche de son feuillage. La monture n'était pas harnachée, mais la couverture jetée sur son dos montrait qu'elle appartenait à quelqu'un, sûrement à un autre voyageur qui s'était arrêté ici pour se rafraîchir et remplir ses gourdes, ou qui peut-être, comme Mukhlis, n'aspirait qu'à s'allonger et prendre un peu de repos. Malgré tout, Mukhlis était inquiet en approchant du point d'eau. Son cheval, qui sentait la proximité de l'eau, hennit de plaisir, et il dut tirer sur les rênes pour qu'il ne se précipitât pas vers le puits... Un puits auprès duquel quelqu'un semblait d'ailleurs s'être assoupi. L'inconnu dormait, la tête posée sur son paquetage, la robe en couverture, le capuchon sur les yeux et les bras croisés sur sa poitrine. Si Mukhlis ne distingua pas grand-chose de son visage, il devina tout de même une peau brune et hâlée, parcheminée et marquée par la rudesse de la vie. C'était là un vieil homme qui quittait peut-être sa septième décennie pour entrer paisiblement dans la huitième. Fasciné, Mukhlis étudiait le visage du dormeur quand soudain... ses yeux s'entrouvrirent.

Mukhlis sursauta, aussi surpris qu'effrayé. Les yeux du vieillard étaient perçants et alertes. L'homme demeura parfaitement immobile, et Mukhlis se rendit compte que, même s'il était bien plus jeune que l'inconnu, ce dernier ne semblait pas du tout inquiété par sa présence.

— Je m'excuse de vous avoir dérangé, dit Mukhlis en inclinant respectueusement la tête, la voix légèrement tremblante.

Le vieillard ne répondit pas, se contentant d'observer Mukhlis mettre pied à terre, puis mener sa monture au puits où il remonta le seau de cuir pour que son cheval et lui pussent se désaltérer. Pendant quelques instants, les seuls bruits à troubler le silence furent celui du seau cognant contre la paroi du puits tandis qu'il se chargeait d'eau fraîche, et celui du cheval qui but à satiété bruyamment. Mukhlis but lui aussi. Il sirota l'eau fraîche, puis l'avala à grandes goulées avant de mouiller sa barbe et de rincer son visage. Le marchand remplit ensuite ses gourdes, puis porta de l'eau à sa deuxième bête, avant d'attacher ses deux montures. Lorsqu'il posa de nouveau son regard sur l'étranger, il s'était rendormi. La seule chose qui avait changé dans sa position était la façon dont il avait placé ses bras : ils n'étaient plus croisés sur la poitrine mais, près de sa tête, sur le paquetage dont il se servait comme oreiller. Mukhlis sortit une couverture de ses propres affaires, trouva un endroit où s'installer de l'autre côté du puits, puis s'allongea pour dormir.

Il aurait été incapable de dire combien de temps s'était écoulé lorsqu'il avait entendu du bruit près de lui et avait ouvert ses yeux bouffis pour apercevoir une silhouette debout devant lui. Éclairé par les premiers rayons de l'aube, l'homme avait des cheveux noirs, une barbe hirsute et négligée, une boucle d'or à une oreille et souriait de façon on ne peut plus malveillante. Mukhlis tenta de se relever, mais l'homme se jeta sur ses cuisses et plaça une dague étincelante sous son cou. Tétanisé, Mukhlis laissa échapper un gémissement effrayé.

— Mon nom est Bayhas, dit l'homme qui souriait encore. Et mon visage sera le dernier que tu verras ici-bas.

— Non, bêla Mukhlis, mais Bayhas le relevait déjà violemment.

Le marchand vit que Bayhas était accompagné de deux autres brigands qui délestaient ses chevaux de ses marchandises et en chargeaient leurs propres bêtes.

Il chercha le vieil homme du regard, mais il avait disparu, bien que son cheval fût encore là. L'avaient-ils déjà tué ? Gisait-il quelque part, la gorge tranchée ?

— Corde, cria Bayhas, la dague toujours collée à la gorge de Mukhlis lorsque l'un de ses compagnons lui envoya de quoi attacher le marchand.

Comme Bayhas, l'homme avait les cheveux noirs et la barbe négligée, mais sa tête à lui était recouverte d'un keffieh, et il portait un arc dans le dos. Le troisième brigand, glabre, les cheveux longs, un cimeterre à la ceinture, fouillait dans les affaires de Mukhlis, jetant dans le sable ce qui ne l'intéressait pas.

— Non ! cria Mukhlis en le voyant se débarrasser d'une pierre peinte.

C'était un présent que sa fille lui avait offert comme porte-bonheur le jour de son départ. Le voir ainsi jeté nonchalamment sur le sol par le brigand avait été trop dur à supporter. Il se dégagea de l'emprise de Bayhas et se rua vers Longs-cheveux qui se plaça devant lui, le sourire aux lèvres, et l'accueillit d'un violent coup de poing dans la trachée. Les trois brigands éclatèrent de rire à la vue de Mukhlis se tortillant et étouffant dans la poussière.

— Qu'est-ce que c'est, dis ? se moqua Longs-cheveux en se penchant sur lui. (Voyant où se posaient les yeux du marchand, il ramassa la pierre et lut les mots que Nada avait peints.) « Bonne chance, papa ». C'est donc ça ? C'est ça qui t'a rendu si intrépide tout à coup, papa ?

Mukhlis tendit désespérément la main vers la pierre pour la récupérer, mais Longs-cheveux la dégagea du pied avec dédain, frotta la pierre sur son postérieur – riant d'autant plus fort lorsque Mukhlis hurla, outragé –, puis la jeta dans le puits.

— Plouf ! lâcha-t-il, moqueur.

— Toi…, commença Mukhlis, espèce…

— Attache ses jambes, lâcha Bayhas derrière lui.

Le chef des brigands jeta la corde à Longs-cheveux et s'approcha, se jeta sur Mukhlis, puis plaça la pointe de sa dague près de l'œil du marchand.

— Tu allais où comme ça, papa ?

— À Damas, mentit Mukhlis.

Bayhas entailla sa joue lui arrachant un hurlement de douleur.

— Tu allais où ? répéta-t-il.

— Ses vêtements viennent de Masyaf, dit Longs-cheveux qui enroulait la corde autour des jambes de Mukhlis.

— Masyaf, hein ? lâcha Bayhas. Il y a quelques années, tu aurais pu compter sur les Assassins pour voler à ton secours, mais j'ai peur qu'aujourd'hui ce ne soit plus le cas. Peut-être qu'on devrait aller y faire un tour, à Masyaf. Qui sait ? On y trouvera peut-être une veuve à consoler. Qu'en dis-tu, hein, papa ? Quand on en aura fini avec toi ?

Longs-cheveux se releva et jeta l'autre extrémité de la corde par-dessus une branche du figuier, tirant dessus jusqu'à ce que Mukhlis soit suspendu à quelques centimètres du sol. Sol et cieux s'inversèrent devant ses yeux. Il gémit tandis que Longs-cheveux attachait la corde à l'arche du puits, assurant son maintien. Bayhas approcha alors de lui et le fit tournoyer sur lui-même. Mukhlis commença à tourner et vit l'archer – qui se tenait à quelques pas de la scène – hilare, les bras croisés sur le ventre. Bayhas et Longs-cheveux, plus proches, riaient eux aussi franchement. Le chef de la bande se pencha vers lui.

Tourbillonnant encore, il vit le muret du puits passer devant ses yeux, puis les trois brigands de nouveau : Longs-cheveux et Bayhas, le troisième un peu plus loin, et…

Une paire de jambes jaillit de l'arbre, derrière le troisième homme.

Mais Mukhlis tournait encore, et le muret du puits apparut de nouveau. Il continua à tourner, plus doucement à présent, et fit de nouveau face aux vermines qui n'avaient visiblement pas remarqué qu'un quatrième homme était présent derrière eux. Un homme dont le visage était quasi entièrement dissimulé sous le capuchon de la robe qu'il portait. La tête légèrement penchée, il tenait ses bras écartés comme en supplication. Le vieil homme.

— Assez, dit le vieil homme.

Comme son visage, sa voix trahissait son âge avancé.

Les trois brigands se retournèrent vers lui, puis se raidirent, prêts à pourfendre l'intrus.

Mais plutôt que d'attaquer, ils se mirent tous trois à ricaner.

— C'est une plaisanterie ? pouffa Bayhas. Un grand-père vient gâcher notre fête ? Et qu'est-ce que tu comptes faire, l'ancêtre ? Nous ennuyer à mort en nous parlant du bon vieux temps ? Nous péter aux genoux ?

Ses compagnons s'esclaffèrent bruyamment.

— Coupez cette corde, dit le vieil homme en désignant l'endroit où Mukhlis pendait encore, la tête en bas. Tout de suite.

— Et pourquoi est-ce que je ferais une chose pareille ? lui demanda Bayhas.

— Parce que je te le demande, gronda le vieil homme.

— Et qui es-tu au juste pour me donner des ordres ?

Le vieil homme exécuta un vif mouvement du poignet.

« Chling ».

Chapitre 54

L'archer chercha à s'emparer de son arme mais, en deux pas, Altaïr fut sur lui et lui trancha la gorge d'un ample coup de taille, sectionnant son arc et son casque dans le même temps. L'arme de l'archer tomba sur le sol en rendant un bruit sec et l'homme s'effondra lourdement.

Altaïr – qui n'avait pas combattu depuis vingt ans – respirait déjà difficilement. Devant lui, l'expression de Bayhas et Longs-cheveux passa soudain de la moquerie à l'inquiétude. Au pied de l'Assassin, l'archer se tortillait et vomissait une mousse écarlate, son sang se mêlant au sable en une boue inquiétante. Sans quitter les deux brigands des yeux, Altaïr mit un genou à terre et acheva l'archer d'un coup de lame. La peur serait sa meilleure arme à présent, il en avait conscience. Ces hommes avaient pour eux la jeunesse et la rapidité. Ils étaient féroces et sans pitié, habitués à la mort. Altaïr avait pour lui l'expérience, et il espéra que cela suffirait.

Bayhas et Longs-cheveux échangèrent un regard. Ils ne souriaient plus. Pendant quelques secondes, le seul bruit perceptible près du puits était le grincement de la corde contre la branche du figuier. Mukhlis, lui, continuait à assister à la scène la tête en bas. Ses bras étant libres, il se demanda s'il allait tenter de s'échapper, mais pensa qu'il était préférable de ne pas attirer l'attention sur lui.

Les deux vermines se séparèrent, comptant attaquer Altaïr simultanément de part et d'autre, et l'Assassin vit, là où ils se tenaient, le corps suspendu du marchand qui pendait la tête en bas. Nerveux, Longs-cheveux jonglait avec son épée dont la poignée claquait à chaque nouvelle réception. Bayhas, lui, se mordait l'intérieur de la joue.

Longs-cheveux fit un pas en avant, frappant d'estoc avec son cimeterre. L'air sembla vibrer lorsque sa lame rencontra celle d'Altaïr dans un tintement d'acier. L'Assassin repoussa le cimeterre, sentant ses muscles hurler. Si les brigands se contentaient d'attaques brèves et successives, il ne tiendrait pas longtemps : il était vieux, désormais, et les vieillards s'occupaient de leur potager, passaient leur après-midi à cogiter dans leur bureau, lisant et repensant à ceux qu'ils avaient aimés et perdus. Ils ne s'impliquaient pas dans de violentes escarmouches. Surtout lorsqu'ils se retrouvaient face à des adversaires jeunes et plus nombreux. Il jeta sa lame en direction de Bayhas pour empêcher le chef des brigands de le supplanter et y parvint, mais Bayhas avait suffisamment d'allonge pour que sa dague ait passé la défense d'Altaïr, lacérant sa poitrine et faisant le premier couler le sang. Altaïr attaqua à son tour et leurs armes s'entrechoquèrent. Ils échangèrent quelques coups, laissant à Longs-cheveux l'occasion d'approcher. Altaïr parvint tout juste à repousser le brigand. Longs-cheveux assena un coup sauvage à Altaïr, labourant sa jambe.

La plaie était large. Profonde, aussi. Le sang coula à flots, et Altaïr manqua de s'effondrer. Il boitilla sur le côté, tentant de se rapprocher du puits pour ne plus avoir à se défendre que de front, et y parvint enfin. Le muret protégeant sa jambe blessée, le marchand suspendu dans son dos, il se mit en position.

— Courage ! l'exhorta Mukhlis. Et sache que quoi qu'il arrive, tu as d'ores et déjà remporté ma gratitude et mon amour sincère, que tu puisses ou non en jouir dans cette vie.

Altaïr acquiesça sans se retourner, concentré sur les deux brigands en face de lui. Voir Altaïr saigner leur avait redonné confiance, et ils fondirent sur lui, plus zélés et sauvages que jamais. Altaïr repoussa trois attaques, mais sentit l'acier le lacérer plus d'une fois. Il saignait abondamment. Il claudiquait, à bout de souffle. La peur ne lui servirait plus à rien : il avait perdu son seul avantage. Tout ce qui lui restait désormais était de vieux instincts et un savoir-faire endormi. Acculé, il se remit en mémoire certaines de ses plus glorieuses batailles contre les hommes de Talal, face à Moloch, sa victoire contre les Templiers dans le cimetière de Jérusalem. Le guerrier d'alors aurait pourfendu ces deux gaillards en une seconde à peine.

Mais ce guerrier appartenait au passé. Il avait vieilli. Le chagrin et l'isolement l'avaient affaibli. Il avait passé vingt longues années à pleurer Maria et à étudier la Pomme. Ses compétences martiales, quelque fabuleuses qu'elles fussent, avaient fané avant – il lui semblait – de dépérir.

Le sang inondait ses bottes, rendait ses doigts glissants. Il agitait désespérément sa lame, essayant moins de se défendre que de garder ses adversaires à distance. Il pensa à son sac caché dans le figuier. La Pomme à l'intérieur. Il lui aurait suffi de s'en emparer pour sortir victorieux de l'affrontement, mais elle était trop loin et, de toute façon, il avait juré de ne jamais plus s'en servir. C'était d'ailleurs pour cette raison qu'il l'avait laissée dans l'arbre. Il ne voulait pas qu'elle parvienne à le tenter. La vérité, cependant, c'est que, s'il avait pu s'en saisir, il l'aurait utilisée sans hésiter plutôt que de mourir ici sous la lame de ces chiens et de leur abandonner le marchand, le condamnant à une mort plus douloureuse et dégradante encore que s'il ne s'était pas interposé.

Oui, il aurait utilisé la Pomme parce qu'il était acculé… Il se rendit soudain compte qu'il venait de leur laisser l'occasion de préparer leur nouvel assaut. Il vit du coin de l'œil Longs-cheveux se ruer sur lui et hurla, tentant tant bien que mal de le repousser. Pour chaque parade d'Altaïr, Longs-cheveux lançait une nouvelle attaque – une, deux, trois –, et finit par passer sa garde, ouvrant une nouvelle blessure dans son flanc, une coupure profonde dont s'écoula d'un coup une gerbe de sang. Altaïr tressaillit, haletant de douleur. Mieux valait mourir ainsi, pensa-t-il, que de se rendre docilement. Mieux valait mourir en combattant.

Longs-cheveux fondit sur lui de nouveau, et s'il y eut un nouveau tintement d'acier, la lame du brigand toucha tout de même son but, blessant la jambe encore valide de l'Assassin qui tomba à genoux, les bras ballants, sa lame inoffensive ne lacérant plus que le sable.

Longs-cheveux s'avança, mais Bayhas l'arrêta.

— Laisse-le-moi ! ordonna-t-il.

Altaïr repensa à ce jour, il y a mille vies de cela, où un adversaire avait tenu les mêmes propos. Ce jour-là, il avait fait payer au chevalier son arrogance. Il n'aurait pas cette satisfaction aujourd'hui, car Bayhas avançait vers lui qui se tenait là, à genoux et défait, chancelant, la tête pendante. Il tenta d'ordonner à ses jambes de se relever, mais elles ne lui obéissaient plus. Il tenta de lever sa lame, mais n'y parvint pas. Il vit la dague filer dans sa direction, et put lever suffisamment la tête pour voir les dents serrées de Bayhas, sa boucle d'oreille dorée scintiller dans le soleil de l'aube…

… Puis le marchand qui s'agitait, se balançait, saisit enfin Bayhas par-derrière, interrompant son assaut. Altaïr hurla et, mû par une énergie providentielle, se jeta en avant dans un ultime effort pour lancer verticalement sa lame dans le ventre de Bayhas, l'éventrant presque jusqu'à la gorge. Aussitôt, Mukhlis s'empara de la dague du brigand avant qu'elle tombe sur le sol, se redressa péniblement, puis trancha la corde qui le maintenait prisonnier. Il chuta, son flanc percutant douloureusement le muret du puits, mais se remit tant bien que mal sur ses pieds pour se dresser aux côtés de son sauveur.

Altaïr, brisé, à l'agonie, était deux fois plus voûté que le marchand. Il parvint tout de même à lever sa lame et à poser ses yeux plissés et menaçants sur Longs-cheveux qui, se retrouvant soudain seul face à deux adversaires, se crispa, puis recula jusqu'à l'un des chevaux. Sans quitter Altaïr et Mukhlis des yeux, il se mit en selle. Il les regarda longuement, et ils soutinrent son regard, puis il passa sinistrement un doigt en travers de sa gorge et s'enfuit.

— Merci, dit Mukhlis à Altaïr le souffle court.

Mais il n'y eut pas de réponse.

Le vieil homme s'était écroulé dans le sable où il gisait, sans connaissance.

Chapitre 55

Un émissaire du chef des brigands arriva une semaine plus tard. Les villageois le regardèrent traverser Masyaf et se diriger vers la pente qui menait à la citadelle. C'était l'un des hommes de Fahad, murmurait-on, et les plus éclairés des villageois pensaient savoir pourquoi il était ici. Deux jours plus tôt, des hommes de Fahad étaient venus au village et avaient promis une récompense à quiconque révélerait l'identité de l'homme qui avait tué Bayhas, le fils de leur chef. Le meurtrier, avaient-ils dit, avait été aidé par un marchand de Masyaf qui n'aurait pas à craindre de représailles s'il dénonçait le chien qui avait pourfendu le fils chéri de Fahad. Les villageois avaient secoué négativement la tête avant de s'en retourner à leurs besognes, et les brigands étaient repartis les mains vides, proférant d'inquiétantes menaces. Ils reviendraient bientôt.

Et ils étaient revenus. L'un d'entre eux, en tout cas. Lorsque Masyaf était sous la protection des Assassins, même Fahad n'aurait pas osé y envoyer des hommes sans en demander la permission préalable au Maître de l'Ordre. Or, même Fahad n'aurait pas osé formuler une telle requête à Al Mualim ou à Altaïr ; mais à Abbas… Abbas était faible et pouvait être acheté.

L'émissaire, donc, était venu au village. Si à son arrivée, il avait eu l'air sévère et dédaigneux tandis qu'il allait au pas entre les villageois qui l'observaient, il souriait à présent et passait un doigt en travers de sa gorge.

—Tout porte à croire que le Maître a autorisé Fahad à venir au village, annonça Mukhlis un peu plus tard ce même soir, à la lumière mourante des bougies.

Il était assis à côté du lit de l'étranger, se parlant plus à lui-même qu'à l'homme étendu sur la couche qui n'avait pas repris conscience depuis la bataille près du puits. Après le combat, Mukhlis l'avait installé sur la selle de son second cheval, puis l'avait emmené chez lui, à Masyaf, afin de l'y soigner. Aalia et Nada s'étaient occupées de lui pendant trois jours, et tous trois s'étaient demandé s'il allait survivre. Il avait perdu tant de sang que son visage était aussi pâle que la brume. Il reposait sur le lit – Aalia et Mukhlis lui avaient cédé le leur – l'air presque apaisé, mais menaçant à tout moment de quitter ce monde. Immobile. Tel un cadavre. Le troisième jour, son visage avait repris quelques couleurs. Aalia en avait informé Mukhlis à son retour du marché, et Mukhlis s'était assis à côté du lit, comme chaque jour, avant de parler à son sauveur dans l'espoir de le ramener à la vie. Il avait pris l'habitude de lui raconter sa journée, abordant parfois quelque sujet très sérieux pour exciter l'intérêt de son esprit convalescent et interpeller sa conscience.

—Abbas a son prix, semble-t-il.

Il jeta un regard oblique vers l'étranger allongé sur le dos et dont les blessures cicatrisaient de manière rassurante. Chaque jour, il paraissait plus vigoureux.

—Maître Altaïr aurait donné sa vie plutôt que d'autoriser une telle chose. (Il se pencha en avant, observant attentivement le patient alité.) Je parle du Maître Altaïr Ibn-La'Ahad.

Pour la première fois depuis son arrivée dans la demeure de Mukhlis, l'inconnu ouvrit les yeux. Subitement.

Même si c'était la réaction à laquelle s'était secrètement attendu Mukhlis, il ne put s'empêcher de sursauter. Il regarda les yeux embrumés de l'homme regagner peu à peu leur lumière.

— C'est vous, n'est-ce pas ? murmura Mukhlis. (Le vieil homme cligna des yeux, puis tourna lentement la tête vers lui.) Vous êtes... Vous êtes Altaïr ?

Altaïr acquiesça. Des larmes montèrent aux yeux de Mukhlis qui se laissa tomber à genoux sur le sol de pierre et prit l'une des mains d'Altaïr dans les siennes.

— Vous êtes de retour, sanglota-t-il. Vous êtes revenu pour nous sauver. (Il marqua une pause.) N'est-ce pas ?

— Avez-vous besoin d'être sauvés ? répondit Altaïr.

— Plus que jamais. Vous dirigiez-vous vers Masyaf lorsque nous nous sommes rencontrés ?

Altaïr réfléchit.

— Lorsque j'ai quitté Alamut, je savais qu'un jour ou l'autre, je finirais par revenir ici. Mais quand ? Cela, je l'ignorais.

— Vous étiez à Alamut ?

— Ces vingt dernières années, oui.

— Ils vous disaient mort. Le matin où Maria est morte, vous vous seriez jeté du haut de la tour de la citadelle.

— Je me suis jeté du haut de la tour de la citadelle, sourit Altaïr presque tristement. Mais j'ai survécu. Je me suis dirigé vers la rivière qui court hors du village et, par chance, j'y ai rencontré Darim qui revenait d'Alamut où il avait retrouvé la femme et les enfants de Sef. Il m'a pris avec lui, puis m'a transporté jusque chez eux.

— Ils vous disaient mort, répéta Mukhlis.

— Ils ?

Mukhlis fit un geste de la main en direction de la citadelle.

— Les Assassins.

— Un mensonge bien pratique. Mais ils savaient que j'étais encore en vie.

Il retira sa main de l'emprise de Mukhlis, s'assit, puis se tourna lentement et posa les pieds sur le sol. Il les observa, vieux et fripés. Chaque parcelle de son corps hurlait de douleur, mais il se sentait… mieux. On avait lavé sa robe avant de lui remettre. Il replaça le capuchon sur sa tête, appréciant de sentir son contact sur son front, respirant l'odeur agréable du linge propre.

Il porta les mains à son visage et sentit que sa barbe avait été entretenue. Non loin de lui, se trouvaient ses bottes et, sur une table proche, le mécanisme de sa lame : unique, inédit, imaginé d'après ce qu'il avait appris en étudiant la Pomme. Il avait l'air incroyablement complexe et nouveau, si bien qu'il repensa aux innombrables autres schémas qu'il avait réalisés. Il aurait besoin de l'aide d'un forgeron pour concevoir tous ces objets. Mais, pour l'heure…

— Mon sac ? demanda-t-il à Mukhlis qui s'était relevé fébrilement. Où est mon sac ?

Sans un mot, Mukhlis désigna le sol de pierre à la tête du lit. Altaïr observa sa forme familière.

— As-tu regardé ce qu'il y avait à l'intérieur ?

Mukhlis secoua énergiquement la tête, Altaïr étudiant sa réaction avec une attention redoublée. Au bout de quelques secondes, convaincu de sa sincérité, il se calma, saisit ses bottes et les enfila en grimaçant.

— Je te remercie de t'être occupé de moi, dit-il. Sans toi, je serais mort ce jour, près du puits.

Mukhlis laissa échapper un rire gêné.

— Ce sont ma femme et ma fille qui se sont occupées de vous, et c'est à moi de vous remercier. Vous m'avez sauvé d'une mort effroyable. Je n'ose imaginer ce que ces brigands auraient fait de moi. (Il se pencha en avant.) Vous avez combattu avec la hardiesse et la détermination de l'Altaïr Ibn-La'Ahad dont parlent les légendes. Je l'ai conté à tout le monde.

— D'autres personnes savent que je suis ici ?

Mukhlis tendit les mains.

— Bien sûr ! Le village entier a entendu le récit de ce héros qui m'a arraché aux griffes de la mort. Et tout le monde soupçonne que ce héros n'était autre que vous.

— Pourquoi donc ?

Mukhlis ne dit rien, se contentant de désigner du menton la table basse sur laquelle scintillait le mécanisme d'Altaïr, lavé et huilé.

— Tu as parlé à tout le monde de la lame ? s'enquit Altaïr inquiet.

— Eh bien, oui, lâcha Mukhlis pensif. Bien sûr. Aurais-je commis une erreur ?

— Bientôt, la citadelle sera au courant, et les Assassins se lanceront à ma recherche.

— Et ils ne seront pas les seuls, ajouta Mukhlis désolé.

— Comment cela ?

— Un émissaire de l'homme dont tu as tué le fils s'est présenté plus tôt à la citadelle.

— Et qui est l'homme que j'ai tué ?

— Un brigand cruel du nom de Bayhas.

— Et son père, qui est-ce ?

— Fahad, le chef d'une bande de voleurs qui sévit dans le désert. Apparemment, leur campement se trouve à deux ou trois jours à cheval. C'est de là que venait l'émissaire. Des rumeurs disent qu'il est venu demander au Maître la permission pour les brigands de venir au village et de débusquer le meurtrier de Bayhas.

— Le Maître ? lâcha Altaïr d'un ton abrupt. Abbas ?

Mukhlis acquiesça.

— Les brigands ont proposé une récompense à qui leur désignerait le coupable, mais les villageois ont refusé. Apparemment, Abbas n'a pas été aussi inflexible.

— Alors, le peuple est riche d'une probité qui fait défaut à son chef.

— Vous ne pourriez prononcer de plus stricte vérité, acquiesça Mukhlis. Il prend notre argent sans rien nous donner en retour, alors qu'autrefois la citadelle était le cœur de notre communauté. C'est d'elle que venait notre force. Elle qui nous guidait…

— Et qui vous protégeait, dit Altaïr avec un demi-sourire.

— Cela aussi, oui, acquiesça de nouveau Mukhlis. Tous ces bienfaits ont disparu avec vous, Altaïr, pour être remplacés par la corruption et la crainte. Il paraît qu'après votre départ Abbas a dû mater une rébellion d'Assassins qui vous étaient loyaux, à vous et à Malik. Il aurait ensuite fait exécuter les chefs de file du mouvement, craignant qu'une autre insurrection se produise à l'avenir. Il est à ce point terrifié qu'il reste cloîtré jour et nuit dans sa tour, imaginant d'impossibles complots et exécutant quiconque lui semble suspect. Les Lois de l'Ordre s'effritent autour de lui aussi sûrement que la citadelle négligée se désagrège. Abbas semble faire un rêve récurrent : il rêve qu'Altaïr Ibn-La'Ahad revient de son exil à Alamut armé d'un… (Il marqua une pause, vit l'air interrogateur d'Altaïr, puis se tourna vers son sac.) Armé d'un artefact capable de le vaincre… Un tel objet existe-t-il ? Comptez-vous affronter Abbas ?

— Même si cet artefact existe, ce n'est pas une arme qui doit défaire Abbas, mais la foi. La foi que nous avons en nous-mêmes et en notre Credo. C'est là le seul moyen d'en finir avec lui.

— Nous ?

Altaïr fit un ample mouvement de bras.

— Toi, moi, les villageois et les Assassins.

— Et cette foi perdue, comment comptez-vous la ressusciter ? demanda Mukhlis.

— Par l'exemple, répondit Altaïr. Petit à petit.

Le jour suivant, Altaïr se mêla aux villageois et, au lieu de prêcher la voie des Assassins, leur enseigna le Credo par l'exemple.

Chapitre 56

Altaïr dut intervenir pour interrompre des échauffourées, modérer quelque houleuse altercation entre marchands ou voisins, mais aucun conflit ne fut pour lui plus épineux à régler que celui qui opposa deux femmes qui luttaient bec et ongles pour le cœur d'un amant. L'homme en question, Aaron, était assis sur un banc, tremblant, tandis que les deux soupirantes se disputaient. Mukhlis, qui marchait aux côtés d'Altaïr le temps de rejoindre son étal, tenta de s'interposer tandis qu'Altaïr se tenait en retrait, les bras croisés, attendant une accalmie pour pouvoir prendre calmement la parole. Il savait déjà ce qu'il comptait leur dire : qu'il le désirât ou non, Aaron allait devoir faire son choix. Altaïr, en réalité, était ailleurs. Ses pensées allaient au jeune garçon frappé par la fièvre, à qui il avait fait avaler un breuvage. Un breuvage dont il avait bien entendu découvert la recette en étudiant la Pomme.

Et au tisserand qui confectionnait pour lui de nouveaux outils, et à qui il avait donné des indications extrêmement précises – indications elles aussi issues de son étude de la Pomme.

Et aussi au forgeron qui avait jeté un coup d'œil circonspect aux schémas qu'il lui avait tendus, les avait retournés dans un sens puis dans l'autre en plissant les yeux, puis les avait déroulés sur une table afin que l'Assassin pût lui expliquer exactement ce qu'il désirait qu'il lui fabriquât.

Bientôt, Altaïr aurait un tout nouvel arsenal : des armes jamais vues jusqu'alors.

Il pensait également à l'homme qui l'espionnait depuis quelques jours, et qui se déplaçait partout à sa suite comme une ombre. Invisible. Tout du moins, c'est ce qu'il croyait. Altaïr l'avait immédiatement remarqué. Il avait remarqué ses manières et son port. Il savait qu'il s'agissait d'un Assassin.

Cela devait arriver. Abbas n'avait pu faire autrement qu'envoyer au village des espions pour en apprendre davantage sur cet inconnu qui combattait armé de la lame secrète des Assassins. Abbas en conclurait sûrement bientôt qu'il s'agissait d'Altaïr de retour à Masyaf pour reprendre la direction de l'Ordre. Peut-être espérait-il que les brigands le tuent pour lui. Peut-être enverrait-il en bas des pentes qui menaient au village un Assassin pour l'éliminer. Peut-être cette ombre était-elle justement l'Assassin d'Altaïr.

Devant lui, les femmes continuaient à en découdre. Du coin de la bouche, Mukhlis s'adressa à Altaïr :

— Maître, je me suis trompé : ces femmes se battent moins pour déterminer laquelle d'entre elles devrait conquérir le cœur de cet homme que pour savoir qui devrait le lui dérober.

Altaïr émit un rire discret.

— Mon avis reste le même, dit-il en posant un regard amusé sur Aaron qui, angoissé, se rongeait les ongles sur le banc de pierre. C'est au jeune homme de décider de son destin.

Il jeta un regard à son ombre assise maintenant à l'ombre d'un arbre, la robe maculée de boue, passant à s'y méprendre pour un humble villageois.

Il se retourna vers Mukhlis.

— Je vais prendre congé. Toutes ces discussions m'ont asséché la gorge.

Il quitta la petite assemblée, et Mukhlis rappela d'un geste les villageois qui s'apprêtaient à suivre le Maître.

Plus que de la voir, Altaïr sentit son ombre se lever, puis le suivre tandis qu'il s'approchait d'une fontaine disposée au centre d'une place. Là, il se pencha, but et se redressa, faisant mine de contempler le village en contrebas. Puis…

— Je t'en prie, dit-il à l'homme qui, il le savait, se tenait à présent derrière lui. Si tu avais voulu me tuer, tu l'aurais déjà fait depuis longtemps.

— Comptiez-vous me laisser faire sans réagir ?

Altaïr ricana.

— Je n'ai pas passé ma vie à emprunter la voie des guerriers pour me laisser pourfendre par un chiot intrépide au pied d'une fontaine.

— Vous m'avez entendu ?

— Bien sûr que je t'ai entendu. Je t'ai entendu approcher avec la discrétion d'un éléphant blessé, et j'ai entendu que tu privilégiais ton côté gauche. Si tu m'avais attaqué, je me serais décalé sur ma droite pour faire face à ton côté faible.

— Ne pensez-vous pas que je l'aurais anticipé ?

— Tout dépend de ta cible. Quoi qu'il en soit, tu dois connaître ta cible. Connaître ce dont elle est capable au combat.

— Je sais que la mienne est plus capable au combat que tous les Assassins du monde, Altaïr Ibn-La'Ahad.

— Vraiment ? Tu ne devais être encore qu'un nourrisson lorsque j'ai quitté Masyaf.

Altaïr se retourna enfin vers l'Assassin qui baissa son capuchon. L'homme était jeune – il avait vingt ans, peut-être – et sa barbe était noire. Quelque chose dans la ligne de ses mâchoires et dans ses yeux lui rappelait quelqu'un.

— Tout juste, dit le jeune homme. Je n'étais encore qu'un poupon.

— Comment se fait-il, alors, que tu ne te sois pas laissé endoctriner comme les autres ? Que tu ne me considères pas comme un ennemi ? dit Altaïr, désignant brièvement du menton la citadelle en surplomb.

La forteresse, haut perchée, semblait les épier.

— Certains sont plus difficiles à endoctriner que d'autres, répondit le jeune homme. Nombreux sont ceux à être restés fidèles à l'ancien Credo, et notre nombre grandit un peu plus chaque jour que se révèlent à nous les effets pernicieux qu'engendrent nos nouvelles lois. Mais, moi plus que tout autre, j'ai toutes les raisons d'être fidèle à notre ancienne voie.

Les deux Assassins se tenaient face-à-face devant la fontaine, et Altaïr se sentit légèrement tressaillir. Soudain, il eut un léger vertige.

— Comment t'appelles-tu ? demanda-t-il au jeune homme d'une voix qui lui parut presque désincarnée.

— J'ai deux noms, dit le jeune garçon. Celui auquel je réponds au sein de l'Ordre, Tazim, et un autre, celui que l'on m'a donné à la naissance pour honorer la mémoire de mon père, exécuté sur ordre d'Abbas lorsque je n'étais qu'un nourrisson. Il s'appelait…

— Malik. (Altaïr retint son souffle puis s'avança vers le jeune homme qu'il saisit par les épaules, les yeux humides.) Mon enfant ! s'exclama-t-il. Bien sûr, j'aurais dû le deviner. Tu as les yeux de ton père. (Il rit.) Sa discrétion, j'en suis moins sûr, mais… tu as sa force d'esprit. J'ignorais… Je n'ai jamais su qu'il avait un fils.

— Ma mère a été bannie après son emprisonnement. Dès que j'ai été en âge de rejoindre l'Ordre, je suis revenu.

— Pour te venger ?

— Un jour, peut-être. Si cela peut d'une quelconque façon honorer sa mémoire. Maintenant que tu es de retour, l'avenir me semble plus lumineux.

Altaïr passa un bras autour des épaules du jeune homme. Ils s'éloignèrent de la fontaine et traversèrent la place en discutant avec entrain.

— Qu'en est-il de tes compétences martiales ? demanda Altaïr au jeune Malik.

— Sous la direction d'Abbas, l'entraînement n'a jamais été une priorité, mais je travaille. Par contre, le savoir assassin ne s'est guère développé ces dernières années.

Altaïr pouffa.

— Ici, peut-être pas. Mais ici… (Il tapota sa tempe.) Ici, le savoir assassin s'est décuplé. J'ai tant de choses à faire découvrir aux membres de l'Ordre : de nouveaux objectifs, de nouveaux stratagèmes, les schémas de construction de nouvelles armes – les forgerons en fabriquent certaines en ce moment même…

Les villageois, respectueux, s'écartaient sur leur passage. Tous connaissaient Altaïr à présent et, ici, au pied de la colline, il était le Maître de nouveau.

— Et tu dis que d'autres dans la citadelle me sont restés fidèles ?

— Abbas a autant de fidèles que d'opposants parmi les Assassins, et le nombre de ces derniers ne cesse de croître depuis que je colporte les récits de ce qui se passe dans le village. La nouvelle du retour de l'illustre Altaïr se répand lentement mais sûrement.

— Bien, dit Altaïr. Et ces opposants à Abbas, penses-tu que nous puissions les convaincre de nous rejoindre et de prendre avec nous la citadelle d'assaut ?

Le jeune Malik s'arrêta et regarda Altaïr, plissant les yeux comme pour s'assurer que le vieil homme ne plaisantait pas. Puis, il sourit.

— Tu comptes le faire… Tu comptes vraiment le faire ? Quand cela ?

— Le brigand Fahad et ses hommes arriveront bientôt au village, dit Altaïr. Nous devons être aux commandes de la Fraternité avant leur arrivée.

Chapitre 57

Le matin suivant, au lever du jour, Mukhlis, Aalia et Nada se rendirent de maison en maison et informèrent les villageois que le Maître marcherait bientôt sur la citadelle. Excités et enthousiastes, nerveux aussi, les villageois se réunirent sur la place du marché, debout en petits groupes ou assis sur des murets. Quelques minutes plus tard, Altaïr les rejoignit. Il portait sa robe blanche et une ceinture de tissu. Ceux qui l'observèrent le plus attentivement purent distinguer sur son doigt l'anneau qui lui permettait d'activer le mécanisme de sa lame. Il avança jusqu'au centre de la place, et Mukhlis, son fidèle lieutenant, se posta à ses côtés. Il attendit.

Qu'aurait dit Maria ? se demanda Altaïr tandis qu'il attendait. Il avait accordé sa confiance au jeune Malik sans la moindre hésitation. Il avait placé en lui tant d'espoir que, s'il s'avérait être un traître, Altaïr serait bientôt un homme mort, et ses plans de reconquête de l'Ordre passeraient aux yeux de tous comme les espoirs naïfs et délirants d'un vieillard. Il repensa à tous ceux à qui il avait donné sa confiance par le passé et qui l'avaient trahie. Maria lui aurait-elle dit d'être prudent ? Lui aurait-elle dit qu'il était stupide de ne pas se montrer plus perplexe devant le peu de preuves qu'il avait de sa loyauté ? À moins qu'elle ne lui ait dit, comme elle l'avait fait un jour : « Écoute ton instinct, Altaïr. Al Mualim t'a enseigné la sagesse, et sa trahison t'a guidé sur le chemin de la maturité. »

Oh, et combien je suis plus sage aujourd'hui, mon amour, lui dit-il en pensée, s'adressant à ce souvenir qui en lui ne s'effacerait jamais.

Elle aurait approuvé, il le savait, ce qu'il avait fait de la Pomme, toutes ces années qu'il avait passées à en presser le jus, à en extraire le savoir. Tout comme elle lui aurait reproché de vouloir assumer seul la responsabilité de sa mort, et de s'encombrer de cette honte de s'être laissé guider par la colère. Oui, cela, elle le lui aurait reproché. Que lui aurait-elle dit, maintenant ? Aurait-elle utilisé cette expression qu'elle affectionnait tant : « Ouvre les yeux ! » ?

Il faillit rire rien que d'y penser. *Ouvre les yeux*. Il y était finalement arrivé, mais il lui avait fallu des années pour y parvenir. Des années à haïr la Pomme, à ne plus supporter sa seule vue, à ne plus supporter d'y penser, à haïr la puissance maléfique qui reposait derrière sa mosaïque raffinée et sans âge. Il la regardait des heures durant, ressassant le passé, revivant les instants tragiques qu'elle avait provoqués.

Négligées, incapables de supporter le poids de sa souffrance, la femme et les deux filles de Sef étaient parties. Il apprit qu'elles s'étaient installées à Alexandrie. Un an plus tard, Darim l'avait quitté lui aussi, repoussé par les remords dévorants de son père et son obsession pour la Pomme. Il avait voyagé en France et en Angleterre pour avertir les dirigeants que les Mongols étaient en marche. Seul Altaïr avait vu ses tourments s'intensifier. Il passait de longues nuits, le regard rivé sur la Pomme comme s'ils étaient tous deux des adversaires prêts à s'affronter. Comme si, à la faveur de son sommeil ou d'un bref moment d'inattention, elle était prête à se jeter sur lui.

Enfin, il avait repensé à cette nuit, dans le jardin de Masyaf, où son mentor, Al Mualim, gisait sur la terrasse de marbre, la cascade clapotant derrière eux. Il se rappela ce moment où il avait tenu la Pomme pour la première fois et où il avait ressenti affluer en lui une énergie bénéfique plutôt que destructrice. Et ces images qu'il avait vues, ces images futuristes de cultures si éloignées de lui dans l'espace comme dans le temps, au-delà des limites de sa connaissance. Cette nuit-là, dans le jardin, il avait compris, instinctivement, tout ce que la Pomme pouvait offrir de bon à l'humanité. Et, si depuis elle ne lui avait révélé que sa face la plus sombre, il savait qu'un savoir immense se cachait quelque part en elle. Et ce savoir, il ne pouvait s'empêcher de vouloir le localiser, de vouloir l'extraire. La Pomme avait besoin d'un intermédiaire pour s'exprimer, et une fois déjà, Altaïr avait réussi à maîtriser sa puissance.

Et puis, il s'était laissé consumer par le chagrin qu'il éprouvait en repensant à Al Mualim. Aujourd'hui, il se laissait consumer par celui qu'il ressentait en repensant aux siens. Peut-être la Pomme devait-elle prendre avant de pouvoir donner.

Quelle que fût la réponse à cette interrogation, son étude de la relique avait commencé et, journal après journal, il avait consigné ses réflexions : des pages et des pages de questionnements philosophiques et idéologiques, de plans, de dessins, de schémas et de souvenirs. Combien de bougies brûlèrent tandis qu'il écrivait fiévreusement, ne s'interrompant que pour uriner ? Des jours durant, il écrivait, puis, des jours durant, il quittait seul Alamut et partait se procurer les ingrédients et les objets divers dont il aurait besoin pour mener à bien ses futures expériences. Une fois, même, la Pomme l'avait incité à acquérir certains artefacts qu'il avait récupérés et cachés sans jamais rien révéler de leur naturc et de leur utilité à quiconque.

Bien entendu, il n'avait pas cessé de pleurer Maria et Sef. Il se sentait toujours responsable de la mort de Maria, mais il avait tiré un enseignement de cette tragédie. Son chagrin, alors, avait changé : il ressentait un désir ardent de retrouver son épouse et son fils, une douleur permanente qui lacérait un jour son cœur de mille coups de lame, et lui donnait le lendemain la sensation nauséeuse d'un vide impossible à combler, comparable à un oiseau qui tentait de déployer ses ailes dans ses entrailles.

Parfois, il lui arrivait tout de même de sourire quand il se disait que Maria aurait été touchée de le voir pleurer. Quoique, dans ces cas-là, il pensât surtout à la « Maria » tout anglaise, noble et pédante, celle qui aimait autant prendre de haut les hommes que les défaire au combat, celles dont les piques étaient aussi meurtrières que sa lame. Et bien sûr, Maria aurait été heureuse de constater qu'il avait enfin ouvert les yeux, et plus encore de voir ce qu'il était en train d'entreprendre : rassembler l'entier savoir qu'il avait glané en étudiant la Pomme et l'offrir à l'Ordre. Savait-il, à la fin de son exil, que c'était pour cela qu'il avait repris inconsciemment la route de Masyaf ? Non. La seule chose dont il était certain alors, c'est que l'heure était venue pour lui de s'y rendre. Il s'était rendu à l'endroit où on avait enterré Maria. La tombe de Malik, toute proche, était entretenue par son jeune fils. Altaïr avait alors pris conscience que Maria, Sef et Malik, sa mère et son père, Al Mualim, tous avaient disparu à jamais. La Fraternité, par contre, il pouvait la retrouver. La refaire sienne.

Mais seulement si le jeune Malik était aussi fiable qu'il en avait l'air. Et alors qu'il se tenait là, sentant peser sur ses épaules l'appréhension et les espoirs de la foule comme un fardeau, Mukhlis trépignant à ses côtés, il commença à douter. Les yeux rivés sur la citadelle, il attendit que les portes s'ouvrent et que les hommes apparaissent. Malik avait dit qu'ils seraient au moins vingt, tous aussi fidèles à Altaïr qu'il l'était lui-même. Vingt guerriers et le soutien de son peuple : Altaïr estima que cela suffirait à vaincre les trente ou quarante Assassins toujours fidèles à Abbas.

Il se demanda si Abbas se tenait alors en haut de sa tour, plissant les yeux pour mieux voir ce qui se tramait au bas de la colline. Il l'espérait.

Durant toute sa vie, Altaïr s'était refusé à éprouver une quelconque satisfaction pour la mort d'un autre homme, mais qu'en était-il concernant Abbas ? Malgré toute la pitié qu'il avait ressentie pour lui, il ne pouvait oublier les morts de Sef, Maria et Malik. Il ne pouvait oublier qu'Abbas avait corrompu et détruit leur Ordre. Altaïr s'était malgré tout promis qu'il ne prendrait aucun plaisir, pas même de la satisfaction, à voir Abbas mourir.

Mais il éprouverait du plaisir et de la satisfaction à le savoir mort après l'avoir tué. Cela, il pouvait se le permettre.

Mais cela ne pourrait avoir lieu que si les portes s'ouvraient et que ses alliés apparaissaient. Autour de lui, les villageois s'agitaient, et il commença à sentir s'étioler la confiance et l'assurance qu'il avait éveillées en eux.

Puis, soudain, un vent d'excitation parcourut la foule et ses yeux allèrent des portes du château – toujours invariablement closes – jusque sur la place. Un homme en blanc sembla se matérialiser parmi les villageois ; un homme qui se dirigea vers Altaïr, la tête basse, puis, une fois devant lui, releva son capuchon et lui sourit. C'était le jeune Malik. Et derrière lui apparurent d'autres Assassins. Tous, comme lui, apparaissant soudain dans la foule comme s'ils avaient soudain jailli de l'ombre. À ses côtés, Mukhlis retint son souffle. La place était tout à coup pleine d'hommes en robe blanche, et Altaïr partit d'un grand rire plein de surprise, de soulagement et de joie. Chacun des hommes s'approcha de lui et inclina la tête en signe de respect, lui présentant une lame, un arc ou un couteau de lancer. Lui offrant sa loyauté.

Altaïr saisit le jeune Malik par les épaules, et ses yeux s'illuminèrent.

— Je retire ce que j'ai dit, jubila-t-il. Jamais je n'ai vu d'Assassins plus discrets que toi et tes hommes.

Le sourire aux lèvres, Malik fit un signe de tête.

— Nous devrions lancer l'assaut au plus vite, Maître. Abbas se rendra bientôt compte de notre absence.

— Alors, qu'il en soit ainsi, dit Altaïr avant de grimper sur le muret de la fontaine, repoussant d'un revers de main Mukhlis qui était venu l'aider.

Il s'adressa alors à la foule.

— Le château qui trône sur cette colline s'est fait inquiétant et inhospitalier depuis trop longtemps. Aujourd'hui, avec votre soutien, j'espère refaire de lui un phare, une lumière qui dissipera les ténèbres. (Un murmure enthousiaste parcourut les villageois, et Altaïr les fit taire d'un geste de la main.) Ce que nous ne ferons pas aujourd'hui, c'est accueillir cette aube nouvelle en versant le sang des Assassins. Ceux qui servent Abbas sont nos ennemis aujourd'hui mais, demain, ils seront nos fidèles compagnons. Ce n'est que si notre victoire est guidée par la miséricorde que nous gagnerons leur indéfectible amitié. Ne tuez que si cela est absolument nécessaire. C'est la paix que nous comptons offrir à Masyaf, pas la mort !

Sur ces paroles, il descendit du muret et quitta la place, villageois et combattants marchant sur ses pas. Les Assassins, l'air déterminé et terrible, laissèrent tomber leur capuchon sur leurs yeux. Le peuple marchait derrière eux, excité, nerveux, la peur au ventre. Leur vie entière, leur avenir, dépendait aujourd'hui de leur victoire.

Altaïr gravit la pente qu'il montait et descendait à toutes jambes lorsqu'il était enfant, Abbas à ses côtés. Plus tard, Assassin fidèle, il l'avait empruntée mille fois lorsqu'il s'entraînait, faisait une course pour le Maître ou lorsqu'il partait pour une mission ou en revenait. Aujourd'hui, l'âge pesait sur chacun de ses os, déchirait chacun de ses muscles. Faisant fi de la douleur, il continua à avancer.

Un petit groupe d'Assassins fidèles à Abbas et envoyés en éclaireurs pour tester les forces des rebelles leur firent obstacle à flanc de colline. Au début, les hommes d'Altaïr semblèrent réticents à les attaquer : après tout, c'étaient leurs camarades qu'ils avaient en face d'eux, des Assassins dont ils avaient partagé l'existence et l'apprentissage. Aujourd'hui, des amis s'affronteraient, et si les combats continuaient, des pères, des fils, des frères finiraient peut-être par se retrouver face à face. Pendant quelques instants, les éclaireurs, peu nombreux, et les hommes d'Altaïr se firent face. Si les premiers avaient l'avantage d'une position plus élevée, ils n'en demeuraient pas moins un troupeau d'agneaux envoyés au massacre.

Les yeux d'Altaïr se posèrent sur l'extrémité de la tour du Maître, la seule partie de l'édifice qu'ils étaient alors capables de distinguer. Abbas pouvait les voir désormais. Nul doute qu'il avait vu les villageois gravir la colline en direction de la citadelle. Altaïr regarda les éclaireurs envoyés pour combattre au nom de la bête corrompue qui leur servait de maître.

—Nous ne faucherons aucune vie, répéta Altaïr à ses hommes.

Malik acquiesça.

L'un des éclaireurs adressa alors un sourire mauvais et moqueur à Altaïr.

— Alors tu n'iras pas bien loin, vieillard.

Puis il fondit, l'épée parée au combat, en direction d'Altaïr. Peut-être comptait-il frapper la rébellion à la racine : tuer Altaïr, et mater du même coup l'insurrection.

En un éclair, le vieil Assassin pivota pour esquiver l'attaque, dégaina son épée, roula le long du corps de son adversaire en plein élan, et l'immobilisa par-derrière.

L'épée de l'éclaireur tomba au sol lorsqu'il sentit la lame d'Altaïr contre sa gorge. Il gémit.

— Aucun homme ne mourra au nom de ce vieillard, lui murmura Altaïr avant de le pousser en direction de Malik qui l'attrapa et le plaqua au sol.

Les autres éclaireurs avancèrent, moins résolus cependant. S'ils firent tout de même leur possible pour ne pas être capturés, quelques instants plus tard, ceux qui n'étaient pas captifs étaient inconscients.

Altaïr avait observé la rapide escarmouche, essuyant le sang de sa main entaillée par l'épée de l'éclaireur. *Tu es trop lent*, s'était-il dit. *La prochaine fois, laisse combattre les plus jeunes.*

Malgré cela, il espérait qu'Abbas avait vu la scène. Des hommes apparurent sur les remparts, et il espéra qu'eux aussi avaient vu la clémence avec laquelle les rebelles avaient traité les éclaireurs.

Ils continuèrent à gravir la colline, arrivant au sommet au moment où les portes s'ouvrirent. De nouveaux Assassins déferlèrent en nombre, hurlant et parés au combat.

Derrière lui, Altaïr entendit la foule crier et se disperser malgré les exhortations de Mukhlis. Altaïr se retourna et leva les bras, mais ne put blâmer les villageois de céder à la panique : tous connaissaient la férocité légendaire des

Assassins au combat. Il était peu probable qu'ils aient déjà vu deux armées d'Assassins se livrer bataille, et ils avaient toutes les raisons de craindre d'en être un jour témoins. Devant eux, les portes de la citadelle venaient de vomir une déferlante d'Assassins furieux qui hurlaient, l'arme haute, les dents menaçantes et les bottes martelant le sol. Devant eux, les combattants d'Altaïr, nerveux, venaient de se mettre en position, se préparant à se défendre. Était-il si étonnant qu'ils courussent à l'abri, se ruant vers la tour de guet ou fuyant au bas de la colline. Un tonnerre de métal gronda lorsque les deux camps se rencontrèrent en rugissant. Malik servait de garde du corps à Altaïr tandis que le vieil Assassin, pris en plein cœur de la bataille, scrutait les remparts : des archers, dix peut-être, se tenaient là. Il suffisait qu'ils tirassent pour que la bataille soit terminée.

Et c'est à ce moment-là qu'il aperçut Abbas.

Et qu'Abbas l'aperçut.

Pendant quelques secondes, les deux commandants s'observèrent : Abbas sur les remparts, Altaïr au pied de la citadelle immobile, inébranlable au milieu du maelström rageur qui tourbillonnait autour de lui. Les deux meilleurs amis d'enfance devenus les plus haineux des ennemis. Puis Abbas rompit le face-à-face en ordonnant à ses archers de tirer. Altaïr lut l'incertitude passer sur leur visage.

— Personne ne doit mourir, cria Altaïr à ses hommes, sachant que c'était par l'exemple qu'ils auraient leur victoire contre les archers.

Abbas était prêt à sacrifier des Assassins pour triompher, mais pas Altaïr, et il espérait que les cœurs des archers étaient assez purs pour tenir compte de sa bienveillance. Il pria pour que les siens retiennent leur lame, pour qu'ils ne donnent aucune raison aux archers de libérer leurs flèches.

Il vit l'un de ses hommes tomber, hurlant, la gorge ouverte, et l'Assassin d'Abbas responsable de sa mort se ruer sur un autre rebelle.

— Lui, ordonna-t-il à Malik. Occupe-toi de lui. Mais ne le tue pas, je t'en conjure.

Malik rejoignit la bataille et repoussa l'Assassin d'Abbas, fauchant ses deux jambes. Une fois son adversaire au sol, Malik l'enfourcha et, plutôt que de l'achever, l'assomma d'un coup de poing dans la tempe.

Altaïr regarda de nouveau en direction des remparts et vit deux des archers baisser leur arc en secouant négativement la tête. Abbas dégaina la dague de son père et menaça les deux hommes qui secouèrent de nouveau la tête, lâchèrent leur arc et posèrent une main sur la poignée de leur épée. Abbas se retourna et hurla aux autres archers, postés le long des remparts, d'éliminer les traîtres. Mais eux aussi baissaient à présent leur arc. Le cœur d'Altaïr se gonfla d'enthousiasme, et il ordonna à ses hommes d'avancer jusqu'aux portes de la citadelle. Le combat continuait à faire rage, mais les Assassins d'Abbas se rendaient peu à peu compte de ce qui se passait sur les remparts. Tout en combattant, ils s'échangeaient des regards pleins d'incertitude, jusqu'à ce que bientôt, un à un, ils arrêtent de combattre, lâchant leur épée et levant les bras en signe de reddition. La voie jusqu'au château était libre pour Altaïr et ses hommes.

Il mena ses combattants jusqu'aux portes sur lesquelles il frappa du poing. Derrière lui, les Assassins se massèrent, et les villageois revinrent, si bien que, au bout de quelques courtes minutes, le promontoire fut noir de monde. De l'autre côté des portes de la forteresse s'élevait un étrange silence. Un murmure parcourut l'assemblée, l'air lourd d'appréhension, jusqu'à ce que tous entendent le bruit métallique des lourds verrous. Les portes s'ouvrirent grand, poussées par des gardes qui lâchèrent aussitôt leur arme avant d'incliner la tête vers Altaïr avec déférence.

Il leur répondit par un hochement de tête, avança jusque sur le seuil, sous l'arche, puis traversa la cour jusqu'à la tour du Maître, son peuple derrière lui. Ses hommes se dispersèrent aux quatre coins de la cour, et les archers descendirent des remparts le long des échelles, tandis que les familles et les serviteurs collaient leur visage contre les vitres des tours qui surplombaient les lieux. Tous voulaient être témoins du retour d'Altaïr, et voir le héros s'opposer à Abbas.

Altaïr gravit les marches qui menaient sur le dais, puis entra dans la tour. Abbas se tenait au-dessus de lui, perché sur le balcon, le visage haineux et déconfit, le désespoir et la défaite l'accablant comme une impitoyable fièvre.

— C'est terminé, Abbas, l'interpella Altaïr. Ordonne à ceux qui te sont encore fidèles de se rendre.

Abbas pouffa.

— Jamais…

Au même moment, les derniers fidèles d'Abbas apparurent, jaillissant des pièces attenantes jusque dans le hall d'entrée. Ils étaient peut-être une dizaine, Assassins et serviteurs mêlés. Certains affichaient un regard fuyant et terrifié, d'autres semblaient férocement déterminés. La bataille n'était pas encore achevée.

— Dis à tes hommes de déposer les armes, rugit Altaïr. (Il se retourna à demi et désigna la cour où la foule était rassemblée.) Ta défaite est assurée.

— Nous ne faisons que défendre la citadelle, Altaïr, dit Abbas. Et nous lutterons jusqu'au dernier. N'aurais-tu pas fait la même chose ?

— Non. C'est l'Ordre que j'aurais défendu, Abbas, grogna Altaïr. Et ne parle pas de défense quand tu as sacrifié tout ce pour quoi nous nous battons… En plus d'avoir sacrifié ma femme et mon fils sur l'autel de ta rancœur et de ton refus aveugle de la vérité.

— Parlerais-tu de mon père ? Du mensonge que tu m'as raconté à son propos ?

— N'est-ce pas la seule raison pour laquelle nous nous tenons ici, face-à-face ? N'est-ce pas là la source du ru de haine qui a gonflé au fil des ans pour devenir ce fleuve déchaîné qui a menacé de nous emporter tous ?

Abbas tremblait. Agrippés à la balustrade, ses doigts étaient blancs.

— Mon père a quitté l'Ordre, lança-t-il. Jamais il ne se serait suicidé !

— Il s'est suicidé, Abbas. Il s'est suicidé avec la dague qui se cache dans les plis de ta robe. Il s'est suicidé parce qu'il était plus honorable que tu ne pourras jamais l'imaginer et parce qu'il refusait qu'on le prenne en pitié comme on te prendra en pitié lorsque tu pourriras dans les geôles de la citadelle.

— Jamais ! hurla Abbas furieux. (Il tendit un doigt tremblant en direction d'Altaïr.) Tu clames pouvoir reprendre la tête de l'Ordre sans tuer le moindre Assassin ? Alors, essaie un peu. Tuez-le !

Subitement, les hommes présents dans l'entrée fondirent sur Altaïr.

Et soudain…

Le son de l'explosion résonna dans la pièce entière et plongea dans le silence l'assemblée, la foule dans la cour et les Assassins des deux camps. Abasourdis, tous tournèrent les yeux vers Altaïr qui se tenait au centre de l'entrée, le bras tendu comme s'il désignait Abbas du doigt, comme s'il indiquait le balcon de la pointe de sa lame. Mais au lieu d'une lame d'acier, tous virent au bout de son bras s'élever des volutes de fumée.

Un cri court et étranglé s'éleva depuis le balcon, et les regards se tournèrent vers Abbas qui baissait les yeux vers sa poitrine : une tache de sang colorait sa robe écarlate et commençait à se répandre. Les yeux écarquillés, il tenta en vain d'articuler des mots qui refusèrent de quitter sa gorge.

Ses Assassins avaient interrompu leur assaut. Ils regardèrent bouche bée Altaïr tandis qu'il tendit le bras dans leur direction, leur permettant de voir le mécanisme qu'il portait au poignet.

Il ne pouvait tirer qu'une fois, mais ils l'ignoraient. Jamais personne n'avait vu une telle arme auparavant – seuls quelques érudits en avaient seulement entendu parler –, et en la voyant tournée dans leur direction, les Assassins d'Abbas commencèrent à paniquer. Ils lâchèrent leurs armes, levèrent les bras en signe de reddition, et rejoignirent la foule après être passés, terrifiés, à côté d'Altaïr. Sur le balcon, Abbas bascula par-dessus la balustrade et vint s'écraser mollement sur le sol de l'entrée.

Altaïr s'accroupit à ses côtés. Abbas respirait péniblement, l'un de ses bras tordu d'une étrange façon – comme s'il s'était déboîté –, la robe maculée de sang. Il n'en avait plus pour longtemps.

— T'attends-tu à ce que je te demande pardon ? demanda-t-il à Altaïr. (Il sourit, semblant soudain d'une maigreur cadavérique.) Pour avoir pris la vie de ta femme et de ton fils ?

— Abbas, je t'en conjure, ne laisse pas ta haine corrompre tes dernières paroles.

Abbas émit un bref rire moqueur.

— Écoutez-le ! Il s'efforce encore de jouer les vertueux. (Il releva légèrement la tête.) C'est toi, Altaïr, qui as donné le premier coup. Je n'ai pris ta femme et ton fils qu'après que tu m'as craché ces mensonges qui m'ont privé de bien plus qu'une famille.

— Je ne t'ai pas menti, dit simplement Altaïr. Toutes ces années, n'as-tu jamais douté ?

Abbas tressaillit et ferma les yeux de douleur.

— Ne t'es-tu jamais demandé si un autre monde venait après celui-ci, Altaïr ? Bientôt, je le saurai. Et s'il en est un, je retrouverai mon père. Alors, le jour où ton heure sera venue, nous serons là tous deux pour t'accueillir. À ce moment seulement, Altaïr, je cesserai de douter.

Il toussa et une bulle de sang se forma autour de ses lèvres. Altaïr le regarda dans les yeux et ne vit plus rien de l'orphelin qu'il avait connu autrefois, de ce meilleur ami avec qui il avait tant partagé. Tout ce qu'il vit, c'était cet être vicié qui lui avait tant coûté.

Et lorsque Abbas mourut, Altaïr se rendit compte qu'il n'éprouvait plus pour lui ni haine, ni pitié. Il n'éprouvait rien. Rien, si ce n'est un profond soulagement à l'idée qu'Abbas ne serait plus jamais de ce monde.

Deux jours plus tard, le brigand Fahad arriva au village à cheval accompagné de sept de ses hommes, et fut accueilli aux portes du village par un groupe d'Assassins menés par Altaïr.

Ils s'arrêtèrent devant le marché où une ligne d'hommes en robe blanche leur faisaient obstacle, certains l'arme au fourreau, d'autres la main sur leur arc ou sur la poignée de leur épée.

— C'est donc vrai. Le grand Altaïr Ibn-La'Ahad a repris ses droits sur Masyaf, lâcha Fahad, visiblement inquiet.

Altaïr acquiesça.

Fahad l'imita lentement comme s'il peinait à digérer la nouvelle.

— Ton prédécesseur et moi avions un accord, finit-il par dire. Je lui versais une belle somme pour pouvoir entrer dans Masyaf.

— Ce que tu as fait, dit Altaïr avec plus d'esprit que d'animosité.

— Certes, certes, mais c'était pour une raison bien précise, je le crains, répondit Fahad le visage fendu d'un sourire sinistre. (Il s'agitait quelque peu sur sa selle.) Je suis ici pour retrouver l'Assassin de mon fils.

— Ce que tu as fait, répondit Altaïr sur le même ton.

Le sourire sinistre disparut peu à peu du visage de Fahad.

— Je vois, dit-il avant de se pencher en avant. Lequel de ces hommes est le coupable, alors ?

Ses yeux parcoururent la ligne d'Assassins.

— N'as-tu pas de témoin capable d'identifier celui qui a tué ton fils ? Ne peut-il pas désigner le meurtrier du doigt ?

— J'en avais un, oui, mais la mère de mon fils lui a fait arracher les yeux, soupira Fahad d'un air piteux.

— Ah, dit Altaïr. C'était un lâche, de toute façon. Tu peux te consoler en te disant qu'il a fait bien peu pour protéger ton fils, et encore moins pour le venger après sa mort. Dès qu'il s'est retrouvé face à deux vieillards au lieu d'un seul, il a tourné les talons et s'est enfui.

Le regard de Fahad s'assombrit.

— Toi ?

Altaïr acquiesça.

— Ton fils est mort comme il a vécu, Fahad. Il aimait faire souffrir.

— Il tenait cela de sa mère.

— Ah…

— Et elle insiste, tu le comprendras, pour que sa mort soit vengée.

— Dans ce cas, nous n'avons plus grand-chose à nous dire, dit Altaïr. À moins que tu ne tentes de prendre ma vie ici même, je te laisse repartir et lever une armée. Nous t'attendrons.

Fahad semblait inquiet.

— Tu comptes me laisser partir ? Pas d'archer pour m'arrêter, sachant que je reviendrai avec suffisamment d'hommes pour marcher sur Masyaf ?

— Si je te tue, je devrais souffrir la colère de ta femme, sourit Altaïr. De plus, j'ai le pressentiment que le temps d'arriver à ton campement, tu te raviseras et abandonneras ta vindicte.

— Et pourquoi donc ?

Altaïr sourit.

— Fahad… Si nous nous affrontions, aucun de nous ne céderait de terrain. Tous deux, nous prendrions le risque de sacrifier bien plus que ne le justifient nos griefs. Ma communauté serait dévastée, à jamais peut-être… mais la tienne aussi.

Fahad pesa quelques instants la pertinence de la remarque.

— C'est à moi, me semble-t-il, de décider du prix de nos griefs.

— Il y a peu, j'ai perdu mon fils, moi aussi, dit Altaïr, et le deuil que j'ai porté a failli me coûter mon peuple. Je me suis rendu compte que, même pour mon fils, le prix à payer pour mon chagrin était trop élevé. Si tu prends les armes contre nous, tu risques de commettre l'erreur que j'ai de justesse évitée. Je sais que les valeurs de ta communauté diffèrent grandement des nôtres, mais je sais aussi qu'elles te sont trop précieuses pour que tu les condamnes aujourd'hui.

Fahad acquiesça.

— Tu as plus d'esprit que ton prédécesseur, Altaïr. Tes propos, pour la plupart, me semblent des plus sages. Aussi, j'y réfléchirai durant mon voyage de retour. Je m'efforcerai également d'expliquer tout cela à mon épouse. (Il reprit ses rênes en main et fit volter sa monture.) Bonne chance, Assassin.

— De la chance, c'est toi qui vas en avoir besoin, me semble-t-il.

Le brigand lui adressa un autre de ses sourires grimaçants et sinistres, puis quitta Masyaf. Altaïr rit et se tourna vers la citadelle qui trônait en haut de la colline.

Il avait beaucoup à faire.

Chapitre 58

12 août 1257

Nous n'avons pas réussi à quitter Masyaf avant l'arrivée des Mongols qui y sont bel et bien venus. Finalement, nous ne partirons pour Constantinople que dans quelques heures, et j'écris ces quelques mots tandis que de bonnes âmes nous aident à charger en hâte nos affaires. Et si Maffeo pense que ses regards insistants et pleins de reproche suffiront à me faire poser ma plume et à venir les aider, eh bien, il se trompe. Je sais aujourd'hui que ces mots seront un jour pour les Assassins d'une importance capitale. Ils doivent être écrits maintenant.

Si j'en crois ce que l'on m'a rapporté, les Mongols sont peu nombreux à nos portes, mais l'armée principale arrivera bientôt. En attendant, les éclaireurs, sûrement désireux de s'attirer quelque renommée, ont déjà lancé sur le village quelques assauts aussi rapides que féroces, escaladant les murs du village, puis semant le chaos sur les remparts avant de battre en retraite. Je n'entends que bien peu aux choses de la guerre – et j'en remercie le Ciel –, mais je pense que ces saillies soudaines sont autant de tentatives pour mettre nos défenses à l'épreuve, jauger la force et les faiblesses de nos combattants. Je me demande si le Maître regrette parfois d'avoir affaibli la citadelle en la vidant, ou presque, de ses Assassins. Il y a deux ans, aucun éclaireur n'aurait pu s'approcher à moins de dix pas du château sans être terrassé par les flèches des archers assassins ou par les lames de nos défenseurs.

Après qu'il eut arraché les rênes de l'Ordre des mains d'Abbas, la première tâche d'Altaïr avait été d'envoyer ses hommes récupérer ses journaux : ces ouvrages serviraient de pierre angulaire à la future reconstruction de la Fraternité, et l'aiderait à sauver Masyaf du délabrement dans lequel l'avait laissée Abbas. Le règne du tyran avait précipité dans l'oubli la rigueur et la discipline, et les frères n'avaient plus d'Assassins que le nom. Altaïr s'était ensuite évertué à ressusciter cette rigueur et cette discipline perdues : de nouveau, le terrain d'entraînement avait résonné tout entier du tintement du métal, ainsi que des cris et des jurons des instructeurs. Aucun Mongol, alors, n'aurait osé s'attaquer à Masyaf…

Mais dès qu'il eut rendu à la Fraternité sa renommée et réhabilité son nom, Altaïr avait décidé que la base de Masyaf devait disparaître, et il avait fait retirer du mât le drapeau des Assassins. Selon lui, les membres de l'Ordre devaient se mêler au monde. Ils devaient opérer au niveau du peuple, et non plus en surplomb. Lorsque Darim, le fils d'Altaïr, était revenu à Masyaf, il n'y avait trouvé que quelques Assassins, la plupart desquels s'affairaient à construire la bibliothèque du Maître. Une fois l'édifice terminé, il avait été envoyé à Constantinople pour nous trouver, mon frère et moi.

C'est ce jour que nous sommes entrés de plain-pied dans cette histoire, quelque quatre-vingts années après son commencement.

— J'ai l'impression que nous n'en avons pas encore fini avec Masyaf, m'a dit Maffeo tout à l'heure.

Il était debout devant moi. Il m'attendait. Nous avions rendez-vous avec le Maître dans la cour principale. Peut-être avons-nous traversé la forteresse jusqu'à la cour pour la dernière fois, guidés par Mukhlis, l'indéfectible serviteur d'Altaïr.

Lorsque nous sommes arrivés, je n'ai pu m'empêcher de penser à tout ce dont cette cour avait été témoin. C'était ici qu'Altaïr avait vu Abbas pour la première fois, au plus noir de la nuit, languissant de voir guérir son père. C'était ici qu'ils s'étaient tous deux affrontés et qu'ils étaient devenus ennemis. C'était ici qu'Altaïr était tombé en disgrâce devant l'Ordre entier, privé de son honneur par Al Mualim. C'était ici que Maria était morte. Abbas également.

Nul doute qu'Altaïr n'avait rien oublié de tout cela. Aujourd'hui, il avait rassemblé la plupart des Assassins pour qu'ils assistent à notre entretien. Darim était dans l'assistance, son arc dans le dos. Le jeune Malik était là aussi, et Mukhlis qui s'était posté à côté du Maître, sur le dais, devant la tour. Mon cœur s'affolait, et ma respiration saccadée ne m'a en rien aidé à me calmer. Tout autour, les bruits de bataille me rendaient nerveux. Les Mongols ont en effet choisi cet instant solennel pour lancer une nouvelle attaque contre la citadelle, probablement conscients que les Assassins avaient baissé leur garde.

— Mes frères, a dit Altaïr qui se tenait devant nous, nos heures communes ont été brèves, je le sais bien, mais je sais aussi que ce Codex répondra à toutes les questions que vous pourriez un jour vous poser.

J'ai pris le livre dans ma main et je l'ai retourné, admiratif : cet ouvrage contenait les réflexions les plus élevées du Maître ; les résultats de décennies passées à étudier la Pomme.

— Altaïr, lui ai-je dit, à peine capable d'articuler. Ce présent est… inestimable. *Grazie.*

Altaïr a ensuite adressé un signe de main à Mukhlis, et ce dernier a apporté au Maître une petite sacoche.

— Quelle sera votre prochaine destination ? nous a demandé Altaïr.

— Nous resterons quelque temps à Constantinople. Nous pourrons y fonder une guilde avant notre départ pour Venise.

Il a ri doucement.

— Ton fils Marco sera chaque jour plus impatient d'entendre les folles histoires de son père.

— J'ai peur qu'il ne soit un peu jeune pour un pareil récit. Mais un jour, *sì.*

Je lui ai souri.

Il m'a tendu la sacoche, et j'ai deviné qu'elle contenait plusieurs objets relativement lourds.

— J'aurais une dernière faveur à vous demander à tous deux, Niccolò. Prenez ces trésors précieux et protégez-les. Cachez-les s'il le faut.

J'ai haussé les sourcils, lui demandant implicitement s'il m'accordait la permission d'ouvrir la sacoche. Il a acquiescé. J'ai regardé à l'intérieur, y ai plongé la main, et en ai retiré une pierre. Il y en avait cinq en tout, chacune percée d'un trou en son milieu.

— Des artefacts ? l'ai-je interrogé me demandant s'il s'agissait de ceux qu'il avait découverts lors de son exil à Alamut.

— D'une certaine façon, oui, m'a-t-il répondu. Ce sont des clés, chacune recélant un message.

— Un message de qui donc ?

— J'aurais aimé le savoir moi-même, m'a dit Altaïr.

Et puis soudain, un Assassin a surgi dans la cour et s'est approché de Darim.

— Père ! L'avant-garde mongole est parvenue à passer. Le village est envahi !

Altaïr lui a répondu d'un hochement de tête.

— Niccolò, Maffeo, mon fils vous protégera au plus sauvage de la bataille. Une fois que vous aurez atteint la vallée, suivez son lit jusqu'à ce que vous arriviez à un petit village. Vos chevaux et vos bagages vous y attendent. Soyez prudents et toujours vigilants.

— Vous aussi, Maître. Prenez soin de vous.

Il m'a souri.

— J'y songerai.

Et sur ces derniers mots, il s'est éloigné, aboyant déjà ses ordres aux Assassins présents. En passant la sacoche contenant les étranges pierres sur mon épaule et en serrant contre moi l'inestimable Codex, je me suis demandé si je le reverrais un jour.

Je ne me rappelle de notre fuite qu'une tourmente de corps, de cris et de tintement d'acier tandis que nous rejoignions en hâte notre demeure dans un recoin de laquelle je me suis précipité pour écrire ces quelques mots, tandis que la bataille faisait rage au-dehors. Mais je dois partir, à présent. Et je prie pour que nous survivions à ce chaos.

Parfois, j'ai foi en tout cela. J'ai foi en les Assassins. J'espère juste que je suis digne de la confiance d'Altaïr.

Et cela, seul l'avenir me le dira.

1er janvier 1258

Nous voici à l'aube d'une nouvelle année, et c'est le cœur plein d'un mélange confus d'émotions que je balaie la poussière qui tapisse la couverture de mon journal et que j'en commence une nouvelle page ; sans trop savoir d'ailleurs si cette entrée marque un nouveau commencement ou si elle servira de péroraison au récit qui la précède. Mais cela, peut-être est-ce à toi, lecteur, d'en décider.

C'est le cœur lourd que je consigne ici mes premiers mots. Car nous avons perdu le Codex. Ce même Codex qui nous avait été confié par Altaïr le jour de notre départ. Celui qu'il nous avait remis en pleine confiance afin qu'il ne tombe pas entre les mains de l'ennemi.

Toute ma vie, le souvenir me torturera de cet instant où je gisais en sang sur le sol, pleurant dans le sable toutes les larmes de mon corps, les yeux rivés sur le nuage de poussière soulevé par les sabots des montures mongoles, tandis que l'un des guerriers brandissait devant moi la sacoche de cuir dans laquelle je transportais le Codex, la bride sectionnée. Ils nous avaient attaqués deux jours après notre départ de Masyaf, alors que nous nous pensions en sécurité.

Maffeo et moi avons survécu. Tout juste. Nous nous consolons un peu du fait que notre séjour auprès du Maître nous a offert, si ce n'est la connaissance que nous aurions pu tirer du Codex, la faculté de pouvoir traquer le savoir et de l'interpréter sans autre exégète que nous-mêmes. Nous avons décidé de partir bientôt vers l'Est pour le récupérer (et, de ce fait, de retarder encore notre voyage à Venise où j'espérais revoir mon fils Marco), mais nous devons d'abord nous charger de la tâche qui nous incombe à Constantinople. Et il y a, là-bas, fort à faire. Nous avons devant nous deux ans de travail acharné qui, sans la sagesse qu'avait à nous offrir le Codex, se révéleront bien plus laborieux encore. Malgré la perte de l'ouvrage, Maffeo et moi ressentons dans notre cœur et jusqu'au fond de notre âme que nous sommes des Assassins, et nous sommes prêts à faire usage de notre expérience et de notre savoir nouvellement acquis à bon escient. Nous avons d'ailleurs déjà décidé de l'endroit où nous établirons bientôt notre nouveau comptoir : un site situé non loin de l'Hagia Sophia où nous comptons proposer à la vente des marchandises d'une qualité sans pareille (bien entendu !). En attendant, nous allons commencer à promouvoir le Credo des Assassins comme nous l'avons promis au Maître.

Et, en même temps que nous posons les premières pierres de ce qui deviendra notre nouvelle guilde, nous cachons les cinq pierres que nous a données Altaïr. Les clés. « Protégez-les », nous avait-il dit. « Cachez-les, s'il le faut. » Après nos tristes déboires avec les Mongols, nous avons décidé de les mettre à l'abri, et avons commencé à les dissimuler dans et aux alentours de Constantinople. Nous avons prévu de cacher la dernière aujourd'hui, et lecteur, lorsque tu liras ces lignes, les cinq clés seront à l'abri des Templiers, attendant patiemment qu'un Assassin, qui peut-être n'est pas encore de ce monde, les retrouve.

Qui que ce soit.

Épilogue

L'Assassin entendit de l'agitation sur le pont supérieur. Le martèlement familier des pas sur le bois à l'approche de la terre ferme, les matelots se ruant depuis leur poste vers la proue – quand ils ne restaient pas agrippés, euphoriques, aux gréements ou en équilibre sur une corde pendante –, protégeant d'une main leurs yeux rivés sur le port scintillant vers lequel ils voguaient, anticipant les nouvelles aventures qui les attendaient là.

L'Assassin, lui aussi, s'apprêtait à en vivre, des aventures. Bien entendu, elles n'auraient rien à voir avec celles que s'imaginaient déjà les marins, la salive aux lèvres, et qui consistaient sans nul doute en des orgies aussi riches en vin qu'en catins. L'Assassin leur envia presque la simplicité de leurs aspirations. Car son avenir, à lui, serait assurément plus sombre.

Il referma le journal de Niccolò et poussa l'ouvrage plus loin sur le bureau, les doigts jouant sur sa couverture écaillée tandis qu'il ruminait ce qu'il venait de lire. Il savait qu'il lui faudrait encore beaucoup de temps avant que toutes ces pages révèlent leur véritable signification. Il prit une respiration profonde, puis se leva, enfila sa robe, équipa le mécanisme de sa lame à son poignet et laissa tomber son capuchon sur ses yeux. Il ouvrit ensuite la trappe qui donnait sur le pont, se hissa au-dehors, et porta lui aussi sa main au-dessus de ses yeux pour observer l'horizon, tandis que le bateau fendait les vagues étincelantes en direction du port où la foule s'était déjà massée pour les accueillir.

Ezio arrivait enfin dans l'illustre cité de Constantinople.

Dramatis Personae

Niccolò Polo, le narrateur
Maffeo Polo

Les Assassins
Altaïr Ibn-La'Ahad
Maria, sa femme (née Thorpe)
Darim et Sef, leurs fils
Al Mualim, le Maître
Faheem al-Sayf
Umar Ibn-La'Ahad, père d'Altaïr
Abbas Sofian
Ahmad Sofian, père d'Abbas
Malik
Tazim, fils de Malik aussi connu sous le nom de Malik
Kadar, frère de Malik
Rauf
Jabal
Labib
Swami
Farim

Villageois de Masyaf
Mukhlis, sa femme, Aalia, et sa fille, Nada

Les héros des Croisades
Richard Ier d'Angleterre, dit « Richard Cœur de Lion »
Salah Al'din, sultan des Sarrasins
Shihab Al'din, son oncle

Les neuf cibles d'Altaïr
Tamir, contrebandier
Abu'l Nuqoud, Prince des marchands de Damas
Garnier de Naplouse, Grand maître des Hospitaliers
Talal, esclavagiste
Majd Addin, régent de Jérusalem
Guillaume de Montferrat, suzerain d'Acre
Sibrand, Grand maître des Chevaliers teutoniques
Jubair al-Hakim, maître du savoir de Damas
Robert de Sablé, Grand maître des Templiers

À Chypre
Osman, capitaine de la citadelle de Limassol
Frédérick le Rouge, Templier haut gradé de Limassol
Armand Bouchart, successeur de Robert de Sablé
Markos, résistant
Barnabas, résistant
Barnabas, imposteur
Jonas, marchand
Moloch, dit « le Taureau »
Shalim et Shahar, fils de Moloch

Les brigands
Fahad
Bayhas
Longs-cheveux

Remerciements

Un grand merci à
Yves Guillemot
Jean Guesdon
Corey May
Darby McDevitt
Jeffrey Yohalem
Matt Turner

Et aussi
Alain Corre
Laurent Detoc
Sébastien Puel
Geoffroy Sardin
Xavier Guilbert
Tommy François
Cecile Russeil
Christele Jalady
le service droits d'Ubisoft
Charlie Patterson
Chris Marcus
Etienne Allonier
Maria Loreto
Alex Clarke
Alice Shepherd
Andrew Holmes
Clémence Deleuze
Guillaume Carmona

Achevé d'imprimer en mars 2018
Par CPI France
N° d'impression : 3027964
Dépôt légal : avril 2018
Imprimé en France
2810569-1